Anne Frasier
Vogelgrab

EDITION M

Das Buch

Niemand weiß genau, wie viele Frauen Benjamin Fisher getötet und in der Mojave-Wüste verscharrt hat. Nun erklärt sich der inhaftierte Serienkiller endlich bereit, Detective Daniel Ellis von der Mordkommission zu den Gräbern zu führen. Unter einer Bedingung: Fishers Tochter Reni, inzwischen FBI-Profilerin, soll dabei sein.

Ellis ahnt, wie traumatisch ein Wiedersehen für Reni mit ihrem Vater ist. Als kleines Mädchen war sie sein Lockvogel, der die ahnungslosen Frauen zu ihm geführt hat. Doch die Toten müssen gefunden werden, und Reni fährt mit Ellis, der selbst eine Rechnung mit Fisher offen hat, in die Wüste.

Die Autorin

Anne Frasier ist New-York-Times- und USA-Today-Bestsellerautorin mit mehr als einer Million verkauften Exemplaren. Viele ihrer Bücher sind preisgekrönt, unter anderem mit dem International Thriller Award. Auch ihre Memoiren »The Orchard« erhielten 2011 große Aufmerksamkeit in den Medien. Besuchen Sie ihre Website unter www.annefrasier.com.

ANNE FRASIER

VOGEL GRAB

EIN RENI-FISHER-THRILLER

Aus dem Amerikanischen von Peter Friedrich

EDITION M

Die amerikanische Ausgabe erschien 2020 unter dem Titel
»Find Me« bei Thomas & Mercer, Seattle.

Deutsche Erstveröffentlichung bei
Edition M, Amazon Media EU S.à r.l.
38, avenue John F. Kennedy, L-1855 Luxembourg
Februar 2022

Die Übersetzung dieses Buches wurde durch Amazon Crossing ermöglicht.

Umschlaggestaltung: semper smile, München, www.sempersmile.de
Umschlagmotiv: © Ivan Kovbasniuk / Shutterstock; © rraya / Shutterstock;
© Tetiana Chernykova / Shutterstock; © teh_z1b / Shutterstock;
© Mark Newman / Getty
Lektorat: Rainer Schöttle
Korrektorat: Manuela Tiller/DRSVS
Gedruckt durch:
Amazon Distribution GmbH, Amazonstraße 1, 04347 Leipzig /
Canon Deutschland Business Services GmbH, Ferdinand-Jühlke-Straße 7,
99095 Erfurt /
CPI books GmbH, Birkstraße 10, 25917 Leck

ISBN: 978-2-49670-999-5

www.edition-m-verlag.de

Kapitel 1

Es war dunkel geworden, als Cathy Baker am Rand der Ortschaft Redlands auf dem Southern California Trail zu laufen begann. Sie wusste von den verschwundenen Joggerinnen. An einem dieser Vermisstenfälle arbeitete sie, und deshalb war sie heute Abend hier. Sie hatte die Haare zu einem Pferdeschwanz zurückgebunden, trug Laufschuhe, eine Dose Pfefferspray im Hosenbund ihrer Shorts und eine Trillerpfeife unter dem T-Shirt versteckt, um Verstärkung rufen zu können.

Sie entsprach bewusst dem Opferprofil.

Die Operation trug den Namen »Mausefalle«. Nicht besonders originell, aber zutreffend. Zehn Polizistinnen aus verschiedenen Kommissariaten in Südkalifornien hatten sich bereit erklärt, den Köder für den Inland-Empire-Killer zu spielen. Die streng geheimen Einsätze erfolgten an unterschiedlichen Orten. Cathy Baker war gründlich ausgebildet in Selbstverteidigung und vertraute darauf, einen Angreifer überwältigen zu können.

Nachdem sie zehn Minuten lang gelaufen war, bemerkte sie etwas mitten auf dem Pfad. Sie war die ganze Zeit angespannt gewesen, aber jetzt schaltete ihr Hirn auf Alarmstufe Rot. Sie tastete nach dem Pfefferspray, zog es heraus und verbarg es in der Hand. Verwirrt stieß sie den Atem aus, als sie nahe genug herangekommen war. Da stand ein weinendes Kind, ein kleines

Mädchen ohne Jacke oder Pullover, obwohl es schon abendlich kühl geworden war. Ihre kastanienbraunen Haare waren glatt und reichten ihr bis zum Kinn.

Cathy kauerte sich vor sie hin. »Hast du dich verlaufen?«

Das Mädchen, das fünf oder sechs Jahre alt sein musste, schniefte und wischte sich mit dem Handrücken über die Nase. »Hilfst du mir, meine Mommy zu finden?«

Wie war die Kleine hierhergekommen? War sie von zu Hause fortgelaufen? Das Mädchen deutete weg vom Pfad. »Sie ist dorthin gegangen.«

Ach so, ihre Mutter war in der Nähe. Erleichtert richtete Cathy sich auf und schob das Pfefferspray in den Hosenbund zurück. Es sah nicht so aus, als würden sie den Inland-Empire-Killer heute Nacht fassen, aber es war gut, dass sie draußen gewesen war. Der Gedanke gefiel ihr gar nicht, dass die Kleine die Nacht in Dunkelheit und Kälte hätte verbringen müssen. Sie nahm sie bei der Hand. »Wir finden sie.«

»Wenn nicht, können wir dann zu dir nach Hause gehen?«

Seltsame Worte von einem so kleinen Kind. »Natürlich. Wie heißt du?«

»Das darf ich nicht sagen.«

»Warum nicht?« Sie gingen tiefer in den Wald hinein.

»Namen gehören doch nicht zum Spiel.«

»Zu welchem Spiel?«

»Dem Spiel. Dem Spiel, das wir spielen.«

Die Worte des Kindes verstörten Cathy. Sie ließ die Finger wieder unter den Hosenbund gleiten und tastete nach dem Pfefferspray.

Von irgendwoher schrie eine Männerstimme: »Lauf weg!«

Das Kind rannte davon.

Cathy erhielt einen Schlag auf den Kopf und ging zu Boden. Die Dose mit dem Pfefferspray entglitt ihrer Hand. Sie rollte sich auf den Rücken, zog die Knie ans Kinn und stieß die Füße hart nach oben. Blut lief ihr in die Augen. Sie ertastete das Pfefferspray und sprang auf, während sie sich fragte, wo das Mädchen hingerannt war und was hier eigentlich vorging. Gehörte das Kind dazu? Oder handelte es sich nur um einen Zufall?

Sie richtete die Dose auf das Gesicht des Angreifers und drückte den Auslöser. Nichts passierte. Nur ein Spritzer.

Der Mann schlug sie nieder. Ein Messer blitzte auf, und sie fühlte einen glühend heißen Schmerz, als er ihr die Kehle durchschnitt. Sie gab ein gurgelndes Geräusch von sich und sah die Klinge wieder funkeln, als er den Arm hoch über ihren Kopf hob.

»Daddy, nein!«

Daddy?

Der Mann blickte überrascht auf. Dann wich seine Last plötzlich von ihr, und sie hörte rennende Schritte in der Ferne verklingen.

Cathy setzte die Trillerpfeife an die Lippen. Kein Laut kam heraus. Das Kind war zurückgekommen und stand in der Nähe.

Cathy zerrte heftig an der Trillerpfeife und zerriss die Kette, an der sie ihr um den Hals hing. Sie presste eine Hand an die blutende Kehle, mit der anderen hielt sie der Kleinen die Pfeife hin. Sie rührte sich nicht. Cathy bedeutete ihr näher zu kommen, und drängte sie, die Trillerpfeife zu nehmen, während sie versuchte, ihre Furcht nicht zu zeigen. Das Mädchen trat näher. Zögernd ergriff es die Trillerpfeife. Cathy hob die Hand zum Mund, spitzte die Lippen und machte eine Geste, als würde sie hineinblasen.

Ohne die Augen von Cathy zu lassen, setzte das Mädchen die Trillerpfeife langsam an. Cathy nickte der Kleinen aufmunternd zu.

Das Mädchen blies hinein. Einmal, dann ein weiteres Mal. Schrille Pfiffe ließen die Luft zerbersten und schossen zu den Sternen empor.

Cathy sank die Hand von der Kehle herab. Sie hörte Sirenen, und als sie irgendwann die Augen öffnete, sah sie das Mädchen über sich stehen. Dann rannte das Kind davon wie der Mann zuvor, und Cathy fühlte, wie ihr Leben verrann.

Kapitel 2

Gegenwart

Detective Daniel Ellis von der Mordkommission betrat San Quentin, Kaliforniens einziges Gefängnis für zum Tode verurteilte Männer. Dankbar registrierte er den Schatten und die klimatisierte Luft, die ihm entgegenschlug, während er sich geistig auf das bevorstehende Gespräch vorbereitete. Er war herzitiert worden (man konnte es nicht anders ausdrücken), und zwar von dem Insassen Benjamin Wayne Fisher, auch bekannt als der Inland-Empire-Killer. Daniel hatte acht Stunden gebraucht, um von San Bernardino nach San Quentin zu fahren. Er war verschwitzt und müde vom Fahren und hatte den Verdacht, dass hier nur wieder einmal ein Todeskandidat Gesellschaft suchte, selbst wenn es nur die eines Cops war. Das kam oft vor. Er erhoffte sich zwar mehr von der Begegnung, hängte seine Erwartungen jedoch nicht allzu hoch.

Er meldete sich beim Empfang an und erhielt eine spezielle Kennkarte mit Foto. Als er seine Taschen am Metalldetektor leerte und seine Habseligkeiten, einschließlich der Waffe, in einem Spind verschloss, blieben seine Gedanken bei der

Tatsache hängen, dass ein hoher Prozentsatz von Serienkillern Wayne als zweiten Vornamen trug. Irgendjemand hatte sich sogar die Mühe gemacht, darüber Buch zu führen, und inzwischen umfasste die Liste 223 Mörder. Es war nur ein einzelnes merkwürdiges Detail in einer Fülle von seltsamen Phänomenen, die keinen Sinn ergaben, wenn es um zwanghaftes Töten ging. Es galt sogar für Mörder, die *keine* Serienkiller waren. Vertreter der »Wayne-Theorie«, wie sie genannt wurde, hatten festgestellt, dass 0,41 Prozent aller verurteilten Täter mit zweitem Vornamen Wayne hießen.

Ein Wachmann eskortierte ihn durch eine Reihe von Türen, die mithilfe einer Gegensprechanlage von Sicherheitsleuten bedient wurden, die in einem zentralen Kontrollraum an ihren Monitoren saßen. Das System war nach einem blutigen Gefängnisaufstand mit zweiundvierzig Verletzten installiert worden. Inzwischen blieben die Türen geschlossen, wenn ein Wachmann angegriffen wurde. Alle Insassen wussten das, aber immer noch wurde gelegentlich jemand bei einem Ausbruchsversuch getötet.

Die Oberflächen in Gefängnissen reflektierten und verstärkten alle Geräusche. Jedes Gesicht, ob von einem Insassen oder einem Wachmann, spiegelte höchste Wachsamkeit wider, begleitet von der Entschlossenheit, bis zum Tod zu kämpfen, falls es zu einer Auseinandersetzung kam. Es war ein Ort, an dem die meisten Menschen nur einen schiefen Blick von einem Gewaltausbruch entfernt waren, und die Anspannung forderte von Wachen und Gefangenen gleichermaßen ihren Tribut.

Gefängnisse hatten einen speziellen Geruch, der Daniel noch nirgendwo anders begegnet war. Er war absolut typisch. Selbst mit verbundenen Augen hätte er sagen können, ob er sich in einem Knast befand oder woanders. In diesem trostlosen

Ökosystem mit wenig Tageslicht und frischer Luft, wo eine künstliche Duftglocke von industriellen Reinigungsmitteln den Geruch nach Urin und Fäkalien nicht gänzlich überdecken konnte, lauerte der stinkende Hauch des Todes. Es fühlte sich an, als würde man den feuchten Mundgeruch von berüchtigten Gefangenen wie dem verstorbenen Charles Manson oder Sirhan Sirhan einatmen.

Er war dem Inland-Empire-Killer nie begegnet, wusste jedoch vermutlich mehr über ihn als jeder andere Mensch im Land. Daniel war noch ein Kind gewesen, als er zum ersten Mal von Fishers Verbrechen gehört hatte, aber sie hatten einen tiefen Eindruck bei ihm hinterlassen und sein späteres Leben geprägt. Einen großen Teil seiner Zeit an der George Mason University hatte er mit dem Studium des Falls verbracht und sogar eine Arbeit über Fisher geschrieben. Eigenartig, dass er jetzt derjenige sein sollte, der sich mit ihm traf. Das Leben schlug seltsame Haken.

Er wurde in einen kleinen, fensterlosen Raum mit beigen Betonwänden geführt, der so grell ausgeleuchtet war, dass es nirgends auch nur den kleinsten Schatten gab. Fisher war bereits da und saß am Tisch. Er hatte sich nicht gut gehalten.

Alles, was Daniel sah und hörte und roch, erinnerte ihn daran, dass das hier der unnatürlichste Ort der Welt war. Mit einem unwillkommenen Anflug von Empathie wurde ihm klar, dass die Insassen hier sein würden bis zu ihrem Tod. Ein vergeudetes Leben war eine Tragödie, wie man es auch betrachtete, und es war ein bedrückender Gedanke, dass Menschen auf ewig hinter diesen Mauern vegetieren mussten.

Fisher strahlte immer noch eine professorale Aura aus. Er war einer dieser Menschen, die ambitioniert und intellektuell, aber auch unheimlich und irre dreinschauen konnten. Man hatte Daniel gesagt, dass Fisher der Ansprechpartner

Nummer eins für Insassen mit emotionalen Problemen war und Ratschläge erteilte wie ein Oberguru. Er hatte früher Psychologie gelehrt, ein weiterer Beleg dafür, dass Menschen sich in gewissen Berufen betätigten, um mit ihren eigenen Psychosen zurechtzukommen.

Daniel setzte sich auf den Stuhl Fisher gegenüber und versuchte, seine Reaktion darauf nicht zu zeigen, dass er sich mit dem Mann im selben Raum aufhielt, der viel zu viele Jahre lang seinen Verstand mit Beschlag belegt hatte. Er zog ein Päckchen Kaugummi mit Fruchtgeschmack aus der Tasche und ließ es über den Tisch gleiten. Fishers Lieblingsmarke. Zumindest früher einmal.

Fisher riss die Verpackung auf, bediente sich und bot Daniel davon an. Als dieser ablehnte, steckte er sich einen Streifen in den Mund, lehnte sich zurück, schloss die Augen und kaute eine Weile genießerisch, bevor er Daniel wieder ansah. »Ich habe früher die Mädels beim Softball trainiert. Sie haben diese Kaugummis geliebt. Der Geschmack und Geruch versetzen mich wirklich zurück in die Vergangenheit.«

Das hatte Daniel nicht beabsichtigt. Ihm wurde ein wenig übel.

Fisher kam zur Sache. »Danke für Ihr Kommen.« Er klang, als würde er sich mit einem Geschäftspartner oder vielleicht einem Kollegen auf eine Tasse Kaffee treffen. Aber statt einer Tweedjacke oder eines Pullovers mit Ellbogenflicken trug er einen orangefarbenen Overall und schwere Handschellen. Er war nicht an den Boden gefesselt oder mit einer Bauchkette gesichert, ein Zeichen für seinen hohen Status innerhalb des Gefängnisses.

In Kalifornien galt weiterhin die Todesstrafe, was viele überraschte, die glaubten, der Staat wäre zu liberal für solche Maßnahmen. Aber selbst vor dem gegenwärtigen Vollzugsstopp war die Todesstrafe nicht allzu oft vollstreckt worden. Die letzte tödliche Giftinjektion in San Quentin hatte 2006 stattgefunden. Die Chance war also gering, dass es Fisher in naher Zukunft erwischen würde. Höchstwahrscheinlich würde er hinter den Gefängnismauern eines natürlichen Todes sterben. Und selbst wenn Exekutionen im »Golden State« populärer gewesen wären, würde Fisher die Nadel erspart bleiben, bis er verriet, wo er seine Opfer vergraben hatte. Daniel hatte immer vermutet, dass er das langfristig angestrebt hatte. Die fehlenden Leichen als Versicherungspolice.

Manche Leute fragten sich, was Kalifornien an sich hatte, dass es so viele Serienkiller hervorbrachte. Es genoss den zweifelhaften Ruhm, mehr Serienmorde als alle anderen Staaten und außerdem die berüchtigtsten Killer zu haben. Vielleicht lag es einfach an den Zahlen – Kalifornien war ein großer Staat mit hoher Bevölkerungszahl. Oder die Einwohner standen wegen der ganzen Erdbeben und Bruchlinien unterbewusst sowieso am Abgrund. Es war verblüffend, wenn man bedachte, dass es hier so sonnig war. Kalifornien galt überall als das Land der glücklichen Menschen. Die Leute in Staaten mit schlechterem Wetter waren wohl zu durchgefroren und deprimiert, um ihre gewalttätigen Obsessionen und Fantasien auszuleben.

»Ich hatte gehofft, Franco würde kommen«, sagte Fisher.

Franco war der Detective, der den Fall von Anfang an bearbeitet hatte. »Er ist im Ruhestand«, antwortete Daniel. »Ich habe seinen Job übernommen.«

»Sie sehen so aus, als sollten Sie eher als Barista arbeiten, während Sie gelegentlich für eine Fernsehrolle vorsprechen. Wie alt sind Sie eigentlich?« Wie es in engen Räumen so ist, hatte die Atmosphäre den süßen und fruchtigen Geruch nach Fishers Kaugummi angenommen. Daniel wusste in diesem Augenblick, dass er ganz bestimmt nie wieder diese Sorte kauen würde.

»Alt genug.« Er wollte hinzufügen, dass er älter war als die Frauen, die Fisher ermordet hatte, hielt aber gerade noch rechtzeitig den Mund.

»Sie sehen nicht so aus, als hätten Sie echte Lebenserfahrung oder schon mit Leuten wie mir zu tun gehabt«, meinte Fisher. Das war ein gutes Beispiel dafür, dass Narzissten mit ihrem Mangel an Empathie nie glaubten, dass das Leben an andere Menschen ebenfalls Tiefschläge austeilen könnte.

»Hören Sie, ich kann auch gehen und in fünf Jahren wiederkommen. Dann sind wir beide älter.« Der schnippische Kommentar rutschte ihm heraus, bevor er es verhindern konnte. Er trat sich im Geiste in den Hintern. Er wollte den Kerl auf keinen Fall verschrecken.

Im Lauf der Jahre hatte Fisher häufig Besuche von Franco angefordert. Sie hatten stets vielversprechend begonnen. Fisher hatte von seinen Plänen gesprochen, zu verraten, wo die Leichen vergraben lagen. Doch Franco war zu sehr alte Schule gewesen, um sich auf irgendeine von seinen Bedingungen einzulassen. Daniel dagegen hatte keine Skrupel, wenn es darum ging, zu bekommen, was er wollte. Er war schon zu lange an dieser Geschichte dran, um sie sich jetzt durch die Finger gleiten zu lassen. Es war leider keine Frage, wer hier das Heft in der Hand hielt. Fisher war der Einzige, der ihnen die Antworten geben konnte, die sie brauchten. Er hatte nichts zu verlieren. Daniels Aufgabe war es, dafür zu sorgen, dass das Gespräch nicht zum Abbruch kam.

Einer von Fishers Mundwinkeln zitterte in der Andeutung eines eingerosteten Lächelns. »Betrachten Sie es als Bewerbungsgespräch. Ich will wissen, ob Sie qualifiziert sind, mit mir zusammenzuarbeiten. Darum werde ich Ihnen einige Fragen stellen.«

Daniel ließ ihn reden.

»Werden Sie Dan oder Danny genannt?«

»Meine Mutter war die Einzige, die mich Danny genannt hat.«

»Vergangenheitsform. Ist sie tot?«

Daniel betrachtete ihn. Er hatte blutunterlaufene Augen, geplatzte Äderchen im Gesicht und von den Jahren des Eingesperrtseins eine unnatürliche Blässe. Ohne mit der Wimper zu zucken, antwortete er: »Ja.«

»Herzliches Beileid. Ich habe meine Mutter verloren, während ich hier im Gefängnis saß. Es ist hart, wenn jemand stirbt, den man liebt, und man selbst hilflos ist.«

»Das kann ich mir vorstellen.«

»Sie war eine Homestead-Siedlerin. Draußen in der Wüste. Mein Vater hat sie eines Tages sitzen lassen, und sie musste mich ganz allein großziehen. Sie wissen schon, damals war es Vorschrift, den Boden sieben volle Jahre lang zu bearbeiten, sonst verlor man den Anspruch auf das Land. Irgendwie hat sie es geschafft.«

Es war interessant, dass er sie anscheinend bewunderte und sie ihm etwas bedeutete. Laut Daniels Recherchen schien sie eine gute Mutter gewesen zu sein. Aber die öffentliche Wahrnehmung lag oft falsch, und es war ihm nie gelungen, viel über sie herauszufinden.

»Sind Sie verheiratet?«, fragte Fisher.

»Geschieden.«

»Ein Cop zu sein, ist schlecht für die Ehe.«

»Das stimmt.«

»Was ist mit Kindern? Haben Sie welche?«

»Mein Privatleben gehört nicht hierher.«

»Das heißt dann wohl Ja.«

Daniel zuckte mit den Schultern. »Es spielt keine Rolle.« Er erwähnte nicht die unnatürliche, bizarre Beziehung, die zwischen Fisher und seiner eigenen Tochter bestanden hatte.

»Wissen Sie, was am Gefängnis interessant ist?«, fragte Fisher. »Wenn Leute von draußen hereinkommen, kann man die Welt an ihnen riechen.« Er atmete tief ein.

Angesichts des Themenwechsels entspannte Daniel sich ein wenig. »Und wonach rieche ich?«

»Nach dem Inneren eines Autos, das sich in der Sonne aufgeheizt hat. Nach dem Freeway. Abgasen und Diesel. Haben Sie im Stau festgesessen?«

»Das hier ist Kalifornien. Der Verkehr auf der Interstate war stockend.«

»Gibt es das Café außerhalb von Santa Clarita noch? Die hatten den besten Erdnussbutterkuchen. Kennen Sie Erdnussbutterkuchen?«

»Ich glaube, ich kenne das Lokal, das Sie meinen«, antwortete Daniel. »Inzwischen hängen dort die coolen Kids ab, aber es existiert noch.«

»Ich hätte furchtbar gern ein Stück von diesem Kuchen.«

Daniels Strategie lautete, jedem Wunsch von Fisher nachzugeben, sofern er nicht unmöglich zu erfüllen war. »Das kann ich arrangieren.« Was immer nötig war, um die Leichen der jungen Frauen aufzuspüren, die er ermordet hatte, sodass ihre Familien damit abschließen konnten. Jeder Mensch musste einmal einen Schlussstrich ziehen. »Besser noch, ich bringe Sie hin«, fügte Daniel hinzu. »Sie können den Freeway riechen, vielleicht sogar einen Hauch von Meer, wenn der Wind stark und aus der richtigen Richtung weht.« Höchst unwahrscheinlich, es sei denn, ein Teil von Kalifornien rutschte endlich in den Ozean. Aber die Salzluft verlieh seinem Angebot ein besonderes Flair. Außerdem bestand immer die Chance, dass ein großer Brocken des Staates morgen tatsächlich verschwunden war.

Fisher wirkte interessiert.

»Das ließe sich arrangieren.« Daniel wusste noch nicht genau, wie, aber er würde es hinkriegen. Das Lokal sperren, es mit Cops vollstopfen und Fisher seinen verdammten Kuchen futtern lassen. »Wenn Sie mir sagen, wo die Leichen sind.«

Die meisten von Fishers Morden hatten sich in dem Gebiet zwischen Los Angeles und der Mojave-Wüste abgespielt, das »Inland Empire« genannt wurde, daher sein Spitzname. Jedenfalls die Morde, von denen Daniel wusste, denn er war überzeugt, dass Fisher nicht alle gestanden hatte, falls er sich überhaupt an alle erinnern konnte. Man hatte ihn erwischt, weil eines seiner Opfer entkommen war. Eine zierliche blonde junge Frau namens Gabby Sutton, die inzwischen ein normales Leben zu führen schien, jedenfalls aus der Perspektive eines Außenstehenden. Das Leben ging weiter. Für manche. Wenn man nicht ermordet wurde.

Fisher kaute seinen Kaugummi und wirkte gar nicht mehr professoral. »Nicht *sagen*«, erklärte er. »*Zeigen.*«

Daniel hoffte, dass man sein Herz nicht durch das Hemd hindurch hämmern sah. Er war *so* nah dran. »Das wäre machbar«, sagte er langsam. Er wollte nicht zu interessiert wirken.

»Aber es sind Bedingungen daran geknüpft.«

Das war der Punkt, an dem der Deal normalerweise den Bach runterging. Laut Francos Theorie wollte Fisher nur Aufmerksamkeit und hatte nie vorgehabt, die Lage der Leichen zu nennen. Nicht direkt überraschend. Es war einsam im Gefängnis. Und jetzt hatte Daniel ihm eine Fahrt auf dem Freeway versprochen. Die Wahrscheinlichkeit war groß, dass Fisher die Sache bis zu seinem Tod hinausziehen würde, während er Daniel von einem falschen Grab zum nächsten lotste.

»Bevor Sie ablehnen«, fuhr Fisher fort, »möchte ich klarstellen, dass ich niemals in der Lage wäre, die Orte auf einer Karte zu lokalisieren. Ich muss persönlich dort sein. In einem Wagen. Und selbst dann kann ich nicht versprechen, dass wir alle finden werden.«

Tagesausflüge. Die Taktik eines Insassen des Todestrakts. Auch Klinikaufenthalte waren beliebt. Daniel zuckte nicht mit der Wimper. »Können Sie mir einen allgemeinen Rahmen nennen?«

»Die Mojave-Wüste.«

Ein großes Gebiet, das sich von Los Angeles County bis Utah, Arizona und Nevada erstreckte. Um die hundertzwanzigtausend Quadratkilometer. Vermutlich würden sie bloß durch die Gegend fahren und überhaupt nichts finden, wenn sie es versuchten. Fisher würde behaupten, sich nicht erinnern zu können, und sie würden ihn wieder ins Gefängnis zurückbringen. Irgendwann würde er so tun, als müsse er auf die Toilette, und einen Fluchtversuch unternehmen.

»Das kann ich arrangieren«, sagte Daniel.

»Eines noch.« Fisher griff in die Hemdtasche und zog ein kleines Plastikmäppchen heraus, wie man es früher als Zubehör für die Brieftasche hatte kaufen können. Heute sah man das nicht mehr, weil jeder ein Smartphone besaß. Es demonstrierte, in welchem Maß für Fisher die Zeit stehen geblieben war.

Er klappte das Mäppchen auf und legte es zwischen sie auf den Tisch. Insgesamt fünf Fotos steckten in den Einschubfächern. Daniel beugte sich ein wenig nach vorn.

Die Bilder waren verblasst und verfärbt, die Ecken abgestoßen von den vielen Stunden, die Fisher sie in der Hand gehalten hatte. Sie zeigten alle dieselbe Person, ein Kind mit glatten, kastanienbraunen Haaren, Stirnfransen und dem süßen, unschuldigen Gesicht einer anderen Zeit.

Fisher tippte neben den Fotos auf den Tisch und schob sie näher zu Daniel. »Ich will, dass meine Tochter dabei ist.«

Jetzt wurde Daniel etwas mulmig zumute. Er war kein Familientherapeut. »Keine große Sache.« Es gelang ihm, jede Spur von Anspannung aus seiner Stimme herauszuhalten.

»Vielleicht doch. Sie will nicht mit mir sprechen.«

»Wann haben Sie sie zuletzt gesehen?«

»Als man mich vor dreißig Jahren verhaftet hat.«

Die Hoffnung starb eines langsamen Todes. Ben Fisher wollte nicht einfach seine Tochter manipulieren, er wollte Daniel dazu benutzen. »Wie ich hörte, ist sie nicht bei bester Gesundheit«, brachte er vorsichtig vor.

Die meisten Detectives kannten Reni Fishers Geschichte. Sie war zum FBI gegangen und hatte eine Weile im Osten gelebt. Als Profilerin war sie so gut gewesen, dass man sie als Gastprofessorin nach Quantico eingeladen hatte. Aber vor zwei oder drei Jahren hatten Gerüchte von einem Nervenzusammenbruch die Runde gemacht. Sie hatte das FBI verlassen oder sich eine Auszeit genommen, und seitdem hatte er nichts mehr von ihr gehört. Als Agentin wusste sie, wie man untertauchte. Und selbst wenn Daniel sie ausfindig machen konnte, würde sie vermutlich nichts von der Sache wissen wollen. Dafür hatte er Verständnis.

Daher bot er Fisher etwas anderes an. »Wir können über weitere Vergünstigungen sprechen, damit sie nicht in die Angelegenheit verwickelt werden muss. Ich bin nicht sicher, ob sie kooperieren würde, selbst wenn ich sie finden könnte.«

»Kinder können einen fertigmachen. Sie betteln und betteln, und am Ende gibt man nach.«

»Ich verstehe nicht.«

»Sie hat mich immer angebettelt, sie mitzunehmen. Auf unsere kleinen Familienabenteuer. Der Apfel fällt eben nicht weit vom Stamm. Reni kommt mit, sonst ist unser Deal gestorben.«

Er schien damit andeuten zu wollen, dass Reni Fisher an den Morden maßgeblich beteiligt gewesen war. Angesichts ihres damaligen Alters erschien das unwahrscheinlich, aber

Fisher war nicht der Einzige, der so etwas behauptete. Von Zeit zu Zeit tauchte die Theorie im Netz auf den Seiten über berühmte Verbrechen wieder auf. Nach Daniels Auffassung allerdings war Reni nur ein weiteres Opfer. Ihr Vater hatte sie als kleines Kind als Köder benutzt, um junge Frauen in den Tod zu locken.

Kapitel 3

Nicht jeder mochte die Mojave-Wüste. Eigentlich fast niemand, was ein Grund dafür war, dass Reni Fisher so gern hier war. Aber es war nicht der einzige Grund. Die Wüste war Teil ihres Lebens gewesen, seit sie denken konnte. Schon lange vor ihrer Zeit als FBI-Agentin.

Sie war fortgegangen in die Städte im Osten, aber jetzt war sie wieder hier und fragte sich, wie sie nur ihre Liebe zu diesem Land hatte vergessen können. An guten Tagen war der Duft der Wüstenblumen und Kreosotbüsche die beste Therapie für sie. An schlechten erinnerte er sie daran, dass eine Landschaft, die ihr gestern Trost bot, dies auch morgen wieder tun würde.

Manchmal konnte sie das Gefühl nicht abschütteln, diesem Ort, der ihr einmal so viel bedeutet hatte, keine gute Freundin gewesen zu sein. Doch die Wüste schien ihr ihre Gedankenlosigkeit nicht übel zu nehmen. Sie blieb immer gleich, verwandelte den Sonnenaufgang regelmäßig in eine orangefarbene Glut und den Sonnenuntergang in flammendes Rot. Sie ruhte gleichmütig unter den rasch dahinziehenden Wolken und Gewittern, während sie zuließ, dass der Wind ihren Sand davonwehte, die Körner in den Himmel trug und bis in ferne Gegenden mitnahm. Sie hatte nicht auf Renis Rückkehr gewartet, aber sie war immer da gewesen.

Inzwischen war es Frühling, nach Renis Ansicht die beste Jahreszeit, wobei der Herbst an zweiter Stelle kam. Der Sommer konnte gnadenlos heiß sein, besonders in der Regenzeit, wenn es schwül wurde und die Verdunstungskühler nicht mehr funktionierten. Die Leute machten die Vorhänge dicht und verkrochen sich in den Häusern, bis Sonne und Temperaturen wieder sanken.

Viele Außenseiter kamen in die Wüste, weil ihre Seele verwundet war, weil sie neu anfangen, sich verstecken oder so tun wollten, als hätte es die Vergangenheit nie gegeben. Reni Fisher konnte all diese Dinge und noch ein paar mehr für sich in Anspruch nehmen. Doch die Wüste half nur bis zu einem bestimmten Punkt. Oft verschwanden die Menschen, die Trost gesucht hatten, nach einer Weile wieder und kehrten dahin zurück, woher sie gekommen waren. Manche waren ein wenig geheilt, andere noch ein bisschen verwundeter durch unerfüllte Hoffnungen. Einige blieben und behaupteten, hier zu Hause zu sein. Reni gehörte in letztere Kategorie.

Ihre Hütte lag dreißig Kilometer entfernt von Joshua Tree und ein paar Stunden östlich von Los Angeles, aber in Bezug auf Geologie, Wetter, Verkehr und den Alltag war die Entfernung viel größer. Aus der Stadt in eine Behausung in der Wüste zu ziehen, war wie eine Reise von der Erde zum Mond.

Sie war nicht leicht zu finden. Die unbefestigte Straße hatte tiefe Fahrrinnen und stieg gleichmäßig bis auf eine Höhe an, die manche schwindeln ließ. Die kleine Behausung lag an einem steilen Abhang mit Blick auf den Goat Mountain in der Ferne und das flache Talbecken darunter. An klaren Tagen bildete Reni sich gern ein, bis Nevada sehen zu können. Vielleicht stimmte es sogar.

Weil ihr Zuhause so weit entfernt von der Zivilisation lag, fühlte sie sich sicher und geborgen. Und weil sie in dem Ruf stand, unnahbar zu sein und keine Gesellschaft zu suchen, ließen die Leute sie in Ruhe. Das Letzte, womit sie rechnete, war ein Besuch aus der Welt, die sie bewusst hinter sich gelassen hatte. Als sie einen Wagen heranfahren hörte, gefolgt von einem Klopfen an der Tür, hatte sie daher nicht die geringste Lust, zu öffnen. Sollten sie doch glauben, dass niemand zu Hause war. Vielleicht war es wieder diese Investigativjournalistin, die vor ein paar Wochen aufgetaucht war. Die junge Frau hatte ihre Karte in die Tür geklemmt. Irgendein Name, Carmel oder so ähnlich.

Ein erneutes Klopfen. Deutlich aggressiver.

Reni lugte durch einen Spalt in den schweren Vorhängen, die sie geschlossen hatte, um die Sonne draußen zu halten. Sie sah einen Mann im schwarzen Anzug. Nichts Gutes kam je im schwarzen Anzug daher. Bestattungsunternehmer, FBI, Anwälte, Detectives.

Sie hielt den Atem an, wich vom Fenster zurück und blieb ganz still vor der geschlossenen Tür stehen, während sie sich des Fremden auf der anderen Seite überdeutlich bewusst war. Sie spürte die Düsternis der Welt, die er mitbrachte. Sie sickerte durch die Spalten und Ritzen der alten Hütte. Sie trug keine Pistole mehr, besaß nicht einmal eine. Waffen hatten keinen Platz in diesem Leben. Das erwies sich jetzt als gute Entscheidung, denn ihr juckten geradezu die Finger nach dem beruhigenden Gewicht einer Pistole in der Hand.

Das hartnäckige Ärgernis klopfte erneut.

Wieder reagierte sie nicht. Er glaubte offenbar, dass sie da war, auch wenn der einzige Hinweis auf ihre Anwesenheit der verbeulte, rostige weiße Pick-up war, der vor der Hütte geparkt stand. Das bedeutete natürlich nicht, dass sie zu Hause war. Sie hätte genauso gut mit jemandem fortgefahren sein können. Realistischer wäre eine Wanderung gewesen, aber nicht in der Mittagshitze bei Temperaturen, die für April sehr hoch waren.

Sein dunkler Schatten schob sich fließend an den Vorhängen vorbei. Einen Augenblick später hörte sie, wie eine Autotür zuklappte. Aber es folgte nicht das Geräusch eines anspringenden Motors oder eines davonfahrenden Wagens.

Sie spähte wieder durch den Vorhangspalt und sah, dass er einen Streifen Schatten gefunden hatte und auf dem Boden saß, einen Arm auf das Knie gestützt, mit dem Rücken an den Schuppen gelehnt, in dem sich ihr Brennofen befand. Sakko und Krawatte waren verschwunden, und er hatte die Hemdsärmel hochgekrempelt. Ohne Anzug sah er nicht mehr so bedrohlich aus. Nur verschwitzt und müde. Menschlich.

Ging es um ihren ehemaligen Partner? Ihren alten Job? Einen kalten Fall? Schlimmer noch, wurde sie *gebraucht*? Sie stellte überrascht fest, dass ihr doch ein Rest Neugier geblieben war.

Sie öffnete die Tür weit und rief ihm zu: »Was wollen Sie?«

»Ein Glas Wasser wäre nett.«

Stadtmenschen. Komischer Gedanke, wo sie selbst doch noch vor Kurzem ein »Stadtmensch« gewesen war. Aber die Leute kamen hierher, um ihre alte Haut abzustreifen, und es ging schnell. »Nur Idioten fahren ohne Wasser in die Wüste«, erklärte sie. Menschen starben hier ständig dehydriert und orientierungslos, bevor sie wussten, wie ihnen geschah.

»Wer sagt denn, dass ich nicht von hier bin?«

Sie setzte einen entnervten Ausdruck auf, den jeder mit einem Funken emotionaler Intelligenz verstehen musste.

Er kam mit einer gewandten und doch steif wirkenden Bewegung auf die Beine. Zu viel Sitzen. Als sie sich gegenüberstanden, wirkte er ein wenig schockiert. Vielleicht hatte er ihr altes Ich erwartet. Glatt und professionell. Nicht eine langhaarige, barfüßige Hippiebraut mit Töpfertonstaub auf Händen und Jeans.

»Sie sind schwer zu finden«, sagte er.

»Anscheinend nicht schwer genug.«

Sie war überrascht, dass ihre Stimme nicht zitterte. Dafür gab sie sich einen Sonderpunkt. Und da sie selten sprach, war sie auch erstaunt, dass ihre Stimme funktionierte und nicht nur ein Krächzen herauskam, das Worte vortäuschte. »Das ist Privatbesitz. Wer sind Sie und was wollen Sie?«

»Ich habe versucht, vorher anzurufen.«

Sie überprüfte ihr Telefon und drehte es zu ihm hin, damit er die letzte blockierte Nummer sehen konnte.

»Das war ich. Mein Name ist Detective Daniel Ellis. Ich bin von der Mordkommission in San Bernardino. Es geht um Ihren Vater.«

Sie legte die Hand auf die Brust und spürte durch das T-Shirt das schnelle Flattern ihres Herzens. Trockener Mund, Zittern. Das war genau das emotionale Erdbeben, das sie so lange zu vermeiden versucht hatte. *Das* war der Grund, warum sie in die Wüste gegangen war.

Es gab keine Selbsthilfebücher für die Kinder von Serienkillern. Das wäre ein extremer Nischenmarkt gewesen. Hoffentlich. Aber bei dem Versuch, ihre Vergangenheit abzuschütteln, hatte sie Bücher über den Umgang mit Traumata gelesen. Sie versuchte zu verstehen, warum ihr Gestern immer wieder mit Macht ins Heute zurückdrängte, selbst wenn sie glaubte, damit zurechtzukommen und es hinter sich gelassen zu haben. Im Rückblick hätte sie das hier vorausahnen müssen. Aber sobald man die Zugbrücke hochgezogen hatte, trafen einen Überraschungen umso härter.

Um sich von den widersprüchlichen Gedanken in ihrem Kopf abzulenken, zwang sie sich, sich auf den Mann zu konzentrieren, der vor ihr stand. Ihn zu kategorisieren, ein Profil zu erstellen. Groß, bedrohlich, ein junges, zu ernstes Gesicht, ein Schopf dunkler Haare.

Mit einer Geste, die fast affektiert aussah, aber ein Akt der Höflichkeit sein mochte, setzte er die Sonnenbrille ab. Seine braunen Augen wirkten skeptisch. Die Menschen neigten inzwischen dazu, sie so anzusehen.

Er kam ihr bekannt vor, und sie versuchte, ihn unterzubringen. Sie hatte eine Menge Dinge verdrängt. Nur so konnte man überleben. Wo waren sie sich begegnet? George Mason University? Quantico?

Für den Fall, dass sie ihm seine Vorstellung nicht abnahm, zückte er seine Marke und fragte, ob er hereinkommen dürfe.

Menschen ließen immer etwas von sich zurück, nachdem sie gegangen waren. DNA natürlich, klar, doch für sie war es wie eine Art Energie, die Tage brauchte, um abzuklingen. Sie wollte ihn nicht in ihrem Zuhause haben. Wer konnte wissen, wie lange es dauerte, ihn wieder auszutreiben, wenn er weg war? Aber es war heiß draußen, über dreißig Grad. Sie konnte ihm nicht ein Glas Wasser und ein wenig Erholung von der Mittagshitze verweigern. Sie trat zurück und ließ ihn ein.

Der Verdunstungskühler tuckerte auf dem Dach vor sich hin und blies Luft durch die Schächte, sodass Haare und Kleider flatterten. Als er im Haus war, spürte sie seine Erleichterung über die Kühle.

»Sind wir uns schon einmal begegnet?«, fragte sie. Es kostete sie Mühe, an die Welt außerhalb der Wüste zu denken, während sie zugleich vor unerwünschten Erinnerungen zurückschreckte. Sie war nicht darauf vorbereitet, dass jemand ihren Vater in ihren sicheren Rückzugsraum brachte. Nicht in physischer Hinsicht, sondern den Gedanken an ihn, seine Worte, die Abscheulichkeit seines Lebens und seiner Taten, der ungehindert durch den Raum schwebte und alles beschmutzte. Ihren Ton, ihre Töpferscheiben, sogar die Asche ihres Hundes. Nichts war heilig oder sicher vor ihm.

Ihr Gast sah sich mit dem geschulten Blick eines Detectives um. Wahrscheinlich verpasste er dem Raum das Etikett trostlos, voller Verzweiflung. Eher Werkstatt als Lebensraum, karg und klösterlich, bis auf die Regale mit Töpferwaren in verschiedenen Stadien der Herstellung, einige gerade erst von der Scheibe, andere glasiert und bereit zum Brennen. Er registrierte alle Details des offenen Raums, von den Schlackesteinwänden bis zu dem Betonboden, der ebenso wie sie mit Tonstaub bedeckt war.

»Quantico«, sagte er. »Bei einem Profiler-Lehrgang, an dem ich teilgenommen habe.«

Aha, sie hatte recht gehabt. Sie erinnerte sich jetzt an ihn, auch an seine knappe Vorstellung beim Seminar. Und es kam ihr wieder ins Gedächtnis, was er damals gefragt hatte.

»Sie wollten wissen, ob ich mich als Komplizin bei den Verbrechen meines Vaters gefühlt hätte, obwohl ich zu dem Zeitpunkt noch ein Kind war.«

Er zuckte zusammen. »Tut mir leid. Das war unangebracht und zu persönlich.«

Sie holte einen Kanister kaltes Wasser aus dem Kühlschrank und schenkte ihm ein Glas ein. »Entschuldigen Sie sich nicht dafür, dass Sie tief gegraben haben und persönlich wurden. Es war eine gute Frage. Ich erinnere mich allerdings nicht an meine Antwort.«

Er trank dankbar einen tiefen Zug. »Sie sagten, niemand sollte sich für die Verbrechen von anderen schuldig fühlen. Vor allem kein Kind.«

Ihre vorfabrizierte Antwort. Sie hatte sich im Lauf der Zeit eine Menge davon zugelegt. Aber es stimmte, auch wenn für sie keine Minute ohne Schuldgefühle verstrich. Ihr fielen weitere Details dieses Tages ein. »Waren Sie nicht so eine Art Scharfschütze?«

»Gutes Gedächtnis.« Für manche Dinge.

»Ich komme nicht so oft auf den Schießplatz, wie es mir lieb wäre, deshalb bin ich nicht mehr so gut wie früher.« Er trank aus und stellte das Glas auf den Küchentisch. Dann wanderte er respektlos in ihrer Werkstatt herum, begutachtete ihre Töpferscheiben, Glasureimer, ihren Knetmischer, die Ballen mit dem Ton und die Regale mit den Töpferwaren. Er schien sich besonders für jene Designs zu interessieren, die intensive Hitze und die Verwendung von Vogelfedern verlangten. Vor einer Landkarte, die eine halbe Wand bedeckte, blieb er stehen. Die Mojave-Wüste. Er registrierte die Gebiete, die rot markiert waren.

Sie trat zu ihm, die Hände in die vorderen Taschen ihrer Jeans gesteckt. »Das sind die Stellen, an denen ich nach den Opfern meines Vaters gesucht habe.« Einige ihrer Exkursionen hatten sie auf das ehemalige Grundstück ihrer Großmutter väterlicherseits geführt, das jetzt ihrem Vater gehörte. Es war ein so ausgedehntes Gebiet, dass ein ganzes Team Jahre damit zugebracht hätte, jeden versteckten Einschnitt, jede ausgewaschene Rinne zu untersuchen. Da draußen konnte man stundenlang vor sich hin fahren, ohne einem anderen Auto zu begegnen. So einsam war es.

Im Lauf der Jahre waren die Aussichten, irgendetwas zu finden, immer geringer geworden. In einem Land voller losem Sand spülte der Regen vieles fort, sogar Leichen.

Und trotzdem hörte sie nicht auf zu suchen.

Andere Menschen verbrachten ihre Freizeit damit, ins Kino, zum Essen oder ins Museum zu gehen. Sie suchte nach den Frauen, die ihr Vater umgebracht hatte, weil sie fast einen Zwang spürte, sie zu finden.

»Interessant«, sagte er. »Ich bin die Akten durchgegangen, die wir über Ihren Vater haben, und die meisten Suchaktionen wurden viel näher an seinem Haus im San Bernardino National Forest bei Palm Springs durchgeführt. Auf dem Anwesen Ihrer

Großmutter wurde nur ein kleines Team für ein paar Tage eingesetzt.«

Sie war beeindruckt, dass er so gut über den Fall informiert war, wenn man sein Alter bedachte. Eigentlich seltsam. Aber viele Detectives hatten ihre Lieblingsfälle, die sie gelegentlich aus der Schublade holten und neu aufrollten. Die gängige Theorie lautete, dass ihr Vater die Leichen näher bei ihrem Haus in Palm Springs entsorgt hatte, in der Gegend von Greater Los Angeles, die »Inland Empire« genannt wurde. Aber sie hatte immer das Gefühl gehabt, dass er sie in der Wüste verscharrt hatte. Sie gab einem Killer Abgeschiedenheit, und die Hitze sorgte für sehr schnelle Verwesung. Ein perfekter Ablageort.

»Warum die Konzentration auf die Mojave?«, fragte er. »Das ist Stunden entfernt von den nächstgelegenen Vermisstenfällen. Er hatte näher an seinem Wohnort viel besseren Zugang zur Wildnis. Wenn er die Opfer in der Mojave vergraben hätte, hätte er sie über große Strecken in der Hitze befördern müssen. Außerdem haben die Detectives keinerlei Spuren in der Hütte Ihrer Großmutter gefunden. Und damals, als sie noch am Leben war, blieb sie immer dabei, nie etwas Verdächtiges bemerkt zu haben.«

Das stimmte alles. »Er hat die Wüste geliebt und sich dort zu Hause gefühlt«, erwiderte Reni. Und doch hatte diese Verbindung die Wüste für sie nicht kaputtgemacht. Oder die Wüste hatte sich einfach nicht kaputtmachen lassen.

»Das ist kein hinreichender Grund. Und vielleicht sogar überhaupt keiner, denn Mörder vermeiden es meistens, den Ort zu besudeln, den sie lieben.«

»Nichts von dem, was Sie bei irgendeinem Profiler-Seminar in Quantico oder im Feldeinsatz gelernt haben, trifft auf Benjamin Fisher zu«, sagte sie. »Ihm lag etwas an mir, daran hege ich keinen Zweifel, und dennoch hatte er keinerlei Skrupel, mich zu benutzen und zu versauen. Ich würde vielmehr sagen, das gehörte mit zu dem Vergnügen, das er an der Sache hatte. Mich mit hineinzuziehen in seine kleinen Vater-und-Tochter-Ausflüge des Todes.«

Durch ihre unverblümte Ausdrucksweise schien er sich unbehaglich zu fühlen. Aber schließlich hatte er damit angefangen, er hatte Benjamin Fisher in ihrem Kopf heraufbeschworen. Was hatte er denn erwartet? Es musste schwierig für ihn sein, zu beurteilen, wo er Druck ausüben sollte und wo er sich besser zurückhielt. Vielleicht hatte er sogar für eine Sekunde vergessen, dass sie Benjamins Tochter war und es hier nicht um ein Brainstorming unter Kollegen ging.

Er blickte sich um und fragte: »Wie lange töpfern Sie schon?« Er schien die Peinlichkeit der Situation abstreifen zu wollen.

»Immer mal wieder, seit Jahren.« Sie hatte gar nichts gegen einen Themenwechsel.

Vielleicht war die Töpferei eine Art Flucht. Sie stand morgens auf und schnitt Stücke aus dem Ton, indem sie ihn durch Drähte zog, die zwischen Rahmen aufgespannt waren. Sie knetete ihn, klatschte ein Stück auf die Scheibe und konzentrierte ihre gesamte Energie darauf, es zu zentrieren, zu glätten und zu verhindern, dass das Werk misslang. Der kleinste Fehler, die geringste Ablenkung, und sie musste wieder von vorn anfangen.

Wenn sie an der Töpferscheibe arbeitete, dachte sie nie an die Vergangenheit. Sie dachte daran, regelmäßig ihre Finger in der Wasserkanne zu befeuchten und einen gleichmäßigen Druck auf den Ton auszuüben. Sie dachte daran, wie die Sonne, die zum Fenster hereinströmte, sich auf ihrem Rücken anfühlte. Sie dachte niemals an ihren Vater. Sie würde nie zulassen, dass er Teil ihrer Kunst wurde, des Tons, der Schöpfung. Das Ziel, das sie bis heute einigermaßen erfolgreich verfolgt hatte, lautete, ihn von diesem heilenden Ort fernzuhalten.

Die Töpferei versorgte sie auch mit einem Einkommen. Wegen der Nähe zum Joshua Tree Nationalpark kamen viele Touristen vorbei, und ihre friedvollen und seltsam filigranen Arbeiten, die die Schichtungen des Himmels und der Berge einfingen, waren ungewöhnlich genug, um sich gut zu verkaufen.

Daniel nahm eine Schale von der Werkbank und drehte sie um, um ihre Töpfermarke zu betrachten. »Was bedeutet das Logo?«

»Nur ein Bild aus einem Traum.« Ein stilisierter Vogel aus Strichen, wie ihn ein Kind gezeichnet haben könnte. In dieser Gegend hätte es sich auch um eine Petroglyphe handeln können. »Es hat eigentlich keine Bedeutung. Mir ist nichts Richtiges eingefallen. Ich hatte einen Traum, und seitdem verwende ich es.«

»Das würde ich den Leuten nicht erzählen.« Er stellte die Schale zurück. »Das ist ein bisschen suboptimal.«

Sie lachte. Es war ein Laut, der ihr nicht oft entschlüpfte. »Ich versuche, etwas Besseres auszuknobeln.«

»Sie praktizieren gar nicht mehr? Detektivarbeit? Lehre? Wäre eine Schande bei Ihrem Wissen und Ihren Fähigkeiten.«

»Ich habe in den letzten Monaten ein paar Fälle angenommen. Hauptsächlich vermisste Personen. Keiner davon ist gut ausgegangen, aber wenigstens konnten die Angehörigen einen Abschluss finden.«

»Sie sehen anders aus«, sagte er unumwunden.

Weit weg von ihren Tagen bei der Mordkommission und einem Schrank voller schwarzer Hosenanzüge, die sie der Wohlfahrt gespendet hatte. Der Kalender würde zeigen, dass es erst drei Jahre her war, aber es fühlte sich an wie zehn. Definitiv wie ein anderes Leben.

Nach dem psychischen Zusammenbruch hatte sie schnell erkannt, dass sie vielem entkommen musste, vor allem sich selbst und den Gedanken, die sie nicht abstellen konnte. Ein leichterer Ausweg hätte sich angeboten, einer, der alles auf einen Schlag beendete, aber sie weigerte sich, diesen Weg zu beschreiten. Auch weil sie es ihrem Hund und ihrer Mutter nicht antun konnte. Es war ihr persönlicher kleiner Scherz gewesen, den Hund an die erste Stelle zu setzen. Also hatte sie ihren Pick-up vollgepackt, den Hund eingeladen und war ohne Ziel drauflosgefahren. Auf der Straße war jeder Tag eine Flucht, während der Highway unter einem durchrollte. Man blieb in Bewegung und konzentrierte sich auf die alltäglichen Bedürfnisse. Wo man zum Tanken anhielt, wo man mit dem Hund Gassi ging, wo man sein Lager für die Nacht aufschlug, ob man in den Sonnenuntergang oder den Sonnenaufgang hineinfuhr.

Aber ihr alter Hund war noch älter geworden, und sie entwickelte Schuldgefühle, weil sie ihn auf ihrer Reise mitschleifte, obwohl er sich nie beklagte. Und als der Zeitpunkt gekommen war, ihn loszulassen, wurde ihr klar, dass sie kein Heim für seine Asche hatte. Also war sie vor knapp einem Jahr nach Kalifornien zurückgekehrt, hatte diese winzige Hütte gekauft und seine Asche und sein Halsband auf den Kaminsims gelegt. Sie machte es sich wohnlich, aber nicht *zu* sehr, denn das hatte sie nicht verdient. Vor langer Zeit war sie einmal ziemlich gut im Töpfern gewesen. Ein Freund auf dem College hatte es ihr beigebracht. Also besorgte sie sich über das Internet eine gebrauchte Töpferscheibe und fing wieder damit an.

Und so hatte die Heilung begonnen.

»Ich hoffe, Sie sind nicht hier, um die Entscheidungen meines Lebens zu kritisieren«, sagte sie.

»Nein, aber es war ein großer Sprung.«

Er wirkte besorgt. Ihre Mutter trug oft denselben Gesichtsausdruck. »Das ist jetzt mein Ich«, sagte sie. »Kreativität ist heilsam. Sie sollten es mal versuchen. Sie haben einen sehr stressigen Beruf. Töpferei ist meditativ und beruhigend.«

»Das ist nicht wirklich mein Ding.«

»Jeder sollte schöpferisch tätig sein.«

»Ich glaube, das Letzte, was ich gemacht habe …« Er verstummte abrupt, überlegte es sich offensichtlich anders und sagte: »Irgend so eine Nudelkunst in der Schule.«

Sie fragte sich, was es war, das er hatte sagen wollen, bevor er es im letzten Moment hinunterschluckte. »Das ist ein Jammer. Aber mir ist klar, dass Sie nicht den weiten Weg von San Bernardino gekommen sind, um über Kunsthandwerk zu plaudern.« Sie stemmte die Hand in die Hüfte und fügte hinzu: »Ich bin bereit, Sie anzuhören.«

»Setzen wir uns.«

Setzen. Das klang gar nicht gut.

Ihr Vater war tot. Das musste es sein.

Sie hatte lange auf diesen Tag gewartet, und jetzt fühlte sie überraschenderweise Tränen in sich aufsteigen. Sie hatte ihn nie im Gefängnis besucht. Das hatte sie nicht fertiggebracht. Soweit sie wusste, war auch ihre Mutter nur ein paar Mal dort gewesen. Und jetzt, bei der Nachricht von seinem Tod, wurde sie deshalb plötzlich weinerlich? Wie blöd war das denn?

Die Sonne neigte sich dem Horizont entgegen, daher öffnete sie die Vorhänge, und sie setzten sich an den Küchentisch. Daniel schien nach Worten zu suchen.

»Er ist tot«, sagte sie.

»Nein, im Gegenteil, er ist sehr lebendig.«

Sie war erleichtert und enttäuscht zugleich. San Quentin lag acht Stunden Fahrt entfernt, bei starkem Verkehr noch mehr, war aber dennoch zu nah. Konnte allein seine Nähe sie in den Bannkreis seiner Verkommenheit zurückziehen? »Interessant«, sagte sie ruhig und wurde ganz still. Keine zitternden Knie, keine Hand, die sich zur Faust ballte. Sie zupfte nicht am Stoff ihrer Jeans. Sie blinzelte nicht und zog keine Augenbraue hoch.

»Vor fünf Tagen hat er Kontakt mit mir aufgenommen und angeboten, uns zu zeigen, wo seine Opfer vergraben sind.«

Vielversprechend, aber die Masche hatte ihr Vater früher auch schon abgezogen. »Ausgezeichnete Neuigkeiten. Die Familien der Opfer sollten endlich damit abschließen können.« Sie blickte auf ihre Regale voller Töpferwaren, und plötzlich teilte sie Daniels anfängliches Gefühl, dass sie nicht hierhergehörte. Die Töpferei, das Haus, der uralte Pick-up, der darauf wartete, zu einem Ziel zu fahren, das es nicht gab. Die Landschaft, ihre Kleidung, alles erschien ihr jetzt fremd, passte eher zu einem anderen, der stark war und in sich ruhte. »Danke, dass Sie es mich haben wissen lassen.« Sie wollte ihn hier raushaben, brauchte die Einsamkeit. Zitternd holte sie Atem und nickte, um ihm zu bedeuten, dass mit ihr alles okay sei. Aber es war ein verkrampftes Nicken. Er ließ sich davon vermutlich nicht täuschen. »Das ist gut. Sehr gut«, fügte sie hinzu. Wahrscheinlich war er aus Höflichkeit hier, damit sie die Neuigkeit nicht aus anderer Quelle erfuhr. »Ich sage meiner Mutter Bescheid.«

»Das ist nicht alles«, erklärte er.

Was zum Teufel konnte denn noch kommen?

»Er hat eine Bedingung gestellt.« Er betrachtete seine Hände und blickte dann wieder auf. In der Nähe der Augenbraue hatte er eine kleine runde Narbe. Windpocken? Eine Piercingnarbe? Piercing.

»Er führt uns nur dann zu den Begräbnisstätten, wenn Sie mitkommen.«

Renis Gehirn schaltete sich ab. Ihr Blick riss einzelne Objekte aus dem Zusammenhang, was sie von dem Schmerz in ihrer Brust ablenkte. Das leuchtende Gelb in einem Gemälde an der Wand, das Glas, aus dem ihr Gast getrunken hatte. Das Glas musste sie loswerden. Es würde sie immer an diesen Augenblick erinnern.

»Kommt nicht infrage.« Sie hatte ihren Vater nicht mehr gesehen, seit man ihm Handschellen angelegt und er ihr »Baby, mein kleines Mädchen« zugerufen hatte, während die Cops ihn abführten. Dreißig Jahre. So lange war das her. »Ausgeschlossen.«

»Ich dachte mir, dass Sie das sagen würden.« Seine Stimme klang weich. Benutzte er diesen Tonfall, wenn er Verbrecher verhörte? Er war gut, genau richtig. »Ich verstehe.«

Die Leute fragten sie oft, wie es sei, die Tochter eines Serienkillers zu sein. Sie verübelte ihnen diese Neugier nicht. Manchmal antwortete sie, dass es *schrecklich* sei, nur um weitere Fragen zu vermeiden. Ein Wort und fertig. Bei anderen Gelegenheiten, wenn sie sich ungewöhnlich großmütig und in der Stimmung fühlte, sich mitzuteilen, vielleicht ihre Gefühle in die Welt hinaus zu entlassen, damit sie keine ganz so schwere Last mehr darstellten, lieferte sie eine Kurzfassung der Wahrheit. Sie *musste* kurz sein, denn es gab keine Worte, die angemessen vermitteln konnten, wie viel Schaden die Taten ihres Vaters in ihrer Seele angerichtet hatten, welche Leere und welchen schmerzenden Abgrund er in ihrer Brust hinterlassen hatte. Das Beste, was sie tun konnte, war, ein Stück der vielschichtigen Wahrheit freizukratzen. Manchmal, abhängig von ihrer seelischen Verfassung, schlug sie vor, sie sollten sich das vorstellen, was ihnen in der Welt am meisten bedeutete, das ihnen das Gefühl gab, sicher zu sein und geliebt zu werden, um es dann ins genaue Gegenteil zu verkehren. Die Arme, die einen sanft umfingen, wurden zu Tentakeln eines Monsters. Der Mund, der einem im Bett etwas vorlas und einen Gutenachtkuss gab, wurde zu einer blutenden Wunde der Lüge, einer finsteren Höhle voller umherkriechender Schmeißfliegen.

Aber es war komplizierter, weil das Herz sich immer noch der Liebe entsann, die in beide Richtungen geflossen, die gegeben und empfangen worden war. Die Bindung zwischen Vater und Tochter war etwas Besonderes. Sie blieb lebendig und schuf Liebe auf einer zellulären Ebene. Ganz egal, wie schrecklich die Taten ihres Vaters gewesen waren, sie konnten die Erinnerungen an den Menschen nicht verdrängen, den sie gekannt und geliebt hatte. Das würde immer so sein, gleichgültig, wie alt sie wurde oder wie viele Leben sie lebte, um aus seinem Schatten herauszutreten. Selbst jetzt, mit achtunddreißig, dachte sie mit wehmütiger Seele an ihn zurück und betrauerte den Verlust des Menschen, für den sie ihn gehalten hatte, nicht des Mannes, zu dem er geworden war. Sie schaffte es nicht, ihren Frieden damit zu machen, dass diese beiden gegensätzlichen Personen in einem einzigen Körper wohnten, der immer noch am Leben war und im Todestrakt verrottete und sich die Zeit bis zu seinem letzten Weggang vertrieb.

Daniel wartete stumm.

Wie könnte sie es ertragen, ihren Vater wiederzusehen? Wie könnte sie verhindern, daran zu zerbrechen? Ihr Leben lang, seit seiner Verhaftung, hatte sie sich bemüht, weiterzuziehen, so zu tun, als wäre er tot. Versucht, ihn aus ihrem Herzen zu verbannen, während er einmal ihr ganzes Herz *gewesen* war. Sie war nicht sicher, ob sie selbst eine kurze Begegnung überleben konnte.

»Was will er?«, brachte sie schließlich flüsternd heraus.

»Ich weiß nicht. Vielleicht möchte er Sie einfach nur wiedersehen?«

»Es muss mehr dahinterstecken.« Sie griff nach einer Tube Lippenbalsam in einer Tonschale auf dem Tisch. Er roch nach Lavendel. Sie stand auf und warf ihn fort. Sie schnappte sich Daniels Glas und schmiss es ebenfalls in den Müll. Das ganze Haus musste verschwinden, sie musste ihre Kleider verbrennen und weit, weit weg an einen anderen Ort ziehen. Zum Mars vielleicht.

»Sie haben Zeit«, sagte Daniel. »Tagesausflüge für Mörder aus dem Todestrakt werden nicht ohne Weiteres bewilligt. Wir müssen das gesamte Gefängnispersonal Stillschweigeverpflichtungen unterschreiben lassen. Das Letzte, was wir brauchen, sind Reporter und Neugierige, die das potenzielle Fluchtrisiko erhöhen. Ihr Vater wird nicht erfahren, wann die Exkursion stattfindet – nur für den Fall, dass er außerhalb einen Komplizen hat.«

Eines musste sie ihm lassen, er sagte kein Wort wegen des Glases.

»Also schalten Sie Ihr Telefon ein. Warten Sie auf meinen Anruf. Ich lege los mit dem Papierkram, und wenn Sie sich entscheiden mitzumachen, haben Sie genügend Zeit, es mit Ihrer Mutter zu besprechen.« Als Nachgedanken fügte er hinzu: »Nur damit Sie Bescheid wissen: Ihre Mutter wollte er nicht sehen.«

»Es wird den Familien ermöglichen, mit der Vergangenheit abzuschließen«, sagte Reni, wie um sich selbst zu überzeugen.

»Und vielleicht auch Ihnen.« Er blinzelte ein wenig zu langsam, als würde er etwas hinunterschlucken, um die Sache positiver darzustellen, als sie war.

Noch ein paar Jahre und ein paar Morde mehr, und diese Art zu denken würde aus ihm herausgebrannt worden sein.

Konsterniert bemerkte sie, dass die Sonne bereits hinter dem Horizont versank und den Raum mit ihrer rosafarbenen Glut erfüllte.

Ihr Vater hatte Sonnenuntergänge geliebt. Das war eine ihrer deutlichsten Erinnerungen. Er hatte ihre Hand genommen, und sie waren zu einem besonderen Aussichtspunkt auf dem Anwesen ihrer Großmutter gewandert. Die Sonne schwebte so lange über dem Horizont, dass sie manchmal dachte, es wäre gar nicht die Sonne, sondern irgendetwas anderes, dessen Existenz ihr Vater ihr eingeredet hatte. So war er gewesen. Er hatte die Realität so lange verdreht, bis sie dachte und sah, was er sie denken und sehen lassen wollte.

Profiling war hochmodern. Sie hatte im ganzen Land Vorträge darüber gehalten. Sie galt als Expertin. Sie war es, die man anrief, wenn irgendwo ein schreckliches Verbrechen verübt worden war. Aber ihr Vater hatte nie in ein Profil gepasst. Ein Mann, der seine Familie liebte, die Natur, Sonnenuntergänge, Tiere. Ein Mann, der ihr eine perfekte Kindheit gegeben und sie angebetet hatte. Ein Mann, der liebte und geliebt wurde.

Und doch war er das personifizierte Böse. Vielleicht die allerschlimmste Art, denn er hatte es vor ihren Augen verborgen und ihr kindliches Herz betrogen. Und später, als sie Verdacht zu schöpfen begann, als sie versuchte, ihn auffliegen zu lassen, hatte ihre Mutter ihr nicht geglaubt, und Reni hatte begonnen, an allem zu zweifeln, was sie wusste.

Und doch vermisste sie ihn selbst jetzt noch. Darin lag die Gefahr, ihn wiederzusehen. Sie vermisste die Art, wie er ihren Namen sagte. Reni, ein traditioneller Name in der Familie, sanft ausgesprochen, mit einem Anflug von Südstaatenakzent. Er saß im Gefängnis und sie war hier, in der Wüste, in Sicherheit vor ihm und seiner Macht. Doch sie hatte Angst, dass sie ihn wieder lieben würde, wenn sie ihn sah.

»Es tut mir leid«, sagte Daniel, als würde er verstehen, was sie durchmachte. Aber das konnte niemand. Das erwartete sie auch nicht. Wollte es nicht.

»Für Sie ist das nur eine weitere Kerbe in Ihrem Revolvergriff«, meinte sie. »Wenn es vorbei ist, wird man Sie als Gastredner nach Quantico einladen. Aber es ist *mein* Leben und das meiner Mutter. Ich will nicht zum Stadtgespräch werden. Ich will nicht herausfinden müssen, dass Sie die Geschichte an irgendeinen Podcaster für eine zehnteilige Serie verkauft haben. Ich will keine Presse. Ich will nirgendwo einen persönlichen Bericht aus Ihrer Perspektive lesen.«

»Ich bin vollständig Ihrer Meinung. Ich habe nicht die Absicht, Ruhm und Reichtum zu erwerben.«

»Ach, kommen Sie. Zumindest Ruhm unter Kollegen. Ich weiß, wie wichtig das sein kann.«

Er schüttelte den Kopf. »Kein Interesse.«

Er konnte leugnen, so viel er wollte, aber er wirkte wie ein Getriebener. Sie hatte das Gefühl, dass für ihn ein bisschen mehr auf dem Spiel stand, als er eingestand.

»Manche Menschen möchten tatsächlich nur das Richtige tun«, sagte er.

Sie warf einen Blick auf die Landkarte an der Wand und wusste, dass es nur eine Antwort geben konnte. Wenn ihr Vater sie wirklich zu den Begräbnisstätten führte, würde das vielleicht das Gefühl der Komplizenschaft auslöschen, nach dem Daniel sie an jenem Tag in Quantico gefragt hatte.

»Ich mache es.«

Kapitel 4

Drei Jahre zuvor

Rosalind Fishers freiwillige Arbeit mit missbrauchten Frauen hatte sie darauf gedrillt, bei Anrufen auch mitten in der Nacht sofort ans Telefon zu gehen. Häusliche Gewalt, oft befeuert von Alkohol und Drogen, fand häufig nach Einbruch der Dunkelheit statt. Als sie jetzt abhob, rechnete sie damit, die Stimme ihres Kontakts bei »Safe Home« zu hören, einem Frauenhaus, weil jemand sofort einen Unterschlupf brauchte. Rosalind hielt immer ein Gästezimmer bereit. Saubere Laken und Handtücher. Bandagen und Eisbeutel und Schmerzmittel, falls sie gebraucht wurden.

Der Anruf kam *tatsächlich* von einer hilfsbedürftigen Person, aber nicht von einem Fremden. »Mom? Ich brauche deine Hilfe.«

Die plötzliche Angst einer Mutter verursachte einen scharfen Schmerz, der mit nichts anderem vergleichbar war. Er saß tief.

Rosalind schaltete das Licht an und setzte sich im Bett auf. Sie wünschte, Reni wäre nicht so weit weg. Die große Entfernung zwischen ihnen hatte ihr nie gefallen, aber sie versuchte, ihre

Tochter zu unterstützen, ganz egal, welche Entscheidungen sie traf. Selbst wenn sie schlecht waren.

»Erzähl.« Rosalind kämpfte darum, ruhig und gefasst zu klingen und die Panik nicht durchscheinen zu lassen, die sie spürte. Damit war niemandem geholfen.

»Es war dunkel. Mein Partner und ich haben an einem Fall gearbeitet … und ich glaubte, jemanden zu sehen, der in Wirklichkeit gar nicht da war.« Renis Stimme klang belegt, und sie sprach ein bisschen undeutlich. Drogen? Alkohol? Gar nicht gut.

»Ist mit *dir* alles in Ordnung? Das will ich vor allem wissen.«

»Ja.«

Rosalind stieß müde den Atem aus. Alles ließ sich richten. Jeder konnte sich besser fühlen, wenn man nur die richtigen Worte wählte. »Wo bist du?«

Reni sagte es ihr. Sie rief aus dem Krankenhaus an. Das war beruhigend. Sie hatte sich selbst eingewiesen, und der Grund für ihre schwere Zunge waren Medikamente.

Sie war immer ein schwieriges Kind gewesen. So viel stand fest. Als Neugeborenes hatte sie tagelang ununterbrochen geschrien, und Rosalind war an einen Punkt gelangt, wo etwas geschehen musste. Sie hatte sich nicht wegen sich selbst oder ihres Schlafmangels Sorgen gemacht, aber für das Kleinkind konnte es nicht ewig so weitergehen. Es war eine schlimme Situation gewesen. In seiner Verzweiflung hatte Ben Reni in die Hütte seiner Mutter in der Wüste mitgenommen. Und wie es später in der Familienlegende hieß (obwohl Rosalind an der Schnelligkeit von Renis Wandlung zweifelte), hatte sie augenblicklich aufgehört zu schreien, Babymilch angenommen und angefangen, wie ein normales Baby zu schlafen.

Doch sie war immer ein ernstes und melancholisches Kind geblieben, das viel beobachtete und nachdachte, seine Gedanken aber häufig für sich behielt. Es entstand nie eine wirklich enge Bindung zwischen ihnen, nicht so, wie es hätte sein sollen. Manchmal war Rosalind nicht sicher, ob Reni sie überhaupt leiden konnte. Es war schwer für eine Mutter, wenn das eigene Kind sie nicht mochte. Ben hatte immer gesagt, dass sie sich das nur einbildete, aber sie glaubte ihm nicht.

Vielleicht war das der Grund, warum Rosalind damals ihr Haus für missbrauchte Frauen geöffnet hatte. Es war ein gewisser Ausgleich für das angespannte Verhältnis zu Reni gewesen und hatte es dieser wiederum leicht gemacht, mehr Zeit mit Ben zu verbringen. Aber als er ins Gefängnis kam und Renis Großmutter gestorben war, blieben nur sie beide übrig, und Rosalind musste sich endlich um ihre Tochter kümmern. Und zum ersten Mal in ihrer Beziehung hatte Reni darauf positiv reagiert.

»Es tut mir leid, Süße. Vielleicht ist es der Stress bei der Arbeit.« Reni hatte ein weiches Herz, weicher, als gut für sie war.

»Ich weiß nicht.«

Rosalind spürte, dass sie etwas zurückhielt. »Solche Dinge geschehen in stressbeladenen Situationen«, sagte sie, um ihre Tochter zu beruhigen. »Und im Dunkeln …«

»Das ist nicht alles.«

Sie klang außer sich, gar nicht ihr übliches, besonnenes Selbst.

»Ich habe noch nie die Waffe gegen jemanden gezogen«, sagte Reni. »Ich behalte sonst einen kühlen Kopf. Aber das Gesicht meines Partners im Dunkeln … es veränderte sich. Ich habe plötzlich eine andere Person gesehen.«

»Wen?«

Eine lang gezogene Pause. »Daddy.«

»Ach, Liebling.« Welche tröstlichen Worte konnte es *darauf* geben?

Rosalind hatte mit so etwas gerechnet. Doch lange Zeit hatte sie sich gestattet, sich zu entspannen und zu hoffen, es würde nie passieren. Sie hatte sich intensiv mit Trauer und komplexen Traumata beschäftigt, sowohl auf dem College als auch später mit Benjamin. Seltsamer Gedanke, dass er ein hervorragender Psychologieprofessor gewesen war. Aber das war nun einmal eine Tatsache.

Am Tag nach Bens Verhaftung, als die Wahrheit über seine Taten ans Licht kam, hatte Reni sich in ihr stoisches, schweigsames Selbst zurückgezogen. Erst später, als sie von den Detectives befragt wurde, war ihr Anteil an den Morden herausgekommen.

»Ich fliege gleich morgen früh«, sagte Rosalind. »Wir überlegen uns gemeinsam etwas.«

»Du kommst?« Ungläubigkeit und Erleichterung.

»Natürlich.«

Am folgenden Morgen hatte Rosalind einen Flug von Palm Springs nach Boston genommen. Im Krankenhaus sprach sie mit dem Arzt, der ihre Tochter behandelte.

»Ich glaube nicht, dass sie ihre Arbeit wieder aufnehmen sollte, jedenfalls nicht sofort«, meinte er.

»Das denke ich auch. Ich nehme sie mit nach Hause zu mir.«

»Ich würde ihr empfehlen, sich ein paar Monate freistellen zu lassen. Falls sie nicht schon einen Psychiater hat, würde ich dringend dazu raten, sich einen zu suchen. Sie braucht Medikamente. Sie darf nicht unter Stress geraten. Es könnte sich um einen traumatischen Flashback gehandelt haben. Ehrlich gesagt wäre das nicht ungewöhnlich. Ich finde, die meisten Angehörigen unserer Polizei und des Militärs sollten psychiatrische Betreuung erhalten und Selbstfürsorge und Stressmanagement lernen. Ich bin sicher, sie wird sich freuen, Sie zu sehen.«

Rosalind war nicht darauf gefasst gewesen, wie schlimm Reni aussah. Sie überlegte, wie lange es her war, dass sie sich gesehen hatten. Nur ein paar Monate. Wie hatte sie so dünn werden können, mit eingefallenen Wangen, vorspringenden Knochen und dunklen Augenringen? Das war nicht über Nacht passiert.

»Alles wird wieder gut«, sagte sie zu ihr. »Wir gehen nach Hause.« Sie sah, dass Reni überlegte, was »zu Hause« bedeutete. »Nach Kalifornien«, erklärte sie.

Vielleicht nicht gerade die beste Idee, sie in das Haus zu bringen, in dem die schlimmsten Erlebnisse ihres Lebens angefangen hatten. Aber es war auch ein Ort der Zuflucht gewesen, zumindest früher einmal.

»Ich würde gern in Großmutters Hütte ziehen.«

Es hatte Rosalind schon immer geärgert, dass ausgerechnet Beryl Fisher zu Reni Zugang gefunden und sich um das Baby gekümmert hatte. »Ach, Reni. Ich hasse die Wüste. Das weißt du doch.«

»Du musst nicht mitkommen.«

»Es gibt keine Elektrizität, und selbst Wasser geliefert zu bekommen, ist ein Problem. Kein Handyempfang. Das ist jetzt nicht der richtige Ort für dich. Lass uns einfach nach Hause fahren und später darüber sprechen. Okay?«

Reni hatte genickt.

Rosalind half ihr beim Anziehen. Die Krankenschwester gab Rosalind eine Tüte mit Medikamenten und Rezepten mit. Draußen nahmen sie ein Taxi zu Renis Wohnung. Während Reni wie betäubt auf einem Stuhl saß, warf Rosalind Kleidung und Toilettenartikel in einen Koffer. Dann bemerkte sie die Futternäpfe auf dem Küchenboden. Verdammt. Den Hund hatte sie vergessen.

»Wo ist Sam?«

»Ein Nachbar kümmert sich um ihn.«

Es war keines dieser Minihündchen. Ein großer Labrador. Planänderung. Sie mussten mit dem Wagen quer durchs Land fahren. Rosalind wusste, dass selbst eine schwer unter Beruhigungsmitteln stehende Reni nicht eingewilligt hätte, den Hund als Frachtgut aufzugeben. Rosalind fand die Idee auch nicht gut.

»Was ist mit meinem Fisch?« Reni deutete auf eine Glaskugel mit einem lila-roten Kampffisch.

Rosalind spürte Sam auf, glücklicherweise im selben Gebäude. Sie tauschte den Fisch gegen den Hund und reichte die Glaskugel samt Futter einem Mann im Trainingsanzug.

»Meine Tochter wünscht sich schon lange einen Fisch«, sagte er. »Toll.«

Wieder in der Wohnung, packten sie alles Notwendige für einen dauerhaften Umzug in Kartons. Fünf Tage später waren sie in Kalifornien, und Reni erholte sich in ihrem alten Zimmer, während Sam neben ihr im Bett schlief.

Kapitel 5

Gegenwart

Es fiel Reni immer schwer, in das Haus zurückzukehren, aus dem die Polizei ihren Vater in Handschellen abgeführt hatte. Normalerweise tat sie alles in ihrer Macht Stehende, diese vertrauten Mauern nicht zu betreten. Sie hatte lange darüber nachgedacht, ob sie ihrer Mutter von dem Deal erzählen sollte, den Benjamin abzuschließen versuchte. Am Telefon wäre es leichter gegangen. Aber am Ende hatte sie das Gefühl, ihrer Mutter, die unlängst so viel für sie getan hatte, ein Gespräch unter vier Augen schuldig zu sein.

Also fuhr sie jetzt, eine Hand am Lenkrad, den gestiefelten Fuß vom Gaspedal gehoben, weil die vierspurige Straße steil abwärts führte, aus der Hochwüste nach Palm Springs hinunter. Man konnte zusehen, wie die Außentemperatur mit jedem Kilometer stieg. Es war nicht ungewöhnlich, dass es in der Tiefebene der Wüste zehn oder elf Grad wärmer war.

Drei Tage waren vergangen, seit Daniel Ellis in ihrer Hütte aufgetaucht war. Seitdem hatte sie eine Handwerksmesse besucht und genügend Töpferware verkauft, um einen weiteren Monat zu überstehen. Sie war nicht sicher, ob sie jemals zum FBI zurückkehren würde, aber alles Urlaubsgeld hatte sie schon längst aufgebraucht. Sie lebte von der Hand in den Mund, und nur durch die Töpferei hatte sie genug zu essen und konnte die kleine Hypothek abbezahlen. Sie war zufrieden mit ihrer gegenwärtigen Situation, und de facto genoss sie die allgegenwärtige Gefahr eines finanziellen Zusammenbruchs. Morgen konnte alles vorbei sein. Oder auch nicht.

Ihre Mutter hatte angeboten, ihr unter die Arme zu greifen, doch das hatte Reni aus mehr als nur einem Grund abgelehnt. Rosalind Fisher konnte ein richtiger Kontrollfreak sein, und Reni wollte sich nicht ihrer Gnade ausliefern. Und im Unterschied zu der holprigen Beziehung von früher lief es mittlerweile recht gut. Es war kein enges Verhältnis, aber ganz passabel. Sie durfte nicht riskieren, es zu zerstören.

Sie erreichte die Stadt und durchquerte die Touristenzone.

Palm Springs kam einem vor wie eine kalifornische Küstenstadt, lag allerdings hundertfünfzig Kilometer vom Strand entfernt am Rand des Inland Empire. Man glaubte immer, das Meer müsse eigentlich hinter der nächsten Straßenecke liegen. Aber nein. *Fahr weiter.*

Sie war hier geboren und aufgewachsen, doch als Kind zu nah dran gewesen, um den Überblick zu haben. Es war eben die Stadt, in der sie lebte. Später war Palm Springs ihr ein wenig so vorgekommen wie ein Hochglanzmagazin, das jemand offen am Pool in der Sonne vergessen hatte. Die Stadt in der Wüste war berühmt als Geburtsort des Modernismus aus der Mitte des letzten Jahrhunderts. Dessen Einfluss war überall sichtbar, in den Coffeeshops, den Hotels, den Wohnhäusern. Nur zwei Stunden von Los Angeles entfernt, war die Stadt auch ein Spielplatz der Stars gewesen. Palmengesäumte Straßen mit Namen wie Gene Autry Trail und Frank Sinatra Drive erinnerten die Besucher an das Hollywood der Vergangenheit. Am Flughafen gab es sogar eine Halle, die nach Sonny Bono benannt war.

Wenn die Temperaturen im Coachella Valley unerträglich wurden, beförderte eine Seilbahn die Leute aus der Hitze hinauf in die San Jacinto Mountains. Es gab Highways, auf denen man bequem zwischen den verschiedenen Höhenlagen hin und her pendeln konnte, vorbei an den typischen riesigen weißen Windkrafträdern, deren Propeller sich träge in dem Ozon drehten, das von Los Angeles her ins Tal sickerte. Dann kamen meistens auch Warnungen bezüglich der Luftqualität, und zumindest mit Kopfschmerzen war zu rechnen. Wem das nicht aufregend genug war, der konnte auf die San-Andreas-Verwerfung und die Walker Lane hoffen, die tief und verborgen ein paar Kilometer außerhalb der Stadt lagen. Es hatte in der Vergangenheit einige ziemlich schwere Erdbeben gegeben, aber jeder wartete auf das ganz große. Die Experten meinten, es sei nur eine Frage der Zeit.

Her damit.

Mit einer tief sitzenden, altvertrauten Furcht bog Reni an der Ampel ab und fuhr eine breite, glatt asphaltierte Straße entlang zu der Sackgasse, wo sie aufgewachsen war. Das Haus der Familie stammte aus den Fünfzigerjahren und war ungefähr so klassisch, wie ein Haus nur sein konnte, mit einem Schmetterlingsdach, weißen Porenbetonsteinen und hohen Palmen. Ein perfektes Beispiel für die Begegnung des Modernismus aus der Jahrhundertmitte mit dem Wüstenmodernismus. Im Lauf der Jahre war es Teil einiger Touristenführungen gewesen, was ihre Mutter mit Stolz erfüllte. Reni vermutete, dass die Leute einfach nur sehen wollten, wo der Inland-Empire-Killer gelebt hatte.

Sie hatte ihre Mutter nicht vorgewarnt, und sobald sie im Haus war und ihre Tasche auf die niedrige Couch hatte fallen lassen, begann Rosalind Fisher mit dem »Reinigungsritual«, wie sie beide es mittlerweile bezeichneten.

Es hatte eine Weile gedauert, aber irgendwann hatte Reni entdeckt, dass Gerüche ein starker Auslöser für das waren, was als »komplexes Trauma« diagnostiziert worden war. Der Geruch des Hauses traf sie immer wie ein Schlag, egal, wie gut sie darauf vorbereitet oder wie viel Zeit vergangen war. Obwohl die Wände anders gestrichen waren und keine Familienfotos herumstanden, obwohl sie noch Jahre nach Benjamins Verhaftung dort gewohnt hatte, löste jede Rückkehr eine heftige Reaktion aus, und sie ballte die Hände zu Fäusten, bis die Nägel blutige Halbmonde in ihren Handflächen hinterließen.

Selbst jetzt, nach so vielen Jahren, konnte Reni ihre bedrückende Kindheit riechen, die sie erst im Nachhinein als düster erkannt hatte, während ihre Mutter herumlief, um Duftkerzen anzuzünden und Aroma-Diffusoren einzuschalten. Aber der Ort, wo sich ihr Leben in einem einzigen Augenblick verändert hatte, wo die Wirklichkeit auf den Kopf gestellt worden war, konnte niemals durch Farbe oder Bilder oder den klebrigen Duft von einer Million Räucherstäbchen überdeckt werden. Statt sich zu etwas Neuem zu fügen, zu überschreiben, was vorher gewesen war, verschmolzen die Kerzen und die Bilder lediglich mit der Vergangenheit.

Ihre Mutter, mit ihrem klimpernden, goldenen Armband, den schwarzen Zigarettenhosen und einem frischen, ärmellosen weißen Top mit sorgfältig arrangiertem Kragen, sah aus wie eine Kreuzung aus Audrey Hepburn und einer hochgewachsenen und jüngeren Sally Fields. Sie lief davon und kam zurück mit einer Flasche Raumspray, die sie in die Höhe hielt und versprühte.

Das war neu im Repertoire.

Es roch nach Tannengrün, und Reni drehte sich kurz der Magen um, bevor sie sich unter Kontrolle bekam. Die physische Reaktion zu unterbrechen war ein Trick, an dem sie gearbeitet hatte. Wenn sie sie stoppen und zurückdrängen konnte, ließ auch der emotionale Schock nach.

Sie sagte ihrer Mutter nicht, dass das Spray sie störte. Während Reni ihre tieferen Gefühle verbarg, bekämpfte ihre Mutter die Vergangenheit mit Dingen, die sie versprühen und schmelzen und einschalten konnte.

Elegant und geschliffen, mit gefärbten Haaren, deren Ansatz nie zu sehen war, verließ sie das Haus niemals ohne Make-up, besuchte Yogakurse und Malschulen und aß gesund. Sie war sich ihrer gesellschaftlichen Stellung und ihres philanthropischen Status als Unterstützerin der örtlichen Künste und Künstler völlig bewusst. Ihr Haus war ein Zufluchtsort für Frauen, die einen sicheren Ort und ein Bett zum Schlafen brauchten. Das war Rosalind Fisher.

»Du hättest mir Bescheid sagen sollen, dass du kommst.« Sie stellte die Sprühflasche beiseite und justierte den Thermostat so, dass die Klimaanlage sich einschaltete und den Duft im Haus verteilte. »Ich hätte alles für dich gelüftet. Ich weiß, wie empfindlich du bist. Du und deine Kopfschmerzen.«

Reni hatte sich auf Migräneattacken hinausgeredet. Das war leichter, als zu sagen, dass Gerüche Flashbacks auslösten. Was geschehen war, würde immer wie eine dunkle Wolke über ihnen hängen und zwischen ihnen stehen, doch gemäß einer viele Jahre zurückreichenden, unausgesprochenen Vereinbarung redeten sie nicht darüber. Selbst jetzt wirkte es noch irreal. Es würde niemals real wirken. Aber sie versuchte, ihre Mutter nicht sehen zu lassen, wie sehr sie angeschlagen war. Vielleicht, weil Rosalind selbst genug gelitten hatte oder weil Reni nicht bemuttert werden wollte. Das Wissen, ihren Vater bald wiederzusehen, machte ihr überdeutlich bewusst, wie schlecht die Wunden verheilt waren.

Als Kind hatte ihr Vater das Zentrum ihrer Welt gebildet. Das Haus war ein sicherer Zufluchtsort gewesen, das Zusammensein der Familie oft eher langweilig. Aber selbst die blassesten Menschen konnten dunkle und hässliche

Geheimnisse haben. Das hatte sie später bei ihrer Arbeit als Profilerin festgestellt. Serienkiller waren im Alltag selten interessante Leute. Ihr Vater war ein angesehener Psychologieprofessor gewesen, der nebenbei zu Hause eine Therapiepraxis betrieb. Ihre Mutter hatte die Rolle der Oberschicht-Ehefrau gespielt, obwohl sie nicht wohlhabend genug war, um mit den wirklich Reichen mitzuhalten. Sie hatte so getan, als ob, weil sie eben eine Naturgewalt war. Manche mochten denken, dass ihr Wohltätigkeitsengagement eine Methode war, ein Gegengewicht für die Untaten ihres Ehemanns zu schaffen, doch Rosalind hatte schon humanitäre Arbeit geleistet, bevor sie Benjamin Fisher auf dem College kennenlernte, wo sie denselben Psychologiekurs besuchten. Wie sich herausgestellt hatte, hatte Benjamin den krankhaften Wunsch, Schmerz zuzufügen, während Rosalind den Drang verspürte, ihn zu lindern.

»Ich muss mit dir reden«, sagte Reni. *Besser, die Sache hinter sich zu bringen.* Sie ging in die Küche, ein Raum, der einladend hätte sein sollen, auf sie jedoch nicht weniger verstörend wirkte als der Rest des Hauses. Das lag an den Glasschiebetüren, die zu einem kleinen Pool hinausführten, in dem ihr Vater ihr das Schwimmen beigebracht und sie in die Luft geworfen hatte, während sie vor Entzücken kreischte.

Sie schloss die Augen und wünschte sich, in der Erde zu versinken, stellte sich vor, in den Pool zu springen, auszuatmen und unterzugehen bis zum Grund, weit weg von der Welt. Zugleich dachte sie an ihre Hütte, nur eine Stunde entfernt. An die Urne mit der Asche auf dem Kaminsims und die Art, wie die Sonne durch das Fenster schien. Bald würde sie wieder dort sein. Das war ein Versprechen, das sie sich selbst gab.

Als sie die Augen wieder öffnete, befand sie sich immer noch an demselben Ort, an dem sie nicht sein wollte. Einem Ort voller böser und kalter Geheimnisse, an dem Reni von ihrem Schlafzimmerfenster aus zugesehen hatte, wie die Polizei ihren Vater abführte, während sie sich fragte, wann man *sie* holen würde.

Später, als der erste Aufruhr sich gelegt hatte und sie wieder zur Schule ging, flüsterten die Mitschüler hinter vorgehaltener Hand über sie und schnitten sie. Die meisten der Kinder, mit denen sie aufgewachsen war, wechselten nie mehr ein Wort mit ihr. Es gab sogar eine Petition, sie von der Schule zu entfernen, weil sie »eine Störung des Lehrbetriebs darstelle«. Erfolglos, aber Reni hatte dennoch die Schule gewechselt, denn, wie ihre Mutter es ausdrückte: »Sie stören deine Fähigkeit, eine gute Ausbildung zu erhalten.«

Es spielte keine Rolle, wie viel Zeit verging, die Schuldgefühle, die Reni wegen ihrer Beteiligung an den kranken Spielen ihres Vaters empfand, würden sich nie vermindern. Ja, sie hatte versucht, ihrer Mutter davon zu erzählen, aber sie hatte sich sehr vage ausgedrückt, sodass eine Erwachsene es leicht als kindliche Paranoia oder sogar einen Traum hatte abtun können. Weil Reni nicht wirklich verstanden hatte, was geschah, und im Grunde ihren Vater nicht in Schwierigkeiten bringen wollte. Sie hatte keine Spannungen zwischen ihren Eltern auslösen wollen.

»Daddy spielt gern Spiele«, hatte sie Rosalind vor all den Jahren erzählt.

»Ich bin froh, dass du einen Daddy hast, der mit dir spielt.«

»Daddy nimmt mich nachts mit in den Park.«

»Die Dunkelheit ist kein Grund, zu Hause zu bleiben. Davor müssen wir uns nicht fürchten.«

»Daddy benimmt sich komisch.«

»Manchmal trinkt er zu viel, und dann verhalten sich Erwachsene merkwürdig.«

Jetzt erzählte Reni ihrer Mutter mit verschränkten Armen in der Küche von Benjamins geplantem Deal.

»Das hat er schon früher versucht«, sagte Rosalind. Immer praktisch, ihre Mutter. »Und es hat nie zu etwas geführt.«

»Diesmal scheint es anders zu sein.« Mit trockenem Mund schenkte Reni sich ein Glas Leitungswasser ein und setzte sich mit ihrer Mutter an den Küchentisch.

Es war derselbe Platz, an dem sie als Kind gesessen hatte.

Warum hatte ihre Mutter nur die ganzen alten Möbel behalten? Selbst das Bett, das sie mit Benjamin geteilt hatte. Reni hätte das verdammte Ding nach draußen geschleift und auf dem Rasen verbrannt. Vor Jahren hatte sie versucht, ihre Mutter dazu zu überreden, das Haus zu verkaufen. Irgendwann hatte es so ausgesehen, als würde Rosalind sich darauf einlassen, doch sie hatte es sich anders überlegt.

»Mir gefällt es hier«, hatte sie gesagt. »Ich will hier nicht weg. Und ich weiß nicht, was ich ohne Maurice machen sollte. Oder er ohne mich.«

Maurice, ihr Freund und Nachbar, war eine feste Größe in ihrem Leben. Er hatte nach der Verhaftung ihres Vaters zu ihnen gehalten und sich nicht zurückgezogen wie so viele andere Leute. Er hatte sie ins Kino und zum Essen mitgenommen, und es hatte ihn nie gekümmert, dass die Menschen sie anglotzten und über sie tuschelten. Reni war ziemlich sicher, dass er in ihre Mutter verliebt gewesen war. Und wohl immer noch war.

Wenn ihre Mutter weggezogen wäre, hätte sie damit zugelassen, dass ihr Vater ihr Leben zusätzlich kaputtmachte. Und Reni verstand, dass sie mutig gehandelt hatte. Sie hatte den Kopf hoch erhoben und war geblieben. Nach einer Weile reagierten die Leute nicht mehr, wenn sie sich in der Öffentlichkeit sehen ließen. Das Geflüster und die verstohlenen Blicke hörten auf. Neue Menschen zogen zu, und viele davon kannten die alten Geschichten nicht einmal. Und nun wurde Rosalind sogar für ihr ehrenamtliches Engagement mit einer öffentlichen Preisverleihung ausgezeichnet. Sie hatte es verdient.

»Ich denke, diesmal könnte es ihm ernst sein damit«, sagte Reni. »Bisher bin ich in der Gleichung nie aufgetaucht. Ich wollte dich nur warnen.«

»Wer ist dieser Detective?«, erkundigte sich Rosalind. »Bist du sicher, dass er echt ist? Vielleicht nur jemand, der nach einer Schlagzeile sucht. Du weißt ja, wie viele Reporter uns im Lauf der Zeit belästigt haben. Erst kürzlich war wieder eine Journalistin hier, und ich musste sie wegschicken.«

»Das könnte dieselbe sein, die auch bei mir war. Der Detective heißt Daniel Ellis. Ich habe die Website seiner Abteilung überprüft. Er ist echt.«

Ihre Mutter zog ihr Smartphone hervor, tippte unbeholfen mit einem Finger etwas ein, scrollte und drehte den Bildschirm dann zu ihr. »Der ist ja noch ein Baby.«

Reni lächelte. Rosalind hatte mit Google Images nach ihm gesucht. Auf dem Foto trug Daniel Ellis einen Smoking und stand neben einer Frau in einem grünen Abendkleid. Seltsamerweise sah er in dem Smoking noch mehr aus wie ein Junge, der sich verkleidet hatte. »Er hat eben so ein Gesicht«, meinte Reni.

»Er sollte sich einen Bart stehen lassen. Einen gut geschnittenen. So nimmt ihn doch niemand ernst.«

»Das musst du ihm sagen, falls ihr euch mal begegnet.« Man hätte Rosalinds Kommentare aufdringlich finden können, aber Reni hatte gelernt, sie einfach zu akzeptieren. Rosalind hatte ihre eigenen Vorstellungen und hielt Vorschläge für jeden parat. Sie wollte den Menschen eben helfen.

»Ich habe seine Telefonnummer. Ich rufe ihn an.«

»Hör auf damit. Ich bin keine zwölf mehr.«

»Ich finde, du solltest dich nicht in die Geschichte reinziehen lassen. Du bist noch nicht wieder auf dem Damm. Geh zurück in die Wüste und arbeite an deiner Töpferei.«

»Weißt du eigentlich, wie herablassend du klingst? Als würdest du sagen: Geh spielen auf dein Zimmer.«

»Tut mir leid, Liebling. Ich mache mir eben Sorgen. Und du hast erstaunlich viel Talent, ein Talent, das dir geholfen hat, die letzten paar Jahre zu überstehen. Zerstör das nicht. Ich bin immer zu haben, wenn es darum geht, Künstler zu unterstützen. Das weißt du. Also bitte, sag ihm ab. Ruf ihn gleich an. Und selbst falls Benjamin euch zu den Leichen führen sollte, das bringt die Toten nicht zurück. Es macht alles nur noch schlimmer. Es ist jetzt dreißig Jahre her. *Dreißig Jahre.* Es ist vorbei. Ich will das nicht ein weiteres Mal durchmachen. Übertragungswagen vom Fernsehen, die das Haus zuparken. Ich werde nicht mehr zum Yoga gehen können, ohne dass mir jemand ein Mikrofon vors Gesicht hält. Sag ihm ab.« Der letzte Satz war ein Befehl. Rosalind schien nicht klar zu sein, dass Reni erwachsen war und ihr nicht länger gehorchen musste.

»Für die Familien der Opfer ist es nicht vorbei«, sagte Reni. »Sie haben nicht damit abschließen können. Die Zeit spielt keine Rolle.« Sie erwähnte nicht, dass sie selbst auch einen Schlusspunkt brauchte. Ihre Mutter wusste zwar, dass sie weiterhin nach den Leichen suchte, hatte jedoch keine Ahnung, wie intensiv oder wie oft.

Rosalind trug ihre Kaffeetasse zur Spüle. »Ich weiß, Liebling, aber es geht hier nicht nur um dich.« Sie drehte sich um und packte mit den Händen die Küchentheke hinter sich. »Er muss doch wissen, dass du schwere Zeiten durchlebt hast. Es macht mich wütend, dass er dich belästigt. Es ist gedankenlos von ihm. Du hast dich so gut erholt, und ich möchte auf keinen Fall erleben, wie die Fortschritte zunichtewerden, seit …« Sie sprach es nicht aus. Das war nicht nötig.

Seit dem Nervenzusammenbruch.

Der Raum schien zu erbeben und kam dann wieder zur Ruhe. Ihre Mutter reagierte nicht, daher war Reni nicht sicher, ob es sich um ein leichtes Erdbeben oder einen Schwindelanfall gehandelt hatte. Keines davon war gut, doch sie hoffte auf das leichte Erdbeben.

»Ich komme zurecht.« Das tat sie nicht. Aber dass alle einen Abschluss fanden, war wichtiger als ihre geistige Gesundheit.

»Du musst aufhören, dich schuldig zu fühlen«, sagte Rosalind.

»Das Schuldgefühl wird nie weggehen. Das will ich gar nicht. Denn das würde bedeuten, dass ich mir selbst verziehen habe. Das kann ich nicht zulassen.«

»Diese Sache mit Benjamin tut dir nicht gut. Denk doch auch mal an dich.«

»Das ist ein Teil von mir, Mom. Du hast dich den Ereignissen nie wirklich gestellt.« Es war ihr schwergefallen, nach Bens Verhaftung mit dem Verhalten ihrer Mutter zurechtzukommen. Rosalind hatte die Realität jahrelang verleugnet, und Reni hatte sich manchmal so gefühlt, als müsste sie die ganze Last auf ihren eigenen Schultern tragen. Natürlich war Rosalind an keinem von Bens Morden beteiligt gewesen, was es ihr sicher erleichterte, die Sache hinter sich zu lassen. Aber gerade das machte es Reni besonders schwer. Sie fühlte sich verraten von Rosalind, obwohl sie wusste, dass es keine Rechtfertigung für dieses Gefühl gab. Was geschehen war, war nicht die Schuld ihrer Mutter.

»Ich bin Realistin«, sagte Rosalind. »Mein Leben ist wichtig, wichtiger als seines, und ich weigere mich, ihm zu gestatten, mir die Jahre zu ruinieren, die mir noch bleiben. So einfach ist das.«

Nach der Festnahme ihres Vaters war Reni sehr einsam gewesen. Die Haltung ihrer Mutter schien ihren eigenen inneren Kampf abzuwerten, und so hatte sie sich zurückgezogen und dichtgemacht. Aber sie durfte nicht vergessen, dass sie damals ein Kind gewesen war und ihre Mutter vielleicht nur versucht hatte, sie zu beschützen. Trotzdem rutschte ihr jetzt unwillkürlich heraus: »Du warst ja nicht beteiligt.«

»Wie kannst du das sagen? Glaubst du, ich habe mich nicht gefragt, warum ich keinerlei Anzeichen bemerkt habe? Du warst ein Kind. Ich war erwachsen. Natürlich habe ich mitbekommen, wie er manchmal nachts das Haus verlassen hat. Ich dachte, er hätte eine Affäre mit einer Studentin.«

Reni wünschte sich langsam, sie hätte ihrer Mutter nie von dem Deal ihres Vaters erzählt. So konnte er aus seiner Zelle heraus Macht ausüben, und schon stritt sie sich mit ihrer Mutter. »Du hast recht. Es ist ja immer noch möglich, dass nichts daraus wird.«

Es sähe ihm ähnlich, sie zu traktieren und es sich dann anders zu überlegen. Eines seiner Spielchen. Wahrscheinlich hatte er gar nicht vor, sie zu den Leichen zu bringen. Er wollte einfach einen hübschen Tagesausflug erleben.

»Ich jedenfalls werde nicht zulassen, dass er wieder Einfluss auf mein Leben gewinnt.« Rosalind nickte, als hätte sie einen Entschluss gefasst. »Ich werde mir ein Kleid für das Dinner bei der Preisverleihung kaufen. Und ich lasse mir die Haare schneiden und eine Gesichtsmaske machen. Kommst du mit? Hast du überhaupt noch ein Kleid?«

Das war die Art ihrer Mutter, mit Problemen umzugehen. Ihr soziales Leben. Ihre Wohltätigkeitsveranstaltungen. »Ich kann mir eines besorgen«, sagte Reni. Vielleicht fand sie eines in einem Secondhandladen in Joshua Tree.

»Der Gedanke scheint dir nicht besonders zu gefallen. Du musst nicht mitkommen.«

»Die Leute sind es gewohnt, dich zu sehen, aber nicht mich. Ich will dir nicht die Show stehlen und von deinen Erfolgen ablenken. Ich möchte nicht, dass alle über dein gestörtes Kind reden.«

»Das ist doch lächerlich. Ich will dich dabeihaben. Du bist meine Tochter, und unserer Familie ist schon genug angetan worden. Besorge dir etwas Feierliches. Du trägst überhaupt keine Farben mehr. Rot würde gut zu deiner gebräunten Haut passen.«

»Das kommt mir ein bisschen zu auffallend vor, aber ich denke darüber nach.« Je weniger Aufmerksamkeit sie auf sich zog, desto besser. Schwarz war die Farbe ihrer Wahl.

»Was immer du nimmst, trag auf keinen Fall Schwarz.« Rosalind verzog traurig das Gesicht. »Schwarz ist so deprimierend.«

Sie trat hinter Reni und hob den dicken Pferdeschwanz ihrer Tochter an. Ihre Haare waren lang geworden, nicht mit Absicht, sondern aus Achtlosigkeit. »Du hast kein einziges graues Haar. Ist das nicht toll? Bei mir hat es Anfang dreißig begonnen. Deine Haare haben immer noch die Farbe wie meine früher. Was für ein glänzendes Kastanienbraun!« Sie kämmte mit den Fingern ein paar lose Strähnen. »Wie wär's mit einem Haarschnitt?«

Was für ein seltsamer, völlig unzusammenhängender Vorschlag. Rosalind hatte Reni früher die Haare geschnitten, eine Kindheitserinnerung, bei der sie sich aus keinem besonderen Grund leicht unwohl fühlte. *Geh und hol die Schere, Reni.*

»Vielleicht.«

»Du könntest es für ›Haare für Kinder‹ spenden.«

So war ihre Mutter, immer dachte sie an andere.

»Warum machen wir es nicht gleich?« Rosalind klang aufgeregt. »Schau mich nicht so an. Ich kann das gut.«

Renis Telefon klingelte nicht sehr oft, und als sie es jetzt in ihrer Innentasche vibrieren spürte, zuckte sie ein wenig zusammen, bevor sie auf das Display sah. Daniel Ellis. »Den Anruf muss ich annehmen.« Sie trat zur Hintertür hinaus, damit ihre Mutter nicht mithören konnte.

»Wir sind startklar«, sagte Daniel.

Nein. *Zu früh.* »Das ging ja schnell.«

»Ich bin selbst überrascht.«

Vom rückwärtigen Garten im nächsten Haus rief ihr jemand zu: »Hey du, kleiner Rennvogel!«

Es war Maurice. Er trug weite weiße Shorts, einen großen Strohhut und Sandalen mit Kniestrümpfen, eine Art Markenzeichen der älteren Männer in der Gegend. Er füllte seine Futterspender für die Kolibris.

Kleiner Rennvogel war sein Spitzname für sie gewesen, soweit sie zurückdenken konnte. Stolz auf sein Wortspiel, hatte er ihr einmal erklärt, dass Rennvögel den ganzen Tag im Schatten der Wüste verbrachten. Er mochte Spitznamen und hatte einen für jedermann, doch an ihrem schien er die größte Freude zu haben. Sie hatte sich nie die Mühe gemacht, ihn an die Vogel-Besessenheit ihres Vaters zu erinnern. Dass er sie immer noch Rennvogel nannte, war jedenfalls ein bisschen unsensibel, nach allem, was geschehen war.

Reni erwiderte sein Winken und zeigte auf das Telefon in ihrer Hand. Er nickte, zog sein eigenes Handy heraus, formte mit den Lippen den Namen Rosalind und nahm das Gespräch entgegen. Sie rief ihn vermutlich an, um von der Sache mit Benjamin zu erzählen.

»Wann?«, fragte sie Daniel.

»Morgen.«

Ihr rutschte das Herz in die Hose. »Und wo?« Ihr nächster Gedanke war, dass ihr das einen Haarschnitt ersparte.

»Sie hatten recht. Es geht in die Mojave-Wüste.«

Kapitel 6

»Es ist Zeit«, sagte der Wachmann.

Benjamin Fisher riss ein Blatt Papier von einem Block, faltete es mehrfach zusammen, steckte es in die Tasche und erhob sich von dem Tisch, an dem er in so vielen Jahren so viele Stunden verbracht hatte. Er blieb stehen und ließ die Fingerspitzen über die Rücken seiner Psychologiebücher gleiten, betrachtete die gestapelten Tagebücher, die Jahrzehnte des Schreibens repräsentierten. Auf einem Regal dicht unter der Decke standen Schuhkartons mit Briefen von Frauen, denen er nie begegnet war und von denen die meisten ihn heiraten wollten. Keiner der Briefe stammte von seiner Tochter. Einige waren von seinem Nachbarn Maurice, aber selbst Maurice hatte im Lauf der Jahre seltener geschrieben und ihn so von schriftlichen Informationen über Rosalind und Reni abgeschnitten, die er sich immer wieder hätte durchlesen können.

Er würde den Ort vermissen. Er war sehr lange sein Zuhause gewesen. Hier hatte er viele Veränderungen erlebt. Manche Männer schafften es nicht, mit der Außenwelt zurechtzukommen, wenn sie den größten Teil ihres Lebens hinter Gittern verbracht hatten, und begingen ein Verbrechen, nur um zurückzukehren. Das verstand er. Sie kamen aus einer winzigen Welt und waren nicht dafür geschaffen, sich in der großen zurechtzufinden. Das Gefängnis war wie ein sicherer Mutterschoß. Ein bisschen laut, aber ein Schoß.

Der Wachmann schloss die Tür auf.

Dies war der sogenannte Ostblock, in dem über fünfhundert zum Tode Verurteilte einsaßen. Bens Zelle lag im dritten Geschoss. Direkt vor seiner Tür hing ein neues Foto von ihm neben einer Liste der Beschränkungen, denen er unterlag, und der Jobs, die er ausführen durfte. Therapiestunden für Gefangene mit speziellen Vorrechten, natürlich bei angemessener Fesselung. Er fand, dass er hier eine Menge Gutes getan hatte.

»Gehen wir«, sagte der Wachmann und legte die Hände an den Gürtel. Ben würde in einen anderen Raum gebracht werden, wo man ihm weitere Fesseln anlegte. Ob er Reni dort traf? Das hätte ihm nicht gefallen. Draußen war es ihm lieber. Im Freien, außerhalb der Gefängnismauern.

Während er den Laufgang entlangschritt, der nach oben von NATO-Draht, drei Stockwerke tiefer vom Betonboden begrenzt war, rief ihm ein Mann zu: »Wo willst du denn hin, Ladykiller?«

»Live man walking!«, schrie ein anderer. Mehrere lachten. Dank des gegenwärtigen Gouverneurs wurden derzeit in Kalifornien keine Hinrichtungen durchgeführt. Das gab den Insassen Hoffnung, doch manche hatten Ben anvertraut, dass sie lieber sterben wollten. Auch das verstand er. Und es gab noch andere – einige waren seine Freunde gewesen –, denen es gelungen war, sich selbst zu töten. Aber im Augenblick war der Hinrichtungsraum verwaist, und er hatte gehört, dass er abgebaut werden sollte. Das hieß natürlich nicht, dass das Moratorium ewig bestehen würde. Es konnte widerrufen werden.

Eines würde er ganz bestimmt nicht vermissen: den Lärm. Überall harte Flächen, die das kleinste Geräusch verstärkten.

»Wann kommst du wieder, Ladykiller?«

»Bald.« Er hätte lieber *Nie* gesagt, durfte jedoch nicht riskieren, die Wahrheit auszusprechen, und sei es nur als Witz. Er hatte nicht vor, jemals wiederzukommen.

Außerhalb des Gebäudes, aber noch innerhalb des Zauns erwarteten ihn Detective Ellis und zwei Wachen neben einem weißen Gefängnisvan, der im grellen Scheinwerferlicht geparkt stand. Ellis trug einen schwarzen Anzug. »Ich hoffe, Sie haben etwas Praktischeres zum Anziehen dabei«, sagte Benjamin. »Wir fahren in die Wüste.«

Ellis antwortete nicht. Er hatte die Rolle des coolen Detectives wirklich drauf.

Flankiert von den Wachen, schlurfte Ben zum Van. Niemand drin außer dem Fahrer. Ellis und die Wachleute stiegen ein. »Wo ist Reni?«, fragte Benjamin. »Ohne sie läuft hier gar nichts.« Er fühlte sich mächtig bei dem Gedanken, dass alles, was sie haben wollten, in seinem Gehirn eingeschlossen war und es in seiner Entscheidung lag, wann und wo er etwas preisgab. Aber sie hielten sich nicht an die Spielregeln.

»Wir haben einen Treffpunkt mit ihr vereinbart.«

»So war das nicht geplant.«

»Das ist das Beste, was Sie kriegen«, erwiderte Ellis. »Sie haben nicht verlangt, dass sie mit Ihnen fährt. Es sind fünf Stunden bis zu dem Punkt, wo wir die Straße verlassen.« Ben hatte Ellis eine Karte gezeigt und ihm erklärt, dass sie nur einen Teil des Wegs darstellte. Den endgültigen Zielpunkt würde er nicht verraten.

»Es war nicht leicht, sie zu überzeugen«, fuhr Ellis fort. »Wenn Sie sich also stur stellen, könnte es sein, dass es hier und jetzt vorbei ist und Sie in Ihre Zelle zurückmüssen.«

»Was ist mit dem Kuchen?«

»Den habe ich nicht vergessen. Wir halten dort auf dem Rückweg an.«

Ben überlegte. »Fahren wir.«

Ellis telefonierte mit jemandem, Anweisungen wurden durchgegeben, und das Tor öffnete sich. Ein zweiter Van folgte ihnen.

Es war eigenartig, das Gefängnis von außen zu sehen. Eigentlich recht schön, fand er, während es hinter ihnen in der Ferne verschwand. Wie eine Burg. Es würde das letzte Mal sein, dass er es sah.

Er versuchte, sich den Ausflug nicht durch Renis Fehlen verderben zu lassen. Er war nicht mehr hinter Mauern, er hatte einen Sonnenaufgang gesehen, und im Augenblick starrte er in einen wundervollen Himmel. Vor allem konnte er so *weit* sehen. Der Unterschied zwischen dem »ganz nah« des Gefängnisses und dem »ganz weit« der Wüste tat ihm in den Augen weh, weil er es gewohnt war, nur nahe Objekte zu betrachten. Es war so ähnlich, als hätte man ihm die Scheuklappen abgenommen. Gelegentlich musste er mit dem Ärmel eine Träne wegwischen.

Mehrere Stunden später, nach einer gut durchgeplanten Toilettenpause, während der sie auftankten und Essen zum Mitnehmen kauften, hielten die Vans irgendwo im staubigen Nichts an. Einer dieser einsamen Rastplätze in der Wüste. Da war sie und stieg aus einem weißen Pick-up. Sein Herz stockte, und ihm blieb buchstäblich für einen Augenblick die Luft weg. Er hatte sie seit dem Tag seiner Verhaftung nicht mehr gesehen, und seine letzte Erinnerung an sie war ihr ans Fenster gepresstes Gesicht, während man ihn auf den Rücksitz eines Streifenwagens verfrachtete.

Sie war königlich.

Er hätte es nicht anders erwartet. Dieses schimmernde, kastanienbraune Haar, die dichten Augenbrauen, die hohen Wangenknochen. Und so groß. Das musste sie von Rosalind haben, denn er war kein hochgewachsener Mann. Diese Haltung, den Kopf hoch erhoben, den Rücken gerade und selbstbewusst durchgedrückt, ließ sein Herz vor Stolz schwellen. Und ihre typische Art zu gehen, mit langen Schritten und Hüftschwung, mit dem Gewicht auf den Fußballen, ein absichtslos schlaksiger und beinahe hochmütiger Gang, ein graues Sweatshirt um die Taille gebunden … das war *sein* Gang. Sie hatte seinen Gang und wusste es nicht einmal.

Da stand sie, war erwachsen, und Benjamin wusste, dass sie sein Eigen war, wie sie es immer gewesen war, Fleisch von seinem Fleisch, seine DNA, sein Mädchen, sein Kind, seine Frau. Durch die Windschutzscheibe lächelte er ihr zu und hob die Hand zum Gruß.

Sie stutzte und starrte ihn stirnrunzelnd an.

Er brauchte einen Augenblick, um zu begreifen, dass sie ihn nicht erkannte. Sie fragte sich, wer das in dem Van war. Er fing ein schwaches Spiegelbild von sich selbst auf, graue, schüttere Haare, schlaffe, hängende Haut. Er war nicht mehr der gut aussehende Bursche von früher.

Für schöne Menschen wie ihn war das Altern besonders hart, denn man stürzte tief. So viele Anpassungen waren nötig, wenn man aus einer Welt, in der die Dinge einfach waren, weil man blendend aussah, in eine andere eintrat, in der es einen Kampf bedeutete zu beweisen, dass man auch nur Durchschnitt war. Er registrierte den Augenblick, in dem sie begriff und ihn erkannte. Ihr Gesicht veränderte sich. Bestürzung blitzte darin auf, gefolgt von einem raschen Senken des Blicks, während sie zu dem zweiten Van weiterging.

Kapitel 7

Zwei Jahre vor Benjamin Fishers Festnahme

Ihr Vater weckte sie auf und legte den Finger vor die Lippen. Leise flüsterte er ihr zu, dass sie ein geheimes Abenteuer unternehmen würden. Er hob Reni in die Arme, verließ das Haus auf Zehenspitzen, schloss vorsichtig die Tür hinter sich und setzte sie in den Wagen. Die Welt war dunkel und leer und unergründlich. Und er bestand nicht einmal darauf, dass sie den Sicherheitsgurt anlegte.

»Du wirst immer besser«, sagte er, während sie davonfuhren.

Sie spürte seine Erregung. »Das Spiel gefällt dir.«

Reni mochte es, wenn man ihr Geheimnisse anvertraute, und sie verbrachte gern Zeit mit ihm, aber das Spiel mochte sie nicht. Nicht mehr. Sie fühlte sich unwohl dabei, und sie hasste es, ihr warmes Bett zu verlassen. Doch das Spiel war etwas, das Väter und Töchter zusammen unternahmen. Das hatte Daddy gesagt.

Ihre Eltern erzählten sich Geschichten davon, wie sie mit ihr, wenn sie als Baby nicht einschlafen konnte, im Auto herumgefahren waren. Sogar jetzt, mit fünf, funktionierte es noch. Sie versuchte in dieser Nacht, wie in so vielen anderen, die Augen offen zu halten, schaffte es aber nicht. Sie wachte erst auf, als der Wagen langsamer wurde und anhielt. Sie spähte zum Fenster hinaus und sah Bäume.

Es waren immer viele Bäume da. Und Pfade zum Laufen und Wandern. Es sah aus wie in dem Park bei ihrem Haus, aber es war nicht derselbe. Und es war kälter als in Palm Springs. Es roch nach Weihnachten. Sie kuschelte sich enger an ihren Stoffhasen und sagte Worte, von denen sie wusste, dass sie sie nicht aussprechen sollte. »Ich will heim.«

»Ich bin den ganzen Weg nur deinetwegen gefahren«, erwiderte er, den Arm über die Sitzlehne gelegt, das Gesicht im Schatten. »Damit wir das Spiel spielen können. Sei kein Baby. Du bist doch kein Baby mehr, oder?«

Ihre Lippen zitterten und ihre Augen brannten. »Nein.« Sie war ein großes Mädchen. Sie konnte schon ihren Namen schreiben, sich die Schuhe zubinden und beinahe ohne Stützräder Fahrrad fahren.

»Spar dir die Tränen für das Spiel.« Seine Stimme klang sanft, aber sie wusste, dass er unzufrieden mit ihr war. »Wir wollen ja nicht, dass du austrocknest.« Er kicherte, und sie dachte an Regenpfützen und andere Dinge, die austrockneten.

»Kann ich meinen Mantel anziehen? Mir ist kalt.« Ihre Füße und Beine waren nackt. Sie zog ihr Nachthemd über die Knie herunter und versuchte, warm zu werden.

»Jetzt nicht. Ein Mantel und Schuhe gehören nicht zum Spiel. Das weißt du.«

Sie zog das Kinn an die Brust und ließ die Füße baumeln, während sie sich wieder bemühte, nicht zu weinen.

»Weißt du deinen neuen Text?«, fragte er.

Sie begann, ihn aufzusagen. »Kannst du mir helfen?«

»Richtig. Was noch?«

»Ich hab mich verlaufen.«

»Braves Mädchen. Und weiter?«

»Meine Mommy ist da lang. Hilfst du mir, meine Mommy zu finden?«

»Du zeigst in die Richtung, ja?«

Sie nickte und deutete, wie sie es später draußen tun würde.

Er schien zufrieden zu sein, und sie stiegen aus. Wie immer ließ er den Motor laufen und Kofferraum und Türen offen stehen. Er nahm sie hoch in seine starken Arme und trug sie durch den Wald. Sein Atem klang laut in ihrem Ohr. Er war warm und roch nach Seife und Schweiß, und sie klammerte sich fest an seinen Hals, nicht weil er sie fallen lassen könnte, sondern weil sie sich dabei sicher fühlte. Sie wurde wieder schläfrig und nickte ein.

Sie wachte erst auf, als er sie an seiner Brust heruntergleiten ließ und ihre Füße den Boden berührten. Es war hier nicht besonders dunkel, und sie sah die Lichter von weit entfernten Häusern. Bäume warfen gruselige Schatten, aber die hier hatten keine Hände wie die an dem Ort, wo ihre Großmutter lebte. Sie bemerkte einen Picknicktisch, eine Bank und einen Pfad, der zu den Häusern führte. Da unten wohnten Menschen. Sie waren nicht wirklich tief im Wald.

»Kommt das Mädchen?«, fragte sie. Sie meinte die Mitspielerin.

»Sie wird bald hier sein.«

Es gehörte immer ein Mädchen zum Spiel. Reni kannte ihre Namen nicht, und es war nie zweimal dasselbe Mädchen.

Ihr Vater zog sie zurück in den Schatten. »Denk an die Regeln. Sprich mit niemandem außer einem Mädchen, das allein ist. Sie ist unsere Mitspielerin. Sie ist die Einzige, die weiß, was sie tun muss.«

»Okay, Daddy.« Sie zitterte.

»Ich höre jemanden kommen. Ich verstecke mich jetzt.«

Sie weinte nicht. Sie wollte es, aber sie tat es nicht. Sie musste sich die Tränen für das Spiel aufsparen. Es würde bald vorbei sein, und dann konnte sie heim ins Bett.

Ihr Vater verschwand zwischen den Bäumen, und sie behielt den Pfad im Auge, lauschte auf das Klatschen von Laufschuhen, wartete darauf, ob es das Mädchen war, das das Spiel spielte.

Sie war es.

Sie war hübsch. Er mochte die Hübschen. Dieses Mädchen trug ein pinkfarbenes Sweatshirt und ebensolche Trainingshosen. Ihre Haare waren zu einem Pferdeschwanz zusammengebunden. Viele von ihnen hatten Pferdeschwänze.

Daran kann man sie besser packen, pflegte ihr Daddy lachend zu sagen.

Zu Hause bürstete er Reni manchmal die Haare und fasste sie zu einem Pferdeschwanz zusammen, aber dann sagte keiner von ihnen etwas über die Mädchen. Sie lächelten sich nur an und wussten, dass sie das Gleiche dachten.

Sie wartete, so, wie er es ihr beigebracht hatte.

Als das joggende Mädchen nahe genug heran war, trat Reni aus dem Schatten und begann zu weinen. *Den Hahn aufdrehen*, nannte ihr Vater es.

Manchmal waren die Tränen vorgetäuscht, und sie gab schluchzende Geräusche von sich und rieb sich mit der Faust übers Auge, wie ihr Vater es ihr gezeigt hatte. Doch heute Nacht weinte sie wirklich. Sie gab keinen Laut von sich, aber ihre Schultern bebten und sie spürte, wie ihr Gesicht schreckliche Dinge veranstaltete und ihr Mund sich zu einem stummen Heulen verzerrte.

Das Mädchen blieb stehen. Sie blieben immer stehen.

Allein durch die Gegenwart der jungen Frau fühlte Reni sich besser und hatte weniger Angst. Sie holte ein paar Mal zitternd Luft, und dann konnte sie endlich sprechen und die

Worte des Spiels aufsagen. »Hilfst du mir, meine Mommy zu finden?«

Das Mädchen kniete sich vor ihr hin und nahm sie bei den Armen. »Ach, du armes Ding!« Sie sah sich um. »Du bist ja eiskalt! Und barfuß!« Sie klang verwirrt. Vielleicht fragte sie sich, wie Reni dort hingekommen war. »Bist du mit deiner Mommy hergekommen?«

Ein heftiges Nicken und ein Schniefen, diesmal geschauspielert. Wie Daddy sagte, sie wurde immer besser bei dem Spiel.

»Keine Angst. Wir finden sie schon.« Das Mädchen richtete sich auf, nahm Reni bei der Hand und lächelte auf sie hinunter. »Wo ist sie hin?«

»Dahin.« Reni deutete in die Richtung, in der ihr Vater verschwunden war.

Gemeinsam gingen sie Hand in Hand in den Wald hinein. Es war dunkel, und es gab keinen Pfad. Nur Erde und Blätter. Sie stolperten über eine große Wurzel und wären beide fast hingefallen.

»Bist du sicher, dass es diese Richtung war?«

Das Mädchen wirkte beunruhigt, nicht mehr so freundlich und fröhlich, wie sie im Licht geklungen hatte. Als würde sie plötzlich an etwas anderes denken. Reni wäre gern dahin zurückgegangen, wo man vom Weg aus die Häuser sehen konnte. Sie dachte daran umzukehren, aber sie wollte ihrem Vater und dem Mädchen das Spiel nicht verderben. Sie verließen sich darauf, dass sie tapfer war und tat, was er ihr gesagt hatte.

»Ja.«

»Okay, nur noch ein kleines Stück. Wenn wir sie dann nicht finden, nehme ich dich mit nach Hause und rufe die Polizei.«

Eine Menge Mädchen sagten das. Es gehörte auch zum Spiel.

Reni lächelte. Es war das richtige Mädchen. Sie hätte sich schon fast Sorgen gemacht. Und während das Mädchen mit dem Pferdeschwanz Reni ansah, tauchte ein dunkler Umriss vor ihnen auf. Es war ihr Daddy, aber in diesem Teil des Spiels wirkte er nie wie Daddy. Er schien ein ganz anderer Mensch zu sein, einer, vor dem man sich gruselte.

Er sprach seinen einzigen Text mit seltsam verzerrter Stimme: »Lauf!« Jetzt musste sie zum Auto zurückrennen.

Sie machte kehrt und sauste den Weg zurück, den sie und das Mädchen gekommen waren. Steine bohrten sich in ihre Fußsohlen. Endlich erreichte sie den Weg und lief auf die Scheinwerfer und das Geräusch des laufenden Motors zu. Ihre Arme wirbelten, in ihrem Kopf brauste es wie ein Ventilator auf voller Kraft. Sie stieg hinten ein, griff nach ihrem Stofftier, zog die ausgefrorenen Füße unter sich und rollte sich zusammen, während sie sich die Ohren zuhielt, wie man es ihr gesagt hatte.

Und wartete.

Und wartete.

Wo blieb er? Normalerweise kam er bald nach. Das gehörte zum Spiel.

Keine Angst, ich bin dicht hinter dir.

Sie durfte auf keinen Fall aufschauen. Das war eine der wichtigsten Regeln.

Aber diesmal setzte sie sich auf, weil er nicht kam, und spähte zum Fenster hinaus. Dann stieg sie aus und rief nach ihm.

Sie hörte einen Schrei und andere, seltsame Geräusche. Brauchte er Hilfe?

Verängstigt, voll Sorge um ihren Vater, ging sie auf Zehenspitzen zurück zum Weg und in den Wald, während sie immer wieder stehen blieb, um zu lauschen. Mehr als einmal dachte sie daran, kehrtzumachen und zum Auto zurückzurennen. Aber vielleicht brauchte ihr Daddy sie.

Und dann erblickte sie die beiden, ihren Vater über dem Mädchen. Es sah aus, als würde er mit einem Steinbrocken auf ihren Kopf einschlagen. Das war das seltsame Geräusch, das sie gehört hatte.

Bevor sie es verhindern konnte, drangen Worte aus ihrem Mund, die nicht Teil des Spiels waren. »Daddy, nein!«

Ihr Vater sah auf, und sein Gesicht war hässlich und finster wie das des bösen Wolfs im Märchen. »Geh zurück zum Auto!«

Sie rührte sich nicht. Konnte sich nicht bewegen. Aber sprechen schon. »Tu ihr nicht weh! Hör auf, ihr wehzutun!«

»Das ist das Spiel!«, knurrte der Wolf.

Das Mädchen auf dem Boden lag jetzt still, und etwas Dunkles kroch unter ihrem Kopf hervor. Das war gut. Sie schrie nicht. Sie hatte keine Schmerzen. Es war bloß das Spiel.

»Geh zurück ins Auto!« Die Stimme ihres Vaters klang schrill, wie die einer Lady.

Sie machte kehrt und rannte davon, während sie an nichts anderes denken konnte als an seine komische Stimme. Sie kletterte hinten in den Wagen und hielt sich die Ohren zu.

Ihr Herz schlug so schnell wie die Flügel eines Kolibris. *Alles wird gut. Mach einfach die Augen zu und halt ein kleines Schläfchen.*

Sie spürte den Wagen wippen, und dann knallte der Kofferraumdeckel zu. Sie hielt den Kopf gesenkt und ließ die Augen geschlossen, während sie hörte, wie ihr Vater hinters Lenkrad glitt. Er atmete schwer wie ein Drache. Ohne ein Wort raste er mit quietschenden Reifen davon. Später, als der Wagen sie nach Hause trug, mahnte er: »Nur ein Spiel.«

Sie hatte Angst, er würde sie anschreien, aber plötzlich fing er an zu lachen. Er lachte lange Zeit, bevor er den Atem ausstieß und sagte: »Wow, das war aufregend. Beinahe so aufregend wie damals, als du mit der Trillerpfeife vom Drehbuch abgewichen bist.«

Das war lange her, und sie konnte sich kaum noch daran erinnern. Zu der Zeit war er auch nicht wütend auf sie gewesen.

Zu Hause brachte er sie ins Bett und gab ihr einen Kuss. »Schlaf jetzt.«

Er zitterte und roch seltsam, nach Schweiß und etwas anderem, und seine Hand war rot, als er ihr durch die Haare strich.

»Tut mir leid, Daddy.«

»Ist schon gut. Du hast nur getan, was die meisten Menschen tun würden.«

»Du meinst Sozialverhalten? Wie bei den Vögeln?« Er hatte ihr erklärt, dass manche Vögel böse waren. Sie stießen die Eier anderer Vögel aus dem Nest und zerbrachen sie. Aber es gab auch gute Vögel, solche, die noch im schrecklichsten Sturm in ihrem Nest sitzen blieben, um ihre Babys zu beschützen. Sie wollte ein guter Vogel sein.

»Ja, Sozialverhalten. Ein großes Wort für ein kleines Mädchen. Wir betragen uns alle so, wie die Natur uns geschaffen hat. Das sollte dir niemals leidtun, und es sollte dir auch niemals leidtun, dass du ein gutes Herz hast.«

»Ich wollte dem Mädchen nur helfen.«

»Ich weiß, mein kleiner Vogel. Deshalb habe ich dich auch so lieb. Aber das Mädchen war nicht in Gefahr. Das habe ich doch gesagt.«

»Sie ist eine gute Schauspielerin?«

»Das stimmt.«

»Mit Filmblut?«

»Ja.«

»Werden wir das Spiel wieder spielen?« Es hatte ihr nicht gefallen, was heute Nacht passiert war, aber das Spiel war ihre besondere Zeit, die sie gemeinsam verbrachten. Sie wollte nicht, dass es aufhörte.

»Ich glaube, du wirst langsam zu unberechenbar. Dann muss ich mir jemand anderen zum Spielen suchen. Vielleicht eine Erwachsene.«

»Bitte, Daddy!« Sie begann zu weinen. »Ich will weiterspielen. Ich werde auch brav sein und nicht mehr aus dem Wagen steigen.«

Er sah sie lange Zeit an, nicht mehr der gruselige Wolf, der er im Park gewesen war, sondern ihr Daddy. »Mal sehen. Ich muss zugeben, es ist in letzter Zeit ein bisschen abgestanden und langweilig geworden. Deine Reaktion macht es spannender.«

Das war so gut wie ein Versprechen.

Sie lächelte und kuschelte sich tiefer in die Decke. Er gab ihr einen Kuss und ging hinaus. Sie hörte eine leise Unterhaltung zwischen ihm und ihrer Mutter, dann klappte die Haustür zu und der Wagen fuhr davon, genau wie immer, wenn das Spiel vorbei war.

Reni hatte früher alles geglaubt, was ihr Vater ihr erzählte, aber in letzter Zeit hatte sie herausgefunden, dass er nicht immer die Wahrheit sagte. Und tief im Inneren fragte sie sich jetzt, ob das mit dem Mädchen die Wahrheit gewesen war.

Kapitel 8

Gegenwart

Auf dem Rastplatz blies der Wind so stark, dass er Reni den Sand zwischen die Zähne trieb, während sie in den zweiten Van stieg und sich stumm hinsetzte. Sie versuchte, ihr Zittern unter Kontrolle zu bringen, und ihr Herz schlug heftig nach dem zufälligen Augenkontakt mit ihrem Vater. Sie hatte sich vorgestellt, sie würde die Oberhand haben, aber er hatte sie auf dem falschen Fuß erwischt.

Sie hatte ihn nicht erkannt. Er war so *alt*.

Daniel schlüpfte neben ihr auf die Rückbank. Schwarzer Anzug, weiße Manschetten, schwarze Krawatte. Er schob sich die dunkle Sonnenbrille auf den Kopf. Sie ließ ihre unten. Dahinter fühlte sie sich sicherer.

»Für die Wüste sind Sie nicht gerade gut ausgerüstet«, bemerkte sie. Seine Kleidung war ein unverfängliches Thema.

Er nahm es mit Gleichmut. »Das hat man mir vorhin schon gesagt.« Er sprach noch weiter, doch sie war zu unruhig, um richtig hinzuhören. Irgendetwas, dass er mit ihrem Vater vorausfahren und sie mit dem zweiten Van die Nachhut bilden würde. Er erwähnte ein Satellitentelefon, das er verwenden wollte, wenn sie kein Mobilfunknetz mehr hatten. Falls sie eine

Leiche fanden, mussten sie ein Team der Spurensicherung an den Schauplatz rufen.

Er kam nicht so unvorbereitet, wie er wirkte.

Er sagte noch mehr. Sie nickte. Das schien ihm als Antwort zu genügen, und er ging. Einer der Wachmänner setzte sich ans Steuer. Er fragte, ob sie lieber vorn sitzen wolle.

»Nein.« Langsam entspannte sie sich, sodass sie den unbehaglichen Blick bemerkte, den er ihr über die Schulter zuwarf, bevor sich ihre kleine Karawane aus zwei Fahrzeugen in Bewegung setzte. Er versuchte, Konversation zu machen, gab es aber bald auf. Sie wusste seine Bemühungen zu schätzen. Wie man es auch betrachtete, die Situation war nicht angenehm. Was sagte man zu der Tochter eines Serienkillers? Nach ein paar Sekunden Schweigen stellte er Musik an und konzentrierte sich auf die Straße.

Kurze Zeit später verließen sie die asphaltierte Strecke und fuhren über unbefestigte Wege, die zunächst noch breit waren, dann aber immer schmaler, ausgefahrener und ungepflegter wurden. Die Oberfläche wechselte ständig und wurde zu einer Art Wellbrett, das den Van bis zur letzten Schraube durchrüttelte. Die Straße verwandelte sich in eine hügelige, buckelige Piste, die sich um kleinere Berge herumwand, während sie stetig höher führte und sie das Wüstenbecken fern und endlos unter sich zurückließen. Sie kamen an winzigen, verlassenen Hütten mit zugenagelten Fenstern und durchgesackten Dächern vorbei.

Eine lange und anstrengende Stunde kroch der kleine Konvoi weiter, bis der vordere Van mit Daniel und ihrem Vater in einem Gebiet voller glatter, runder Felsen anhielt, die so groß waren, dass sie Schatten in der ansonsten schattenlosen Landschaft warfen. Hinter den Felsblöcken fiel das Gelände steil zu einem dunstigen Becken ab, das sich bis zu hintereinander geschichteten Bergketten erstreckte, die sich im Himmel verloren. An der ebenen Stelle, wo sie angehalten hatten, führte ein schwach erkennbarer Pfad weiter aufwärts. Die nächste Kuppe schien ein Gipfel zu sein, doch das konnte täuschen. Die Topografie der Wüste war verwirrend. Ein bisschen wie das Leben. Man dachte immer, es wäre endlich geschafft, aber in Wirklichkeit blieb der Ort, zu dem man wollte, stets außer Reichweite.

Reni hatte lange genug hier gelebt, um die subtile Reaktion des Körpers auf die Höhe zu spüren, und hier merkte sie den Unterschied. Nichts Dramatisches. Etwa fünfzehnhundert Meter, schätzte sie. Die Stelle kam ihr seltsam bekannt vor. Es war kein Déjà-vu, eher wie ein vages Echo. Sie dachte an die Landkarte an der Wand ihres Hauses und fragte sich, ob das einer der Orte war, die sie schon erkundet hatte. Nein, ziemlich sicher nicht.

Sie saß allein im Van.

Irgendwann war der Fahrer ausgestiegen. Sie hatte es nicht einmal bemerkt. Angesichts des Schicksals ihres alten Partners beim FBI war jeder Aussetzer ihres Gehirns verdächtig, jede Störung ließ sie an sich selbst zweifeln.

Der Fahrer sprach mit den anderen Wachposten. Sie wollte es so lange wie möglich hinauszögern, ihrem Vater gegenüberzutreten, es aber auch hinter sich bringen. Sie stieg aus und richtete sich hoch auf, atmete durch und sah sich um. Nur nicht zu dem Van mit dem vergitterten rückwärtigen Teil.

Hochwüste, blauer Himmel, ein Wind, der ihr die Kleider gegen den Körper presste, eine Sonne, die grell genug war, um die Augen auszubleichen. Ein schmaler Pfad, der einem Kamm folgte und so plötzlich abfiel, dass man das unbehagliche Gefühl hatte, in einem Flugzeug zu sitzen.

Die Tür des Gefangenentransporters glitt auf und Daniel stieg mit aufgesetzter Sonnenbrille heraus, gefolgt von ihrem Vater. Benjamin Fisher trug einen orangefarbenen Overall. Seine Hände und Füße waren aneinandergekettet. Ohne den Wind wäre es vermutlich totenstill gewesen. Nur das Schweigen angehaltenen Atems, während alle darauf warteten, wie sie reagieren würde. Sie behielt die Fassung und wandte den Blick nicht ab. Sie gestattete einem wohlbekannten Gefühl der Betäubung, sich um sie zu legen und sie zu schützen.

Er war nicht der Mann, an den sie sich aus ihrer Kindheit erinnerte. Dieser hier hätte genauso gut ein Fremder sein können. Er war immer schlank gewesen, jetzt hatte er einen Bauch, der über die Kette hing, die um seine Taille verlief. Er war vierundsechzig, sah aber älter aus. Dreißig Jahre konnten lang und kurz zugleich sein. Wer war dieser Mann? War ihr Vater schon vor Jahren aus dem Gefängnis entflohen und ein Double hatte seine Stelle eingenommen? Doch seine Stimme hatte sich nicht verändert. Ihr Klang durchschnitt die Jahre.

»Kleiner Vogel?«

Der Kosename verblüffte sie mehr als sein Aussehen. »Nenn mich nicht so.«

»Du wirst immer mein süßes kleines Vögelchen sein.« Er betrachtete sie voll Stolz. Seine Überzeugung, zu einer derartigen väterlichen Emotion berechtigt zu sein, ließ ihr das Adrenalin durch die Adern schießen und drohte, sie aus dem Selbstschutzmodus zu reißen. Sie war sich bewusst, dass Daniel ein paar Meter weiter weg stand und ihnen Raum ließ, aber nicht zu viel.

»Du siehst inzwischen wie deine Mutter aus«, sagte Ben.

»Ich glaube nicht.«

»Doch.«

»Du siehst alt aus, wie ein Fremder.«

»Es freut mich, dass du deinen Sinn für Humor nicht verloren hast.«

»Es sollte kein Witz sein. Im Unterschied zu dir sage ich die Wahrheit.«

»Und deine Haare. Ich mag es, wenn du sie lang trägst.«

Jetzt würde sie sie wirklich abschneiden müssen.

Daniel mischte sich ein und lenkte das Gespräch auf den Zweck ihrer Anwesenheit zurück. »Wo ist die Leiche?«

»Ich habe noch eine Bedingung«, verkündete Ben. »Da mir unsere gemeinsame Zeit im Van entgangen ist, will ich mit Reni allein sprechen. Unter vier Augen.«

Der Magen drehte sich ihr um. Ohne ihre jahrelange FBI-Erfahrung hätte sie vielleicht die Nerven verloren, aber so konnte sie sich unter Kontrolle halten.

Daniel ließ Bens Vorschlag keine Zeit, sich zu entfalten. »Nein.«

Reni hatte ihn nie im Gefängnis besucht. Nie angerufen oder geschrieben. Sie hatte keinen Kontakt gewünscht und nicht gewollt, dass er dort irgendetwas besaß, was ihr gehörte. Nachdem er in jener Nacht in Handschellen das Haus verlassen hatte, hatte es keinerlei Kommunikation gegeben. War das seine Art, es ihr heimzuzahlen? Sie hatte nicht ernsthaft damit gerechnet, dass heute Leichen gefunden würden, und das war gerade noch ein wenig unwahrscheinlicher geworden.

Sie warf Daniel einen Blick zu. Obwohl die Sonnenbrille seine Augen verbarg, spürte sie, dass seine Gedanken sich in ähnlicher Richtung bewegten. Aber das Risiko hatten sie gekannt. Man konnte nicht erwarten, dass ein Psychopath sich an die Regeln hielt. Psychopathen *machten* die Regeln, oder jedenfalls glaubten sie das.

»Schon gut«, sagte sie. »Alles klar.« Sie hatte sich nicht so tief auf die Sache eingelassen, um sie dann nicht durchzuziehen, egal, wie es ausging.

Daniel bedeutete ihr, mit ihm ein Stück zur Seite zu gehen, damit niemand sie belauschen konnte. »Das gefällt mir nicht.«

Sie hielt den Blick auf ihren Vater gerichtet. »Er ist angekettet.«

»Er hat etwas vor.«

»Denke ich auch. Er geht nie den direkten Weg. Er ist der geborene Manipulator.«

»Ich habe den Verdacht, dass er Sie als Geisel nehmen will.«

»Das lasse ich nicht zu. So nah komme ich ihm nicht.«

»Sind Sie bewaffnet?«

»Nein.«

Er griff nach seiner Pistole. »Nehmen Sie meine.«

Sie zuckte zusammen. »Ich rühre die Dinger nicht mehr an. Ich besitze nicht einmal eine. Außerdem ist es besser, wenn ich keine Waffe trage. Er hofft vermutlich, sie mir abnehmen zu können.« Oder er glaubte, sie dazu überreden zu können, ihm zu helfen. Oberflächlich betrachtet ein absurder Gedanke. Aber war er das tatsächlich? Konnte sie sich selbst vertrauen, wenn es um ihren Vater ging?

Daniel steckte die Waffe weg und ließ das Jackett zufallen. Ihm musste heiß sein wie die Hölle.

»Ich kann meinen Verstand zusammennehmen.« Sicher war sie da nicht.

»Und ich sage, wir brechen ab.«

»Ich glaube, es lohnt das Risiko.« Man konnte meilenweit sehen. Hunderte von Meilen. Im Osten lag ein Steilabbruch, und ein Staubschleier verhüllte das Wüstenbecken. »Wohin sollte er denn fliehen? Wo sich verstecken? Wie weit kann ein einzelner Mann hier kommen?«

Daniel gab nach.

Ihr Vater wurde angewiesen, zwei Meter vor ihr herzugehen, sodass sie ihn im Auge behalten konnte. Daniel und die Wachmänner warteten mit gezogenen Waffen, während Vater und Tochter einem schwach ausgetretenen Fußpfad um einen Felsbrocken herum folgten und stehen blieben, als sie für die anderen nicht mehr sichtbar waren. Aber Geräusche trugen weit in der Wüste, und ein Hilferuf würde unüberhörbar sein.

Ben starrte sie viel zu lange an, während sie einander stumm gegenüberstanden. Sie ermunterte ihn in keiner Weise, da sie es ihm nicht leichtmachen wollte. Der Wind zupfte an den kläglichen Überresten seiner Haare, und er begann, in einem erhobenen Flüsterton zu sprechen. Einer seiner alten Tricks. Das sollte die Leute dazu bringen, sich näher zu ihm zu neigen.

»Ich musste mit dir reden«, sagte er mit glaubhafter Aufrichtigkeit, obwohl sie wusste, dass es nur vorgetäuscht war. »Ich wollte dir sagen, dass es mir leidtut, dich benutzt zu haben.«

Sie antwortete nicht, spürte aber, wie der Zorn in ihr hochkochte. War er hier, weil er sich wegen seiner Taten weniger schlecht fühlen wollte? Suchte er Vergebung, Verständnis für seine Morde? Sie würde nicht zulassen, dass er sich die Last erleichterte, die er vielleicht trug.

»Wegen meiner eigenen Neurosen«, sagte er. »Es gibt keine Entschuldigung oder Erklärung für das, was ich getan habe. Ich bin Psychologe, und ich verstehe es ja nicht einmal selbst. Ich lebe mit meiner Schuld, und ich sehe immer wieder die Gesichter der Frauen vor mir, die ich getötet habe. Es frisst mich bei lebendigem Leib auf.«

Vielleicht stimmte das. Hoffentlich.

»Ich weiß, dass du mir nicht verzeihen kannst. Ich bitte nicht um Vergebung. Ich wollte dich nur sehen. Und es gibt eine Menge Dinge, von denen du immer noch nichts weißt.«

Sie setzte die Sonnenbrille ab und hängte sie in den Ausschnitt ihres T-Shirts. »Dann sag es.« *Sag es.* Es lag in der menschlichen Natur, nach Antworten zu suchen, selbst wenn sie keinen Sinn ergaben.

»Das bringt jetzt nichts. Ich wollte nur, dass du weißt, dass ich dich liebe.«

Die Worte der Zuneigung verletzten sie mehr, als jeder Versuch einer Entschuldigung es gekonnt hätte.

»Spielst du immer noch gern Scrabble?«, fragte er.

Warum sollte sie sich für ein Spiel interessieren, das sie früher als Familie gespielt hatten? »Nein.«

»Solltest du aber. Ich frage mich, ob es das Spielbrett in der Hütte deiner Großmutter noch gibt.«

»Keine Ahnung. Ist mir egal.«

Er verlagerte sein Gewicht und hob eine gefesselte und gesicherte Hand in einer bittenden Geste bis in Hüfthöhe. Höher ging es nicht. Die Ketten rasselten. Das Mahnmal seiner perversen Verbrechen. »Komm näher.«

Sie tat ihm den Gefallen. Doch nicht so nah, dass er sie packen konnte.

»Deine Mutter hat mich seit Jahren nicht mehr besucht. Ich habe ihr geschrieben, aber sie antwortet nicht. Ich habe der Scheidung zugestimmt, wie sie es wollte. Ich vermute, sie und Maurice genießen das Leben. Gehen gemeinsam zu Vernissagen und zum Dinner. Ohne mich.«

Er schien eine Menge über Rosalind zu wissen. »Darf ich dich in den Arm nehmen?«, fragt er.

Was für eine gefährliche Frage. »Nein.«

»Bitte, kleiner Vogel.«

Sie wiederholte mit größerem Nachdruck: »Nein.« Vielleicht wollte sie mehr sich selbst als ihn überzeugen.

Er bückte sich, um ein zusammengefaltetes Stück Papier aus der Brusttasche ziehen zu können. Als er es in der Hand hielt, wollte er den Arm ausstrecken, aber es ging nicht. »Nimm es.«

Sie starrte das Blatt an, das er zwischen zwei Fingern hielt. »Ich würde nie etwas anfassen, was du in der Hand hattest.« Das stimmte nicht hundertprozentig, denn sie besaß immer noch eine Schachtel mit Dingen, die er ihr geschenkt hatte. Karten, Zeichnungen, Mitteilungen, die er ihr geschrieben hatte. Alles Sachen, die er berührt hatte und sie auch.

»Ich würde dir niemals wehtun.«

»Das hast du schon. Begreifst du das nicht? Du hast mich damals verletzt und auch seitdem an jedem einzelnen Tag.«

»Ich meine hier und jetzt. Aber ich weiß. Ich sehe es in jeder Faser deines Selbst, dass ich dich tief verwundet habe.« Er steckte das Papier wieder in die Tasche. Er wirkte so traurig.

In diesem Augenblick war er der andere Vater, jener, den sie geliebt hatte, der Mann, der ihr wirklich nie etwas angetan und sie immer beschützt hätte.

Sie trat näher. Und noch näher, während sie ihm in die Augen starrte. Sie wusste, dadrin wohnte irgendwo ein böser Mensch. Und irgendwo dadrin war auch ihr Vater.

Sie hatte als Profilerin gearbeitet. Ihr war klar, dass Opfer nicht anders konnten, als zu den Tätern zurückzukehren, die sie missbraucht hatten. Es war ein Verhalten, das sie faszinierte. Und fürchtete. Dass er sie so einfach umstimmen konnte. Hätte sie eine Waffe gehabt, wäre sie jetzt seine Geisel gewesen. Und vielleicht schon tot.

Er ergriff ihre Hand mit beiden Händen, Haut auf Haut. So vertraut und zugleich so fremd. Sie hätte schockiert sein sollen, doch sie war es nicht. Die Zeit blieb stehen, und Erinnerungen strömten in ihren Kopf ein. Ihr Vater, der sie im Pool in die Höhe warf, ihr Vater, der ihr sagte, dass sie etwas ganz Besonderes sei, ihr Vater, der ihr vom Fahrersitz des Wagens aus zulächelte. Ihr Vater, der ihr von den verschiedenen Arten von Vögeln erzählte und sie lehrte, sie zu schützen.

Einen Augenblick lang, diesen einzigen Augenblick, zählten die Morde nicht. Der Mann, der sie geformt hatte, war hier, er stand vor ihr, und plötzlich bereute sie all die Jahre, die sie ihn nicht im Gefängnis besucht hatte. Sie erinnerte sich, dass ihre Mutter hinter diesem Entschluss gesteckt hatte. »Das hat er nicht verdient«, hatte sie gesagt.

Reni entzog ihm ihre Hand – und legte aus freien Stücken die Arme um ihn.

Er roch noch wie früher. Sein Duft spülte über sie hinweg, riss sie mit sich in eine andere Zeit, an einen anderen Ort, als er noch kein schlechter Mensch gewesen war. Oder sie zumindest nichts davon gewusst hatte.

»Das ist alles, was ich wollte«, flüsterte er. »Alles, was ich wollte.«

Sie begann zu weinen. Sie wusste, dass ihr Gehirn sie betrog und sie konfus war. Doch sie hatte nicht die Kraft, dagegen anzukämpfen. Vielleicht war es das, was sie immer hatte tun wollen. »Ich habe dich vermisst, Daddy.« Sie sagte es zu dem Mann, der ihr im Bett vorgelesen hatte, dem Mann, der ihr gezeigt hatte, wie man Fahrrad fuhr und einen Vogel zeichnete.

»Ich dich auch.«

Und dann geschah etwas Eigenartiges.

Er stieß sie weg. Stieß sie heftig von sich. Sie taumelte zurück und versuchte zu begreifen, während sie sich gleichzeitig fragte, ob ihr Verstand ihr wieder Streiche spielte. Er lächelte und sagte: »Ich liebe dich, kleines Mädchen.« Und dann war er fort.

Kapitel 9

In einem Augenblick hatte sie ihn noch in den Armen gehalten, seine Wärme und Lebendigkeit und Zerbrechlichkeit gespürt. Im nächsten war er verschwunden.

Renis Welt wurde zu einem wirbelnden Durcheinander aus Zeitraffer und Zeitlupe, aus hämmerndem Herzen und Nichtwahrhabenwollen, während sie ihren Vater abstürzen sah. Ihr Gehirn registrierte erstaunt, wie sein Overall wie orangefarbene Flügel im blauen Himmel flatterte, weigerte sich jedoch gleichzeitig zu akzeptieren, was es sah.

Er hat Vögel immer gemocht.

Der Wüstenboden lag weit unten im Staubdunst, und der Wind und das Dröhnen in ihrem Kopf waren so laut, dass sie nicht sicher war, ob er irgendein Geräusch von sich gab, während er in die Tiefe fiel.

Sie hörte den Aufschlag nicht.

Als sie dicht an den schwindelerregenden, senkrechten Absturz herantrat, konnte sie seinen Körper unten liegen sehen, Arme und Beine in unnatürlichen Stellungen verdreht, während der Overall immer noch im Wind flatterte, sodass es so aussah, als würde er sich vor Schmerzen winden.

Sie musste geschrien haben, denn Daniel kam mit gezückter Waffe angerannt. Seine Blicke huschten auf der Suche nach ihrem Vater hin und her. Er sah sogar hoch zum Himmel. Und dann stand er neben ihr auf dem flachen Felsvorsprung, ohne Anzugjacke, die Ärmel hochgekrempelt, während ihm die Sonnenbrille aus der Hemdtasche ragte. Er blickte zwischen der Leiche und Reni hin und her und fragte sich, ob sie etwas damit zu tun gehabt hatte. Sein Schock war greifbar. Sie spürte seinen Blick auf sich ruhen, abschätzend, ihre Reaktion analysierend. Er musste entscheiden, was geschehen war. Schauspielerte sie? War sie aufrichtig? War sie erleichtert? Empfand sie Schadenfreude? Sollte er ihr sein Beileid anbieten oder sie festnehmen?

»Er ist davongeflogen«, sagte sie tonlos.

Ihr Gehirn hatte Fehlzündungen. Sie dachte über den nächsten Schritt in der Reihe ihrer Vorhaben für den Tag nach. Dies war der Ort, wohin ihr Vater sie auf der Suche nach einer Begräbnisstätte geführt hatte. Es kam häufig vor, dass das Opfer eines Traumas sich auf das letzte Ziel eines Tages fixierte, selbst wenn es etwas so Alltägliches war wie die Fahrt zum Lebensmittelladen für einen trivialen Einkauf. Obwohl es keinen nächsten Schritt mehr gab, ließ das Gehirn nicht locker. Noch nicht.

Besorgnis flammte in Daniels Miene auf. Doch als hätte er sich bei einer Fehlreaktion ertappt, wurde sie schnell von Misstrauen abgelöst.

»Ich hätte nicht mitkommen sollen«, sagte sie.

»Da könnten Sie recht haben.«

»Ich frage mich, ob das von Anfang an sein Plan war.« Sie begann langsam zu verarbeiten, was geschehen war. »Vielleicht hatte er nie die Absicht, uns zu den Leichen zu führen. Wie immer in seinem Leben ging es ihm nur um sich selbst. Sein Plan war, sich von mir zu verabschieden und sich dann umzubringen.«

»Was für ein grausamer Teufel.«

Sie hatte bisher keine passende Bezeichnung für den letzten Akt ihres Vaters gefunden. *Das ist wirklich passiert.* Es war nicht ihre Einbildung.

Dann traf es sie wie ein Schlag, dass er noch am Leben sein könnte.

»Wie lange stehen wir hier schon?« *Minuten?*

»Etwa fünfundvierzig Sekunden.«

Die Wachleute waren jetzt da und versuchten, die Fassung zu bewahren, obwohl sie ihren Schock nicht verbergen konnten, unter den sich vielleicht ein winziger Anflug Häme mischte. Das war aufregender als der Alltag im Gefängnis.

»Bleibt zurück«, befahl Daniel. »Es könnte sich um einen Tatort handeln.«

Köpfe ruckten, als ihnen die Erkenntnis dämmerte. Einer der Wächter, der möglicherweise verständnisvoll erscheinen wollte, murmelte, dass man es ihr nicht verübeln könne.

Reni war es egal, ob sie alle dachten, sie hätte ihn über die Kante gestoßen. Ihr Vater war tot. Gleichgültig, wer er war oder was er getan hatte, *ihr Vater war tot.* Ein Teil von *ihr* war verschwunden. Sie wollte schreien und sich zu Boden werfen. Stattdessen schaltete sie um und suchte das Gebüsch mit Blicken ab, um einen Weg hinunter zu Benjamin zu finden. Rechts entdeckte sie einen schmalen Pfad, einen Wildwechsel, wie es aussah. Schlitternd und kleine Steine lostretend begann sie den Abstieg, dicht gefolgt von Daniel.

Mehr als einmal musste sie die Absätze ihrer Stiefel tief eingraben, um nicht zu weit und zu schnell abzurutschen. Kiesel und kleine Felsbrocken überholten sie, manche flogen durch die Luft. *Wozu die Hektik?*, fragte sie sich. *Er ist tot.* Niemand konnte einen solchen Sturz überleben. Trotzdem beeilte sie sich, kam ein paar Mal fast selbst zu Fall, konnte sich aber gerade noch fangen. Daniel rief ihr zu, langsamer zu machen.

Sie hörte nicht auf ihn.

Es musste etwa zehn Minuten gedauert haben, den Fuß der Klippe zu erreichen und sich zu der Stelle vorzuarbeiten, an der Ben gelandet war.

Ihr Vater lag mit dem Gesicht nach unten. Eine Blutlache breitete sich unter seinem Kopf aus. Das Bild erinnerte sie an eine andere Zeit – damals, als er den Kopf einer jungen Frau gegen den Boden geschmettert hatte, bis sie aufhörte zu schreien. An jenem Tag hatte er keine Gnade oder Mitgefühl gekannt. Warum sollte sie also jetzt etwas empfinden? Sie klammerte sich eine ganze Weile an die Erinnerung, bis es ihr gelang, ihn mit jeder Faser ihres Seins zu hassen, nicht nur mit achtzig Prozent. Die Zeit hielt den Atem an, und der mitleidlose Wind peitschte ihr die Haare wie winzige Rasierklingen ins Gesicht, während sie sich in einer langsamen, geschmeidigen Bewegung neben ihn hinkauerte.

Daniel sagte, sie solle ihn nicht anfassen. Sie berührte ihn.

Die Haut ihres Vaters fühlte sich warm an unter den Fingerspitzen. Eine Leiche, die Leben imitierte. Sie hob einen seiner Arme leicht an, gerade genug, um am Handgelenk nach einem Puls zu suchen. Zerschmetterte Knochen bewegten sich unter der Haut wie Steine in einem Stoffbeutel.

Kein Puls.

Auch nicht an seinem Hals.

Ein Schatten fiel auf sie. Sie sah mit zusammengekniffenen Augen zu Daniel hoch. »Er ist tot«, sagte sie hölzern. Und er hatte seine Geheimnisse mitgenommen. Sie versuchte sich einzureden, dass sie aus diesem Grund betroffen war. Denn der Vater, den sie zu kennen geglaubt hatte, war schon vor langer Zeit gestorben. Der Mann hatte eigentlich nie gelebt. Sie unterdrückte ein Aufschluchzen für die toten Opfer, die sie nun nie mehr finden würden, und für den Verlust des Vaters, der sie zu einem dunklen kleinen Schatten seiner selbst pervertiert hatte.

Durch einen Schleier von Tränen sah sie, wie Daniel ihr bedeutete, zurückzutreten. *Tatort.*

Sie stand auf, zitternd vor Kälte, obwohl es so heiß war, dass die Luft flimmerte. Sie knotete das Sweatshirt von ihrer Taille los und zog es sich über den Kopf, um den Wind abzuhalten. Sie wollte nirgendwo sein und konnte nirgendwo hin. Es gab nur den Wind und den Himmel und die Wüste, die ihr Vater geliebt hatte. Das allerdings erwähnte sie Daniel gegenüber nicht. Es ergab durchaus einen Sinn, dass ihr Vater ausgerechnet hier seinem Leben ein Ende gesetzt hatte. Vielleicht hätte sie es vorausgeahnt, wenn sie nicht so darauf fixiert gewesen wäre, ihre eigenen Emotionen zu zügeln.

Daniel streckte die Hand nach ihr aus. Er war jetzt ganz der Cop. »Zeigen Sie mir Ihre Hände.«

Erst verstand sie nicht, dann begriff sie, dass er seinen Job machte.

Sie hielt ihm die Hände mit den Handflächen nach unten hin. Er ergriff sie und untersuchte die Finger nach abgebrochenen Nägeln und Hautfetzen darunter, die auf ein Handgemenge hindeuteten. Das war seine Pflicht als Detective.

Dann drehte er sie um und begutachtete die Handflächen. Es klebte Blut daran. Er schwieg, während er Informationen zusammentrug, die sie schuldig aussehen ließen.

»Von seinem Kopf«, erklärte sie. Sie war überrascht, das Blut zu sehen, obwohl sie die Leiche berührt hatte. Ihr Gehirn spielte verrückt, und aus irgendeinem Grund dachte sie plötzlich an die Asche ihres Hundes auf dem Kaminsims in der Hütte. Noch vor wenigen Tagen war sie ein ganz anderer Mensch gewesen. Sie hatte ein Ziel und einen Lebenszweck gehabt und sich im Heilungsprozess befunden.

Was würde mit der Leiche ihres Vaters geschehen? Würde man sie einäschern? Wer würde die Asche schon haben wollen? Sollte sie sie beisetzen? Verstreuen? Die Leiche einfach für die wilden Tiere hier liegen lassen? Dann würde wenigstens *etwas* Gutes aus seinem Dasein erwachsen. Wie passend. Ein Killer, der den Geschöpfen der Wüste Leben schenkte.

Daniel zog sein Telefon heraus und machte Fotos von der Leiche. Er filmte ein Video, das einen Blick auf die Absturzstelle und die Klippe zeigte, auf der sie gestanden hatten.

Als er sein Handy wegsteckte, sagte sie: »Ich habe ihn nicht gestoßen.«

Konnte sie sich dessen sicher sein? Angesichts ihrer jüngsten Vergangenheit? Selbst unter den besten Umständen war das Gedächtnis in der Kriminalistik einer der unzuverlässigsten Faktoren und der Grund, warum handfeste Beweise so wichtig waren. Reni war kein Fan von Gegenüberstellungen, bei denen die Opfer mögliche Täter identifizierten. Verfälschte Erinnerungen ließen einen an Augenzeugenberichten zweifeln, und selbst präzise Eindrücke veränderten sich mit der Zeit. Sie konnten von den Narben herrühren, die einen Menschen schützten, wenn die Realität zu schmerzhaft wurde.

»Das habe ich nicht behauptet. Hoffentlich kann die Forensik das eindeutig klären. Sie können seine Haut und Kleidung nach Ihren Fingerabdrücken untersuchen. Ein ziemlich aufwendiger Prozess, aber notwendig.«

»Ich habe ihn umarmt.«

Er hielt ihren Blick fest, und sie konnte sehen, dass sich ihr ohnehin bescheidener Status inzwischen verschlechtert hatte. »Was?«

»Ich habe ihn umarmt.«

»Ihnen ist schon klar, was das für einen Eindruck erweckt, oder?«

Es würde nicht ausreichen, um sie festzunehmen, aber es konnte die Behörden von dem ablenken, was getan werden musste. Nämlich nach den Frauen zu suchen, die Ben ermordet hatte.

Der Zettel fiel ihr wieder ein, den ihr Vater ihr hatte aufdrängen wollen. »Sehen Sie in seiner Brusttasche nach. Er wollte mir etwas geben. Vielleicht ist es ein Abschiedsbrief.« An sie gerichtet oder wahrscheinlicher noch an ihre Mutter.

Daniel ging zu der Leiche und drehte sie so weit um, dass er in die Tasche fassen konnte. Er zog ein Stück Papier heraus, faltete es auseinander und glättete es. Dann hielt er es so, dass sie es sehen konnte. Ein Ausdruck verhaltener Befriedigung trat auf sein Gesicht.

Es war eine Karte der Wüste, und mehrere Stellen waren mit roten Kreuzen markiert. Vielleicht hatte Ben Fisher doch nicht alle seine Geheimnisse mit ins Grab genommen.

Kapitel 10

Oben auf dem Plateau telefonierte Daniel über sein Satellitentelefon mit der Mordkommission, während Reni neben ihm stand. Er gab die Position durch und übermittelte eine Liste der Personen, die verständigt werden mussten. Das Rettungsteam, der stellvertretende Leiter der Gerichtsmedizin, die Spezialisten von der Spurensuche. Die Rettungsmannschaft deshalb, weil es besonderer Qualifikation und Geräte bedurfte, die Leiche den senkrechten Absturz hinaufzuschaffen.

Als die Anrufe erledigt waren, nahm er die Stelle in Augenschein, an der Ben Fisher gestanden hatte, bevor er gesprungen war. Oder gestoßen wurde. Hauptsächlich Fels, aber es gab ein paar sandige Flecken. Er kauerte sich hin und fand keine Anzeichen für ein Handgemenge. Keine aufgewühlten Stellen, und an den wenigen Pflanzen, etwa den Kreosotbüschen, sah er keine abgebrochenen Zweige. Er machte Fotos und wünschte sich, er hätte seinen eigenen SUV mit den Utensilien zur Spurensicherung dabei.

Er nahm vorläufige Aussagen von allen Anwesenden auf, einschließlich Reni. Eine förmliche Vernehmung mit Kameraaufzeichnung würde am nächsten Morgen im Sheriff's Department von San Bernardino County stattfinden. Das Gedächtnis war chronisch unzuverlässig und konnte sich schnell verändern. Am besten war es, noch vor Ort Zeugenaussagen zu sammeln, selbst wenn das bedeutete, mit traumatisierten Personen zu sprechen. Er hatte gelernt, Fragen nicht auf die lange Bank zu schieben. Neben den formlosen Aussagen dokumentierte er den Zeitpunkt und fertigte eine Skizze der Umgebung an.

Als er fertig war, fuhren die Wachleute in dem Gefangenentransporter davon. Sie wurden nicht mehr gebraucht. Daniel würde den zweiten Wagen nach San Bernardino zurückbringen, wo er später abgeholt werden konnte, und Reni bei ihrem Pick-up absetzen. Am folgenden Tag wollte er sie wieder aufsuchen, um ihre formelle Aussage aufzunehmen. Oder besser noch, den Job einem anderen Detective überlassen.

Er hatte versucht, sie zu überreden, mit den Wachen vom Gefängnis zurückzufahren, aber sie hatte bleiben wollen. Vielleicht hätte er entschiedener auftreten sollen, und sei es nur aus dem eigennützigen Grund, dass er allein sein wollte. Er hatte mit seiner eigenen Enttäuschung angesichts der unerwarteten Wendung der Dinge zu kämpfen.

»Ich klettere wieder runter«, verkündete Reni, als der Staub des davonfahrenden Vans sich gelegt hatte. »Jemand muss auf die Leiche aufpassen. Um die Tiere fernzuhalten.«

Er sah zum Himmel. Ein paar Truthahngeier kreisten hoch über ihnen und begutachteten sie. Tote waren Nahrung. Er durfte sie nicht mit der Leiche allein lassen, damit keine Beweise verfälscht wurden, also folgte er ihr.

Stunden später warteten sie noch immer auf das Rettungsteam und die Gerichtsmedizin. Sie saßen mit dem Rücken an einen Felsbrocken gelehnt im Schatten. Ben Fishers Leiche lag ein paar Meter entfernt außerhalb ihres Gesichtsfelds. Es fühlte sich seltsam an, wie eine Totenwache, beinahe spirituell an diesem Ort.

Obwohl die Temperaturen um die dreißig Grad lagen, zog Reni, deren Gesicht jede Farbe verloren hatte, ständig das Sweatshirt an und aus. Ab und zu überlief sie ein Schauer, und sie gab leise, unwillige Laute von sich, vielleicht wegen ihrer Unfähigkeit, den eigenen Körper zu kontrollieren.

Was immer auf dem Plateau oben geschehen war: Ihr Vater war tot, und sie hatte eine Menge zu bewältigen. Ihr Schweigen und ihr Zittern zeugten davon. Daniel kämpfte mit seinen eigenen Emotionen und versuchte, sich einzureden, dass nicht alles verloren war. Sie hatten die Karte mit zehn markierten Stellen. Doch womöglich wollte ihnen Fisher damit nur noch aus dem Grab heraus einen Streich spielen und ihnen eine Menge sinnlose Arbeit aufhalsen. Der Ausflug in die Wüste hatte nur dem Zweck gedient, seine Tochter ein letztes Mal zu sehen, bevor er sich in den Selbstmord stürzte. Das Gefängnis war kein angenehmer Ort. Das ließ sich nicht leugnen, und vielleicht hatte Ben Fisher einfach nur einen Plan ausgeheckt, um nie wieder zurückzukehren. Das Gehirn eines Psychopathen funktionierte anders als das eines Durchschnittsmenschen. Man konnte nicht sagen, was seine wirkliche Absicht gewesen war.

Wenn Reni ihn nicht gestoßen hatte, und das hoffte er inständig, bedeutete das, dass Ben Fisher vor den Augen seiner eigenen Tochter in den Tod gesprungen war. Das war grausam, aber sicher nicht die schlimmste Tat, die der Mann begangen hatte. Und falls sie es doch getan hatte, konnte man ihr das wirklich vorwerfen? Hätte er selbst in ihrer Lage nicht genauso gehandelt?

Er glaubte nicht.

Er war ein Mann der Fakten und wurde vorsichtig, sobald es um Bauchgefühle ging. Der Instinkt konnte einem Streiche spielen, wenn man dem puren Bösen gegenüberstand. Menschen wie Ben Fisher verbargen ihre wahre Natur, weil – und das war die Krux dabei – Psychopathen manchmal empathiefähig waren. Das verschaffte ihnen einen erheblichen Vorteil, denn sie *verstanden* ihre Opfer und die Personen, die sie manipulierten. So funktionierte das.

Daniel übernahm natürlich die volle Verantwortung für das Geschehene, und das würde er klar formulieren, wenn er heute Abend seinen Bericht schrieb. Das konnte zu einer kurzen, unfreiwilligen Suspendierung führen. Oder auch nicht. Er suchte nicht nach Entschuldigungen, aber der Captain der Mordkommission und sein eigener Vater hatten recht behalten. Er war zu sehr persönlich betroffen.

»Sie mussten nicht hierbleiben«, sagte er zu Reni und brach damit das Schweigen, das sich nach ein paar vergeblichen Konversationsversuchen seinerseits über sie gesenkt hatte. Er war nicht an einen so weiten Himmel, so offenes Land und Leere und Stille gewöhnt. Das konnte einen kribbelig machen.

»Ich weiß«, antwortete sie. »Aber ein Großteil meines Lebens besteht aus unvollendeten Geschichten und Dingen, an die ich mich nicht erinnere oder die ich falsch im Gedächtnis habe. Ich muss das hier durchziehen, damit in meinem Kopf Klarheit darüber entsteht. Im Interesse meiner geistigen Gesundheit.«

Das Eingeständnis überraschte ihn. Die meisten Menschen sprachen nicht gern über ihren eigenen Geisteszustand. Aber nach einem traumatischen Erlebnis verloren sie manchmal zeitweise die Hemmung und ließen ihre Geschichten und Emotionen heraus. Erst gestern hatte Renis Mutter ihn angerufen und ihm Vorwürfe gemacht, weil er ihre labile Tochter zu sehr unter Druck setzte. Kaum überraschend. Niemand warf ohne Grund einen guten FBI-Job wie ihren hin und zog sich in die Wüste zurück. Nicht in ihrem jungen Alter. Vielleicht hatte er das Ausmaß ihrer Probleme unterschätzt. Er war so auf sich selbst und seinen Drang nach Antworten fixiert gewesen, dass er nicht bedacht hatte, wie tief sie betroffen sein könnte. Jetzt galt es, abzuwägen und zu entscheiden, ob er weitermachen oder sie lieber in Ruhe lassen sollte.

»Sie sitzen da und überlegen sich, was Sie zu mir sagen sollen«, bemerkte sie. »Mir Ihr Mitgefühl anbieten? Er war schließlich mein Vater. Aber dann fragen Sie sich wieder, ob ich ihn hinuntergestoßen habe. War das von Anfang an *mein* Plan? Wenn wir zurück sind, werden Sie im Gefängnis nachfragen, ob wir in letzter Zeit Kontakt hatten. Briefe, Anrufe, Besuche. Wir könnten beide diesbezüglich gelogen haben.«

Alles korrekt. Und ihre Reaktion hatte nichts von Hellseherei. Sie besaß den Verstand eines Detectives und dachte immer noch so. Er war ziemlich sicher, dass sie besser gewesen war als er.

»Hatten wir nicht«, fügte sie hinzu. »Kontakt. Aber Sie sind bestimmt gut in Ihrem Job und werden sich vergewissern.«

»Sie hätten den Plan auch ausklügeln können, nachdem ich Sie aufgesucht hatte«, spekulierte er.

»Oder es könnte ein spontaner Akt gewesen sein, ohne Vorbereitung. Ein Opfer, das auf jahrelangen Missbrauch reagiert. Nur ein kleiner Stoß.« Sie stand auf und suchte den Schatten eines anderen Felsens, ein Stück weiter entfernt von Daniel, aber ihm zugewandt.

»Oder er ist gesprungen«, sagte sie, während sie sich setzte. »Sind Sie die Art von Detective, der gern spekuliert? Falls ja, welche Theorie steht ganz oben auf der Liste? Haben Sie ein Gespür für die Wahrheit?«

Er war froh über dieses Gespräch. Es tat ihnen beiden gut, alles infrage zu stellen und wieder zu denken wie Cops. Allein die Tatsache, darüber zu reden, schien sie aus ihrer Benommenheit zu reißen. »Wenn Sie an meiner Stelle wären, was würden Sie glauben?«, fragte er.

»Ich wäre misstrauisch.« Sie hatte wieder ein bisschen Farbe bekommen. »Und um ehrlich zu sein, ich habe mich dasselbe gefragt. Habe ich ihn gestoßen? Ich muss zugeben, das war mein erster Gedanke, als er nicht mehr vor mir stand. Weil ich Dinge infrage stelle, die mir zugestoßen sind oder zustoßen. Das Gedächtnis ist fragil. Also ja, ich habe mir die Frage gestellt und tue es immer noch. Aber ich denke, wenn ich es geplant hätte, würde ich mir jetzt selbst gratulieren. Und ich hätte keinen Grund, es nicht zuzugeben. Nach allem, was er mir angetan hat, wäre das ein passendes Ende gewesen, und ich habe keine Angst vor dem Gefängnis. Das Leben, wie ich es kenne, *ist* ein Gefängnis. Ich denke nicht, dass es drinnen viel schlimmer aussehen würde als hier draußen. Jedenfalls für mich. Und sollten wir herausfinden, dass die Karte gefälscht ist, würde mich das von dem Zwang befreien, nach den Frauen zu suchen, die er getötet hat, und meine Tage damit zu verbringen, Löcher in der Wüste zu buddeln. Das würde mir das Gefängnis erleichtern.«

Daniel hörte ungern, dass sie bezüglich der Karte dieselben Vorbehalte hatte wie er. »Dann glauben Sie nicht, dass sie echt ist?«

»Ich weiß nicht.« Sie holte einen Wasserbehälter aus ihrem Rucksack, schraubte ihn auf und trank einen großen Schluck. »Wenn der Ort eines Grabs nicht einen deutlich erkennbaren Orientierungspunkt besitzt, kann ich mir nicht vorstellen, dass jemand sich an eine exakte Stelle in dieser riesigen, sich ständig ändernden Mojave-Wüste erinnern könnte. Nicht einmal nach ein oder zwei Jahren, ganz zu schweigen von dreißig. Mein Vater war hochintelligent, aber soweit ich weiß, hatte er nur ein durchschnittliches Gedächtnis.« Daniel betrachtete das auseinandergefaltete Blatt und versuchte vergeblich, sich darauf zu orientieren. Es war nur eine grobe Skizze, ähnlich wie eine Schatzkarte. Er hätte von Ben Fisher mehr Präzision erwartet, aber das gehörte vermutlich zu seinem Spiel. So sah es aus. Wie auf einer Schnitzeljagd.

Er stand auf, ging zu Reni und reichte ihr den Zettel. »Erkennen Sie darauf irgendetwas?«

Sie bot ihm von ihrem Wasser an. Während er trank, begutachtete sie die Zeichnung und deutete auf eine flüchtig hingeworfene Landmarke. »Ich denke, das könnten die Felsbrocken da oben sein.«

»Das Kreuz wäre also ganz in der Nähe?«

»Ziemlich.«

Er gab ihr das Wasser zurück.

»Wenn Sie mit der Suchmannschaft zurückkommen, sind Sie hoffentlich besser vorbereitet.« Sie holte einen verschließbaren Plastikbeutel mit Studentenfutter aus ihrem magischen Rucksack, nahm eine Handvoll Nüsse und Trockenfrüchte heraus und bot ihm die Tüte an. Wahrscheinlich hatte sie das Zeug selbst gemixt.

»Danke.«

Die Ellbogen auf die Knie gestützt, sah sie aus wie ein Teil dieser fremdartigen Landschaft, während sie in ein Stück getrocknete Ananas biss. »Seltsam. Sogar jetzt noch, obwohl ich genau Bescheid weiß, fällt es mir schwer zu akzeptieren, dass dieser Mann Menschen ermordet hat«, sagte sie. »Dabei habe ich es mit eigenen Augen gesehen, auch wenn ich damals nicht wusste, was geschah. Er hat nie zu einem der Profile gepasst, die wir so gern anwenden.«

Er antwortete zurückhaltend. Er wollte sie nicht verschrecken, indem er sich verhielt wie ein Vernehmungsbeamter. »Zum Beispiel?«

»Zum Beispiel hat die Familie an Erntedank immer für die Tafeln gearbeitet. Es war die Idee meines Vaters, meine Mutter hat lediglich mitgezogen. Und er hat jedem Obdachlosen Geld gegeben, an dem er vorbeikam. Er hielt sogar extra den Wagen an und stieg aus, wenn ihm einer auffiel. Ich erinnere mich, dass wir einmal aus einem Imbiss kamen, und er hat einem Mann an der Straßenecke unseren ganzen Einkauf überlassen. Sein Tod lässt so viele Fragen unbeantwortet. Ich hätte nicht gedacht, dass es mir so viel ausmachen würde.«

Es kam durchaus vor, dass ein Killer in der Lage war, Zuneigung für einen Menschen oder ein Tier zu empfinden, aber diese Art von breitgestreuter Großzügigkeit war ungewöhnlich. »Möglicherweise hat er an seinem Erscheinungsbild gearbeitet«, vermutete Daniel. »Oder er fühlte eine gewisse Reue und versuchte auf seine Art, etwas wiedergutzumachen.«

»Oder er ist genauso *darauf* abgefahren wie auf das Töten. Es könnte dieselbe Hirnregion stimuliert und ihm ähnliche Befriedigung verschafft haben.«

»Das ist eine interessante Theorie.«

Sie hatten schon lange gewartet, dennoch war Daniel enttäuscht, als er schließlich Fahrzeuge näher kommen hörte. Er hätte lieber diese Unterhaltung fortgesetzt, jetzt, da sie sich öffnete und Vertrauen zu ihm fasste.

Sie hörten oben auf dem Plateau das Klappen von Autotüren. Daniel sprang auf und rief. Sekunden später spähten Gesichter über die Klippe herunter, und binnen weniger Minuten war ein Team mit einer Tragbahre unterwegs und rutschte über den steilen Abhang nach unten.

Dann ging alles sehr schnell.

Selbstmorde oder Tode, die man für solche hielt, wurden bearbeitet wie normale Tatorte. Der Gerichtsmediziner, ein Mann in den Fünfzigern, stellte Ben Fishers Tod fest. Die Spurensicherung, eine Gruppe aus zwei Männern und einer Frau, die nach Sonnencreme rochen und dunkle Sonnenbrillen und beige Mützen trugen, machte Notizen und nahm Fotos auf. Jemand fragte, ob die Leiche bewegt worden sei, und ein anderer streifte Tüten über ihre Hände, um sie später nach Hautresten und sonstigen Spuren eines Kampfes zu untersuchen. Der Körper wurde in einen schwarzen Sack gepackt, ein Etikett zur Einhaltung der ununterbrochenen Beweiskette angebracht. Reni sah schweigend zu. Ihr Gesichtsausdruck war nicht zu enträtseln.

»Ich wäre bei der Autopsie gern dabei«, sagte Daniel, als die Leiche zum Abtransport auf die orangefarbene Tragbahre geschnallt wurde.

Der Gerichtsmediziner nickte. »Ich mache mir eine Notiz.«

Eine Stunde nach ihrer Ankunft fuhren die Fahrzeuge wieder ab. Daniel und Reni stiegen in den Van vom Gefängnis, während die Sonne hinter den Bergen versank und Fledermäuse durch den roten Himmel flitzten.

»Ich bin kein Fan der Wüste«, gestand Daniel und legte den Gang ein. Er versuchte, das Gespräch wiederzubeleben, irgendetwas zu sagen, denn reden, egal worüber, führte einen oft in unerwartete Richtungen. »Mir haben Wald und Meer schon immer besser gefallen.«

»Sie wächst einem ans Herz«, sagte Reni. »Sicher nicht jedem, aber für mein Leben ist sie sehr wichtig. Meine Großeltern sind in den Fünfzigerjahren in die Wüste gezogen. Sie haben eine kleine Hütte auf den fünf Morgen Land gebaut, die ihnen über den Homestead-Act zugeteilt wurden. Kaum nachzuvollziehen, dass jemand versucht hat, hier Ackerbau zu betreiben. Sie mussten buchstäblich die Kreosotbüsche und Joshuabäume ausgraben, um das Land urbar zu machen und zu beweisen, dass sie es bewirtschafteten. Sonst hätten sie es verloren. Die meisten Leute zogen wieder weg, aber meine Großeltern sind geblieben. Einige meiner frühesten Erinnerungen stammen aus der Hütte meiner Großmutter. Wasser per Tankwagen, keine Elektrizität. Ich habe es geliebt.«

»Die Mutter Ihres Vaters?«, fragte er, obwohl er die Antwort kannte.

»Ja.«

»Wie war sie?«

»Ob sie finstere psychopathische Tendenzen hatte?«

»Ja.«

»Ich erinnere mich an nichts Abgründiges an ihr, nur dass sie Männer nicht leiden konnte. Damals sah ich meinen Vater noch nicht als das Monster, das er war. Glauben Sie mir, ich habe mir dieselbe Frage gestellt und mir das Gehirn zermartert. Aber ich fand sie wunderbar. Sie war der Mensch, der alles gut machte.«

Väter waren wichtig, doch manchmal dachte Daniel, dass ein starker weiblicher Einfluss und ein Rollenvorbild – Mutter, Tante, Großmutter – bei der kindlichen Entwicklung ausschlaggebender sein konnte.

Als sie auf dem Highway und unterwegs nach Joshua Tree waren, klingelte Daniels Telefon. Er war überrascht, wieder ein Netz zu haben, fuhr langsamer und sah auf das Display. Sein Vater. Nicht sein biologischer Vater, sondern der Mann, der ihn adoptiert und großgezogen hatte. »Da muss ich ran.« Er ging nicht über die Bluetooth-Verbindung des Vans, damit das Gespräch halbwegs privat blieb.

»Lange nichts von dir gehört«, sagte sein Vater. »Wollte mich nur erkundigen, wie es heute gelaufen ist.«

»Nicht so gut«, antwortete Daniel. Er war sich peinlich genau bewusst, dass Reni seine Seite des Gesprächs mithören konnte.

»Irgendwelche Erfolge?«

»Nein.«

»Tut mir leid, mein Junge.«

Das Mitgefühl war beinahe zu viel. »Mir auch.« Er richtete kurz den Blick auf Renis Silhouette. Sie dachte vermutlich, dass er mit einer »engen Bezugsperson« sprach. »Ich erzähle dir alles, wenn ich wieder zu Hause bin.«

»Ist sie bei dir?«

»Ja.«

»Okay. Sei vorsichtig.«

»Immer.« Er legte auf und steckte das Handy wieder ein. Seine Finger streiften den Stofffetzen, den er bei sich trug, das Gewebe, das er als Vergleich zu verwenden gehofft hatte für den Fall, dass Ben Fisher heute die Wahrheit gesagt hätte.

Kapitel 11

Fünfunddreißig Jahre zuvor

Er mochte Stoffläden nicht. Sie machten ihn müde, und sie waren langweilig. Nichts zu tun. Seine Beine wollten ihn nicht mehr tragen, und er ließ sich erschöpft zu Boden sinken.

Seine Mutter beugte sich lächelnd zu ihm. »Wir sind doch erst seit zwanzig Minuten hier, Danny. Hilf mir doch bitte, den Stoff für mein Kleid auszuwählen. Ich versuche, mich für eine Farbe zu entscheiden.« Sie deutete auf eine Sektion mit »Ballen«, wie sie sie nannte. Er wusste nicht, warum sie so hießen, denn es waren Kartonröhren, auf die der Stoff aufgerollt war.

»Such in dieser Abteilung«, sagte sie. »Das ist die billigste. Besseres Material kann ich mir nicht leisten. Wir sind so pleite, dass ich nicht einmal das kaufen sollte.«

Den Satz *nicht leisten können* kannte er sehr gut, weil er selten die gleichen Spielzeuge haben durfte wie seine Freunde. Seine Mutter nähte für ihren Lebensunterhalt und auch für ihn. Seine Kleidung war einer der Gründe, warum die Leute ihn komisch ansahen, aber er wusste nicht, wieso sie ihn eigentlich deswegen hänselten. Da er jetzt etwas zu tun hatte, war er plötzlich nicht mehr müde und sprang auf.

So viele Farben, so viele Stoffe. »Der gefällt mir.« Er berührte ein leuchtendes Gelb mit weißen Punkten. Sie schüttelte den Kopf ein wenig und zog die Augenbrauen hoch. Sie fand, es wäre nicht das Richtige für sie.

Er suchte weiter. »Der blaue?«

Sie lächelte wieder, sagte aber nichts. Sie war die Beste. Sie war nie fies zu ihm und schrie ihn nie an, wie andere Mütter es mit ihren Kindern taten.

Er ging ein Stück weiter. Grün, noch mehr Blau, Rot. Viel Rot. Sie mochte Rot. »Der da. Der gefällt mir.« Er zeigte auf einen roten Stoff mit kleinen rosa Blumen. Sie lächelte wieder, und er sah, dass sie mit seiner Wahl zufrieden war.

Alle Ballen waren zusammengeschoben wie Bücher in einem Regal, und sie musste kräftig ziehen, um den herauszuholen, den er gewählt hatte. Als sie es geschafft hatte, rollte sie ihn ein Stück auf und beugte sich näher, um ihn genauer zu betrachten, während sie mit der Hand darüberstrich. »Er ist perfekt, findest du nicht? Baumwollmischgewebe ist okay.«

Er berührte den Stoff. Für ihn fühlte er sich seltsam an, aber er dachte daran, was sie über das Geld gesagt hatte, und nickte. »Er ist hübsch.«

»Okay, jetzt brauchen wir noch passenden Faden und einen Reißverschluss.«

Auch dabei half er ihr, und der Laden war plötzlich gar nicht mehr so langweilig.

Zu Hause in ihrer winzigen Wohnung in Pasadena breitete sie den Stoff auf dem Boden aus und zeigte ihm, wie er das Schnittmuster aus dünnem braunem Papier drauflegen musste, damit das Material für das ganze Kleid reichte. Es war schwierig, aber sie bekamen es hin, indem sie ein paar Stücke verkehrt herum anbrachten und andere gegen die Richtung. Er half ihr sogar dabei, alles festzustecken. Das hatten sie noch nie zusammen getan.

Nach dem Abendessen schnitt sie das Kleid mit einer großen, schweren Schere aus. Der Klang von Metall auf Stoff und Papier machte seine Ohren glücklich. Am nächsten Tag, nachdem er von der Schule zurück war, entfernten sie das Schnittmuster und steckten die ausgeschnittenen Stücke mit der leuchtenden Seite nach außen zusammen. Dann half er ihr beim Nähen. Sie ließ ihn mit einem Kissen unter dem Po auf einem Stuhl sitzen, damit er die Nähmaschine bedienen konnte. »Säume sind immer 1,5 Zentimeter«, sagte sie ihm. Seine Füße baumelten in der Luft, daher stellte sie ihren nackten Fuß mit den rot lackierten Nägeln auf das Pedal, um die Geschwindigkeit der Nadel zu regulieren, und half ihm dabei, in gerader Linie zu nähen, während sie seine Geschicklichkeit lobte.

»He, junger Mann, du hast mir etwas verheimlicht.« Sie nahm die zusammengenähten Stücke aus der Maschine, schnitt den Faden ab und hielt sie sich über den Jeans und dem Sweatshirt an den Körper. Es sah nicht aus wie ein Kleid, aber auch nicht mehr bloß wie Stoff.

Es spielte keine Rolle. Wichtig war nur, dass sie glücklich war. Das war sie lange nicht mehr gewesen, nicht seit ihr letzter Freund sie »wegen einer anderen« verlassen hatte. Er hatte den Freund gut leiden mögen. Dieser hatte ihn mit an den Strand genommen und ihm gesagt, dass er gern sein Dad wäre. Daniel verstand nicht, wie jemand in einem Moment sein Dad sein wollte und im nächsten verschwunden sein konnte. Nicht tot, wie der Mann von der alten Dame in der Wohnung oben. Bloß weg.

Er versuchte, sich den ehemaligen Freund vorzustellen, wie er anderswo lebte, mit anderen Menschen lachend am Esstisch saß und vielleicht ein anderes Kind in die Luft warf, wie er es mit ihm getan hatte, und es seinen kleinen Kumpel nannte.

Aber jetzt war seine Mom glücklich. Möglicherweise nur für kurze Zeit. Oder auch länger.

Sie blieb bis spätnachts auf, um an dem Kleid weiterzuarbeiten, und am nächsten Morgen, als er an der Küchentheke frühstückte, führte sie es ihm vor.

»Was hältst du von dem Stoff, den du ausgesucht hast?«, fragte sie. »Gefällt er dir?«

Er liebte ihn.

»Ich muss es noch einsäumen, aber das dauert nicht lange. Heute Abend ist es fertig, für mein Date.«

Date war ein komisches Wort. Mädchen auf der Highschool sagten das, zum Beispiel Janine, die manchmal zum Babysitten kam. Sie sprach von Dates und davon, mit Jungs auszugehen. Dann wurden ihre Wangen rot und ihre Augen leuchteten, genau wie jetzt bei seiner Mutter.

Am Abend sah er ihr zu, wie sie Make-up auflegte und sich die Haare kämmte.

»Hol deine Kamera«, sagte sie mit einem fröhlichen Lächeln. »Damit du ein Foto von mir mit dem Kleid hast, das wir zusammen genäht haben.«

Er hatte eine kleine Instamatic zu Weihnachten bekommen. Er rannte in sein Zimmer, um sie zu holen. Sie war blau und hatte einen Blitzwürfel oben drauf, der für vier Bilder reichte. Sie stellte sich in ihrem Kleid vor die Wohnzimmertür. Sie sah so hübsch aus. Ganz anders, wie ein Filmstar.

Er hob den Apparat ans Auge und drückte den Auslöser. Der Blitz ging los.

»Machen wir noch eines. Diesmal von uns beiden, Mutter und Sohn. Gib Janine die Kamera.«

Er reichte der Babysitterin den Fotoapparat. Seine Mutter stellte sich mit dem Rücken zur Tür auf, Daniel vor ihr. Ihre Hände lagen auf seinen Schultern. »Lächeln.«

Die Kamera blitzte, und die Babysitterin gab sie zurück. »Ich glaube, das war das letzte Bild.«

»Wir bringen den Film morgen in den Laden und lassen ihn entwickeln«, sagte seine Mutter. »Du bist der beste Junge von allen.« Sie kauerte sich hin und zog ihn so fest an sich, dass er glaubte, auseinanderbrechen zu müssen. Dann drückte sie ihm einen Kuss auf die Wange und verschwand in einem Wirbel von rotem Stoff, während sich die Tür hinter ihr schloss.

Er kniete sich auf die Couch und sah ihr durchs Fenster nach, als sie davonfuhr.

Janine setzte sich neben ihn. »Meine Mom sagt, ein Date sollte einen immer abholen.«

»Warum?«

Sie zuckte mit den Schultern. »Es ist höflicher. Es zeigt dir, dass dem Typen etwas an dir liegt.«

»Vielleicht ist es anders, wenn man älter wird.«

»Kann sein, aber ich finde trotzdem, es sind schlechte Manieren, nicht an die Tür zu kommen.«

Seine Mutter nannte Janine eine Alleswisserin, also hatte sie möglicherweise recht mit den Manieren.

Er hatte schon gegessen, Fischstäbchen und Makkaroni mit Käse. Das Abendessen des reichen Mannes, hatte seine Mutter vorhin lachend gesagt, als sie ihm eines seiner fettigen Fischstäbchen stibitzte.

Janine hatte ein paar Filme mitgebracht. Sie machten Popcorn und setzten sich auf die Couch vor den Fernseher.

Er versuchte, wach zu bleiben. Er wollte da sein, wenn seine Mutter nach Hause kam, doch er schaffte es nicht, die Augen offen zu halten. Das war immer so, und normalerweise wachte er am nächsten Morgen auf und hatte keinerlei Erinnerung daran, dass Janine ihn ins Bett gebracht hatte.

Auch diesmal war es so. Plötzlich hörte er ein Weinen und registrierte überrascht, dass es schon Morgen war. Er konnte sich nicht erinnern, wann seine Mutter nach Hause gekommen war. Er musste zur Schule.

Er stieg aus dem Bett und schlurfte ins Wohnzimmer. Janine war immer noch da, und außerdem standen zwei Polizisten in der Nähe der Tür, vor der seine Mutter und er sich gestern hatten fotografieren lassen.

Er wusste nicht, warum sie da waren. Er rannte durch die Diele, sah seine Mutter aber nirgends. Sie war nicht in ihrem Schlafzimmer, und ihr Bett war unbenutzt. Er verstand das nicht. Er lief ins Bad, rief ihren Namen, dann weiter in die Küche. Niemand da.

Einer der Polizisten sprach mit Janine, die Daumen in den Gürtel gehakt. »Sie hat wahrscheinlich letzte Nacht einfach woanders geschlafen.« Er warf Daniel einen Blick zu und verlagerte unbehaglich das Gewicht. »Sie haben doch gesagt, dass es ein Date war.«

»So etwas macht sie nicht«, antwortete Janine. »Auswärts übernachten.«

»Wie gut kennen Sie sie?«

»Ich arbeite seit zwei Jahren als Babysitterin für sie. Sie kommt immer zur verabredeten Uhrzeit nach Hause.« Sie sah auf die Wanduhr. »Ich muss zum Unterricht.«

»Was ist mit dem Kleinen?«, fragte der Polizist.

»Meine Mom kommt rüber, um auf ihn aufzupassen.«

Die beiden Beamten wirkten erleichtert. »Wir melden uns später wieder.«

Janines Mutter kam vorbei und nahm Daniel mit zu sich nach Hause. Sie half ihm, ein paar Sachen einzupacken. Bevor sie gingen, legte er noch seine Kamera und einige Stücke von dem Stoff des roten Kleids in seinen Koffer, auf dem stand: *Jetzt geht's in den Urlaub.*

Sie warteten tagelang. Er ging nicht zur Schule.

Janines Mutter ließ den Film entwickeln, und er verbrachte viel Zeit damit, das Foto von ihm und seiner Mutter vor der Tür zu betrachten. An einem Tag war sie noch da gewesen, am nächsten war sie weg, genau wie der Freund. Polizisten vernahmen Danny und fragten, ob er wisse, wohin sie in jener Nacht gefahren sei.

»Sie hat sich mit einem Mann getroffen.«

»Wo?«

»Weiß ich nicht.«

Er hörte sie flüstern, dass seine Mom ihn sitzen gelassen hätte. Das hätte sie nie getan. Die Leute redeten ständig von Erdbeben. Vielleicht hatte die Erde sie verschlungen.

Kapitel 12

Gegenwart

Daniel saß am Schreibtisch und sah sich die Videovernehmung mit Reni Fisher an, die vor ein paar Stunden in einem der Verhörräume stattgefunden hatte. Die Kamera war hoch oben an der Wand montiert und lieferte eine seltsame Perspektive, sodass er auf die beiden Menschen in dem kleinen Zimmer heruntersah. Reni, mit dem Rücken zur Kamera, saß einem weiblichen Detective gegenüber.

Renis Hand wirkte sicher, wenn sie nach ihrem Wasserglas griff. Keine Spur des Zitterns, das ihm gestern aufgefallen war. Sie war ruhig, ihre Geschichte änderte sich nicht, und sie fügte dem, was er schon wusste, nichts Neues hinzu. In Verbindung mit ihrer außergewöhnlichen beruflichen Laufbahn und dem Fehlen jeglicher Anzeichen für einen Kampf ließ das den Zeiger in Richtung Selbstmord ihres Vaters ausschlagen. Die Autopsie würde das hoffentlich bestätigen.

Als das Video zu Ende war, lehnte er sich zurück und dachte über Renis persönliche und berufliche Vergangenheit nach. Sie konnte ein Glückstreffer sein. Er hatte viel zu lange nach seiner Mutter gesucht, um eine gute Chance zu ignorieren, vor allem, wenn sie ihm mehr oder weniger in den Schoß fiel. Sein Entschluss stand fest. Er ging durch das betriebsame Büro und klopfte an die Tür des einzigen Einzelbüros bei der Mordkommission.

Die Abteilungsleiterin, Captain Edda Morris, arbeitete schon seit dreißig Jahren hier, die längste Zeit davon im Sheriff's Department des Bernardino County, der Strafverfolgungsbehörden mit dem geografisch größten Zuständigkeitsbereich im ganzen Land. An einer Wand des Büros hingen zahlreiche gerahmte Fotos ihrer Enkelkinder in verschiedenen Lebensphasen.

Edda war eine Art »Mutter Erde«, die jeden dazu brachte, sich entspannt und ernst genommen zu fühlen. Krähenfüße um die Augen, die grauen Haare hinten zu einem Knoten zusammengefasst. Daniel hatte sie ein paar Mal offen gesehen; sie reichten ihr beinahe bis zur Hüfte. Aber gnade Gott jedem, der diese Frau überging oder unterschätzte. Sie verstand sich auf ihren Job, und er hatte in den drei Jahren unter ihrer Führung viel gelernt.

Sie rückte ihren Stuhl näher an den Schreibtisch und setzte sich. »Haben Sie eine Pressekonferenz anberaumt?«

»Später Nachmittag.« Bisher war nichts von dem Vorfall in der Wüste durchgesickert, aber sie mussten allen Gerüchten zuvorkommen. »Ich habe eine Idee, die ich Ihnen präsentieren möchte.« Er setzte sich auf die andere Seite des Schreibtischs. »Was halten Sie davon, Reni Fisher mit an Bord zu holen?«

Sie zuckte zusammen, fasste sich aber gleich wieder. »Ist sie im Moment nicht eine Verdächtige im Todesfall ihres Vaters?«

»Ich bin überzeugt, dass sie unschuldig ist, und gehe davon aus, die Autopsie wird das bestätigen. Sie könnte eine große Hilfe beim Auffinden der Leichen sein. Es wäre ein Jammer, uns die Gelegenheit entgehen zu lassen, jetzt, da wir ihre Aufmerksamkeit gewonnen haben.« Nicht gerade die beste Art, es zu formulieren – sie hatte ihren Vater verloren –, aber im

Augenblick war sie engagiert und interessiert. Das konnte sich schnell wieder ändern.

»Ich bin nicht einmal sicher, dass *Sie* etwas mit diesem Fall zu tun haben sollten«, sagte Edda. »Und trotzdem sind Sie ohne Zweifel der am besten qualifizierte Detective, den ich habe. Sie wissen vermutlich mehr über Ben Fisher als jeder andere Mensch in diesem Gebäude. Aber ich bin nicht sicher, ob es Ihnen guttut, sich damit zu befassen. Und wenn Fisher tot ist, bedeutet das, dass wir seine Tochter nicht länger brauchen.«

»Sie kennt sich in der Wüste aus. Sie ist eine Profilerin. Sie war früher eine gute FBI-Agentin.« Jemand, den er bewundert und respektiert hatte. »Und sie könnte über Insiderinformationen verfügen, die noch nicht angezapft sind. Ich spreche nicht davon, sie als Partnerin einzubinden, sondern nur als Beraterin. So, wie wir es mit privaten Ermittlern machen. Sie wird sich ausschließlich auf den Fall ihres Vaters und die vermissten Frauen konzentrieren.«

»Das bedeutet Kosten, die wir nur für kurze Zeit rechtfertigen können. Ist Ihnen das klar?«

»Ja.«

»Weiß sie das von Ihrer Mutter?«

»Nein.«

»Was ist mit Ben Fisher? Wusste er davon?«

»Am Anfang habe ich es bezweifelt, aber jetzt bin ich nicht mehr so sicher.« Einige der Fragen, die Fisher bei ihrer ersten Begegnung gestellt hatte, klangen im Rückblick entweder zu präzise oder bewusst irreführend.

Sie lehnte sich mit nachdenklichem Gesichtsausdruck zurück. »Es ist schon eigenartig, wie manche Lebensläufe sich überschneiden, nicht wahr? Nichts scheint linear zu verlaufen, wir bewegen uns in konvergierenden Kreisen. Ihre Mutter, der Job, den Sie haben, Ben Fishers Anfrage nach Ihnen, und jetzt Reni.«

Daniel erwähnte nicht, dass das mit dem Job kein kompletter Zufall gewesen war. Er hatte auf eine freie Stelle in der Abteilung gewartet, die gegen Ben Fisher ermittelt und ihn gefasst hatte.

»Es wäre ein Jammer, nicht zu sehen, wie die Sache weitergeht, wenn das Universum sich so große Mühe gegeben hat, diese Überlappung zu erzeugen«, fuhr Edda fort. »Aber ich will alle paar Tage einen Bericht haben. Und denken Sie daran, die Sache ist nicht lange finanzierbar, also holen Sie so viel wie möglich heraus.«

Sein Handy signalisierte ihm eine Textnachricht und er zog es aus der Tasche. Sie stammte vom stellvertretenden Leiter der Gerichtsmedizin, der ihm mitteilte, dass er in einer Stunde mit der Autopsie von Ben Fisher beginnen würde.

Und es gibt ein paar periphere Informationen, die Sie vielleicht interessieren könnten, stand weiter im Text.

Pathologen. Immer gleich zur Sache. Er erhob sich. »Ich halte Sie auf dem Laufenden.«

»Sie müssen jederzeit damit rechnen, dass ich gezwungen sein kann, von jetzt auf gleich den Stecker zu ziehen.«

»Ist mir klar.«

Auf dem Weg zur Pathologie rief er Reni an, um sie von seiner Idee zu überzeugen und sie wissen zu lassen, dass er vorhatte, mithilfe von Ben Fishers Karte mit der Suche zu beginnen. Er wusste, dass das Angebot ein wenig verfrüht kam, doch ihm gefiel der Gedanke, mit ihr zusammenzuarbeiten. »Alles hängt vom Ergebnis der Autopsie ab, aber ich möchte Ihnen etwas Zeit geben, es sich durch den Kopf gehen zu lassen. Ich spreche nicht davon, Sie nur für einen Tag mit an Bord zu holen. Es geht um die ganze weitere Entwicklung des Falls.« Er hatte gesehen, wie sie lebte. Er nahm an, dass sie das Geld brauchen konnte. Sie würde dasselbe Honorar bekommen, das das FBI den meisten freiberuflichen Ermittlern bezahlte. Kein hohes

Einkommen, aber auch nicht schlecht. Er hoffte, es würde verlockend genug sein.

»Kein Interesse. Ich sitze bereits in meinem Pick-up auf dem Weg nach Hause. Ich würde mich freuen, wenn Sie mich auf dem Laufenden hielten.«

Er appellierte an ihr Mitgefühl. »Sie kennen die Wüste. Sie wissen, wie man dort draußen überlebt. Ich bin in dieser Hinsicht völlig unerfahren, wie Sie schon mehr als einmal bemerkt haben.«

»Ich bin sicher, Sie finden eine andere Wüstenratte.«

Das Büro der Gerichtsmedizin lag drei Kilometer vom Sheriff's Department entfernt. In der Zeit, die das Gespräch mit Reni dauerte, war er fast dort angekommen. »Hören Sie, Sie suchen jetzt schon seit Jahren nach diesen Frauen.« Er bog von der Lena Road ab auf den Parkplatz. »Wenn irgendjemand das Recht hat, an dieser Sache beteiligt zu sein, dann Sie. Denken Sie wenigstens darüber nach.«

Das folgende Schweigen sprach Bände. Endlich fluchte sie unterdrückt, und er lächelte in sich hinein.

»Ich muss los.« Er stellte den Motor ab. »Ich nehme an der Autopsie teil.«

»Wo? In der Gerichtsmedizin des Countys?«

»Jaaaa«, antwortete er zögernd.

»Sie sollen warten. Ich will dabei sein.«

Das war nicht die Art von Mitwirkung, die er sich vorgestellt hatte. »Das kommt nicht infrage. Sie werden nicht der Autopsie Ihres eigenen Vaters beiwohnen.« Das gestattete er niemals einem engen Verwandten, ganz egal, wie überzeugt dieser davon war, damit umgehen zu können. Außerdem hatte er ein paar heikle Fragen an den Gerichtsmediziner, von denen er nicht wollte, dass sie sie hörte. Und dann war da noch die geheimnisvolle Textnachricht, die er von Gus erhalten hatte.

»Ich komme, so schnell ich kann«, sagte sie.

»Man wird Sie nicht hereinlassen.« Er würde sicherstellen, dass sie nicht am Empfang vorbeikam.

»Dann warte ich vor der Tür. Ach, und – Daniel? Sie hatten recht, was die Frauen angeht. Wenn ich nicht in der Wüste draußen war, um nach ihnen zu suchen, tat ich es in meinen Träumen. Ich bin dabei.«

Kapitel 13

Der Gerichtsmediziner Gus Waters war einer der zuverlässigsten und meistbeschäftigten Pathologen im ganzen County. Darum hatte seine Textnachricht Daniel überrascht, und noch mehr, als er feststellte, dass der Mann die Leichenschau höchstpersönlich durchführen würde. Ein Sprung oder ein Sturz wie der von Fisher taugte nicht für große Überraschungen, und Gus Waters übernahm sonst nur die spektakulären Fälle. Daniel hatte eher den Eindruck gehabt, dass er gar keine Autopsie mehr selbst durchführte und sich stattdessen darauf konzentrierte, die Gerichtsmedizin und Forensik zu leiten. Immerhin war das ein sehr bekannter Fall, was sein Interesse erklären mochte. Der Inland-Empire-Killer, einer der berüchtigtsten Kriminellen des Landes, auf einem Niveau mit dem Fall der »Schwarzen Dahlie«, was Neugier und Besessenheit der Öffentlichkeit anging. Benjamin Fisher hatte es fertiggebracht, sich jahrzehntelang seinen Platz im kollektiven Gedächtnis der kalifornischen Verbrechenskultur zu sichern. Der Killer, der normal aussah, sich normal verhielt und in höheren Kreisen bewegte, würde immer seine Faszination und seinen Schrecken behalten.

Daniel stieg aus seinem zivilen Polizeiwagen und sah sich auf dem Parkplatz und der Straße um. Keine Spur von Renis

Pick-up. Er betrat das Gebäude und sagte der Frau am Empfang, sie solle Reni nicht durch die Sicherheitsschleuse lassen.

»Muss ich die Polizei rufen, wenn sie auftaucht?«

»Nein.« Es widerstrebte ihm, irgendwelche Informationen preiszugeben, da die Nachricht von Fishers Tod noch nicht raus war. »Nur eine trauernde Tochter, die drinnen nichts verloren hat.« Mit so etwas bekamen sie es häufig zu tun.

Die Frau nickte. »Alles klar. Dr. Waters ist in Untersuchungsraum zwei.«

Da es eine frische Leiche war, legte Daniel einen Kittel an und zog Handschuhe über. Er stellte fest, dass die blauen Arbeitskittel durch gelbe ersetzt worden waren. Gelb war eine fröhliche und leuchtende Farbe. Aber auch die Warnfarbe für Gefahr. Die Handschuhe waren lila. Er kam sich vor wie ein Fußballmaskottchen.

Im Autopsieraum empfing ihn Gus Waters, ein Mann mit einem auffallenden grauen Afro-Look. Er begrüßte Daniel mit einem Lächeln und wandte sich dann zu einem kleinen Rolltisch mit einem Laptop um. Sie waren allein, nicht einmal weitere Leichen befanden sich im Raum. Auch das war ungewöhnlich. Daniel hatte noch nie einer Obduktion beigewohnt, bei der nicht mindestens ein paar Leute entweder assistiert oder an den anderen Autopsietischen gearbeitet hatten.

Gus öffnete die Röntgenbilder auf seinem Laptop und schnalzte mit der Zunge. »So viele gebrochene Knochen.«

Aus Respekt vor den Verstorbenen ließen manche Gerichtsmediziner die Leiche zugedeckt, bis sie bereit war für das Skalpell. Waters schien das nicht für notwendig gehalten zu haben, oder er fand einfach, dass dieser Mann keinen besonderen Respekt verdient hatte. Wie dem auch sei, Ben Fisher lag nackt auf einem Edelstahltisch, einen halben Meter von Gus entfernt, mit einem »Body Block« unter dem Rücken, um den Brustbereich für den Y-Schnitt anzuheben, der noch nicht erfolgt war. Es war kühl; das Thermometer an der Wand zeigte fünfzehn Grad.

Mit einem Finger auf dem Trackpad, die Augen auf den Monitor gerichtet, drehte Gus das Bild eines Unterarms hin und her. »Ich kann die Brüche nicht einmal zählen. Die Knochen sind wie Staub.« Er holte einen anderen Satz Fotos auf den Bildschirm, diesmal vom Kopf. Auch der Schädel war zertrümmert. »Der Tod muss aufgrund des massiven Traumas praktisch augenblicklich eingetreten sein.«

»Wie ist er aufgeprallt?« Daniel war auf der Suche nach etwas, das auf Renis Unschuld hindeutete. »Kann man sagen, mit welchem Körperteil er zuerst aufgeschlagen ist?«

»Die Arme und der Kopf haben den größten Teil abbekommen. Bei einem Sprung rechnet man eher damit, dass es die Beine sind. Es sieht fast so aus, als hätte er einen Kopfsprung gemacht. Oder wäre geflogen. Oder hätte es zumindest versucht.«

Was zu Renis Schilderung der Ereignisse passte. Als sie ihm gesagt hatte, dass er beinahe geflogen wäre, hatte Daniel sich gefragt, ob ihre Fantasie ihr angesichts der Situation vielleicht einen Streich gespielt hatte. Oder sie sich nur vormachte, dass ihr Vater noch etwas Positives erlebt hatte. Aber es klang so, als hätte er tatsächlich die Arme ausgebreitet. Den Tod willkommen geheißen, ihn umarmt. Anders ausgedrückt: Vorsatz.

»Das alles ist nicht sonderlich überraschend«, sagte Gus. »Aber eigentlich wollte ich Ihnen etwas ganz anderes zeigen.« Er schloss die Fotos und holte ein paar neue Dateien auf den Bildschirm. »Sie haben vermutlich noch nie von der Studie an der Universitätsklinik gehört, an der Benjamin Fisher sich zur Zeit seines Psychologiestudiums beteiligt hat.«

Das musste ein sehr tief vergrabenes Geheimnis sein, denn Daniel hätte gedacht, alles über Fisher zu wissen, was es zu wissen gab. »Nie davon gehört«, bestätigte er. Aber er wusste natürlich, dass es viele Studien gab, an denen Studenten sich beteiligen konnten, wenn sie knapp bei Kasse waren und sich ein bisschen dazuverdienen wollten. Er konnte sich gut vorstellen, dass Benjamin Fisher sich aus diesem Grund als Laborratte verdingt hatte. Andererseits war er vielleicht auch nur neugierig gewesen, was ihn selbst und seine dunkle Seite betraf. Das war wohl der Grund dafür gewesen, dass er sich für ein Psychologiestudium entschieden hatte.

Gus setzte sich auf einen Hocker und deutete auf einen zweiten, der auf der anderen Seite des Raums stand. »Wie fast immer in solchen Fällen, wurden die Identitäten der Teilnehmer geschützt und die Resultate niemals veröffentlicht.«

Daniel holte den Hocker, rollte ihn zu Gus und setzte sich neben ihn.

Der Gerichtsmediziner schob seine schwere, dunkle Brille hoch und öffnete eine Datei. »Was wissen Sie von den Forschungen, die hier in Kalifornien von diesem Experten für die Gehirne von Serienkillern durchgeführt wurden?«

»Dem Neurowissenschaftler, der vor ein paar Jahren gestorben ist?« Daniel hatte von ihm gelesen. Seine Studien konzentrierten sich auf Genetik und Gehirnstrukturen, nicht auf die typischen Tierquäler- und Bettnässer-Szenarios, über die jedermann Bescheid wusste. »Ich kenne die Grundzüge.« Die Theorie lautete, dass drei Faktoren notwendig waren, um jemanden zum Serienkiller zu machen. Nummer eins: ein Aggressionsgen, das der Forscher das »Krieger-Gen« nannte. Nummer zwei: eine Inaktivität oder Fehlfunktion der Temporal- und Schläfenlappen, die man mittels Kernspintomografien feststellen konnte. Und Nummer drei: ein früher Missbrauch unmittelbar nach der Geburt.

»Ich war damals einer der Forschungsassistenten dieses Professors«, sagte Gus. »Ich gehörte zum Team. Fisher bewarb sich für die Studie und wurde angenommen. Ich muss zugeben, dass uns richtiggehend schwindelig wurde, als er genau die Resultate lieferte, die man bei einem Serienkiller erwartet hätte.«

»Ich dachte, diese Art von Forschung wäre anonymisiert?«

»Im Prinzip ja, aber bei so verblüffenden Ergebnissen sickert immer etwas durch, zumindest innerhalb des Teams. Fisher hatte alle Faktoren. Das Krieger-Gen, einen präfrontalen Kortex, der nicht auf Stimuli reagierte …« Er drückte ein paar Tasten, und mehrere farbige Aufnahmen eines Gehirns erschienen auf dem Bildschirm. »Keinerlei Aktivität in dem Bereich, der moralisches Verhalten steuert.«

»Nur ein weißer Fleck.«

»Einer der schwersten Fälle, den wir je gesehen hatten. Hier ist zum Vergleich ein normales Gehirn.« Er zog ein weiteres Bild darüber. »Während der Studie haben wir die Genealogie von Serienkillern bis weit ins neunzehnte Jahrhundert zurückverfolgt. Ein zusätzliches Faktum, das wir inzwischen kennen – oder zu kennen glauben, weil noch weitere Forschungen nötig sind –, ist, dass das Verhalten in Familien gehäuft auftritt.«

»Vererblich.« Das war genau das, was Daniel gestern durch den Kopf geschwirrt war, als sie über Renis Großmutter sprachen. Psychopathie konnte sich durch Generationen hindurch fortsetzen. Je schwerer der Fall, desto größer die Wahrscheinlichkeit, dass er weitervererbt wurde. Eine neuere Studie wies darauf hin, dass Mütter eher die Träger dieses Gens waren, auch wenn Daniel davon keineswegs überzeugt war.

»Ich hätte gern einen Ausdruck dieser Berichte«, sagte Daniel. Er wollte seine eigene Studie von Benjamin Fisher damit vervollständigen.

»Mal sehen, was ich tun kann, aber es ist äußerst schwierig, an derartige Forschungsergebnisse heranzukommen. Andernfalls würde sich niemand an den Studien beteiligen.«

Aha, das war der Grund, warum sie allein im Obduktionssaal waren.

Daniel versuchte, sich von dem, was Gus ihm erzählt hatte, nicht vom Ablauf der Obduktion ablenken zu lassen. Er fragte sich, ob Reni draußen wartete. Irgendwann öffnete Gus Fishers Schädeldecke und entnahm das Gehirn. Er hielt das glitschige Organ in beiden Händen und legte es vorsichtig auf die Waage.

»Das ist der Teil der Autopsie, der mich am meisten interessiert«, sagte er mit einem Blick auf die Anzeige. »Normales Gewicht.« Er brachte das Hirn zu einem Untersuchungstisch, führte eine vollständige Analyse durch und wirkte zugleich fasziniert und enttäuscht. »Ich kann nichts Offensichtliches erkennen. Keinen Tumor oder Läsionen, die die Fehlfunktion erklären würden.«

Die Leichenschau ging noch weiter, aber Daniel bat Gus, ihn zu benachrichtigen, wenn er auf etwas Interessantes oder Verdächtiges stieß. Er warf seinen Einwegkittel und die Handschuhe in die Tonne für biologisches Gefahrengut und schluckte am Wasserspender ein paar Paracetamol. Dann verließ er das Gebäude und trat hinaus in den hellen Sonnenschein.

Reni saß auf dem Gehweg im Schatten, den Rücken an die verputzte Wand des Gebäudes gelehnt. Sie trug Stoffturnschuhe, Jeans und ein weißes T-Shirt und wartete mit geschlossenen Augen auf ihn und seinen Bericht. Er hatte nicht vor zu erwähnen, was Gus ihm über die Hirnforschung anvertraut hatte.

Kapitel 14

Als Reni Daniel aus dem Büro der Gerichtsmedizin kommen sah, sprang sie mit hämmerndem Herzen auf. Es war ihr nicht leichtgefallen, draußen sitzen zu bleiben, während drinnen der Körper ihres Vaters aufgeschnitten wurde. Sie glaubte wirklich, es wäre ihr eine Hilfe gewesen, wenn sie dabei hätte zusehen können, statt es sich nur vorzustellen.

»Seine Verletzungen passen zu Ihrer Beschreibung eines absichtlichen Sprungs«, sagte Daniel. Sie stieß erleichtert den Atem aus. Es hatte sich für sie wirklich nicht so angefühlt, als hätte sie ihn gestoßen, aber mit letzter Sicherheit hätte sie es auch nicht sagen können. »Und trotzdem sehen Sie so aus, als brächten Sie schlechte Nachrichten«, sagte sie.

Er setzte die Sonnenbrille auf. »Nur müde.«

»Was geschieht mit der Leiche?«

»Wenn Sie oder Ihre Mutter nicht innerhalb von zehn Tagen Anspruch darauf erheben, wird sie der Wissenschaft zur Verfügung gestellt. Ich vermute mal, so wird es geschehen.«

Ein Teil von ihr wollte dafür sorgen, dass nichts von ihm übrig blieb. Sie würde die Leiche beanspruchen und einäschern lassen. Nicht, weil er trotz allem ein Familienmitglied war, sondern weil sie ganz sicher sein wollte, dass er endgültig fort war. Und nicht irgendwo in einem Bottich schwamm, in Scheiben und Würfel geschnitten, während kleine Stücke von ihm in Schaugläsern auf einem Regal herumstanden. Die Asche würde sie ganz bestimmt nicht behalten, aber sie musste sie an sich nehmen, damit nicht irgendjemand anfing, kleine Döschen des Inland-Empire-Killers auf eBay zu verkaufen. Es gab eine Menge Leute, die einem Serienkiller nah sein wollten.

Ein weißer Van mit dem Logo eines örtlichen Fernsehsenders bog auf den Parkplatz ein.

Daniel spannte sich, und Reni kämpfte gegen den Wunsch an, den Kopf einzuziehen und davonzurennen.

Nach der Verhaftung ihres Vaters hatten die Fernsehteams ihr Haus regelrecht belagert. Sie und ihre Mutter waren zu Gefangenen geworden und hatten nicht einmal ungestört Lebensmittel einkaufen können. Irgendwann nach einer Reihe von Tagen, die alle miteinander zu verschmelzen schienen, hatte Maurice den Plan ausgeheckt, sie aus dem Haus und zu seiner Hütte in Idyllwild zu schmuggeln. Im Schutz der Dunkelheit waren sie nach nebenan zu ihm geschlichen. Als die Sonne aufging – Maurice am Steuer seines Cadillacs, Reni und ihre Mutter vor dem Rücksitz auf dem Boden, mit Decken vor Blicken geschützt –, fuhren sie in die Freiheit hinaus. Maurice hatte eine charmante Art, und beim Losfahren kurbelte er dreist das Fenster herunter und grüßte die hartgesottenen Paparazzi auf der Straße.

Aber sie hätten wissen müssen, dass es kein Entrinnen gab. Höchstens mittels plastischer Chirurgie. Irgendwann erkannte jemand Reni und ihre Mutter. Die Presse stürzte sich wieder auf sie, diesmal in dem kleinen Ort in den Bergen, wo sie sich versteckt hielten. Also änderten sie die Strategie und mieden jeden Blickkontakt, egal, wie verletzend die Fragen waren, die ihnen zugeschrien wurden. Es dauerte etwa ein Jahr, bis der Trubel sich gelegt hatte, und als Reni in die Pubertät kam, erkannten die Leute sie nicht länger. Und doch hatte sie nie Zweifel daran gehabt, dass sie etwas falsch gemacht hatte, und sei es nur, dass sie einfach nicht genügend getan hatte. Hätte sie noch jemand anderem außer ihrer Mutter und Maurice von den Morden erzählt, hätten sie vielleicht aufgehört. Oder auch nicht. Es war so unfassbar.

»Sie müssen Wind von der Sache mit Ihrem Vater bekommen haben.« Daniel setzte sich in Bewegung. Sie schloss sich ihm an und hoffte, er würde ein bisschen mehr davon erzählen, was in der Leichenhalle geschehen war.

Türen klappten, das Fernsehteam strömte aus dem Van und baute eine Kamera vor der Tür zum Büro der Gerichtsmedizin auf. Einer von der Gruppe rief Daniels Vornamen und kam herübergejoggt. Er trug ein Band mit einem Fotoausweis um den Hals. *Josh Perkins.*

Daniel sah zum Van hin. »Wie viel weißt du?«

»Nicht viel.« Josh warf Reni einen Blick zu und befand sie für uninteressant.

Seltsam.

»Gerüchte besagen, dass es um den Inland-Empire-Killer geht. Kannst du das bestätigen oder verneinen?«

»Ich kann gar nichts dazu sagen. Wir geben in zwei Stunden eine Pressekonferenz.«

»Dann *ist* es also der Inland-Empire-Killer. Hat er endlich den Verbleib der vermissten Frauen aufgeklärt?«

»Du weißt, dass ich das nicht beantworten kann. Benutze nicht die Freundschaft unserer Frauen, um mich breitzuschlagen.«

Frauen?

»Ich hatte gehofft, endlich mal einen Knüller zu landen«, sagte Josh. »Es ist ein harter Job.«

»Ich würde dir ja gern helfen, aber ich kann nicht. Diesmal nicht.«

Der Reporter akzeptierte die Zurückweisung. »Keine Sorge. Wir sehen uns in zwei Stunden.« Er wandte sich ab und kehrte kopfschüttelnd zu seiner Crew zurück.

»Frau?«, fragte Reni, als er außer Hörweite war.

»Ex-Frau, genau genommen.«

Geschieden. Das überraschte sie nicht. Ehen waren schwierig bei diesem Job.

»Gehen Sie nach Hause«, sagte er. »Schlafen Sie sich aus. Ich vermute, Sie haben letzte Nacht auch nicht mehr Schlaf bekommen als ich, und das heißt gar keinen.«

»Nein.« Sie hatte den größten Teil der Nacht damit verbracht, draußen in einem Stuhl zu sitzen, eingewickelt in eine dicke Decke, während sie zu viel Kaffee trank und zu den Sternen hinaufsah. Bei Sonnenaufgang war sie in die Hütte zurückgekehrt und hatte versucht, etwas zu essen, aber allein bei dem Gedanken an Haferflocken wurde ihr schlecht. Wenigstens war dabei das, was in der Wüste mit ihrem Vater geschehen war, irgendwie fassbarer geworden. Sie fing an, es zu verarbeiten.

Trotzdem war es angesichts ihrer seelischen Verfassung riskant, Daniel auf seiner Ermittlungstour zu begleiten. Gestern hatte sie sich zusammengerissen, aber der schützende Nebel, der sich über einen senkte, wenn man es mit dem Tod zu tun bekam, begann sich zu lichten. Sie musste in ihr Heim in der Wüste zurück und sich verstecken. Vielleicht sogar etwas einwerfen, das ihr Hirn für eine Weile ausschaltete.

»Sehen wir uns morgen?«, fragte er.

»Ich habe Bedenken.«

»Wenn es Sie beruhigt: Wir werden nur zu zweit sein, bis wir etwas finden. Ich habe das Okay, Sie an Bord zu holen, aber eine Suchmannschaft wurde nicht bewilligt. Es ist einfach kein Geld da. Ich komme morgen früh um sechs Uhr bei Ihnen vorbei. Wenn Sie sich entscheiden, dass Sie nichts mit der Sache zu tun haben wollen, hängen Sie eine Nachricht an die Tür, und ich fahre allein in die Wüste hinaus.«

»Das sollten Sie nicht.« Sie hätte die Vorstellung von ihm allein in dieser Wüste komisch gefunden, wenn es nicht so gefährlich gewesen wäre. Sie vermutete, er würde eine Flasche Wasser mitbringen und sonst nichts. Sie dagegen würde Stunden für die Vorbereitung brauchen. Es galt, abgepackte Nahrungsmittel zu kaufen, Wasserkanister zu füllen, Batterien, Taschenlampen und Sonnenschutz zu besorgen. Dass sie im Geiste bereits eine Liste zusammenstellte, machte ihr klar, dass die Entscheidung, ihn zu begleiten, im Grunde schon gefallen war. Sie wandte sich ab und ging zu ihrem Pick-up. Auf dem Weg kam sie an dem Fernsehteam vorbei. Wieder blieb sie unbeachtet. Das würde sich wahrscheinlich ändern, wenn die Pressekonferenz ausgestrahlt wurde.

Kapitel 15

Mit dem Laptop auf dem Bauch lag Gabby Sutton auf der Couch und scrollte sich durch Facebook. Das war ihre einzige Form der Selbstmedikation. Ihr Mann saß nicht weit entfernt in seinem tiefen Sessel, hatte die Füße hochgelegt und die Fernbedienung in der Hand, während er nach einem Fernsehprogramm suchte, das ihm gefiel. Das war ihr abendliches Ritual.

Bei einem witzigen Hundevideo lachte sie in sich hinein, teilte es mit Facebook-Freunden, likte einen Post ihres Sohns und landete schließlich auf dem Livekanal eines lokalen Senders.

Sie wusste nicht recht, was sie von Nachrichtenfeeds auf Facebook halten sollte. Facebook war für sie ein Weg, sich von den schlimmen Dingen des Lebens zu lösen. Sie wollte sich die Stimmung nicht von Nachrichten kaputtmachen lassen. Sie wollte Hundewelpen und Kätzchen und Vögel sehen. Gelegentlich vielleicht einmal ein Lama. Alles, was lustig war und ablenkte. Aber irgendetwas ließ ihre Finger zögern.

Nur Sekunden nach dem Beginn des Online-Newscasts stieß sie, ohne es zu merken, ein leises Wimmern aus und schlug die Hand vor den Mund, um ein zweites zu unterdrücken.

»Wir könnten uns noch eine Folge der Serie von gestern Abend anschauen«, sagte ihr Mann. »Das Science-Fiction-Dings. Es war ein bisschen langweilig, aber vielleicht wird es ja besser.«

Gabby starrte weiter auf den Bildschirm ihres Laptops. »Ich hasse langweilige Science-Fiction«, sagte sie.

Ein Detective stand vor dem Sheriff's Department von San Bernardino am Mikrofon. Pressekonferenz. Sein Name tauchte im Ticker am unteren Ende des Bildschirms auf. *Daniel Ellis.* Ihr Gehirn setzte immer wieder aus, und sie verstand nicht alles, was er sagte. Aber eine Sache blieb hängen. Benjamin Fisher, der Inland-Empire-Killer, war tot.

War das echt? Es konnte nicht anders sein.

»Was ist denn?«

Sie riss den Blick vom Display los. Ihr Mann wartete mit einem halb ärgerlichen, halb besorgten Ausdruck auf ihre Antwort.

»Er ist tot«, sagte sie ungläubig.

Er richtete sich auf, jetzt ernsthaft beunruhigt. »Wer?«

Vor Jahren, noch vor ihrer Hochzeit, hatte sie ihm von Benjamin Fisher erzählt. Über seinen Überfall auf sie und wie sie entkommen war. Sie hatte gedacht, das müsse er wissen. Es war das einzige Mal gewesen, dass sie darüber gesprochen hatten. Nicht richtig gesprochen, weil er gar nicht darauf eingegangen war. Er hatte sie vielleicht eine Minute lang von seiner Seite des Tisches im Restaurant her angestarrt, bevor er weiter fachmännisch seinen Fisch zerlegte und so tat, als hätte sie kein Wort gesagt.

Dreißig Jahre später wartete sie immer noch auf eine Reaktion.

Angesichts seiner Kälte hatte sie sich geschämt; fast schien es ihr, als wäre sie erneut zum Opfer geworden. Danach hatte sie sich geschworen, den Überfall nie wieder zu erwähnen.

Aber sie hatte sich immer gewünscht, dass dieser Tag einmal kommen würde. Seit Jahren wartete sie auf die Meldung, dass Fisher tot war. Sie hatte aufgehört, auf die Todesspritze zu hoffen, und stattdessen auf seinen natürlichen Tod gesetzt. Ganz egal, nur um das Bewusstsein zu haben, dass sie nicht länger auf demselben Planeten lebten. Tot war tot, gleichgültig, wie es geschah. Sie hatte nur gewollt, dass er fort war. Jetzt platzte sie in ihrem Schock und dem Bedürfnis, sich mitzuteilen, mit der Neuigkeit heraus.

»Benjamin Wayne Fisher.«

Die Schultern ihres Ehemanns entspannten sich. Sie begriff, dass er wohl gedacht hatte, jemand aus der Familie wäre gestorben.

Sie wandte sich wieder dem Newsfeed zu. »Er hat sich selbst umgebracht«, sagte sie. »In der Wüste.«

»Und, was denkst du?«, fragte ihr Mann.

Endlich. Er wollte darüber sprechen. »Ich weiß nicht.« Sie konnte es nicht fassen. Selbstmord. In der Wüste. Wie hatte das passieren können?

»Ich bin für Science-Fiction.« Er sprach immer noch von seiner gottverdammten Sendung. Vor vielen Jahren hatte sie Entschuldigungen für sein Benehmen ersonnen. Er war jung gewesen und überwältigt, unbeholfen, hatte nicht gewusst, wie er auf eine so persönliche, intime Geschichte reagieren sollte. Also hatte sie nichts gesagt. Aber jetzt war er ein erwachsener Mann. Sie brauchte ihn dringend, und er saß einfach da und starrte in den Fernseher, die Fernbedienung in der Hand, und scrollte das Menü auf dem Bildschirm durch. Während ihr Schmerz sich im ganzen Raum ausdehnte und sie keine zwei Schritte von ihrem Mann entfernt innerlich zerbrach. Seine Gleichgültigkeit traf sie bis ins Mark.

Erst kommen die Monster, dann kommt die Gleichgültigkeit.

Vielleicht war es ihre eigene Schuld. Sie hatte die Erinnerung so tief vergraben. Und ganz bestimmt nie auf ein Gespräch gedrängt.

Wirf dir nichts vor.

Aber genau das tat sie.

Ihre Ehe war eine Übung in Einsamkeit gewesen, ein Leben, das das Leben imitierte. Sie war selbst schuld daran, dass sie ihre Gefühle nicht mitgeteilt und nicht intensiver versucht hatte, über die Ereignisse zu sprechen. Stattdessen hatte sie alles in sich hineingefressen, um nicht ein weiteres Mal nicht ernst genommen zu werden. Nicht einmal ihre erwachsenen Kinder kannten das ganze Ausmaß ihres Grauens in jener Nacht, wussten nicht, wie nah sie dem Tod gekommen war. Ahnten nichts vom Schock, den eine solche Gräueltat auslöste. Sie fanden es einfach nur cool, dass ihre Mutter für die Festnahme des Inland-Empire-Killers gesorgt hatte. Sie wussten nicht, dass sein Gesicht sie noch immer im Schlaf verfolgte, durch alle wichtigen Ereignisse ihres Lebens hindurch. Die Hochzeit, die Schwangerschaften, die Geburten. Inzwischen waren ihr Sohn und ihre Tochter erwachsen und mit dem Studium fertig. Und sie lag hier auf der Couch und brauchte jemanden, der verstand, was sie durchmachte, während sie innerlich zersprang und ihr Mann, ihr Lebenspartner, einen Schritt entfernt saß und bewusst, ja absichtlich ihre Qual ignorierte.

Langsam schloss sie den Laptop, stellte ihn beiseite und stand auf. Sie musste weg von ihm. Als sie das Wohnzimmer verließ, sagte sie, ohne zurückzublicken, weil sie es einfach nicht konnte: »Schau es dir allein an.«

Im Bad versperrte sie die Tür, drehte die Dusche auf, senkte den Toilettendeckel und setzte sich darauf.

Tot. Er war tot.

Und sie fühlte sich kein bisschen besser.

Weil er nicht fort war. Er würde nie fort sein. Vielleicht später einmal, wenn sie alt war und die Demenz ihr Gehirn auffraß. Aber selbst dann. Alte Erinnerungen schwanden am langsamsten. Sie hatte es bei ihrer eigenen Mutter erlebt. Was für ein schrecklicher Gedanke. Dass irgendwann nichts übrig sein könnte von ihr als Benjamin Fisher.

Durch ihre Kehle, die sich so eng und wund anfühlte, dass sie dachte, sie würde platzen, stieß sie ein lautes Schluchzen aus. Hoffentlich würden die Dusche und der Fernseher das Geräusch übertönen. Seine blöde Science-Fiction-Serie. Sie hatte sich noch nie so einsam gefühlt, nicht einmal unmittelbar nach dem Überfall. Im Augenblick hatte sie fast den Eindruck, als wäre Benjamin Fisher, ein toter Killer, ihr einziger Begleiter auf dieser Reise.

Kapitel 16

Reni wartete vor der Hütte auf Daniel. Die Sonne ging gerade auf, die Temperatur lag um die zehn Grad. Später würden es mehr als dreißig sein. Es gab einen Witz, dass man in Kalifornien an einem einzigen Tag alle vier Jahreszeiten erleben könne. Die Menschen kleideten sich in Schichten, die im Lauf des Tages reduziert und wieder ergänzt wurden, wenn die Sonne hinter dem Horizont versank und die Luft kühl wurde. Reni begann den Tag in Jeans, Lederstiefeln und einer Jeansjacke über einem grauen Kapuzenshirt. Neben der Haustür und auf der Ladefläche ihres Pick-ups stapelten sich die Vorräte. In letzter Minute hatte sie noch beschlossen, ihr Zelt mitzunehmen, für den Fall, dass der Wagen eine Panne hatte oder aus ihrem Vorhaben eine mehrtägige Expedition wurde.

Erleichtert sah sie, dass er seinen Anzug im Schrank gelassen hatte und passender gekleidet war, in Jeans und einem Flanellhemd. Vielleicht ein bisschen bemüht, aber immerhin lernfähig. Menschen, die es gewohnt waren, Anzüge zu tragen, wirkten in Alltagskleidung nie so, als würden sie sich besonders wohlfühlen.

»Ein Zelt?«, fragte er.

»Etwas, das ich von meinem Vater gelernt habe und er von seiner Mutter. Geh nie in die Wüste, wenn du nicht ein paar Tage lang überleben kannst.«

Während er das Zelt nahm, holte sie einen Spaten, einen langen Eisenstab für Bodenerkundungen und einen Metalldetektor von der Ladefläche ihres Pick-ups. »Ich hatte einmal eine Panne und musste sechzig Kilometer weit wandern. Das ist nicht allzu schwierig, wenn man entsprechend ausgerüstet ist.«

»Ich dachte, man soll beim Fahrzeug bleiben.«

»Das ist normalerweise das Beste. Ich wartete vierundzwanzig Stunden, bevor ich mich auf den Weg machte. Ohne Vorräte hätte ich es auch dann nicht versucht.« Sie luden ihre Ausrüstung hinten in den SUV zu den paar Sachen, die er mitgebracht hatte, darunter eine Schaufel und Wasser. Sie warf die Ladeklappe ihres Pick-ups zu und kehrte noch einmal ins Haus zurück, um einen letzten Gegenstand zu holen. Die Landkarte von der Wand. Draußen breitete sie sie auf der Motorhaube ihres Wagens aus. Glücklicherweise wehte kein Wind.

»Haben Sie die Zeichnung meines Vaters?«, fragte sie. »Sehen wir mal, ob wir irgendwelche Landmarken zur Deckung bringen können.«

Daniel legte Bens Skizze auf eine Ecke der Landkarte.

Jemandem, der mit der Gegend nicht vertraut war, wäre es vielleicht schwergefallen, die Zeichnung zu interpretieren, aber sie konnte auffällige Stellen identifizieren und mit der Karte abgleichen. Jetzt, da sie den ersten Schock über die Umstände, wie sie in ihren Besitz gelangt war, überwunden hatte, stellte sie fest, dass die Skizze ihres Vaters recht detailliert war. »Wir sind hier, gleich außerhalb von Joshua Tree. Und das hier«, sie zeigte auf ein rotes X, »ist relativ nah. Wir sollten in nicht mehr als drei Stunden dort sein.«

»Was ist damit?« Er deutete auf ein kleines Quadrat.

»Das ist die Hütte meiner Großmutter. Wahrscheinlich zur besseren Orientierung eingezeichnet, genau wie die Bergketten und anderen markanten Punkte. In der näheren Umgebung der Hütte habe ich noch intensiver gesucht als anderswo, aber ohne Erfolg.« Diese Fehlschläge hatten nicht viel zu besagen. Die Wüste hatte ihre eigene Art, Dinge auszuradieren, manchmal über Nacht. Außerdem hatte ihr Vater vermutlich so nah an heimatlichen Gefilden keine Leichen verbuddeln wollen.

Daniel setzte sich ans Steuer. Sie nahmen den Highway 62 von Joshua Tree weg und fuhren durch Twentynine Palms. Dann folgte eine Reihe von Abzweigungen, und sie gelangten auf schmale, aber geteerte Straßen, die schließlich von unbefestigten Wegen abgelöst wurden. Sie führten durch eine hügelige Landschaft mit Traubenkraut, Mesquite, Blackbrush, strahlend blauem Himmel und etwa hundertvierzig Kilometer weit entfernten Bergen.

»Damals in den Fünfzigerjahren, als die Leute hier kostenlos siedeln konnten, waren alle Straßen so«, erklärte Reni. Sie klammerte sich am Handgriff über der Beifahrertür fest und machte sich auf die nächste Bodenwelle gefasst, während sie sich fragte, wie lange sie noch warten sollte, bevor sie Daniel nahelegte, langsamer zu fahren. Autofahrer, die den Stadtverkehr gewohnt waren, neigten dazu, auf Wüstenstraßen zu schnell zu sein. Ihr Gehirn konnte sich nicht rasch genug darauf einstellen, dass hier niedrigere Geschwindigkeiten angebracht waren. »Ich hoffe, Sie haben Ihr Satellitentelefon dabei, denn Sie müssen vielleicht Hilfe rufen, wenn wir einen Achsenbruch haben.«

Er bremste sofort und kam in einer Staubwolke zum Stillstand. »Möchten Sie lieber fahren?« Keine Verärgerung oder Gekränktheit in seinem Ton. Einfach jemand, der seine Grenzen kannte.

»Wird wohl sinnvoller sein.«

Er navigierte mit der Karte, während sie das Steuer übernahm. Manchmal hielten sie an und steckten die Köpfe zusammen, um sich zu orientieren, bevor sie weiterfuhren. Sie aßen beim Fahren Snacks, tranken Wasser und hörten Musik. Ihre Geschmäcker waren nicht gerade kompatibel. Reni stellte sich ein Venn-Diagramm mit dreißigprozentiger Überlappung vor. Das spielte keine Rolle. Im Moment interessierte sie sich für wenig anderes als ihr Ziel. Im Unterschied zu ihm war es ihr egal, was sie aß oder hörte.

»Möchten Sie mir erzählen, warum Sie das FBI verlassen haben?«, fragte er irgendwann.

Sie war auf die Frage gefasst gewesen, wusste jedoch nicht, wie viel sie jemandem anvertrauen sollte, den sie kaum kannte. »Ich bin in Bezug auf einige Leute, mit denen ich zusammenarbeitete, langsam paranoid geworden«, erklärte sie. Gelinde gesagt. »Ich glaube, die Sache mit meinem Vater hat mich anderen Menschen gegenüber misstrauisch gemacht.« Sie zögerte. »Vor allem, was meinen Partner betraf«, fügte sie hinzu.

»Sind Sie sicher, dass Sie ihn nicht zutreffend eingeschätzt haben?«

»Nein, ich denke, er war ein anständiger Kerl. Hören Sie, und das ist etwas, das außer meinen Ärzten und meiner Mutter niemand weiß.« Ein volles Geständnis also. Sie sprach weiter, bevor sie es sich anders überlegte. »Es gab einen Punkt, da sah er für mich aus wie ein anderer Mensch. Und ich spreche jetzt nicht von Ähnlichkeiten. Eines Nachts, als es gefährlich wurde, gezückte Waffen, eine Extremsituation, da verwandelte sich sein Gesicht in das von meinem Dad. Ich hätte beinahe auf ihn geschossen.«

Er wurde ganz still. »Wow.«

Das einsilbige Wort enthielt so viel Mitgefühl, dass sie heftig blinzeln musste, um die Wüste wieder deutlich sehen zu können. »Noch in derselben Nacht habe ich mich selbst in eine Nervenklinik eingewiesen. Ich war eine Woche lang dort, bevor ich meine Mutter angerufen habe. Sie flog her und hat mich nach Hause gebracht, nach Kalifornien. Das war vor drei Jahren. Jetzt wissen Sie, worauf Sie sich eingelassen haben. Wenn Sie Ihre Bitte um meine Hilfe zurückziehen wollen, verstehe ich das.«

»Ist Ihnen das sonst noch einmal passiert?«

Gute Frage. Logische Frage. »Nicht in gleichem Maß. Ich habe nie zuvor halluziniert und auch seitdem nicht.«

»Das klingt nach einer ziemlich klassischen PTBS.« Da war das Mitgefühl wieder. Das Verständnis. Sehr viele Cops litten unter posttraumatischen Belastungsstörungen, ohne dass sie behandelt wurden. Vielleicht gehörte er selbst dazu. *Zeig mir einen Cop, der nicht sein Bündel mit sich herumschleppt, und ich zeige dir einen Neuling oder jemanden, der besser kein Cop geworden wäre.*

»Es wurde als chronisches Trauma eingestuft.« Sie drehte die Klimaanlage weiter auf und richtete die Düse auf ihr Gesicht. »Ich arbeite daran, meine Paranoia in Grenzen zu halten und mich von Ruhe durchströmen zu lassen. Auf Menschen zuzugehen oder sie ansonsten einfach zu meiden. Ich bemühe mich, nicht in die Leute hineinsehen zu wollen. Mich mehr auf Fakten zu konzentrieren. Sie sind das Einzige, woran wir uns festhalten können, ohne das ganze Brimborium.«

»Ich versuche selbst auch, mich mehr auf Tatsachen zu verlassen«, sagte Daniel. »Bei der Mordkommission kommen wir immer mehr von dem alten FBI-Modell des Profilings ab, das so populär geworden ist.«

»Ich habe es zwar selbst gelehrt, aber ich wäre die Erste, die zugibt, dass es etwas extrem war«, sagte Reni. Die Rückkehr zu einem vertrauten Thema beruhigte sie. »Zu starke Betonung des Bauchgefühls. Es hat seinen Platz, doch der gefährliche Ansatz dabei ist, die Logik dem Instinkt unterzuordnen. Die

Logik sollte über allem stehen, und das Bauchgefühl kann sich schnell gegen einen wenden. Denken wir an einen Täter, der gut aussieht und wortgewandt ist. Vielleicht gibt er sich als Handwerker aus, steht in Ihrer Tür und versprüht seinen Charme, während er in Wirklichkeit die Wohnung daraufhin abcheckt, ob Sie allein sind. Sie merken, dass etwas faul ist, ignorieren es aber wegen seines charmanten Lächelns. *Ach, er ist doch nur neugierig.* Sollten Sie nach einem Ausweis fragen, strahlt er Sie an und bittet Sie vielleicht, bei seiner Firma anzurufen, wenn Sie sich Sorgen machen. Er gibt Ihnen sogar die Nummer. Natürlich rufen Sie nicht an, weil er so gewandt ist und so echt wirkt. Es liegt in der menschlichen Natur, anderen vertrauen zu wollen. Aber die Logik, die *Logik* ist in diesem Szenario Ihr guter Freund. Sehen Sie sich die Taktik an, mit der mein Vater seine Opfer geködert hat. Die Vernunft hätte ihnen gesagt, dass da etwas nicht stimmt. Aber er hat mit ihren Empfindungen gespielt. Er hat ihre Emotionen und ihr Mitgefühl zu seinem Vorteil ausgenutzt.«

»Sie sollten sich überlegen, wieder zu unterrichten«, sagte Daniel. »Freiberuflich, meine ich. Nicht für das FBI oder die Regierung. Ich glaube, kleine Polizeibehörden überall im Land wären sehr interessiert und könnten von Ihren Einsichten profitieren. Nicht von der Erfahrung mit Ihrem Vater, sondern von Ihrem gesamten Wissen.«

»Ich bleibe lieber bei meinen Töpfen.«

Er lachte über ihre Wortwahl, wurde aber gleich wieder ernst. »Dann vielleicht eines Tages. Behalten Sie es im Auge.« Papier raschelte, als er sich wieder der Karte widmete. »Wir sollen nach einem Riesenfelsen Ausschau halten. In Klammern steht da aber: ›nicht *Giant* Rock‹. Sagt Ihnen das etwas?«

»*Giant* Rock liegt nördlich von Joshua Tree. Das ist so ein George-Van-Tassel-Ding.«

»Ein was?«

»Sie kennen sich wirklich nicht aus in kalifornischer Geschichte, was? Van Tassel lebte unter einem sieben Stockwerke hohen Felsen und hat dort mit Aliens kommuniziert. Klingelt es jetzt?« Sie lieferte weitere Informationen. »Die Aliens haben ihm aufgetragen, etwas zu bauen, das sich ›Integratron‹ nannte und dafür sorgen sollte, dass man wieder jung wird. Kommt Ihnen das bekannt vor?«

»In der Schule hatten wir keine Alien-Geschichte.«

»Er hat vierundzwanzig Jahre damit verbracht, eine hölzerne Kuppel ohne einen einzigen Nagel zu bauen, aber er ist gestorben, bevor sie fertig war. Deshalb konnte er sich nicht mehr verjüngen.«

»Pech.«

»Und nun werden wir nie erfahren, ob es funktioniert hätte.« Sie sagte es mit dem angedeuteten Zwinkern der Eingeweihten.

»Kalifornien ist merkwürdig.«

Eigenartig, dass er das sagte. Die Kalifornier neigten dazu, ihr Land zu lieben und zu verteidigen, ganz egal, wie viele Erdbeben und Waldbrände es gab. »Sind Sie nicht hier aufgewachsen?«

»Schon, aber ich merke, wenn etwas seltsam ist.«

»Es ist Lokalgeschichte, egal, wie abwegig es klingt. Geschichte bleibt Geschichte.«

»Sie werden jetzt doch nicht anfangen, von eigenartigen Strudeln am Himmel zu erzählen?«

»Spotten Sie nur, aber ich habe in der Wüste einige befremdliche Dinge gesehen, für die ich keine Erklärung habe.«

»So etwas hat oft einen realen Hintergrund.«

»Nicht immer. Wenn man sich in einer surrealen und feindseligen Landschaft bewegt, muss man lernen, anders wahrzunehmen. Es geht darum, den Fokus aus der Nähe in die Ferne zu verlagern, als würde man die Tiefenschärfe einer Kamera verstellen. Man muss zum Himmel sehen und nicht zur Erde. Und wenn das Gehirn diesen Wandel bewerkstelligt hat, dann erst sieht man wirklich. Und man versteht, dass die Welt aus vielen verschiedenen Sorten von Schönheit besteht, selbst an Orten, die anfangs rau und abweisend wirken. An solchen, an denen das Fehlen von Bäumen und Schatten und allen Dingen, die physische Nähe erzeugen, dem Geist erlaubt, sich auszudehnen und die Wirklichkeit auf neue und andere Art zu erleben.«

»Sie sind *so was* von kalifornisch!«

»Ich spreche hier nicht in Abstraktionen.«

»Doch, das tun Sie.«

»Okay. Schon gut.«

»Sie haben mir im Grunde gerade ans Herz gelegt, die Wüste zu mögen.«

»Habe ich nicht.«

»Okay, tut mir leid. Ich werde Sie beim Wort nehmen und versuchen, verständnisvoller zu sein. Ich werde mir ein bisschen mehr Mühe geben. Aber vielleicht habe ich Gründe für meine Abneigung.«

Da war es. Sein dunkles Geheimnis. »Etwas Schlimmes?«

»Nein, eher ein Sturz in einen Kaktus, bei dem ich alle Stacheln abbekam. Und damit meine ich Hunderte. Ich geriet in Panik, weil ich zu der Zeit glaubte, dass Kaktusstacheln über den Blutkreislauf zum Herz wandern könnten.«

»Schon interessant, wie Kinder etwas völlig missverstehen können, was die Erwachsenen ihnen sagen. Vermutlich haben Sie mal gehört – und das mit Recht –, dass Kakteen schwere Infektionen auslösen können, was manchmal zu Herzproblemen und sogar zum Tod führt.«

»Schauen Sie.« Er deutete mit dem Finger, und der eigentliche Grund ihres Hierseins setzte der Plauderei ein Ende. Eine Gruppe von Felsbrocken, von denen einer wesentlich größer war als die anderen, erhob sich hoch und fremdartig aus der Landschaft.

Sie lenkte das Fahrzeug einen steilen Anstieg hinauf. Als es wieder flach wurde, hielt sie an, stellte den Motor ab und blinzelte durch die staubige Windschutzscheibe. Erst als er etwas sagte, merkte sie, dass sie den Atem angehalten hatte.

»Was ist?«, erkundigte er sich.

Sie nahm die Umgebung in sich auf und antwortete: »Das kommt mir bekannt vor.«

»Vielleicht sind Sie schon einmal hierher teleportiert worden.« Er lachte. »Tut mir leid. Konnte es mir nicht verkneifen.«

Sie konzentrierte sich und versuchte, eine flüchtige Erinnerung festzuhalten. »Es könnte sein, dass ich als Kind schon einmal hier war.« Sie stieg aus und ging auf den gigantischen Felsen zu. Ein paar Schritte davor blieb sie stehen und stemmte die Hände in die Hüften.

Hinter ihr knallte eine Autotür zu, und sie hörte, wie Daniels Schuhsohlen über Kies und lockeren Sand knirschten. Er blieb neben ihr stehen, während sie die Augen unverwandt auf den Felsbrocken gerichtet hielt.

Schließlich sagte er: »Ich glaube, Sie waren tatsächlich schon einmal hier.«

Auf dem Felsen befand sich eine Zeichnung. Von einem Vogel. Und zwar nicht von irgendeinem. Er sah genauso aus wie der, den sie als Töpfermarke verwendete.

Kapitel 17

Dreiunddreißig Jahre zuvor

Wüste.

Sie waren schon lange Zeit unterwegs. Reni saß auf dem Rücksitz des Ford Granada, ihr Vater am Steuer. Auf dem Weg – wohin auch immer – waren sie an vielen Joshuabäumen vorbeigekommen. Sie sahen aus wie Menschen, und sie sah sie nur dann, wenn sie zur Hütte ihrer Großmutter fuhren, oder bei einem dieser seltenen Wüstenausflüge mit ihrem Dad. »Fahren wir zu Grandma Beryl?«, fragte sie und betrachtete seinen Hinterkopf. Er trug einen Schlapphut zum Schutz gegen die Sonne.

»Heute nicht, kleiner Vogel«, sagte er und sah in den Rückspiegel. »Wir machen nur einen Ausflug.«

»Bitte! Können wir nicht zu Grandma fahren?«, bettelte sie.

»Nein.« Seine Stimme wurde streng. »Heute nicht, habe ich gesagt.«

Sie verschränkte die Arme, umfasste die Ellbogen und drückte das Kinn an die Brust. Warum konnten sie nicht ihre Oma besuchen? Sie war ihr der liebste Mensch auf der Welt, vielleicht mochte sie sie insgeheim sogar lieber als Daddy und ganz sicher lieber als Mommy. Sie war noch zu klein gewesen, um sich daran zu erinnern, aber man hatte ihr erzählt, dass ihre

Großmutter sie nach ihrer Geburt gepflegt hatte. Ihre Mutter war krank geworden und hatte sich nicht um ein Baby kümmern können. Also hatte Renis Vater sie eingepackt und war mit ihr in die Wüste gefahren, wo sie bei ihrer Grandma Beryl blieb, bis es Renis Mutter besser ging. Auch als sie wieder zu Hause war, besuchte Reni ihre Großmutter häufig. Die Leute sagten, sie sei hart im Nehmen, eine echte Pionierfrau. In ihrem Haus gab es keine Elektrizität, und das Wasser kam mit einem großen Tanklaster. Reni hörte es gern, dass sie die ersten Monate ihres Lebens dort verbracht hatte, zusammen mit einer zähen Pionierfrau, die ihr später eine Menge von dem beigebracht hatte, was sie über die Wüste wusste.

»Joshuabäume wachsen nirgendwo anders auf der Welt, mein süßer kleiner Vogel«, hatte ihre Großmutter gesagt. Sie fügte immer das »süß« hinzu, wenn sie sie ihren kleinen Vogel nannte. »Sie sind etwas ganz Besonderes. Du solltest nie raufklettern oder Äste abbrechen. Du kannst in ihrem Schatten sitzen, aber tu ihnen nicht weh. Sie wachsen nur ein paar Millimeter im Jahr, deshalb sind sie sehr alt und sehr weise. Und wenn mehr Joshuabäume wachsen sollen, dann geht das einzig und allein mithilfe der Yucca-Motte.«

Reni hatte sich vorgestellt, dass die Motten mit ihren staubigen Flügeln schlugen und Babybäume dazu ermutigten, aus dem Boden zu sprießen. »Haben sie Bücher gern?«

Ihre Großmutter war Bibliothekarin gewesen, bevor sie von einem geheimnisvollen Ort namens »Drüben im Osten« hierhergezogen war. In der Wüste gab es kein Fernsehen, aber sie hatte stapelweise Bücher und las Reni daraus vor, selbst dicke Erwachsenenbücher ohne Bilder.

»Joshuabäume lieben Bücher«, hatte ihre Großmutter geantwortet. »Und sie freuen sich sehr, wenn man ihnen etwas vorliest.«

Also saß Reni mit gekreuzten Beinen im Wüstensand, während Eidechsen vorbeihuschten und die trockenen Büsche zum Rascheln brachten, las den Joshuabäumen aus ihren Kinderbüchern vor und erzählte ihnen Geschichten von Hunden und Katzen und Familien, die sie sich manchmal selbst zu den Bildern passend ausdachte. Sie stellte sich vor, dass die Bäume den Klang ihrer Stimme mochten, auch wenn sie nur stumm und wachsam dastanden, während sie ihre großen Arme den Wolken entgegenstreckten.

Ihr Dad hielt den Wagen an einer Stelle mit vielen riesigen, glatten Felsen an, von denen manche höher waren als Häuser. Es gab hier nur die Felsblöcke und den weiten Himmel.

»Komm mit.« Er hielt ihr die Tür auf. »Es ist zu heiß für dich, um im Auto zu warten.«

Ihr Vater nahm sie bei der Hand und führte sie zu einer schattigen Stelle direkt neben einem der Felsen. »Warte hier und halte Ausschau nach Tieren, vor allem nach Vögeln.« Er gab ihr ein kleines Buch.

Sie konnte inzwischen lesen, nicht alles, aber gut genug, um zu wissen, dass das Buch »Vögel der Wüste« hieß. Sie kannte das Wort Wüste, weil es in vielen Namen vorkam. Sogar in denen mancher Städte. Und von Tankstellen und Orten, wo man etwas zum Essen bekam oder einen riesigen Kaktus kaufen konnte, wenn man wollte.

Sie hatte das Buch schon vorher gesehen, bei ihnen zu Hause. Es war langweilig, wie viele Erwachsenenbücher, aber wenigstens gab es Bilder.

»Wenn du einen Vogel siehst, schlag ihn im Buch nach. Falls du ein paar Worte nicht verstehst, sage ich dir später, wie sie heißen. Machst du das?«

»Mach ich, Daddy.«

»Bleib hier. Geh nicht herum, sonst verirrst du dich. Leute, die sich in der Wüste verlaufen, werden nie gefunden, bis sie ein Haufen ausgebleichter Knochen sind.«

Sie stellte sich vor, wie jemand eine Flasche Bleiche über Knochen ausgoss.

Das mit dem Sterben stimmte. Sie hatte es in den Nachrichten gesehen. Eine Frau war gestürzt, hatte sich etwas gebrochen und war in der Wüste umgekommen. Wanderer starben dort ständig.

Tot zu sein, war rätselhaft. Jemand war da, und dann war er nicht mehr da. Es klang wie etwas, das niemandem zustoßen sollte, nicht einmal Käfern. Es war nicht fair. Sie tat keinem Käfer weh, und sie tat keinen Bäumen weh, weil sie nicht wollte, dass sie weggingen und nie mehr zurückkamen.

Zunächst hatte sie keine Angst, denn sie wusste, ihr Vater würde zurückkommen. Das tat er immer, und er hielt stets, was er versprochen hatte. Dieser Ausflug hatte mit dem Spiel zu tun, das sie im Park spielten. Ihr war nicht klar, inwiefern, nur hatte sie bemerkt, dass die Fahrten in die Wüste oft nach dem Parkspiel stattfanden.

Sie setzte sich in den Sand und beobachtete den Himmel, wie ihr Vater es ihr aufgetragen hatte. Es gab eine Menge Vögel in der Wüste. Und andere Tiere. Ihre Großmutter hatte ihr erzählt, dass Kojoten Katzen und Hunde fangen und mit ihnen fortlaufen konnten.

»Kann ein Kojote auch mich wegtragen?«, hatte sie eines Tages wissen wollen, als sie auf der Veranda saßen und ihr Frühstück aßen, das auf einem mit Holz geschürten Herd zubereitet worden war.

Ihre Großmutter blinzelte mit ihren leuchtend blauen Augen in das Tal hinein, das in der Ferne rosa schimmerte. »Kann sein. Sie haben schon Babys verschleppt. Ich weiß von jemandem, der auf diese Art ein Kind verloren hat. Die Frau hat die Wäsche aufgehängt und das Baby nur eine Minute allein gelassen. Als sie sich umdrehte, rannte der Kojote mit dem Kleinen im Maul davon.«

Reni hoffte, dass es mit der Geschichte von den Kojoten und dem Baby so ähnlich war wie mit der von Hänsel und Gretel – sie stimmte nicht, aber man konnte sich ordentlich dabei gruseln. Ein bisschen wie bei den Spielen, die sie mit ihrem Dad spielte.

Ihre Großmutter schien Männer nicht besonders zu mögen, obwohl sie sich selbst eher wie ein Mann anzog und benahm. Normalerweise trug sie Jeans und Arbeitshemden. Sie besaß kein einziges Kleid. Anders als Renis Mutter benutzte Oma Beryl niemals Make-up und trug die Haare kurz geschnitten wie ein Mann. Aber Reni kannte ein Foto von ihr mit langen Haaren, in einem Kleid und mit einem hübschen Gesicht.

An einem ihrer magischen gemeinsamen Vormittage hatte ihre Großmutter ihr verraten, dass hinter allen Problemen der Welt die Männer steckten und Frauen sich umeinander kümmern mussten.

»Aber Daddy ist doch gut, oder nicht?«, hatte Reni gefragt.

»Besser als die meisten. Er und deine Mutter sind schon ein paar Prachtstücke. Ben ist nicht wie dein Großvater. Der war ein mieser Schweinehund.«

»Er hat dich geschlagen?«

»Hat er.«

»Und er hat dir den Arm gebrochen.« Das hatte ihre Großmutter ihr erzählt.

»Auch das. Mehr als einmal. Und womit denken Männer?«

»Mit dem Wurm zwischen ihren Beinen.«

Ihre Großmutter lachte. »So ist es.« Sie blickte in die Ferne und sagte wie zu sich selbst: »Manchmal muss man einfach dafür sorgen, dass die schlechten Menschen weggehen.«

»Hast du dafür gesorgt, dass Grandpa verschwindet?«

Großmutter Beryl kicherte. »Das ist mein kleines Geheimnis. Und das deines Vaters.«

Reni machte es sich vor dem Felsen bequem und wartete auf die Rückkehr ihres Vaters. Sie sah einen Vogel mit einer flaumigen, weißen Brust und blätterte in dem Buch nach, bis sie das richtige Foto fand. Darunter stand ein Wort, das sie buchstabieren musste: Falke. Später sah sie einen kleineren Vogel, einen schwarzen, mit glänzenden Flügeln. Er flatterte über sie hinweg und kreischte sie dabei an.

Doch die meiste Zeit passierte gar nichts.

Ihr wurde heiß, sie war durstig und langweilte sich so, dass ihr immer wieder die Augen zufielen. Nachdem sie ewig die Vogelbilder betrachtet hatte, legte sie das Buch weg, kauerte sich mit an die Brust gezogenen Knien hin, um nach hübschen Steinen zu suchen. Sie fand ein paar und benutzte einen besonders spitzen, um Zeichnungen in die Erde zu ritzen. Später, als der Schatten nur noch ein schmaler Streifen war, kratzte sie ein Bild in einen der großen, glatten und runden Felsblöcke.

Eine Weile machte das Spaß, aber dann bekam sie auch davon genug und begann sich zu fragen, ob ihr Vater wirklich zurückkommen würde. Konnte ihm etwas zugestoßen sein? Vielleicht war das Auto kaputt. Oder ein Kojote hatte ihn verschleppt. Aber das klang unwahrscheinlich, weil er so groß war.

Hatte er sie vergessen? Sie versuchte, sich keine Sorgen zu machen.

Der Himmel hatte sich rot verfärbt und die Luft war kalt, als er endlich zurückkam. Er hatte diesen hässlichen Ausdruck im Gesicht, den sie nicht mochte, und sein kariertes Hemd hing ihm aus der Hose und war schmutzig. Seine Haare waren verschwitzt, und er roch komisch, so ähnlich, wie wenn man auf der Straße an einem überfahrenen Tier vorbeikam.

»Was ist das?« Er ging zu dem Felsen und starrte ihr Kunstwerk an, die Hände in die Hüften gestemmt. »War das schon hier?«

»Ich habe es gemacht. Es ist ein Vogel.« Sie wartete darauf, dass er sie dafür lobte, wie gut sie es gemalt hatte.

»Das sehe ich, aber das ist nicht cool. Das ist eine Entweihung der Natur. So etwas darfst du nicht machen, das weißt du. Wir müssen die Natur schützen.«

Sie wusste nicht, was Entweihung bedeutete, doch der Zorn in seiner Stimme und sein eigenartiger Gesichtsausdruck sagten ihr, dass es etwas Schlimmes war. »So, wie wir die Bäume beschützen?«, fragte sie.

»Genau so.«

»Ich kann es wegradieren.«

»Nein, kannst du nicht. Es ist in den Stein gekratzt. Das bleibt für immer.«

Sie umklammerte das Vogelbuch und presste es an sich, während ihr Herz hämmerte. »Können wir es nicht übermalen?«

»Nein, wir dürfen keine Felsen anmalen. Das wäre noch schlimmer.«

Sie wollte kein Baby sein, aber sie konnte es nicht aufhalten. Sie begann zu weinen.

»Hey, hey, hey.«

Er nahm sie hoch, und sie bemühte sich, seinen Geruch zu ignorieren. »Heul nicht. Mach so etwas einfach nie wieder, okay?« Er sprach mit der Stimme, die sie mochte, und trug sie zum Wagen. Er setzte sie auf den Beifahrersitz, nicht auf die Rückbank. Sie fuhr sonst nie vorn.

»Machen wir uns auf den Heimweg. Deine Mutter wird sich schon fragen, was aus uns geworden ist.«

»Können wir unterwegs anhalten und Eiscreme essen?«

»Ich denke, das lässt sich machen.«

Beim Wegfahren rollte er ganz langsam an ihrem Kunstwerk vorbei. Es machte den Eindruck, als wollte er sie stumm bestrafen und ihr vor Augen führen, was sie angerichtet hatte. Durchs Fenster betrachtete sie die Vogelzeichnung und sah, wie sie hinter ihnen zurückblieb, während sie die unbefestigte Straße hinunterholperten.

Kapitel 18

Gegenwart

Reni stand neben Daniel und starrte die primitive Vogelzeichnung am Felsen an. Ja, es sah genauso aus wie ihr Logo. Und es war beunruhigend, an einen Tag zurückteleportiert zu werden, den sie bis vor ein paar Sekunden völlig vergessen hatte. Sie spürte wieder die Kanten des kleinen Steins, den sie gepackt hielt, um damit den Vogel zu zeichnen. Sie erinnerte sich an die intensive Hitze der Sonne und daran, wie sie versucht hatte, ihre Angst unter Kontrolle zu bringen, nachdem ihr Vater davongefahren war. Das Buch mit den Vögeln der Wüste. Was war daraus geworden?

»Er hat mich zurückgelassen und ist fortgefahren«, sagte sie zu Daniel. »Weit genug, dass ich den Wagen nicht mehr hören oder sehen konnte.« Sie konzentrierte sich, um zusätzliche Details an die Oberfläche zu holen, aber auch wenn ihr manche Dinge glasklar vor Augen standen, blieben andere im Nebel verborgen.

»Er hat Sie allein gelassen? In der Wüste?«

»Ja.«

»Wie alt waren Sie?«

»Ich weiß nicht. Fünf? Sechs?«

»Waren Sie nur zu zweit, oder hatte er noch jemanden bei sich?«

»Ich kann mich an sonst niemanden erinnern.« Ihr war schwindelig. »Ich muss mich hinsetzen.« Sie ließ sich in einem Streifen Schatten zu Boden plumpsen. Vielleicht war es dieselbe Stelle, an der sie an jenem Tag vor vielen Jahren gesessen hatte.

Daniel verschwand und kehrte gleich darauf mit Wasser für sie beide zurück. Er reichte ihr die Flasche und setzte sich neben sie. »Hat er Sie oft mit in die Wüste genommen? Und warum hat er Sie allein gelassen? Ich verstehe das nicht.«

»Wahrscheinlich musste er auf mich aufpassen. Das tat er oft. Meine Mutter konnte nicht gut mit Kindern umgehen, und sich mit mir zu befassen, war stressig für sie.« Sie trank einen tiefen Zug. »Die Einzelheiten dieses Tages stehen mir klar vor Augen. Die Vögel, die ich gesehen habe, die Hitze, die Steine, die ich gesammelt habe.« Sie schraubte die Flasche wieder zu, ließ die Erlebnisse noch einmal Revue passieren und versuchte, die Logik hinter dem Verhalten ihres Vaters zu erkennen. »Ich bin ziemlich sicher, dass er eine Leiche verscharrt hat.«

Daniel verschluckte sich an seinem Wasser. »Das ist ja ekelhaft«, sagte er, als er sich erholt hatte. Seine Stimme klang bestürzt, aber man durfte nie vergessen, von wem sie hier sprachen.

»Selbst heute noch kann ich die verfaulende Leiche an ihm riechen, als er zu mir zurückkam. Ich schwöre es. Wie ein überfahrenes Tier.«

»Ich rieche es auch.«

Sie blickten sich überrascht an, sprangen dann auf und begannen, das Gebiet abzusuchen. Reni rechnete eher damit, ein totes Tier zu finden, aber sie mussten auch nachsehen, ob es irgendwo eine Stelle gab, an der die Erde kürzlich aufgegraben worden war.

»Vorsicht vor Schlangen«, warnte sie.

Seine Augen weiteten sich, aber er sagte nichts.

»Um diese Tageszeit schlafen sie im Schatten. Ich habe einmal eine in meinem Pick-up gefunden, unter dem Armaturenbrett.«

»Oh Gott, nein!«

Jetzt, wo sie zumindest einen gewissen Radius abschätzen konnten, in dem sie suchen mussten, würde es hoffentlich nicht allzu schwierig sein, die richtige Stelle zu finden. Reni entdeckte sie tatsächlich – eine Vertiefung hinter dem riesigen Felsen, wo die Erde besonders locker aussah.

Sie holten die Schaufeln aus dem SUV und begannen, vorsichtig zu graben, immer im Hinterkopf, dass es sich um einen Tatort handeln konnte. Beide traten von Zeit zu Zeit zurück, um tief durchzuatmen, bevor sie weitermachten. Ein Gespräch war nicht möglich.

In etwas mehr als fünfzig Zentimetern Tiefe stießen sie auf Kleidung.

Ihre Blicke trafen sich. Wortlos warfen sie die Schaufeln weg und gruben vorsichtig mit den Händen weiter, bis sie lange, dunkle Haare und einen weiblichen Körper in Jeans und einem schwarzen T-Shirt freigelegt hatten, der mit dem Gesicht nach unten lag, die Hände hinter den Rücken gelegt.

Definitiv keine dreißig Jahre alte Leiche.

Der durchdringende Gestank ließ sie würgen, und sie zogen sich hastig so weit zurück, dass sie tief durchatmen und wieder miteinander reden konnten.

»Was glauben Sie, wie lange sie schon da liegt?«, fragte Reni, während sie überlegte, wie ihr Vater von diesem Opfer hatte wissen können. Er hatte schließlich eine Karte von der Stelle gezeichnet. Gab es noch mehr Leichen, ältere Leichen? War das ein Gottesacker?

Daniel presste den Arm vor die Nase und sagte: »Vielleicht ein paar Wochen? Schwer zu sagen bei der Hitze, aber nicht mehr als einen Monat.«

Ihr Vater war im Gefängnis gewesen, als dieses Verbrechen begangen wurde. War es reiner Zufall, dass sie hier den Ort gefunden hatten, wo vor Kurzem eine Leiche verscharrt worden war? Das klang weit hergeholt. Hatte ihr Vater draußen einen Komplizen gehabt? Hatte er sie absichtlich hierhergeführt, damit sie diese Leiche fanden? Und was war mit der, die er an dem Tag vergraben hatte, an den sie sich erinnerte? Falls er damals eine Leiche verbuddelt hatte.

»Das Verbrechen könnte von jemandem begangen worden sein, der ihm schon in der Vergangenheit geholfen hat«, meinte sie. »Oder dem er sich im Gefängnis anvertraut hat.« Das passierte gelegentlich. Unter so isolierten Verhältnissen kam man sich näher. Man erzählte sich persönliche Geschichten. Vielleicht hatte ihr Vater sich einen Jünger herangezogen, der nach seiner Freilassung dort weitermachte, wo Ben aufgehört hatte.

Diese Idee, der Gedanke, dass jemand die Arbeit ihres Vaters fortsetzte, war etwas, das Reni im Augenblick nicht an sich heranlassen konnte. Sie musste ihn beiseiteschieben, und zwar ganz weit, denn dieser Nachfolger, falls es ihn gab, hauchte Benjamin Fisher neues Leben ein. Ihr Vater war tot, doch irgendjemand tötete weiter junge Frauen.

Kapitel 19

Erstaunlich, wie der Fund einer Leiche den Leuten Feuer unter dem Hintern machte. Vor zwei Tagen hatte Daniel noch keine Mittel für ein simples Suchteam bewilligt bekommen – was verständlich war. Die Mordrate in San Bernardino County war um vierzig Prozent gestiegen, und die Strafverfolgungsbehörden waren durch die vielen Gewaltverbrechen und ihren riesigen Zuständigkeitsbereich überlastet. Die Entfernungen allein stellten für jeden Cop hier eine Herausforderung dar. Wenn man Verstärkung anforderte, konnte es Stunden dauern, bis sie eintraf. Die meisten Cops wussten, dass sie auf sich allein gestellt waren. Die Park Ranger fingen einiges von ihrer Arbeitslast auf, aber sie hatten nur beschränkte Kapazitäten. Sie alle kämpften mit der Hitze, der Weite und der Abgeschiedenheit. Daher war Daniels Antrag natürlich abgelehnt worden. Der Inland-Empire-Killer war einer von vielen alten, ungeklärten Fällen, und die Mojave-Wüste war das größte Leichenfeld der Vereinigten Staaten. Captain Edda Morris pflegte zu sagen, dass sie überfüllter sei als die meisten Friedhöfe. Aber heute, nachdem sie die Nacht in der Wüste verbracht hatten – Daniel im SUV und Reni in ihrem Zelt –, wimmelte die Gegend von Menschen. Der Fall war wieder eröffnet. Früh am Morgen waren die ersten Teams eingetroffen und hatten tragbare Baldachine aufgestellt, die den dringend benötigten Schatten spenden sollten. Generatoren liefen, und ein paar Baustellentoiletten standen herum. Das Gebiet war abgegrenzt worden, und ein Team der Spurensicherung war dabei, die Leiche zu bergen. Sie hatten mit Schnüren ein Suchraster abgesteckt, und mehrere Personen kämmten es gründlich auf der Suche nach allem durch, was irgendwie tatrelevant sein konnte. Die Leute trugen Rucksäcke, aus denen gelbe Wimpel herausragten. Aber noch hatten sie keine Nummerntafeln aufgestellt, denn die Suche war bisher ergebnislos verlaufen.

Sie warteten auf einen weiteren Experten, der ein Ding besaß, das sie »Leichenfinder« nannten. Es sah ein bisschen aus wie ein Kinderwagen. Das Gerät wurde über die Erde gerollt und nutzte Bodenradar, um Knochen aufzuspüren.

Auch im Hauptquartier in San Bernardino war die Hölle los. Alle Vermisstenfälle mussten neu aufgerollt werden. Allein im County wurden monatlich fast zweihundert Personen als vermisst gemeldet und im ganzen Staat mehr als vierzigtausend pro Jahr. Selbst wenn sie sich auf Erwachsene beschränkten, würde es eine Weile dauern, eine Liste von möglichen Opfern zusammenzustellen.

Daniel und Reni standen mit Sonnenbrillen nicht weit von der Grabungsstätte entfernt. Seine Mütze trug das Logo des Departments, ihre war verblichen und zerschlissen, ein Werbegeschenk von einem Saloon. Die Nacht in der Wüste schien ihr nichts ausgemacht zu haben. Er dagegen hatte stechende Kopfschmerzen und fühlte sich völlig zerschlagen. Und dann war da der Leichengeruch. Er durchdrang die gesamte Szenerie, denn es gab kein Entkommen vor dem Gestank.

Jedes Mal, wenn er dachte, jetzt könne es wirklich nicht mehr schlimmer werden, verstärkte eine kleine Erdbewegung oder ein geringer Temperaturanstieg den Geruch noch. Einige von der Crew trugen Masken mit Aktivkohlefiltern, aber dafür war es fast zu heiß, und der Abstand von sechs Metern reichte nicht aus. Vermutlich konnte man es eine Meile in Windrichtung noch riechen. Reni schien sich daran gewöhnt zu haben, denn sie verfolgte die Grabungsarbeiten mit einem Eiskaffee in der Hand, den sie sich vom Imbissstand geholt hatte. Ihre Maske hing ihr um den Hals. Vielleicht hatte sie auch so gründlich abgeschaltet, dass sie nichts wahrnahm.

Ihre Reaktion war schwer einzuschätzen. Im Moment präsentierte sie ihm ihr altes FBI-Pokerface. Aber er hatte in der Nacht Licht in ihrem Zelt brennen sehen und sich ein paar Mal versucht gefühlt, aus dem SUV zu steigen und das Gespräch zu suchen. Doch er hatte den Eindruck gehabt, dass sie allein sein wollte. Manche Orte konnten einem Menschen übel zusetzen, und es grenzte ans Unmenschliche, an einen Ort zurückzukehren, den sie im Geiste schon vor langer Zeit begraben hatte. Er fühlte sich verantwortlich dafür und fragte sich, ob es klug gewesen war, sie zu drängen, ihn auf der ziellosen Suche nach seiner Mutter zu begleiten, einem Menschen, von dem Reni nicht einmal etwas ahnte. Er hatte sich vollkommen auf seine eigene Agenda fixiert und nicht bedacht, wie tief es sie treffen, was es alles mit ihr anrichten konnte. Ja, sie hielt sich ausgesprochen gut. Das allein war schon Grund zur Sorge.

Sie hatten beide gewusst, dass sie die Leiche nicht zurücklassen durften, sonst hätten wilde Tiere Beweismaterial zerstören können. Er hatte mehrmals in der Nacht ein Rudel von Kojoten gehört und war froh gewesen, in seinem SUV geschützt zu sein, egal, wie unbequem es sein mochte. Reni dagegen hatte sich wirklich auf alles vorbereitet und Luftmatratze, Schlafsack und Kissen mitgebracht. Und gestern Morgen war ihm dieses Zelt noch albern vorgekommen.

Sie und Daniel sahen zu, wie vier Personen in voller Schutzausrüstung und mit mehreren Lagen von Latexhandschuhen sich bereit machten, die Leiche auf einen weißen Leichensack zu heben, den sie neben dem flachen Grab ausgebreitet hatten. Sie hatten die Hitze und die im letzten Monat gefallene Regenmenge festgestellt und die typische Verwesungsdauer von Leichen auf Leichenfarmen in Trockengebieten miteinbezogen, um einen ungefähren Todeszeitpunkt zu bestimmen. Die gegenwärtigen Schätzungen deuteten darauf hin, dass sie noch nicht so lange tot war, wie Daniel vermutet hatte.

Zwei Personen in weißen Einmal-Overalls aus Papier schoben eine dicke Plastikplane unter die Leiche. Mit deren Hilfe hob das Team die verrottenden Überreste aus dem Grab, legte sie auf den offenen Sack und drehte den Körper dann mit dem Gesicht nach oben. Die Frau trug zwei goldene Creolen. Das konnte die Identifizierung erleichtern.

Eine Kugel fiel aus dem Schädel auf die Plane.

Alle erstarrten. Ein Ermittler las das Projektil vorsichtig auf und steckte es in einen Beweismittelbeutel aus Papier. »Kein Austrittsloch vorn«, sagte er.

»Im Stil einer Exekution«, stellte Reni fest.

Was für eine grausame Todesart. Der ganze lange Weg hier heraus in die Wüste, während sie wahrscheinlich um ihr Leben gebettelt hatte. Sie hatte sich entscheiden müssen, ob sie sich wehren oder lieber gehorchen sollte. Immer eine schwierige Wahl, abhängig von der Situation und der Verfassung des Angreifers. Daniel riet normalerweise dazu, Widerstand zu leisten. Der Ratschlag war nicht besonders populär, weil die Lage schnell eskalieren konnte, trotzdem war es seine Standardempfehlung. Er hatte wohl zu oft gesehen, wozu es führte, wenn ein Opfer zu kooperativ war.

Nachdem das periphere Beweismaterial sicher mit im Leichensack verstaut war, schnappte Daniel sich ein paar Einweghandschuhe, kauerte sich neben der Leiche hin, schob die Finger in die Taschen der Jeans der Frau und tastete nach einer Brieftasche oder etwas Ähnlichem. Nichts.

Als die Leiche in den Van der Gerichtsmedizin geladen wurde, teilte Daniel Reni mit, dass er nach San Bernardino zurückfahren werde. »Die Obduktion möchte ich nicht verpassen.« Er erwähnte nicht, dass er keinesfalls noch eine Nacht in seinem Fahrzeug verbringen wollte und außerdem Zeit für sich allein brauchte.

Alles war unter Kontrolle, und der größte Teil des Teams plante, hier zu kampieren und die Suche fortzusetzen. Morgen würde vermutlich das FBI hinzugezogen werden. Vielleicht übernahmen die Agents sogar die Leitung. »Wenn noch etwas gefunden wird, rufen Sie mich an. Sie können mit jemand anderem zurückfahren, falls Sie länger bleiben wollen.«

»Setzen Sie mich unterwegs bei mir zu Hause ab. Ich wäre bei der Autopsie auch gern dabei.« Sie gab nicht auf. Das war eine Art Frontalangriff. Vielleicht hatte er sie ein bisschen zu lange angestarrt, und er hoffte, dass sie nicht die Schuldgefühle spüren würde, die er empfand, weil er seine eigene Vergangenheit vor ihr verbarg. Das konnte man als Unterlassungslüge bezeichnen. Wenn sie dabeiblieb, würde seine persönliche Motivation irgendwann herauskommen. Aber nicht jetzt. Er war noch nicht bereit dafür.

Kapitel 20

Am Tag nach der Bergung der Leiche in der Wüste warf Reni ihre Jacke in den Pick-up und schlenderte über den Parkplatz zur Gerichtsmedizin von San Bernardino, wo die Obduktion der »Jane Doe« stattfinden sollte. Es war früh am Morgen, und sie konnte den Berufsverkehr in der Ferne hören. Die Luft war noch schneidend kalt, aber die Temperatur stieg rasch.

Sie hatte das Handy am Ohr und telefonierte mit ihrer Mutter, um sie über die neuesten Entwicklungen zu informieren. Die Meldung vom Leichenfund war bereits raus, und die Nachrichten wechselten zwischen Benjamin Fisher und der geheimnisvollen Frau, die man in der Wüste gefunden hatte.

Reni hatte immer noch gemischte Gefühle, was ihre Beteiligung an den Ermittlungen betraf, aber sie konnte nicht einfach zu Hause sitzen und darüber nachgrübeln, ob ihr Vater etwas mit der Sache zu tun gehabt hatte. Sie brauchte Antworten. Die würden ihre Schuldgefühle und ihr Leid zwar nicht lindern, doch wenn sie helfen konnte, den Familien der Opfer einen Schlussstrich zu ermöglichen, brachte ihr das zumindest ein paar Karmapunkte ein, wie sie hoffte. Trotzdem war sie sicher, dass sie sich bis zur Schwelle ihres eigenen Todes als Komplizin fühlen würde. Das war okay. Sie *war* eine Komplizin.

Der gestrige Tag hatte ihr zugesetzt. Das ließ sich nicht leugnen. Draußen in der Wüste hätte sie ein paar Mal beinahe die Fassung verloren, aber sie hatte die Nacht überstanden, ohne zu zerbrechen, und das hatte ihre Entschlossenheit gestärkt. Interessanterweise hatte es Gelegenheiten gegeben, bei denen Daniel von dem Leichenfund erschütterter wirkte als sie.

»Ich kann nicht rausgehen«, sagte ihre Mutter. »Und was immer du tust, komm auf keinen Fall her.«

Wie nicht anders zu erwarten, waren die Reporter bereits in Horden ausgeschwärmt, und Übertragungswagen säumten die Straße vor Rosalinds Haus.

»Ich kann dir im Moment nichts weiter sagen«, erklärte sie ihrer Mutter. »Wir wissen noch nicht viel. Ich muss jetzt los. Wenn es zu sehr drunter und drüber geht, ruf Maurice an. Ich melde mich später wieder.« Sie legte auf.

Auch vor der Gerichtsmedizin wartete die Presse. Lokale Sender, Teams aus Los Angeles, sogar ein paar überregionale Nachrichtenmedien wollten sich an eine Story hängen, die noch am Anfang ihrer Entwicklung stand. Vor dem Haupteingang lauerten Kamerateams darauf, den einen oder anderen O-Ton einfangen zu können.

Statt an ihnen vorbeizugehen oder sich durchzudrängen, duckte Reni sich hinter ein paar geparkte Fahrzeuge und hoffte, unentdeckt zu bleiben. Sie bemerkte eine Bewegung und erblickte Daniel an der Rückseite des Gebäudes. Er winkte sie zu sich. Sie wechselte die Richtung, und sie schlüpften zum Hintereingang hinein. Die Metalltür schloss sich mit einem soliden Klacken hinter ihnen. Ihrer Mutter hatte sie nichts von ihrem Vorhaben erzählt, weil sie wusste, dass Rosalind entschieden dagegen sein würde, aber Reni hatte vor, die Leiche ihres Vaters zu beanspruchen und seine Einäscherung zu arrangieren, wenn sie schon einmal hier war.

Die Gerichtsmedizinerin, die die Obduktion durchführte, erwartete sie im Vorraum. Sie war jung und hatte die mahagonifarbenen Haare zu einem Pferdeschwanz zusammengebunden. Ihr dunkler Teint wirkte absolut makellos, und ihre Augen hinter der modischen Brille waren grün.

Reni kannte sie. Evangeline Fry. Sie war kürzlich in den Nachrichten gewesen, eine kleine Berühmtheit nicht nur in Kalifornien, sondern im ganzen Land. Reni hatte sich gefreut, dass eine junge Frau in einem wesentlich von Männern dominierten Metier so viel Erfolg hatte. Sie galt als eine der besten Gerichtsmedizinerinnen der USA, vor allem wegen ihres Anteils an der Aufklärung eines Massenmords, bei dem die Polizei nicht weitergekommen war. Vielleicht hatte Daniel sie extra angefordert. Reni hätte es an seiner Stelle jedenfalls getan.

»Wie ich höre, bekommen Sie eine eigene Serie im Discovery Channel«, sagte Daniel, während er und Reni die gelben Papierkittel überstreiften.

Evangeline lachte. »Verrückt, nicht wahr? Aber die Verhandlungen sind noch nicht abgeschlossen, und ich glaube es erst, wenn es wirklich so weit ist. Die hier werden Sie brauchen.«

Sie verteilte Masken mit Aktivkohlefilter – eine Erinnerung an den furchtbaren Gestank vom Vortag. »Das Abluftsystem arbeitet auf höchster Stufe, aber es kann den Geruch nicht zu hundert Prozent bewältigen. Hey, ihr beide solltet in einer Folge dabei sein. Das würde den Produzenten gefallen.«

Reni lächelte verdrießlich, während sie dachte: *So weit kommt es noch!* Daniel dagegen schien von der Idee angetan zu sein.

Mit raschelnden Papierkitteln folgten sie Evangeline in den Autopsiesaal. Die lockere Haltung der Pathologin änderte sich, sobald sie sich um den mit einem Tuch bedeckten Körper auf dem Obduktionstisch aus Edelstahl versammelt hatten. Sie wurde professionell, selbstsicher, konzentriert und engagiert.

»Ehrlich gesagt hatte ich gehofft, es wäre ein bisschen schwieriger«, gestand sie. »Wir haben Röntgenaufnahmen gemacht, bevor Sie gekommen sind, und die Todesursache scheint ziemlich eindeutig zu sein. Eine Kugel in den Kopf, wie Sie wissen, aber ich hoffe trotzdem, dass die Autopsie etwas Nützliches zutage fördert.« Sie zog das Tuch von der Leiche weg. Das Gesicht war von Sand befreit worden und sah noch mumifizierter aus als in der Wüste.

Evangeline begann mit dem Y-Schnitt. Das Klappern der Schere klang überlaut, obwohl die Lüftungsanlage lief, während sie Schichten von Haut und Knorpel durchtrennte.

»Was glauben Sie, wie lange sie da draußen gelegen hat?«, fragte Daniel.

»Wenn man bedenkt, dass es ein trockener Frühling war, würde ich sagen, sie ist vor ungefähr drei Wochen gestorben. Ich habe ein Foto an einen unserer Leichenfarm-Spezialisten geschickt, und er sieht das genauso. Ich frage noch unseren forensischen Anthropologen, wenn er aus dem Urlaub zurück ist. Ein Monat in der Wüste entspricht einem Jahr an der Ostküste.«

Eine Obduktion folgte immer demselben Ablauf. Reni hatte so viele gesehen, dass ihr der Vorgang selbstverständlich geworden war, doch diesmal hatte er durch den Bezug zu ihrem Vater eine tiefere Bedeutung. Das Wiegen der Organe, das Diktat, das alles dokumentierte – es betraf sie persönlicher als sonst.

Man konnte nie vorhersagen, wann ein Detail aus der Autopsie vor Gericht eine entscheidende Rolle spielen würde, und es wurde ein wenig interessanter, als Evangeline den Mageninhalt untersuchte.

»Granatapfelkerne.«

»Ich habe nie begriffen, wie man die essen kann«, meinte Daniel.

Evangeline ließ ein paar der Kerne in eine Lösung fallen. »Ich mag sie im Salatdressing.«

»Aber schlucken Sie die Kerne hinunter?«, fragte er.

»Manchmal.«

»Trotzdem, es ist eine elende Mühe. So ähnlich, als würde man etwas essen, das für eine Barbiepuppe gedacht ist.«

Die beiden Frauen lachten, und Renis verkrampfte Muskeln entspannten sich ein wenig bei dem kurzen, aber willkommenen Anflug von Humor.

»Es gibt kaum Spuren von Insektenaktivität«, sagte Evangeline und machte sich wieder an die Untersuchung. »Ein weiteres Resultat eines Todes in der Wüste.«

»Sind das da Brustimplantate?« Reni beugte sich über die Leiche und deutete darauf, ohne sie zu berühren. Nicht alle Implantate hatten Seriennummern, aber viele schon. Das würde ihnen einen Namen liefern.

»Ja.« Evangeline hob ein Implantat aus der Leiche und legte es in eine Schale aus Edelstahl, um es genauer zu inspizieren. »Sieht so aus, als hätte es eine Seriennummer. Es sollte nicht schwierig sein, es zuzuordnen.«

»Das kann aber dauern«, sagte Daniel. »Wir brauchen einen gerichtlichen Beschluss. Das übernehme ich.«

»Bevor Sie gehen, lassen Sie mich die Autopsie kurz unterbrechen, um Ihnen die guten Nachrichten zu übermitteln, die ich mir aufgehoben habe.« Evangeline bedeckte die Leiche mit einem Tuch, streifte mit einem Schnalzen die Handschuhe ab und trat an einen Computer. Mit ein paar Klicks öffnete und vergrößerte sie eine Reihe von nummerierten und datierten Röntgenaufnahmen. »Ich weiß, dass Sie am Schauplatz eine Kugel gefunden haben. Hier sehen wir die Eintrittswunde am

Hinterkopf. Kein Austrittsloch.« Sie machte einen Kreis mit der Maus.

»Nicht der Modus Operandi des Inland-Empire-Killers«, sagte Daniel.

Reni stimmte zu. Hatte das hier doch nichts mit ihrem Vater zu tun?

»Ich zeige Ihnen noch etwas anderes.« Sie holte ein paar weitere Fotos auf den Bildschirm und hob mit der Maus einen bestimmten Bereich einer Aufnahme hervor.

»Gebrochene Nase«, sagte Daniel.

»Ja.«

»Wie vermutet, ein Mord mit Hinrichtungscharakter«, fügte Reni hinzu. Sie setzte das Puzzle im Geiste zusammen und stellte sich die Frau vor, wie sie am Fußende ihres eigenen Grabs stand.

Das Szenario musste eigentlich nicht weiter ausgeführt werden, aber Daniel sprach aus, was sie alle dachten. »Von hinten erschossen. Sie fällt nach vorn in die Grube, bricht sich die Nase.«

Für Menschen wie Renis Vater war das Töten ein Fetisch. Es gab Leute, die in der Hitze der Leidenschaft töteten und ihre Tat anschließend vertuschten. Das hier aber war schwerer zu verstehen, weil so viel Berechnung dahintersteckte. »Es ist eine grausame Art, jemanden zu töten, also hatte der Täter möglicherweise Spaß daran«, meinte sie. Und doch machte die unterschiedliche Vorgehensweise eine Verbindung zu ihrem Vater unwahrscheinlicher.

»Vielleicht waren es rein praktische Gründe«, wandte Daniel ein. »Unnötig, die Leiche zu bewegen. Kein Blut im Auto oder auf der Kleidung.«

»Die Fingerabdrücke passen zu keinem Satz in der Datenbank«, erklärte Evangeline. »Aber es gibt etwas, das ich Ihnen zeigen möchte. Ich habe Fotos an einen Kollegen geschickt, der auf Gesichtsrekonstruktion spezialisiert ist. Er testet gerade eine neue Software und hat die Herausforderung gern angenommen.« Sie drückte ein paar Tasten. »Das ist das Ergebnis. Bitte denken Sie daran, dass die Software noch nicht für den offiziellen Gebrauch zugelassen ist und relativ unzuverlässig arbeitet.«

Das Gesicht auf dem Monitor wirkte wie eine Kombination aus einem echten Menschen und einer digitalen Schöpfung. Aber die Person war erkennbar. Eine Latina mit schulterlangen Haaren, hohen Wangenknochen, schmalem Kinn. Um die dreißig.

Renis Anspannung wuchs. Die Frau kam ihr bekannt vor.

»Schicken Sie mir das, und ich lasse es durch unsere Vermissten-Datenbank laufen«, sagte Daniel.

Jedes Jahr verschwanden Hunderte von Erwachsenen unter *verdächtigen* Umständen aus dem San Bernardino County. Erweiterte man das Raster auf ganz Südkalifornien, kam man auf erstaunlich hohe Zahlen. Wenn man *unbekannte* Umstände mit dazunahm, stieg die Zahl sogar auf dreitausend an. Freiwilliges Verschwinden? Mit diesen Menschen ließ sich eine Kleinstadt füllen. Doch trotz der atemberaubenden Zahlen würde es ihnen nicht schwerfallen, diese Person zu identifizieren.

»Ich glaube, das können Sie sich sparen«, sagte Reni leise.

Die Medien hatten sie in den letzten zehn Jahren zwar nicht mehr groß belästigt, aber immer wieder einmal tauchte ein Reporter zum unpassendsten Zeitpunkt am unpassendsten Ort auf. Einmal hatte eine Frau sie bis in die Toilette verfolgt und von der anderen Seite der Tür auf sie eingeredet, während Reni auf der Schüssel saß. Aber bis vor einem Monat war niemand zu ihrem Refugium in der Wüste vorgedrungen. Dann hatte es an der Tür geklopft, und sie stand einer Journalistin gegenüber. Einer jungen Frau mit langen, glänzenden, dunklen Haaren, braunen Augen und goldenen Kreolen.

Sie hatte sich vorgestellt und Reni ihre Visitenkarte hingehalten. »Ich arbeite an einem Artikel über Ihren Vater.«

»Kein Interesse«, hatte Reni erwidert. »Und kommen Sie nicht mehr her.«

»Es könnte Sie interessieren, was ich zu sagen habe.«

Das war ein beliebter Schachzug, und Reni war ein paar Mal darauf reingefallen. Jetzt nicht mehr.

In der Leichenhalle erinnerte sie sich wieder an den Namen auf der Visitenkarte und zog ihr Handy hervor. Eine schnelle Google-Suche, und sie hatte die Person gefunden, nach der sie suchte. Sie drehte den Bildschirm so, dass Daniel und Evangeline die Porträtaufnahme sehen konnten. Sie war erstaunt, dass ihre Hand nicht zitterte. Das war die Bestätigung, dass dieser Mord mit ihrem Vater zu tun hatte, egal, wie dünn die Verbindung erscheinen mochte. »Ihr Name ist Carmel Cortez.«

Daniel und Evangeline beugten sich näher. »Die sieht ihr tatsächlich ähnlich«, stellte Evangeline fest.

»Sie ist eine investigative Journalistin aus Rancho Cucamonga.« Reni steckte ihr Telefon wieder weg. »Sie ist vor ungefähr einem Monat bei mir aufgetaucht und hat um ein Interview gebeten.«

»Und?«, fragte Daniel.

»Ich sagte ihr, sie solle verschwinden.«

Er unterbrach den Blickkontakt nicht. »Und jetzt ist sie tot.«

Genau.

Kein Geräusch, bis auf die Lüftungsanlage. Endlich sagte Daniel: »Wenn sie versucht hat, Kontakt mit Ihnen aufzunehmen, läge es nahe, dass sie es auch schon bei Ihrer Mutter oder sogar Ihrem Vater probiert hat.«

Reni nickte. »Meine Mutter hat kürzlich erwähnt, dass man sie belästigt hat. Ich frage sie.«

Daniel zog sein eigenes Handy heraus. »Ich rufe Jan im Archiv an.« Er wählte die Nummer und wartete, bis jemand abnahm. »Sind Sie schon dazu gekommen, sich Benjamin Fishers Besucherliste im Gefängnis vorzunehmen?«, fragte er. »Tatsächlich? Verzeihung, ich war außerhalb und nicht erreichbar. Bitte durchsuchen Sie die Datei für mich und sehen Sie nach, ob eine Carmel Cortez darauf steht. Nein?« Er warf Evangeline und Reni einen Blick zu und schüttelte den Kopf. »Irgendwelche anderen Besucher in den letzten zwei Monaten?«

Daniel hatte sich gut unter Kontrolle, aber Reni erkannte Bestürzung und Verwirrung in seiner Miene. Evangeline fiel es auch auf, denn sie warf Reni einen beunruhigten Blick zu.

»Vielen Dank.« Daniel steckte das Telefon ein. »Ihr Vater hat mir gesagt, er hätte seit langer Zeit keine Besucher mehr gehabt, aber tatsächlich gab es im Monat vor seinem Tod sogar zwei. Der eine war ein gewisser Maurice Albert Aston.«

Maurice? Das kam überraschend. Reni war nicht klar gewesen, dass er mit ihrem Vater Kontakt gehalten hatte. »Er ist der Nachbar meiner Mutter und ein enger Freund der Familie«, erklärte sie.

»Interessanterweise erfolgte Astons Besuch ein paar Tage vor der Kontaktaufnahme Ihres Vaters mit mir.«

»Und die andere Person?«, fragte Reni. Sie überlegte, ob es Carmel gewesen sein konnte.

Er schwieg, schaute unbehaglich drein und antwortete dann: »Sie.«

Kapitel 21

Die nächsten Minuten vergingen wie im Nebel. Reni entschuldigte sich, ging hinaus und riss sich Maske und Kittel herunter. Sie warf sie in den Container für biologischen Gefahrenmüll und hörte die Tür hinter sich klappen, als Daniel den Vorraum betrat. Ohne in seine Richtung zu sehen, verließ sie das Gebäude und blieb zitternd und sich die Arme reibend in der heißen Sonne stehen. Jemand hielt ihr ein Mikrofon unter die Nase.

Sie hatte die Presse vergessen.

Daniel erschien und stieß das Mikrofon weg. »Fahren wir ins Hauptquartier.«

Die Reporter schrien ihm Fragen entgegen. Die meisten drehten sich um Ben Fisher, aber einige betrafen auch den Leichenfund in der Wüste. »Haben Sie sie schon identifiziert? Ist es eine Frau?«

»Wir werden in Kürze eine Pressekonferenz geben. Dann erfahren Sie alle Details.« Daniel fasste Reni sanft am Ellbogen und steuerte sie auf sein Auto zu.

»Ich bin mit dem Wagen da«, murmelte sie.

»Ich bringe Sie wieder her.«

Sie stiegen ein, Reni setzte sich auf den Beifahrersitz und Daniel ließ lautstark die Türen zuknallen.

Sie fuhren aus dem Parkplatz hinaus, und ein Meer von Menschen teilte sich vor ihnen. »Ich kann mich nicht daran erinnern, meinen Vater besucht zu haben«, sagte sie. »Ich glaube nicht, dass ich es getan habe, aber ich kann mich nicht hundertprozentig auf mein Gedächtnis verlassen.« Eine rote Ampel schaltete auf Grün. »Das sollten Sie auch nicht. Sich auf mich verlassen. Vertrauen Sie mir nie.«

»Das lässt sich leicht überprüfen, indem wir das Videomaterial aus dem Gefängnis anfordern.«

»Und die Journalistin? Was ist mit der? Und mit dem Vogel am Felsen? All diese Dinge stehen in Verbindung zu mir. Vielleicht hat es nichts zu bedeuten, aber wenn ich an diesen Ermittlungen beteiligt wäre, und ich schätze, das bin ich, dann würde ich mich für eine Verdächtige halten.«

»Keine Sorge. Ich behalte Sie auf dem Schirm.«

Er eskortierte sie durch die Sicherheitsschleuse des Sheriff's Departments von San Bernardino. Auf der anderen Seite des Röntgenscanners lasen sie ihre Habseligkeiten wieder auf und nahmen statt des Aufzugs die Treppe zur zweiten Etage, wo die Mordkommission residierte. Während sie durch das sonnendurchflutete Büro gingen, blickten ein paar Leute von ihrer Arbeit auf, aber keiner schien ihnen besondere Beachtung zu schenken.

Daniels Telefon klingelte. Er ging ran und begrüßte die Person am anderen Ende der Leitung. Es war Jan aus dem Archiv. Er bedeutete Reni, sich an seinen Schreibtisch zu setzen, während er in einem gepolsterten Bürostuhl Platz nahm und ihn näher an den Monitor rollte, damit er anfangen konnte zu tippen. Er war sehr konzentriert, ganz geschäftsmäßig.

Sein Schreibtisch war unordentlich, voller Papierstapel, mit einer überquellenden Eingangsbox. Überall klebten Haftnotizen. Die Zeit verstrich. Vielleicht fünfzehn Minuten lang sagte keiner von ihnen etwas, während er vor sich hin tippte und E-Mails öffnete und andere verschickte. Reni kaute inzwischen auf den Nägeln, was sie sonst nie tat. Irgendwann holte sie sich ein Glas vom Wasserspender und setzte sich wieder. Endlich drehte Daniel den Monitor zu ihr herum, sodass sie das Standbild eines Videos sehen konnte.

»Mittels der Zeitstempel konnte das Gefängnis die Bänder der zwei Besuche heraussuchen.« Er drückte den Abspielknopf. Sie sahen, wie ihr Vater in einen kleinen Raum geführt wurde. Kurz darauf, während Reni erwartete, sich selbst auf dem Bildschirm zu sehen, tauchte eine junge Frau auf und setzte sich ihrem Vater gegenüber.

Carmel Cortez.

Verdammt noch mal, was sollte das? Verblüffung kämpfte mit überwältigender Erleichterung angesichts der Erkenntnis, dass Reni nicht den Verstand verloren hatte. Sie hatte ihren Vater nie besucht. Es gab keinen Ton, aber Ben wirkte überrascht und verärgert. Natürlich war er das. Er hatte seine Tochter erwartet. Carmel hatte recherchiert. Hatte sie etwas herausgefunden?

»Da haben Sie es«, sagte Daniel. »Sie hat vermutlich erst versucht, ihn unter ihrem eigenen Namen zu sehen. Er lehnte ab, also fälschte sie einen Ausweis und gab vor, Sie zu sein. Er schluckte den Köder.«

»Hat sie ihn vor Maurice besucht?«

»Ja.«

»Interessant. Ich weiß nicht, ob es etwas zu bedeuten hat, aber möglicherweise schon.« Hatte Carmels Trick in Ben den Wunsch ausgelöst, Reni selbst zu sehen, oder steckte mehr dahinter? Sie hätte wetten können, dass es nur ein kleines Puzzleteil in der Geschichte war.

»Könnte durchaus sein.« Daniel öffnete eine zweite Datei. Derselbe Schauplatz, derselbe Kamerawinkel. Der Besucher war Maurice.

Wieder kein Ton, aber es schien sich um einen freundschaftlichen Besuch zu handeln. Es wurde viel geredet und gelächelt. Maurice wirkte mitfühlend. Es war ein surreales Erlebnis, die beiden zusammen zu sehen. Sie waren so viele Jahre lang enge Freunde gewesen. Renis Kehle verengte sich, als Erinnerungen an gute Zeiten sie überfluteten, oder besser die Zeiten, die sie für gut gehalten hatte, bis sie es nicht mehr waren. Es hatte sich beinahe so angefühlt, als hätte sie zwei Väter. Und nach Bens Verschwinden war Maurice schnell zu einem Ersatz für ihn geworden.

Reni schluckte mühsam. »Ich wusste nicht, dass Maurice ihn besucht hat«, brachte sie schließlich heraus. Warum hatte er gelogen? Um ihre Mutter nicht aufzuregen?

Daniel musterte sie mit besorgtem Blick. Er hatte ihre Reaktion bemerkt. »Die Hauptsache ist, dass jeder Verdacht gegen Sie ausgeräumt ist«, sagte er.

Es war seltsam tröstlich, als ihr klar wurde, dass Daniel nie daran geglaubt hatte, sie hätte ihren Vater im Gefängnis besucht, während sie selbst sich nicht sicher gewesen war.

»Bis die Leiche mit Bestimmtheit identifiziert ist«, sagte er, »statten wir Maurice doch einen Überraschungsbesuch ab.«

Genau dieser Gedanke war ihr auch gerade gekommen.

Kapitel 22

»So hat mein Leben viele Jahre lang ausgesehen«, sagte Reni, als sie in die palmengesäumte Straße einbogen, in der ihre Mutter wohnte. Sie meinte die Jahrmarktatmosphäre. Übertragungswagen parkten vor dem Haus, sogar auf dem Bürgersteig. Reporter standen dicht gedrängt in den Einfahrten, manche übertrugen live, andere warteten darauf, dass ihre Mutter aus dem Haus trat. Nachbarn lungerten in ihren Gärten herum, tranken Kaffee und plauderten miteinander, während sie die Hälse reckten.

Die Gegend hatte sich im Lauf der Zeit verändert. Einige Anwohner hatten, als die Immobilienpreise explodierten, die Gelegenheit ergriffen und verkauft. Andere waren einfach weggestorben, denn Palm Springs war vor allem bei Ruheständlern beliebt. Das bedeutete, dass viele der jetzigen Nachbarn nichts von den Ereignissen vor dreißig Jahren wussten. So war das in Städten mit hoher Fluktuation. Die Menschen kamen und gingen und interessierten sich nicht dafür, was nebenan vorging, bis die Polizei auftauchte. Rosalind hatte sich gefreut, als die Geschichte in Vergessenheit geriet und sie ihr altes Leben wieder aufnehmen konnte. Jetzt begannen der Albtraum und die Belästigungen aufs Neue. Es machte Reni traurig.

Sie kamen unangemeldet. Obwohl ihr Besuch einem Freund der Familie galt und sie nur nach Informationen fischten, hatte Daniel es vorgezogen, Maurice nicht anzurufen oder ihn per Textnachricht vorzuwarnen. Reni teilte die Ansicht, dass ein gewisses Überraschungsmoment von Vorteil sein könnte. Nicht, dass sie Maurice des Mordes verdächtigt hätte. Dazu war er ein viel zu sanfter Mensch. Aber er konnte vielleicht ein wenig Licht ins Dunkel bringen. Und selbst wenn nicht – es war einfach ein Punkt auf der Liste, den sie abhaken mussten.

Wegen des Menschenauflaufs parkten sie einen Block weiter und gingen zu Fuß. Als sie sich ihrem Ziel näherten, begegneten sie immer mehr Menschen, und einige erkannten Reni. Die meisten waren Presseleute, die vor der Invasion ihre Hausaufgaben gemacht hatten. Ein paar kannten auch Daniel und zählten zwei und zwei zusammen.

Ein junger Mann trat ihnen in den Weg. Kein Presseausweis. Er ging rückwärts und hielt sein Smartphone in die Höhe. Vielleicht ein YouTuber. Anscheinend hatte jeder heute seinen eigenen YouTube-Kanal. »Gibt es eine Verbindung zwischen Benjamin Fishers Tod und der Leiche, die in der Wüste gefunden wurde?«, fragte er.

Das hatte ja nicht lange gedauert.

Er blieb mit dem Absatz auf dem unebenen Gehweg hängen.

»Vorsicht!« Reni packte ihn am Arm, bis er das Gleichgewicht wiedergefunden hatte, während Daniel ihn anwies, das Telefon auszuschalten, und ihm die Routineantwort gab, er möge auf die Pressekonferenz warten.

Ohne erkennbares Zögern richtete der Typ seine Aufmerksamkeit auf Reni. »Sie sind die Tochter, nicht wahr?«

Sie ließ ihn los, lächelte und schwieg.

Als sie den Zugang zu Maurice' Haus erreichten, befahl Daniel dem jungen Mann: »Kommen Sie uns nicht hinterher!«

Der Möchtegern-Reporter blieb zurück, drehte das Telefon zu sich um und begann zu reden. »Ich habe gerade mit Detective Ellis und der Tochter des Inland-Empire-Killers gesprochen, Reni Fisher. Sie wollen zu diesem Zeitpunkt nichts bestätigen, aber …«

Sein Zwiegespräch mit seinem Smartphone blieb hinter Reni und Daniel zurück. »Sie sind einfach zu nett«, sagte er.

»Nicht immer.« Sie dachte an Carmel Cortez, während sie den Klingelknopf neben der reich verzierten Holztür drückte. Hoffentlich würde Maurice durch den Spion sehen und merken, dass sie es waren und nicht die Presse. Falls er zu Hause war. »Ich kann auch hart sein, wenn es nötig ist, aber ich habe gelernt, dass es besser ist, sich die Medien nicht zum Feind zu machen. Im Lauf der Jahre sind ein paar nicht gerade schmeichelhafte Dinge über mich geschrieben worden. Darüber, dass ich diejenige gewesen sei, die hinter den Taten meines Vaters steckte.«

»Ich habe den Mist gelesen. Es wird immer Leute geben, die Killer und Psychopathen verteidigen.«

»Mir war es egal, was die Presse über mich gebracht hat, aber ich weiß, dass es meiner Mutter etwas ausmachte.«

»Sie waren ein Kind.«

»Das Böse fängt irgendwo an.«

Er gab einen überraschten Laut von sich. »Sie glauben, ein Kind könnte böse geboren werden?« Er betrachtete sie ein wenig zu eingehend.

»Ich denke, mit der richtigen Anleitung hat auch ein Kleinkind das Potenzial dafür. Oder besser gesagt, mit der falschen.«

»Und genetische Faktoren?«

»Dafür haben wir zu wenige Daten. Es müssen noch mehr Studien durchgeführt werden, und natürlich ist das beinahe unmöglich, denn dazu ist eine große Anzahl von Teilnehmern nötig. Was sollen die Verhaltensforscher tun? Eine Anzeige nach Serienkillern schalten und warten, bis das Telefon klingelt?«

»Ich sehe es schon vor mir: ›Bitte nur Anfragen von ernsthaften Serienkillern!‹«

Sie läutete noch einmal an der Tür. »Danke.«

»Wofür?«

»Dass Sie nicht automatisch gedacht hatten, ich wäre in die jüngsten Pläne meines Vaters eingeweiht.«

Die Tür öffnete sich einen Spalt. Als Maurice sah, wer es war, machte er noch ein Stück weiter auf, ließ sie herein und verriegelte die Tür hinter ihnen wieder. Reni stellte ihm Daniel vor.

»Das ist wie eine Art Déjà-vu!«, sagte Maurice mit einer Geste zu den vielen Menschen auf der Straße. Er trug Cargo-Hosen, ein weißes T-Shirt mit V-Ausschnitt und lederne Slipper. Sie kannte ihn nur glatt rasiert, aber jetzt hat er einen leichten Bartschatten.

»Sie waren schon da, als ich heute früh aufgewacht bin, und es werden einfach immer mehr. Ich habe deiner Mutter gesagt, sie soll rüberkommen, weil ich nicht möchte, dass sie allein damit zurechtkommen muss. Das bringt eine Menge schlimme Erinnerungen zurück.« Er warf Reni einen mitfühlenden Blick zu. »Sie sollte bald hier sein. Kommt rein und trinkt einen Kaffee. Ich habe auch Brot vom Bäcker nebenan, wenn ihr Toast möchtet.« Er sah auf die Uhr. »Oh verdammt. Ich dachte, es wäre noch früh am Morgen. Einfach zu viel los.«

Sie folgten Maurice durch das weiß getünchte Wohnzimmer mit dunklen Möbeln und Kunstwerken. Sie hatte sich in seinem Haus immer wohlgefühlt. Ein Zufluchtsort. Jetzt, wo er ihren Vater kurz vor dessen Tod besucht hatte, wusste sie nicht mehr, was sie davon halten sollte.

»Ich hätte nichts dagegen, ein bisschen was zu essen und zu trinken, egal, wie spät es ist«, sagte sie. Er kümmerte sich gern um Menschen. Sie zu bewirten, machte ihn glücklich.

Sie setzten sich in die Küche zu Kaffee und frisch getoastetem Brot. Es war ein antiker Bauerntisch, während die Stühle wohl Mitte des Jahrhunderts modern gewesen waren. Gefliester Boden, ein echter Retro-Herd, dazu weitere Kunst und Pflanzen. Er liebte seine Pflanzen.

»Sie haben vielleicht von der Leiche gehört, die wir in der Wüste gefunden haben«, sagte Daniel. »Wir haben Grund zu der Annahme, dass die Tote sich kurz vor ihrem Verschwinden mit Ben getroffen hat.«

»Wow.« Er wirkte überrascht. »Ich verstehe nicht, was das mit mir zu tun hat.«

»Wir wissen zufällig, dass auch Sie Ben besucht haben, ein paar Tage nach dieser Person.«

Erwischt.

Maurice warf Reni einen unbehaglichen Blick zu. »Das stimmt. Ich habe ihn gelegentlich besucht. Deine Mutter wusste nichts davon. Ich wollte sie nicht damit belasten.« Er wurde unruhig, wahrscheinlich bei dem Gedanken, sie belogen zu haben. »Sie muss doch nichts davon erfahren, oder?«

Ohne die Frage zu beantworten, sprach Daniel weiter: »Hat er Ihnen gegenüber irgendetwas von seinen Plänen gesagt? Über die Leichen? Über die Frau, die ihn besucht hat?«

»Nein.«

»Worüber habt ihr dann gesprochen?«, erkundigte sich Reni.

»Er hat nach dir und deiner Mutter gefragt. Das hat er immer. Er wollte wissen, wie es euch beiden geht. Ob du verheiratet bist, ob du glücklich bist. Wie es mir geht, war ihm ziemlich egal.«

Der arme Maurice. Er hatte in ihrem Leben immer nur auf der Ersatzbank gesessen.

»Es gibt keine großen gemeinsamen Gesprächsthemen, wenn man mit jemandem spricht, der so lange im Gefängnis war«, fuhr er fort und entschuldigte damit Bens Gedankenlosigkeit. »So viel hat sich in den vergangenen dreißig Jahren verändert. Ich bin nie länger geblieben. Aber … Ich weiß nicht mal genau, warum ich hingegangen bin.« Maurice' Lippen zitterten, und seine Augen glänzten feucht.

Reni konnte nicht anders, als ihn zu trösten, wie er es so oft im Lauf der Zeit bei ihr getan hatte. Sie drückte seinen Arm. Sie kannte die Anziehungskraft ihres Vaters. Und sie war nie ganz sicher gewesen, in wen Maurice sich mehr verguckt hatte: ihre Mutter oder Ben. Trotzdem gefiel es ihr nicht, dass er ihrem Vater Informationen geliefert hatte. Sie hatten nie darüber gesprochen, dass sie ihn nichts über ihr Leben erfahren lassen wollte. Aber herauszufinden, dass Maurice ihn die ganzen Jahre auf dem Laufenden gehalten hatte … Sie fühlte sich ein wenig verraten.

Daniel zog sein Telefon heraus und zeigte Maurice das Porträtfoto von Carmel Cortez. »Haben Sie diese Frau schon einmal gesehen?«

Maurice beugte sich näher, betrachtete das Bild und schüttelte den Kopf. »Nein. Tut mir leid.«

Einen Moment später klappte die Küchentür und Rosalind kam herein.

Reni brachte sie auf den neuesten Stand. Daniel zeigte ihr das Foto von Carmel Cortez. Ihre Antwort lautete anders als die von Maurice.

»Ja.« Sie nickte. »Ich bin ziemlich sicher. Das ist die Frau, die vor ungefähr einem Monat bei mir aufgetaucht ist. Die, von der ich dir erzählt habe, Reni.«

Der zeitliche Ablauf stimmte.

»Sie hat behauptet, dass sie an einer Story arbeitet. Sie wissen schon, wie sie es immer machen. Ich sagte, sie solle verschwinden. Ich habe sie ein paar Mal dabei erwischt, wie sie mir folgte. Einmal tauchte sie sogar in einem Café auf, wo ich mit ein paar Freundinnen Kaffee trank. Ich glaube nicht, dass es Zufall war. Aber das ist ja furchtbar. Es würde mir leidtun, wenn sich herausstellt, dass es sich um ihre Leiche handelt.« Sie wirkte den Tränen nahe. »Ich helfe jungen Frauen. Hätte ich nur eine Ahnung gehabt, dass sie in Gefahr schweben könnte … Aber du weißt ja, wie es ist, Reni. Wir reagieren reflexartig, sobald jemand uns wegen einer Story nachschnüffelt.«

»Mach dir nicht zu viele Gedanken«, antwortete Reni. »Ich habe es genauso gemacht und ihr die Tür vor der Nase zugeknallt.« Sie zeigte mehr Nachsicht mit der Reaktion ihrer Mutter auf Carmel als mit ihrer eigenen.

Daniel wechselte das Thema. »Haben Sie eine Ahnung, warum Benjamin mir weisgemacht hat, er hätte seit Monaten keinen Besuch gehabt?«

»Möglicherweise wollte er nur auf die Tränendrüse drücken«, sagte Reni. »Was ziemlich lächerlich klingt für einen kaltblütigen Killer.«

Daniels Telefon meldete den Eingang einer Textnachricht. »Entschuldigen Sie mich.« Er las, tippte eine Antwort, wartete, las die Erwiderung, und jede Farbe wich aus seinem Gesicht. »Wir müssen gehen.« Keine Begründung.

Sie verließen das Haus durch die Vordertür. Daniel erklärte: »Sie haben noch eine Leiche gefunden. Ich habe gesagt, sie sollen die Grabungen einstellen, bis wir da sind.«

Nachdem Maurice die Tür hinter ihnen zugeschlossen hatte, trat Rosalind an das große Wohnzimmerfenster, seitlich und im Schatten, damit die Reporter sie nicht sehen konnten. Sie blickte ihrer Tochter nach, die mit dem Detective, diesem viel zu jung aussehenden Detective, den Bürgersteig entlangging. Reni, in ihren Jeans und einem weißen T-Shirt, war groß und schlank, mit langen Beinen, die sie von Rosalinds Zweig der Familie hatte. Ihr Gang war selbstbewusst und sie hielt den Kopf hoch erhoben, ohne sich zu ducken oder zu versuchen, ihr Gesicht zu verbergen. Die Haare hingen ihr in einem dicken Zopf über den Rücken. Rosalind wünschte, sie hätte neulich zugelassen, dass sie sie schnitt.

Ohne den Blick von den beiden zu wenden, die sich geschickt zwischen den Presseleuten hindurchschlängelten, sagte Rosalind zu Maurice, der irgendwo hinter ihr stand: »Es gefällt mir nicht, dass sie mit einem Detective zusammenarbeitet. Und jetzt sieh dir das an. Alles fängt wieder von vorn an. Ich mache mir Sorgen, dass Reni von der Sache verschlungen wird. Sie ist so zerbrechlich.«

Er trat näher und sah zusammen mit ihr nach draußen. »*So* zerbrechlich nun auch wieder nicht.«

»Ich wollte sie immer nur beschützen.«

»Ich weiß. Das wollten wir beide. Aber jetzt ist Ben tot. Ich hoffe, sie kann nach vorn blicken.«

»Er ist am Leben. Hier drin.« Sie tippte sich an den Kopf. »Ben ist hier drin bei uns, ob wir es wollen oder nicht. Wir werden niemals frei sein.«

Sie drehte sich um und sah ihn an. Maurice. Der liebe Maurice.

»Alles, was ich je getan habe, war für dich und Reni«, sagte er.

»Ich weiß.«

»Denkst du manchmal daran, wie unser Leben aussehen würde, wenn wir ihm nie begegnet wären?«, fragte Maurice.

»Allerdings.« Sie schüttelte den Kopf.

Sie und Maurice waren auf dem College ein Paar gewesen, als sie Ben kennenlernten. Sie fanden ihn beide charmant und unwiderstehlich. Er besaß die Fähigkeit, einem das Gefühl zu vermitteln, dass man der Einzige war, der ihn interessierte, die wichtigste Person im Raum. Und sie stellte fest, dass sie und Ben viele Gemeinsamkeiten hatten. Sie dachte, sie hätte ihren engsten Seelenverwandten gefunden.

Maurice legte ihr eine Hand auf die Schulter. Sie ergriff sie und sagte: »Aber dann würde es Reni nicht geben, also ist es unmöglich, auch nur daran zu denken.«

Er war still, zu still, und am Ende erklärte er: »Das wäre vielleicht für alle das Beste gewesen, Rosalind. Die beiden zusammen waren eine toxische Mischung, die es nie hätte geben dürfen. Das weißt du.«

Sie hatte ohnehin große Schwierigkeiten, eine stabile Beziehung zu Reni aufrechtzuerhalten. Sie konnte es nicht fassen, dass er mit seinen Worten ihre Bemühungen unterlief. »Sag das nie, nie wieder zu mir!«

Es war schwer, wenn einem das eigene Kind so wenig ähnelte. Das hatte sie Maurice schon vor Jahren gestanden, und er war sehr mitfühlend gewesen. Ihr Kind hatte wie eine Fremde im eigenen Haus gewirkt. Ein ganz anderer Mensch. Rosalind hatte versucht, ihr eine gute Mutter zu sein, aber es war ihr nicht leichtgefallen. Daher beeindruckte es sie, dass Maurice Reni immer bedingungslos geliebt hatte. Das sagte eine Menge über seinen Charakter aus. Er war einer dieser Menschen, die nicht daran glaubten, dass Reni völlig unschuldig war, obwohl er Ben für alles verantwortlich machte, was geschehen war. Er fand, Ben hätte sie verdorben und kontrolliert und in ein Spiegelbild seiner selbst verwandelt. Dennoch schützte er sie und log für sie und liebte sie trotz allem. Dafür betete Rosalind ihn an.

»All diese jungen Mädchen könnten ohne Reni heute noch am Leben sein«, erinnerte Maurice sie sanft.

Sein Blick auf die Ereignisse, die sich vor so vielen Jahren zugetragen hatten, mochte verzerrt sein, aber was er über Reni sagte, stimmte. Sie war Bens Muse gewesen. Und sie hatten beide ihre dunklen Tendenzen gehabt.

Kapitel 23

San Bernardino war das größte County der Vereinigten Staaten – und eine große Herausforderung für die Polizeiarbeit. Es war zeitraubend, von Punkt A nach Punkt B zu gelangen. Daniel schaltete den Blaulichtaufsatz des schwarzen Zivilfahrzeugs ein, aber nicht die Sirene. Wenn sie die Geschwindigkeitsbeschränkungen ignorierten und viel zu schnell über unbefestigte Straßen rasten, konnten sie den Schauplatz in etwas mehr als zwei Stunden erreichen. Reni war es nie gelungen, diese Entfernung so rasch zu überbrücken.

Als sie das Plateau mit dem »Vogelfelsen« erreichten, wie sie ihn insgeheim inzwischen nannte, fiel ihr auf, dass die Szene heute noch mehr wie eine archäologische Ausgrabung wirkte. Es gab zusätzliche Zelte und Generatoren brummten penetrant. Eine Menge Fahrzeuge standen herum. Ein weiterer Teil des Geländes war mit kleinen gelben Wimpeln markiert worden, die im heftigen Wind flatterten. Beim letzten Mal war sie so sehr auf die gigantischen Felsen fixiert gewesen, dass sie die große Anzahl von Joshuabäumen in der Umgebung ganz übersehen hatte. Sie standen überall. Die neue Leiche. Hatte sie etwas mit ihrem Vater zu tun? Handelte es sich wieder um einen relativ kurz zurückliegenden Mord?

Daniel sprang praktisch aus dem Fahrzeug. Ohne einen Blick zurück zu Reni hastete er auf eine Gruppe von Leuten zu, die ein Stück entfernt im Schatten einer braunen Plane standen.

Der Experte der Spurensicherung von gestern erkannte sie, lief ihnen nach und begleitete sie den Rest des Weges bis zum Grab. »Wir sind schon lange transportbereit.« Er klang verärgert. »Ich weiß nicht, warum ihr Detectives immer für jede Kleinigkeit persönlich anwesend sein müsst.«

Daniel antwortete nicht. Er starrte zu Boden und auf das rechteckige Grab. Auf der anderen Seite des Lochs lag ein geschlossener Leichensack. Es war deutlich erkennbar, dass die Leiche sich bereits drin befand.

»Sie haben sie in den Sack gesteckt«, stellte Daniel fest. »Ich sagte, Sie sollen warten.«

»Dafür habe ich keinen Grund gesehen«, gab der Experte zurück. »Die Sonne geht unter. Alle sind müde und verschwitzt, wir wollen vor Einbruch der Dunkelheit fertig sein.« Er kauerte sich hin und öffnete den Reißverschluss des Sacks.

Leute traten näher. Einige zogen Kameras heraus. Einer schrieb etwas auf einem Tablet. Vermutlich hielt er die Tageszeit und die Lage fest und was am Tatort vorging und was nicht.

»Es sieht aus wie eine Mumie«, flüsterte jemand.

Ja. Mumifiziertes Fleisch, das sich über Knochen spannte.

Menschlich. Weiblich. Ein von Haut überzogener Schädel, dunkel verfärbte Zähne, die alt wirkten, lange, braune Haare. Nackt. Dieses Opfer hatte wesentlich länger in der Erde gelegen als ein paar Wochen. Renis Beine drohten, unter ihr nachzugeben. Lag es an der Erleichterung nach all den Jahren der Suche? Oder an der Angst, diese Person zu kennen?

Jemand weinte. Eine Frau, die einen Crime-Podcast betrieb. Möglicherweise war sie es nicht gewohnt, der Realität so nah zu sein. Vielleicht hatte sie sich freiwillig gemeldet, um bei der Suche zu helfen. Nein, es war nicht alles Spiel und Spaß. Reni musste den Blick abwenden.

Der Himmel hatte sich rosa verfärbt, die riesigen Felsbrocken warfen lange Schatten, und die Silhouetten der Joshuabäume sahen aus wie Menschen, die über der toten Frau Wache hielten. Weit oben kreiste kreischend ein Vogel, dessen Flügel sich schwarz gegen den Himmel abzeichneten.

Mit der Schönheit des Augenblicks kam die Ruhe, und Reni fragte sich sofort, wie sie sie vielleicht festhalten konnte. Auf Leinwand, im Ton, in ihrem Herzen, das gerade aufging. Warum machten Menschen so etwas? Wieso wollten sie die Schönheit reproduzieren, die vor ihnen lag? Es ergab keinen Sinn. *Genieße es so, wie es ist. Versuch nicht, es neu zu erschaffen.* Hatte ihr Vater das gesagt?

Mit dem Bewusstsein für den Kontrast zwischen der Leiche und der surrealen Schönheit der atemberaubenden Landschaft kam eine unerwartete Welle von Zuneigung für ihren Vater in ihr hoch, während sie sich an seine Liebe zur Wüste und zur Natur erinnerte.

Er hatte die Leiche nicht hergebracht, um sie zu verstecken. Er hatte sie an dieser Magie teilhaben lassen, sie an einem besonderen Ort ablegen wollen. Zumindest in seinem verdrehten Verstand. Denn, wie die Strafverfolgungsbehörden seit vielen Jahren sagten und wie Daniel erst kürzlich wiederholt hatte: Es wäre viel einfacher gewesen, sie dichter an seinem Zuhause abzulegen.

»Was ist mit dem Kleid?«, fragte Daniel mit belegter Stimme. »Sie hatten ein Kleid erwähnt.«

»Es ist schon in einem Beweismittelbeutel.«

»Ich will es sehen.«

»Er ist versiegelt.«

»Ich will es sehen.«

»Sie werden das Siegel aufbrechen und den Beutel neu verschließen müssen, damit die Beweiskette nicht unterbrochen wird.«

»Kein Problem.«

Jemand reichte ihm ein Paar Handschuhe und eine Papiertüte. Er zog die Handschuhe über, riss das Etikett des Beutels auf und zog das Kleid hervor. Rot mit kleinem Blumenmuster. Verblichen und schmutzig, dunkle Flecken, bei denen es sich höchstwahrscheinlich um Blut handelte. Daniel hielt es in die Höhe, und es flatterte im Licht der untergehenden Sonne. Der Stoff selbst schien Teil der Landschaft zu werden.

Während sich das Kleid im Wind bewegte, fiel Schmutz davon ab. »So könnten Beweise verloren gehen«, mahnte Reni leise. Haare. Fasern. Seltsam und nachlässig von einem Detective.

Ruckartig kam Daniel zu sich und steckte das Kleid zurück in die Tüte, brachte das Siegel wieder an, unterzeichnete mit seinem Namen und übergab sie dem Beamten, der für die Beweismittel zuständig war. Mit hölzerner Miene wandte er sich ab, doch vorher hörte Reni noch, wie er einen Laut von sich gab, der sehr nach einem Aufschluchzen klang.

Sie warf den anderen einen Blick zu, nicht ganz sicher, was sie gerade gesehen hatte. Ein paar von ihnen schienen ebenso perplex zu sein, doch die meisten hatten wohl nichts bemerkt. Sie wirkten erschöpft. Wahrscheinlich wollten sie nur noch essen, duschen und ins Bett gehen.

Daniel war ein Cop. Er war den Anblick von Leichen gewohnt, und diese hier sah nicht einmal besonders verstörend aus. Keine Verwesung. Mehr wie Papier und Leder. Vielleicht spürte er auch die Macht des Augenblicks, den Kuss der Wüste und die leise Magie. Und doch …

Sie sah ihm nach, während er davonstolperte und hinter einem Zelt verschwand.

Kapitel 24

Daniel stand vornübergebeugt hinter dem Zelt, die Hände auf die Knie gestützt, atmete flach und versuchte, nicht ohnmächtig zu werden. Jetzt nur kein Nervenzusammenbruch, sagte er sich. Vielleicht war sie es ja gar nicht.

Aber die Haare. Das Kleid.

Es war unmöglich zu sagen, ob es der richtige Stoff war. Er musste seinen Fetzen der Forensik übergeben und deren Schlussfolgerungen abwarten. Bis jetzt war er unterhalb des Radarschirms geflogen, und der Gedanke, Informationen über seine Vergangenheit mit Menschen zu teilen, mit denen er zusammenarbeitete, verursachte ihm eine Art von Übelkeit. Zu viel auf einmal stürmte auf ihn ein.

Als er klein war, hatte er sich vorgestellt, seine Mutter irgendwo in einem Keller oder auf einem Dachboden eingesperrt wiederzufinden. Aber am Leben. Immer am Leben. Er würde die Treppe hinaufstürmen, die Tür aufbrechen und sie retten. Doch als er älter und später Detective wurde, wusste er genug über Vermisstenfälle, dass ihm klar war, wie schlecht die Chancen standen. So gut wie nicht vorhanden. Seine Erwartungen veränderten sich und nahmen eine neue Richtung. Im Lauf der Jahre war er nach und nach von der Hoffnung, sie lebend zu retten, zu der übergegangen, ihre Leiche zu finden.

Wie alle Angehörigen der Opfer des Inland-Empire-Killers wünschte er sich, damit abschließen zu können, aber nach dreißig Jahren hatte er langsam akzeptiert, dass es dazu wohl nie kommen würde. Dann hatte Fisher die Fühler nach ihm ausgestreckt, und Daniel hatte wieder zu hoffen begonnen. Zumindest auf eine Leiche.

Aber in seiner Vorstellung hatte zu dieser neuen Hoffnung gehört, seine Mutter auszugraben und sie in dem roten Kleid und mit dem Make-up zu entdecken, das er sie hatte auflegen sehen. In seiner Fantasie wirkte sie friedlich. Und dann würde er endlich einen Schlussstrich ziehen können. Obwohl er besser als jeder andere wusste, wie ein Mensch aussah, der seit Jahrzehnten unter der Erde lag, hatte er dieses Bild nicht zugelassen. Nicht zusammengeschrumpft und dehydriert, der Körper von der trockenen Umgebung und dem Sand, der ihn bedeckte, jedes Tropfens Flüssigkeit beraubt. Er hatte sich auch nie die Masse von Menschen am Schauplatz vorgestellt. Und die Nacktheit der Leiche. Irgendetwas an dem Gedanken, dass sie nackt vergraben worden war, das Kleid nur eine hastige und demütigende Zutat, hatte ihn umgeworfen. Es erzählte ihm eine Geschichte, die er nicht hören wollte.

Ihm war klar, dass eine Menge seiner Gedanken nicht dem Gehirn eines Erwachsenen entstammte. Sie waren ein Relikt und zapften direkt die Vorstellungswelt des jungen Danny an. Das würde immer die Basis der Emotionen bilden, die er empfand, wenn er sich seine Mutter und das vorstellte, was aus ihr geworden war. Es machte keinen Unterschied, dass er jetzt ein Cop war. Ein erwachsener Mann. Er dachte an sie mit dem Herzen eines Kindes.

Er hörte leise Schritte und dann Renis sanfte, besorgte Stimme: »Alles okay? Kann ich Ihnen etwas bringen?«

Er versuchte nicht, sich aufzurichten oder sie anzusehen, weil ihm immer noch schwindelig war. »Ich habe nur ein bisschen zu viel Sonne abbekommen«, log er. »Manchmal merkt man es nicht rechtzeitig.« Es wäre ihm peinlich gewesen, ihr die Wahrheit zu sagen, vor allem hier, wo zwanzig Leute nicht weit entfernt herumstanden. Sehr wenige Menschen kannten seine Vergangenheit. Das war einer der Vorteile, wenn man adoptiert war. Mit der Änderung seines Nachnamens hatte er auch die äußerliche Identität abgestreift, obwohl er innerlich dieselbe Person geblieben war.

Reni duckte sich in ein Zelt hinein und kam dann mit einer Wasserflasche zurück. Sie schraubte sie auf und reichte sie ihm. »Manche Fälle gehen einem unter die Haut.«

Seine Hand zitterte, als er nach der Flasche griff. Nachdem er sie halb ausgetrunken hatte, beschloss er, sich von der Grabungsstätte zu entfernen. Er musste sich hinsetzen. Er brauchte die physische Distanz. Ein Stück die Straße entlang kletterte er zu einer Felsengruppe hinauf und starrte in die Richtung, in der die Sonne untergegangen war. Reni folgte ihm. Wortlos hielt er ihr die Wasserflasche hin. Sie trank einen Schluck und gab sie ihm zurück.

Eine Weile saßen sie schweigend da. Gesprächsfetzen trieben von der Grabungsstelle heran, und sie verstanden immerhin, dass für heute Schluss war.

»Es ging mir ziemlich schlecht, bis ich mir selbst vergeben konnte«, sagte sie.

»Wofür?«

»Dass ich meinem Vater geholfen habe.«

»Sie waren ebenso ein Opfer wie die Mädchen, die er getötet hat.«

»Danke. Logisch betrachtet weiß ich das, aber es macht keinen Unterschied. Ich war dabei. Sofern das dort eines seiner Opfer ist, könnte die Frau heute noch am Leben sein, wenn ich nicht geholfen hätte, sie in die Falle zu locken, zu überlisten. Ich glaube, es ist die Methode, die mir so schwer auf der Seele liegt.

Diese Frauen, die normalerweise einen Fremden nicht an sich herangelassen hätten, haben auf mich reagiert. Auf ein Kind in Not. Und ich denke nicht, dass ich mich jemals damit abfinden oder die Tatsache so einordnen kann, wie sie es im Grunde verdient hat. Es definiert mich. Es ist meine Identität. Und die einzige Art, wie ich den Schmerz auch nur zeitweise betäuben kann, ist, weiter nach diesen jungen Frauen zu suchen, um sie nach Hause zu bringen.« Sie machte eine Pause. »Damit will ich wohl sagen, dass ich Ihre Gefühle in gewisser Hinsicht nachvollziehen kann. Sie haben in diesem Fall so lange nachgeforscht, dass er sich wie ein Teil von Ihnen anfühlt. Und wenn Sie dann tatsächlich eine Leiche finden, ist es überwältigend.«

Sie hatte die Leerstellen aufgefüllt, so gut sie konnte, und er wusste ihren Versuch zu schätzen, zu verstehen, was in ihm vorging, obwohl sie seine Vergangenheit nicht kannte.

Während sie miteinander sprachen, war es ziemlich dunkel geworden. Sie kletterten von den Felsen herunter und kehrten zurück zur Grabungsstätte, wo der Leichensack, inzwischen geschlossen und etikettiert, zu einem wartenden Van getragen wurde, um zur Gerichtsmedizin von San Bernardino County transportiert zu werden. Zu deren Stab gehörte ein forensischer Anthropologe, ein Spezialist für Überreste, die monate- oder sogar jahrelang in der Wüste gelegen hatten.

»Ich danke Ihnen für Ihr Vertrauen«, sagte Daniel. Das musste ihr schwergefallen sein. Entweder es war eine empathische Reaktion auf seinen unterdrückten Schmerz, oder sie war die Soziopathin, für die manche sie hielten.

Kapitel 25

»Ich weiß nicht, wie es Ihnen geht«, sagte Reni während der Rückfahrt nach San Bernardino, »aber ich habe Hunger.«

Das stimmte nicht ganz. Sie konnte lange Zeit ohne Nahrung durchhalten, wenn sie an einem Fall arbeitete, und sie vergaß oft, etwas zu essen. Doch was da draußen in der Wüste mit Daniel passiert war, verdüsterte immer noch die Atmosphäre. Gemeinsam durch die Dunkelheit zu fahren, während die Scheinwerferkegel den kahlen Highway herausschnitten, hatte ihn nicht dazu gebracht, sich zu öffnen. Sie hoffte, dass ein bisschen Essen und vielleicht ein Drink dabei helfen würden. Er fühlte Schmerz, und darauf sprach sie an. Das riss all ihre Schutzmauern nieder. So war es ihr schon als Kind gegangen, als sie die erste Frau zu retten versucht hatte, obwohl sie damals noch gedacht hatte, sie würden das Spiel spielen. Sie hatte Cathy Baker geheißen. Und auch wenn sie ihres Vaters Tochter war, wusste sie, dass diese tiefe, empathische Reaktion sie von ihm unterschied. Wenigstens ein schwacher Trost in einem Meer von Dingen, die zu deprimierend waren, um sie zu beleuchten.

Sie hielten an einer beliebten Raststätte in Joshua Tree an. Es war spät, und sie hatten das Lokal weitgehend für sich. Sie wählten eine Nische in einer dunklen Ecke, bestellten Tacos, Kaffee und Bier.

Als das Essen kam, aß Daniel ein paar Bissen, wurde dann blass, griff nach seinem Bier und trank in tiefen Zügen. Er legte die Unterarme neben den Teller und ballte die Hände zu Fäusten.

»Haben Sie je den Namen Alice Vargas gehört?«, fragte er endlich.

Sie dachte einen Augenblick nach. »Ich glaube nicht. Sollte ich?«

»Sie ist vor über dreißig Jahren verschwunden.«

»Und Sie denken, sie könnte die Frau aus der Wüste sein?«

»Vielleicht.« Er lehnte sich zur Seite, zog sein Portemonnaie aus der Gesäßtasche, brachte ein altes Foto zum Vorschein und gab es ihr.

Es zeigte eine dunkelhaarige junge Frau, die vor einer Tür stand. Sie trug ein rotes Kleid. Der Stoff ähnelte demjenigen sehr, den sie vorhin gesehen hatte.

»Die vermisste Frau?«, fragte sie.

»Ja.«

Wie sie schon zu Anfang vermutet hatte, stand für ihn mehr auf dem Spiel, als er zuzugeben bereit war. Jetzt lag es auf dem Tisch. Jemand aus seiner Vergangenheit. Aber sie kannte nicht die ganze Geschichte. »Ich verstehe immer noch nicht.«

»Ich dachte, Sie würden sie vielleicht erkennen.«

»Alice Vargas.« Sie sprach den Namen laut aus und versuchte, sich zu erinnern.

Wie bei einem Zaubertrick brachte er noch etwas anderes zum Vorschein, ein kleines Stück Stoff. Er legte es zwischen ihnen auf den Tisch. Rot mit rosafarbenen Blüten. Heller als der Stoff, den sie am Schauplatz des Verbrechens gesehen hatte, aber ähnlich.

Sie spürte, wie eine dunkle Wolke sich über ihr Gehirn legte und Dinge abschaltete, sie schützte. »Woher haben Sie das?«, fragte sie, während sie eigentlich nur noch aufspringen und davonrennen, sich die Ohren zuhalten und nichts mehr hören wollte.

»Das hat Alice gehört. Wir waren nie sicher, ob sie ein Opfer Ihres Vaters war. Er war nicht der einzige Killer, der damals Kalifornien unsicher machte. Wir wissen von anderen Serienmördern, die Frauen entführten. Und sie hätte ebenso gut zu den vielen Menschen gehören können, die in Kalifornien jedes Jahr freiwillig von der Bildfläche verschwinden.« Er schluckte. Die Maske war ihm vom Gesicht gefallen, und plötzlich wirkte er verletzlich wie ein Kind.

Der Stoff, das Kleid und das Gesicht der Frau kamen ihr entfernt bekannt vor. Er musterte sie eingehend, gespannt auf ihre Reaktion. Seine Augen glänzten feucht und flehten sie an, es sich selbst zusammenzureimen, damit er nichts weiter erklären musste.

Hatte Reni diese Frau schon einmal gesehen? Die Frauen, die ihr Vater entführt hatte, verschwammen vor ihren Augen alle zu einer einzigen Person, viele hübsche Gesichter in ähnlichen Umgebungen.

Wie sieht das Kleid an mir aus?

»Sie sollten kein Beweismaterial mit sich herumtragen«, sagte sie.

»Das ist kein Beweismaterial.« Er schob den Stoff direkt neben das Foto. »Schauen Sie hin. Sehen Sie sich die Frau auf dem Bild an.«

Was war seine Verbindung zu ihr? Sie hatten nicht denselben Nachnamen. Eine Freundin der Familie? Eine Verwandte? »Ich weiß nicht …«

»Der Grund, warum ich dieses Foto und diesen Stoff besitze, ist, dass ich geholfen habe, das Kleid zu nähen, das diese Frau trägt.«

Seine Worte trafen sie wie ein Schlag in die Magengrube.

Ja, eine Frau, die aufgeregt einen Waldweg entlang heranhastete. Sie weinte. Aber so hübsch, mit dunklen Haaren. Kauerte sie sich vor Reni hin und fragte, ob mit ihr alles in Ordnung sei? Der Kleiderstoff, die Hand auf ihrem Arm, das Licht der Taschenlampe, die Dunkelheit, in die Reni hineindeutete, eine Dunkelheit, in der ihr Vater lauerte. *Komm, finde mich.* Die Frau nahm Renis kleine Hand, und zusammen gingen sie in den Wald hinein.

Wie sieht das Kleid an mir aus?

»Die Frau auf dem Foto ist meine Mutter«, sagte Daniel.

Sie hörte den Schmerz aus seinen Worten, Worten, die auszusprechen sie ihn gezwungen hatte, weil sie der Geschichte eine andere Wendung hatte geben müssen. Reni wurde übel. »Nicht derselbe Nachname«, beharrte sie. Sie wollte es einfach nicht glauben.

»Ich wurde nach ihrem Verschwinden adoptiert.« Seine Stimme klang weit entfernt.

Renis Gesichtsfeld verengte sich, und mit einem Brausen in den Ohren warf sie ein paar Scheine auf den Tisch und verließ die Bar. Draußen lehnte sie sich gegen die Wand und atmete den Nachthimmel ein, während sie die Hände auf die Knie stützte. Endlich richtete sie sich auf und sah zu den Sternen empor, deren Konturen verschwammen.

Eine Tür klappte, und dann war Daniel da, die Hände in die Taschen gesteckt. Bestimmt hielt er das Stück Stoff in der Hand und wartete darauf, dass sie etwas sagte.

Und wenn die Leiche in der Wüste tatsächlich die seiner Mutter war?

Es war viel zu nah, zu real. Bis vor wenigen Augenblicken waren die vermissten Frauen fast eine Art Mythos gewesen. Tragische Schönheiten im Nebel, die keine Familien hatten. Wenn sie sich sie vorgestellt hatte, hatte sie nie Kinder bei ihnen gesehen. Nun stand eines von ihnen neben ihr und vergrößerte das Ausmaß der Schuld, für die sie Buße tun musste. Statt sich davon umwerfen zu lassen, spürte sie nur eine größere Entschlossenheit, und ihr Wunsch, all die Leichen zu finden, wuchs noch.

Doch irgendwo im Untergrund lag eine nagende Erinnerung, die sich auflöste, wann immer sie sie genauer unter die Lupe nehmen wollte.

Wie sieht das Kleid an mir aus?

Kapitel 26

Einunddreißig Jahre zuvor

»Du musst damit aufhören. Auf der Stelle«, sagte Daniels Pflegemutter. »Kein Gerede mehr davon, dass jemand uns etwas antun will. Das wird nicht passieren. Wir wissen, dass deine Mutter eine schwierige Zeit durchgemacht hat, und wir wissen auch, dass sie zu irrationalem Verhalten neigte.«

Sie war verärgert, weil er manchmal danach fragte, ob der Mann, mit dem seine Mutter verabredet gewesen war, zurückkommen und seine Pflegefamilie wegbringen würde. Oder vielleicht ihren Hund. Oder seine Pflegeschwester. Das machte ihr Sorgen. »Wer hat das gesagt über meine Mutter?«, fragte er.

»Ich weiß nicht mehr.« Sie zuckte mit den Schultern. »Es ist einfach etwas, das ich gehört oder gelesen habe.«

»War es ein Nachbar? Ein Cop?«

»Lass es. Du machst den anderen Kindern Angst. Wir hatten sogar schon Beschwerden von der Schule. Du erschreckst deine Schwester. Und du bringst das ganze Haus durcheinander. Ich will hier eine friedliche Umgebung haben, und du zerstörst sie. Du warst noch sehr jung und hast dir eine Menge Dinge eingebildet, die nicht viel mit der Wirklichkeit zu tun haben. Es ist gut möglich, dass deine Mutter eines Tages wieder auftaucht und dich um Verzeihung bittet, dass sie dich verlassen hat. Das war schrecklich von ihr, aber jetzt hast du ein Heim und Menschen, denen du etwas bedeutest. Also kein Gerede mehr von der Vergangenheit oder davon, den ›Fall‹ deiner Mutter zu lösen. Es gibt keinen Fall. Tut mir leid, mein Süßer.«

Seine Pflegefamilie hatte ihn gern, und sie wollte nur das Beste für ihn. Es waren gute Menschen, wie sein Sachbearbeiter zu sagen pflegte, aber sie liebten ihn nicht so, wie seine Mutter ihn geliebt hatte.

Daniel machte eine Bewegung, als würde er die Lippen mit einem Reißverschluss zuziehen. Das war es, was sie von ihm wollte. Ein Versprechen, den Mund zu halten.

Im Lauf der Zeit ließ er ihre Worte immer wieder Revue passieren und fragte sich, ob sie recht hatte. Er war noch sehr klein gewesen, und die Erinnerungen an jene Zeit waren wirr und wurden undeutlicher. Aber eines Tages, als er allein zu Hause war und auf dem Boden im Wohnzimmer vor dem Fernseher seine Hausaufgaben machte und Nachrichten hörte, kam die Meldung, dass ein Typ festgenommen worden war, den sie den Inland-Empire-Killer nannten.

»Der Täter hat seit Jahren Jagd auf junge Frauen gemacht und konnte der Polizei immer wieder entkommen, bis einem seiner Opfer die Flucht gelang und er identifiziert werden konnte«, sagte der Sprecher auf dem Bildschirm. »Er behauptet, über einen Zeitraum von vielen Jahren bis zu zwanzig Frauen umgebracht zu haben. Aber bisher konnten nur zwei Leichen gefunden werden.«

Daniel starrte das Schwarz-Weiß-Foto des Mannes an, der nicht aussah wie ein Killer. Er war dünn, hatte kurze Haare und trug eine Fliege. Daniel hatte nicht gewusst, dass Killer Fliegen trugen.

Die Nachrichten gingen zu einem anderen Thema über, und Daniel ließ seine Hausaufgaben liegen, um die Stapel von alten Zeitungen zu durchsuchen, mit denen seine Pflegeeltern das Feuer im Kamin anzündeten. Darin standen weitere Informationen über den Killer. Er hatte einen Namen. Benjamin Wayne Fisher. Die Polizei glaubte, dass seine Mordserie mehrere Jahre zurückreichte.

Warum hatte ihm niemand etwas davon gesagt?

Er holte das Telefonbuch und rief bei der örtlichen Polizeistation an, um den Beamten mitzuteilen, dass er möglicherweise einen Fall gelöst hätte. Aber die Frau, die am Apparat war, verband ihn nicht mit einem Detective. Er legte auf, schlug wieder im Telefonbuch nach und suchte unter der Rubrik »Privatdetektiv«. Er wählte eine Firma, die behauptete, auf Vermisstenfälle spezialisiert zu sein, packte die Zeitungen zusammen, steckte sie in einen großen Umschlag und nahm einen Bus zu der Adresse aus dem Telefonbuch.

An der Rezeption saß eine ältere Frau, die einen Haufen klimpernde Schmuckstücke trug. Sie war nicht gemein wie die andere am Telefon. »Sicher, komm mit.« Sie führte ihn einen Gang entlang, öffnete ohne zu klopfen eine Tür, schob Daniel hindurch und verkündete: »Bo, der Junge hier glaubt, dass er einen alten Fall gelöst hat.«

Anders als im Fernsehen war der Detektiv weder jung noch gut aussehend. Er beendete ein Telefongespräch mit einem klobigen, beigen Telefon, legte auf, lehnte sich zurück und verschränkte die Hände im Nacken. Er war älter als Daniels Pflegevater, eher schon im Großvateralter, hatte auf dem Kopf eine kahle Stelle und einen Bauch, über dem sich das weiße Anzughemd spannte.

»Stimmt das?«, fragte er. »Willst du Detektiv werden? Ich habe nämlich eine Menge alter Fälle, die noch geknackt werden müssen.«

Sie machten sich über ihn lustig.

»Ich habe gesagt, ich *könnte* ihn gelöst haben. Und ich will kein Detektiv sein. Ich will, dass *Sie* der Detektiv sind.«

»Mein Honorar beträgt hundertfünfzig Dollar pro Stunde, plus Auslagen. Wie klingt das für dich?«

»Ich suche nach jemandem, der meinen Fall pro bono übernimmt.«

Der Mann lachte.

»Du hast doch davon gesprochen, einen Praktikanten einzustellen«, sagte die Frau von der Rezeption. Sie machten sich immer noch über ihn lustig.

»Wie alt bist du, Kleiner?«

»Elf.«

»Das würde ich eher Babysitting nennen. Ich hatte noch nie einen so jungen Assistenten, das kann ich dir sagen. Stimmt's oder habe ich recht, Mirna?«

»Nee. Niemals.«

Der Detektiv deutete auf den braunen Umschlag unter Daniels Arm. »Lass mal sehen, was du da hast.«

Daniel zog die Zeitungsausschnitte hervor und breitete sie auf dem Schreibtisch aus. Mirna bedeutete ihm, sich auf einen dick gepolsterten Holzstuhl zu setzen. Er gehorchte. Nach kurzem Überlegen griff er in die Gesäßtasche seiner Jeans und brachte das Foto seiner Mutter zum Vorschein, das er in der Nacht ihres Verschwindens aufgenommen hatte. Er legte es oben auf die Zeitungsartikel. Aus einer anderen Tasche förderte er einen Fetzen roten Stoffs mit rosafarbenem Blütenmuster zutage. »Ich glaube, meine Mutter wurde vom Inland-Empire-Killer gekidnappt, und ich möchte, dass Sie sie finden.«

Kapitel 27

In der Nacht von Daniels verstörender Enthüllung über seine Mutter schlief Reni in ihrem Pick-up. Sie hätte natürlich zu Rosalind gehen können, aber das hätte wieder das Haus bedeutet, die Presse, die davor kampierte, und Rosalinds Bedürfnis, sie zu bemuttern. Blieb noch die Möglichkeit, in die Wüste zurückzufahren, doch zu ihrer Hütte war es mehr als eine Stunde. Zu müde. Vermutlich hätte sie bei Daniel übernachten können, wenn sie gefragt hätte. Mochte ihn aber nicht um einen Gefallen bitten. Irgendein Motelzimmer wäre auch gegangen, doch sie war erschöpft und pleite, und jede einzelne dieser Varianten war so viel anstrengender, als gar nichts zu tun. Am Ende kaufte sie an einer Tankstelle Snacks und ein paar Toilettenartikel und stellte den Pick-up auf dem Parkplatz eines Supermarkts ab, um die Nacht darin zu verbringen.

Das war halb so schlimm. Es war ein altes Modell mit einer breiten und flachen Sitzbank. Mit angezogenen Knien und einer Jacke als Kopfkissen fand sie ein paar Stunden ruhelosen Schlafs. Allerdings wurde er bald vom Zwitschern der Vögel unterbrochen. Interessante Feststellung: In der Stadt zu leben, veränderte die biologische Uhr von Vögeln. Stadtvögel bekamen weniger Schlaf als Landvögel.

Während sie wach lag, benutzte sie ihr Telefon, um mehr über Daniels Mutter herauszufinden. Viel gab es nicht, weil die Presse kaum darüber berichtet hatte und die Ereignisse lange zurücklagen. Bei Tagesanbruch fuhr Reni zur nächsten Bibliothek, wartete, bis sie öffnete, und begann, die Mikrofilmarchive zu durchforsten.

Auch da nur spärliche Informationen. Ein Artikel über Alice Vargas' Verschwinden. Eine unscharfe Kopie des Fotos, das Daniel ihr gezeigt hatte, und noch ein anderes, möglicherweise zur selben Zeit aufgenommen, auf dem Daniel vor seiner Mutter stand und sie die Hände auf seine kleinen Schultern gelegt hatte.

Wie sieht das Kleid an mir aus?

Auf dem Foto wirkten beide glücklich. Daniel mit seinen tiefen, dunklen Augen hatte das Gesicht eines Kindes, das reifer war, als sein Alter es vermuten ließ. Viele Ermittlungen hatte es in dem Fall nicht gegeben. Das war ein typisches Problem. So verschwanden Menschen, vor allem Erwachsene, vor allem alleinstehende Frauen. Die Nachbarn hatten eine Weile bei der Suche nach Alice geholfen, dann waren ihre Habseligkeiten und der Haushalt versteigert worden, das Haus wurde neu vermietet. Daniel kam in Pflege.

Reni warf Vierteldollarmünzen in die Maschine, und ein Kopiergerät in der Nähe spuckte Kopien der Artikel aus, einschließlich eines Fotos von Alice Vargas. Wenn Reni etwas mit ihrem Verschwinden in jener Nacht zu tun gehabt hatte, konnte das Foto ihrer Erinnerung vielleicht auf die Sprünge helfen.

Während sie in der Bibliothek war, nutzte sie die Gelegenheit, zur Toilette zu gehen und sich die Zähne mit der Zahnbürste und der Zahnpasta zu putzen, die sie an der Tankstelle gekauft hatte. Sie betrachtete sich im Spiegel, bemerkte die Ringe unter den Augen und hätte schwören können, dass sie ein paar Falten sah, die vor einer Woche noch nicht da gewesen waren. Ihre Mutter konnte recht gehabt haben, was ihre Haare betraf. Sie sah einfach schlampig aus. Immerhin gab sie sich Mühe, nicht so zu wirken, als hätte sie im Auto übernachtet. Sie kämmte sich mit den Fingern, flocht sich einen neuen Zopf und wusch sich das Gesicht. Trocknete sich mit einem braunen Papierhandtuch ab, das so rau war wie eine Einkaufstüte.

Der Himmel draußen war dunkelblau, und die Morgenluft hatte diese für Kalifornien typische Frische. Erst als sie die Kühle spürte, merkte sie, wie ihre Haut von zwei Nächten mit zu wenig Schlaf kribbelte und spannte. Das erinnerte sie daran, mehr von dem Wasser zu trinken, das sie an der Tankstelle gekauft hatte. Kalifornien saugte einen aus, bevor man wusste, wie einem geschah.

Die Morgenkühle kündigte bevorstehende Veränderungen an. *In zwei Stunden wird die Welt schon ganz anders aussehen. Dieser Tag wird sich zu etwas wandeln, das sich vollkommen neu anfühlt.*

Es war noch früh, und sie hatte bisher nichts von Daniel gehört. Sie suchte sich einen Coffeeshop im gerade populären Retrostil, der aussah wie aus den Sechzigern entsprungen. Davor hing ein vielversprechendes antikes Schild, das zu den türkis gepolsterten Nischen passte. Goldene Lampen, die wie Sterne aussehen sollten, baumelten von der Decke. Es kam ihr beinahe dekadent vor, so früh am Tag hier zu Gast zu sein. Bei der ausgesprochen gesunden Speisekarte endete die Nostalgie. Hier kamen keine fettigen Herzattacken auf den Teller. Alles war öko und aus lokalem Anbau. Sogar der Kaffee schmeckte gesund, als er endlich kam.

Gesundheit.

Das war definitiv etwas, über das sie sich keine Gedanken machte.

Während sie frisch gepressten Orangensaft trank und eine Scheibe aufgewärmtes Bananen-Avocado-Brot aß, las sie die Artikel durch, die sie in der Bibliothek ausgedruckt hatte, und hielt Ausschau nach Parallelen oder Differenzen, die auf mögliche Fehler hindeuteten.

Der Anblick des Fotos von Daniel mit seiner Mutter musste in Kombination mit den Gerüchen von Kaffee und Frühstück ein paar Gehirnzellen in Betrieb gesetzt haben. Ein schlafendes Neuron erwachte und zündete. Die flüchtige Erinnerung kam zurückgekrochen …

»Wie steht mir dieses Kleid?«, fragte ihre Mutter, während Reni und ihr Vater am Frühstückstisch saßen. Reni war noch so klein, dass ihre Füße in der Luft baumelten und nicht bis zum Boden reichten.

»Hübsch«, sagte Reni, einen Löffel Frühstücksflocken in der Hand.

Ihr Vater erbleichte. »Zieh das aus.«

»Warum?« Renis Mutter drehte sich vor dem Kühlschrank um sich selbst und posierte mit zurückgeworfenem Kopf und der Hand in der Hüfte wie ein Model aus einem Magazin.

»Wo hast du das her?«, wollte er wissen.

»Ich habe es in deinem Büro gefunden. Ich dachte, du hättest es vielleicht für mich hingelegt.«

»Zieh das sofort aus!«

»Du kannst so eine Nervensäge sein!«

Während sie jetzt im Coffeeshop saß, versuchte Reni, sich die Erinnerung nicht wieder entgleiten zu lassen. Sie spulte sie im Kopf noch einmal ab. War es wirklich so gewesen? Hatte ihr Vater das Kleid eines Opfers im Haus aufbewahrt? War das der Grund, warum man später, nach seiner Verhaftung, nie irgendwelche Trophäen gefunden hatte? Hatte der Vorfall mit dem

Kleid ihn dazu gebracht, vorsichtiger zu sein? Das ergab alles keinen Sinn. Das Kleid hatte doch bei der Leiche gelegen.

Sie war noch in Gedanken versunken, als die erwartete Textnachricht von Daniel eintraf.

Bin unterwegs zur Gerichtsmedizin. Will an der Obduktion der Leiche aus der Wüste teilnehmen.

Sie starrte das Display einen Augenblick an und dachte daran, wie eisern er es abgelehnt hatte, sie bei der Autopsie ihres Vaters zuzulassen.

Sie antwortete: *Nein, ganz bestimmt nicht.*

Er reagierte mit einem Fragezeichen.

Warten Sie auf mich. Ich brauche nur ein paar Minuten. Um ihren Standpunkt deutlich zu machen, fügte sie hinzu: *Man geht nicht zur Obduktion von jemandem, der die eigene Mutter sein könnte.*

Sie legte ein Trinkgeld auf den Tisch und stopfte ihre Artikel in ihre Tasche. Sie war schon fast zur Tür hinaus, als sie noch einmal umdrehte, um das restliche Brot in eine Serviette zu wickeln, bevor sie endgültig zu ihrem Pick-up ging.

Auf dem Weg zum Büro der Gerichtsmedizin rief sie ihre Mutter an und fragte sie nach dem Kleid.

»Ich habe eine vage Erinnerung an den Morgen und daran, wie dein Vater sich aufgeregt hat.«

Reni dachte an ihren Großvater und dessen gewalttätiges Verhalten zurück und konnte die Frage nicht unterdrücken: »Hat er dich geschlagen?«

»Dein Vater? Nein! Nie! Wieso fragst du nach dem Kleid?« Ihre Stimme war voll verwirrter Besorgnis.

»Sag Maurice nichts davon. Wir haben die Information noch nicht freigegeben.« Maurice konnte manchmal ein ziemliches Klatschmaul sein. »Möglicherweise haben wir das Kleid gefunden, das du an diesem Morgen in der Küche getragen hast. Es wurde zusammen mit einer Leiche vergraben, von der du bald in den Nachrichten hören wirst.«

Ihre Mutter keuchte auf. »Du meinst, ich habe vielleicht das Kleid von einem von Bens Opfern getragen? Das ist ja entsetzlich. Gerade als wir gedacht hatten, es könnte nicht mehr schlimmer werden.«

Kapitel 28

Wenn man das Wort Mumie im Lexikon nachschlug, stieß man als Erstes auf den ägyptischen Prozess der Mumifizierung. Vielleicht erfuhr man sogar etwas über die Entfernung der Organe, den Gebrauch von Zedernöl und Bienenwachs und Harz und Duftkräutern und Sägemehl und Stoffbandagen. Aber das Wort Mumie bedeutete auch eine Leiche, die auf natürliche Weise ausgetrocknet und konserviert worden war, wie diejenige auf dem Tisch aus Edelstahl. Die Lampe darüber schien so grell, dass sie jeden Winkel ausleuchtete und eine Szenerie mit sehr wenig Schatten erzeugte.

Reni hatte es vor ein paar Minuten geschafft, Daniel zu überreden, sich vom Obduktionssaal fernzuhalten. Es war nicht so schwierig gewesen, wie befürchtet. Er hatte sich einverstanden erklärt, dass sie an seiner Stelle ging und ihm später berichtete, während er in einer anderen Abteilung versuchte, jemanden namens Fritz aufzutreiben, der Spezialist für Stoffe war.

Das Erste, was Reni auffiel, als sie sich dem Obduktionstisch näherte, war die fehlende Hand.

»Wurde die Leiche so eingeliefert?«, fragte sie.

Evangeline war gern bereit, die Sache aufzuklären. »Die Hand war zu ausgetrocknet, um Fingerabdrücke abzunehmen, aber es gibt einige Techniken, mit denen sich das Gewebe wieder auffrischen lässt. Bei derjenigen, die ich bevorzuge und mit der ich die besten Erfolge hatte, werden die Finger in Einbalsamierungsflüssigkeit eingeweicht. Wenn Sie sich damit auskennen, werden Sie wissen, dass es alle möglichen Sorten davon gibt. Ich habe die von mir bevorzugte aus vielen verschiedenen Marken und Formeln ausgewählt. Wie dem auch sei, heute Morgen habe ich die Hand abgeschnitten, und sie weicht jetzt in der Lösung ein.« Sie zeigte auf ein etikettiertes Glas auf einem Regal in der Nähe. Eine dunkle, verschrumpelte Hand schwamm in einer weißlichen Lösung.

Reni war froh, dass Daniel nicht dabei war. »Wie lange dauert es, bis Sie die Fingerabdrücke abnehmen können?«

»*Vielleicht* abnehmen können. Der Zeitraum variiert. Typischerweise ein bis drei Tage. Warten wir länger, dehnt sich die Haut zu sehr aus und wir können gar nichts mehr erkennen. Die Möglichkeit besteht ohnehin«, warnte sie. »Aber wir haben ja noch die andere Hand, wenn es mit der ersten nicht klappt.«

Bäh. »Was ist mit dem Alter des Opfers, und wie lange lag es schon in der Erde?«

»Laut Röntgenaufnahmen war sie zwischen zwanzig und vierzig. Hoffentlich kann ich es noch besser eingrenzen, aber ich denke, wir warten lieber, ob wir einen Fingerabdruckabgleich vornehmen können, und sehen dann weiter.«

»Einverstanden.«

»Es gibt ein paar neuartige und faszinierende Wege, um DNA aus den verschiedensten Dingen zu extrahieren: von der Haut, sogar aus Stoffen. Eine davon heißt ›Nass-Vakuum-Methode‹. Zur Bestimmung der Verweildauer im Boden ziehen wir unseren Spezialisten hinzu. Und auch in dieser Beziehung könnte uns ein passender Fingerabdruck Arbeit ersparen.«

»Todesursache?«

»*Das* kann ich beantworten. Ein stumpfes Schlagtrauma am Kopf. Ich würde sagen, es stammt von einem Aufprall auf eine harte Oberfläche. Zum Beispiel einen Felsen oder Beton. Wir sehen diese Art von Verletzungen bei Stürzen aus großer Höhe.«

In Renis Kopf blitzte jene Szene aus ihrer Kindheit auf, die sie besonders fest unter Verschluss hielt. Ihr Vater, der eine junge Frau am Kragen ihrer Bluse gepackt hielt und ihren Kopf gegen den Boden schmetterte. *Nichts davon ist real, kleiner Vogel. Sie ist eine Schauspielerin. Es ist Kunstblut.*

»Ich sage Daniel Bescheid«, sagte Reni tonlos und setzte sich in Richtung Tür in Bewegung.

»Eines noch.«

Reni unterbrach ihren Rückzug.

»Es tut mir leid wegen Ihres Vaters und dem, was Sie durchgemacht haben.«

Es war ein gut gemeinter Kommentar, doch Reni zuckte innerlich zusammen. »Danke.«

»Ich muss Ihnen sagen, Ihr Vater und der Presserummel um ihn, als ich noch klein war, gehören zu den Gründen, warum ich diesen Beruf ergriffen habe. Meine Eltern klebten vor dem Fernseher, und ich wurde selbst ein wenig besessen davon. Es fällt mir schwer, Ihnen das zu sagen, da es Ihr Leben ist, aber ich wollte, dass Sie Bescheid wissen.«

»Danke, dass Sie es getan haben.« Interessant, welchen Einfluss Ben Fisher gehabt hatte und immer noch besaß. Wusste Evangeline über Daniel Bescheid? Es machte nicht den Eindruck. Irgendjemand aus seiner Abteilung?

Reni und Daniel waren beide erwachsen, beide hatten sie tiefe Verletzungen davongetragen. Man hätte sagen können, dass *sie* ja auch jemanden verloren hatte, ihren Vater, aber das war nicht dasselbe. Egal, was sie über die Frau auf dem Obduktionstisch herausfanden, ob sie seine Mutter war oder nicht, er musste täglich mit dem Gedanken leben, dass sie einem Monster zum Opfer gefallen war.

»Wir haben alle unsere eigenen Methoden, mit dem Bösen umzugehen«, sagte Reni, bevor sie leise den Saal verließ.

In einem ganz anderen, hell erleuchteten Raum mit weißen Wänden und weißen Tischen und weißen Laborkitteln fand sie Daniel. Er hatte Fritz aufgetrieben, der in diesem Augenblick ein kleines Stück des Kleids aus der Wüste mit dem Fetzen verglich, den Daniel gestern Abend aus der Tasche gezogen hatte. Vielleicht lag es daran, dass sie jetzt seine Vergangenheit kannte, aber sie spürte eine stumme Verzweiflung in ihm.

»Solches Material wird heute nicht mehr hergestellt«, sagte Fritz. »Es ist eine Mischung aus Baumwolle und Polyester. Der Druck schlägt auf beide Seiten durch, was die Einschätzung erschwert, welche Seite als Außenseite des Kleidungsstücks gedient hat. Aber unter dem Mikroskop betrachtet, ist es leicht. Wollen Sie mal sehen?« Er stieß sich ab und rollte mit seinem Stuhl vom Tisch weg.

Reni trat vor, schob sich eine Haarsträhne hinters Ohr, sah durch das Mikroskop und musste blinzeln, bis sie die Probe scharf sah. Die Fasern waren leuchtend, und der Unterschied zwischen den einzelnen Fäden innerhalb eines Stücks war deutlich erkennbar. Die zwei Muster sahen für ihr untrainiertes Auge nicht identisch aus, aber sie ähnelten sich.

Sie richtete sich auf. »Für mich sehen sie nicht genau gleich aus.«

Fritz nickte. »Das liegt daran, dass sie es nicht sind.«

Sie spürte, wie Daniel sich entspannte. Wenn die Stoffe nicht übereinstimmten, musste er sich heute nicht mit seinen Emotionen auseinandersetzen.

»Sie sehen deshalb nicht gleich aus, weil sie ganz unterschiedliche Leben geführt haben«, fuhr Fritz fort. »Die eine

Probe war jahrzehntelang in der Erde vergraben. Die andere wirkt seltsamerweise abgenutzter, aber die Farbe ist leuchtender.«

Gestern Abend hatte Reni angenommen, Daniel hätte den Stoff wegen der Ermittlungen in die Wüste mitgenommen. Jetzt fragte sie sich, ob er ihn nicht die ganze Zeit in der Tasche mit sich herumtrug.

»Ist es also derselbe Stoff?«, wollte Daniel wissen. »Oder nicht?«

»Haben Sie eine Ahnung davon, wie Stoff in langen Bahnen bedruckt wird? Nein? Nun, es *ist* derselbe. Und nicht nur das, ich würde sogar sagen, die Proben stammen von derselben Charge.«

Daniel versteifte sich, und Schweißtropfen traten ihm auf die Oberlippe. Sein Gesicht wurde so bleich, dass sie Sommersprossen auf seinem Nasenrücken sah.

Sie drehte ihn zur Tür herum und versetzte ihm einen kleinen Schubs. »Holen Sie sich einen Schluck Wasser.«

Widerspruchslos stakste er hinaus. Sie wollte keine Informationen weitergeben, die nur ihn etwas angingen, und spielte deshalb sein Verhalten und seinen plötzlichen Abgang herunter. »Er fühlt sich heute nicht gut«, sagte sie zu Fritz.

»Ich vertraue dem visuellen Abgleich«, antwortete er, immer noch in seine Stoffe vertieft. »Aber ich mache trotzdem eine Röntgenspektroskopie, um die chemische Signatur der beiden Proben zu ermitteln.« Damit meinte er eine Technologie, mit der man die Zusammensetzung der Fasern analysieren konnte. »Ich sage Daniel Bescheid, wenn die Ergebnisse da sind.«

Sie dankte ihm für seine sorgfältige Arbeit und holte Daniel auf dem Gang ein. Er sah wieder ein wenig besser aus.

»Das war's dann also«, sagte er.

»Eigentlich nicht.« Verständlich, dass er nicht mehr klar denken konnte. Ein Stoffvergleich allein reichte nicht. »Nicht zu hundert Prozent.« Ohne ins Detail zu gehen, was die Hand in Balsamierflüssigkeit anging, ergänzte sie: »Warten wir ab, was Evangeline herausfindet. Wir benötigen Fingerabdrücke oder DNA für eine sichere Identifizierung.«

Sein Telefon klingelte. Er sah auf das Display und hob ab. Sein Anteil am Gespräch gab keinen Hinweis darauf, worum es ging. Als er auflegte, sagte er: »Bestätigung, was die erste Leiche betrifft. Es *ist* Carmel Cortez.«

Keine Überraschung, aber es unterstrich die große Frage: Was hatte ihr Vater mit der Sache zu tun? »Wir müssen ihre Angehörigen verständigen.« Sie merkte, dass sie redete, als hätte sie die Leitung der Ermittlung. »Oder was immer Sie meinen, wie unser nächster Schritt aussehen sollte.«

Er nickte. Er wirkte erschüttert von der halben Bestätigung, die er soeben bekommen hatte. Ein oder zwei Tage Ruhe im Interesse seines Gemütszustands wären angebracht gewesen, aber diesen Luxus genoss ein Detective nicht immer.

»Das bedeutet eine weitere Pressekonferenz«, sagte er. Er riss sich bewundernswürdig zusammen und blieb in der Spur. »Wenn wir die hinter uns haben, will ich Cortez' Arbeitsplatz sehen und herausfinden, woran sie zum Zeitpunkt ihres Verschwindens gearbeitet hat. Das könnte Aufschluss über das Motiv ihrer Ermordung geben. Ich möchte da so schnell wie möglich hin. Sobald die Story raus ist, wird es schwierig, Fragen zu stellen. Die Presse wird überall sein.«

»Ich würde vorschlagen, dass wir uns auch ihre Wohnung vornehmen«, sagte Reni. Das Opfer zu kennen, hieß, den Täter zu kennen.

Kapitel 29

Im Hauptquartier erfuhren Daniel und Reni, dass Carmel alleinstehend gewesen war und hier keine Familie hatte. Ihre Eltern lebten in El Paso, in Texas. Daniel zog es normalerweise vor, eine Todesnachricht persönlich zu überbringen. Vom Tod eines geliebten Menschen zu erfahren, war immer ein Schock, und wenn er die Mitteilung selbst überbrachte, konnte er eine helfende Hand reichen, falls nötig. Doch hier war die Entfernung zu groß, und Daniel blieb keine Wahl, als zum Telefon zu greifen.

Er übermittelte Carmels Mutter die Nachricht von ihrem Tod ohne Umschweife. Sie heulte auf, und ihre Stimme wurde leiser. Für ihn hörte es sich so an, als hätte sie das Telefon weggelegt. Er blieb in der Leitung. Schließlich nahm ein Mann den Hörer auf und fragte, ob das ein Witz sein solle. Daniel versicherte ihm, dass es leider nicht so sei, und gab die Umstände ihres Todes so mitfühlend wie möglich durch.

»Wir haben seit ein paar Wochen nichts von ihr gehört«, sagte der Mann. »Aber sie verschwindet manchmal. Einmal haben wir sie sogar schon als vermisst gemeldet. Meine Güte, war sie sauer deswegen. Also haben wir uns angewöhnt, nichts zu sagen. Sie tauchte immer wieder auf.« Ein Aufschluchzen entrang sich seiner Kehle, bevor er es unterdrücken konnte.

Daniel ließ ihm einen Augenblick Zeit, die Fassung wiederzuerlangen, und sagte dann: »Ich würde Ihnen gern ein paar Fragen stellen, aber ich kann ein andermal anrufen, wenn Ihnen das lieber ist.«

»Nein. Lassen Sie uns reden. Ich will wissen, wer das meiner Tochter angetan hat.«

Daniel fragte nach Carmels Freunden, Beziehungen und Personen, die einen Groll gegen sie gehegt haben könnten. Er erkundigte sich, ob es jemanden gegeben hatte, vor dem sie Angst hatte. Aber ihr Vater hatte nichts bemerkt und konnte ihm nicht weiterhelfen. Er hatte ja bereits von der leichten Entfremdung zu seiner Tochter gesprochen, und sein fehlendes Wissen über Details unterstrich das. Doch er konnte ihre Adresse und ihren Arbeitsplatz bestätigen.

»Hat sie Ihnen gegenüber je Benjamin Fisher erwähnt?«

»Den Inland-Empire-Killer? Nein, warum sollte sie?«

»Sie hat ihn im Gefängnis besucht.«

»Sie war Journalistin und beschäftigte sich mit wahren Verbrechen. Podcasts, Fernsehen, alles. Ich denke, sie hoffte, irgendwann ein Buch zu schreiben und einen alten Fall aufzuklären. Meine Tochter hatte ihre Probleme, aber sie war ein gutes Mädchen. Und was immer sie sich in den Kopf setzte, sie machte ihre Sache gründlich.«

Daniel bedankte sich für die Informationen. »Und noch einmal, mein Beileid wegen Ihres Verlusts.«

»Finden Sie heraus, wer das getan hat.«

Carmel hatte bei einer Zeitung gearbeitet, der *Inland Empire Free Press*. Ihre Büros lagen in Rancho Cucamonga, dreißig Minuten von der Mordkommission entfernt und noch innerhalb des San Bernardino County. Sie stiegen in Daniels SUV und nahmen die 210 nach Westen zum Highway 66.

Rancho Cucamonga war eine dieser kleinen Städte, die es gelegentlich bis auf die Liste der lebenswertesten Orte schaffen.

Zwar waren hin und wieder Ausläufer von Erdbeben zu spüren, aber das Wetter war angenehm, und die Stadt lag landschaftlich reizvoll in den Ausläufern der San-Gabriel-Berge.

In dem zweigeschossigen Zeitungsgebäude mussten sie eine Sicherheitskontrolle und einen Metalldetektor durchlaufen. Daniel zückte seine Marke und verlangte, mit Carmels Vorgesetztem zu sprechen. Das Mädchen am Empfang wurde blass. Die Nachricht von dem Mord hatte sich anscheinend bereits herumgesprochen. Zeitungen verfügten über ihre eigenen Quellen, und es war nicht ungewöhnlich, dass sie noch vor den Cops informiert waren.

Sie wurden durch einen Korridor in ein Einzelbüro geführt, wo sie auf schweren Stühlen mit schwarzen Lederpolstern Platz nahmen.

»Es tut mir leid, das mit Carmel zu hören«, sagte die Chefredakteurin, die hinter ihrem Schreibtisch saß. »Darum sind Sie doch hier, oder?«

»Was können Sie uns über sie sagen?«, fragte Daniel.

»Sie war eine gute Reporterin, aber sie war hier nicht glücklich. Sie hat vor etwa sechs Wochen gekündigt.«

Daniel und Reni wechselten einen überraschten Blick. »Können Sie das genauer erklären?«, fragte Daniel.

Das Bild, das die Redakteurin von Carmel zeichnete, glich dem, was ihr Vater erzählt hatte. »Sie kam aus LA hierher. Das war für sie ein beruflicher Rückschritt. Sie wollte an die ganz großen Storys«, erklärte sie. »Im Grunde träumte sie davon, als investigative Reporterin zu arbeiten. Wir haben darüber gesprochen, aber so etwas machen wir hier nicht mehr. Als kleines Blatt haben wir dafür nicht das Budget. Seit hier vor einem Jahr jemand erschossen wurde, mussten wir eine Sicherheitsschleuse einrichten, und das hat unsere gesamten Reserven aufgefressen. Das wusste sie, deshalb ist mir nicht ganz klar, warum sie so darauf beharrte. Wie gesagt, sie war eine ausgezeichnete

Journalistin, und ich konnte verstehen, dass es sie frustrierte, über den lokalen Wahlkampf und Benefizveranstaltungen für die Schule zu schreiben. Es tut mir leid, dass sie tot ist.«

»Wissen Sie, ob ihr ein bestimmtes Thema besonders am Herzen lag? Wollte sie in einer speziellen Angelegenheit nachforschen?«

»Ich weiß nicht einmal mehr, welche Idee sie mir vorschlagen wollte«, sagte die Redakteurin. »Ich war an dem Tag in Eile und bereitete eine Konferenzschaltung vor. Ich glaube, ich habe sie unterbrochen, bevor sie zum Thema kommen konnte.« Sie gab ihnen die Telefonnummern von Kollegen, die mit Carmel zusammengearbeitet hatten. Als sie wieder in Daniels Auto saßen, schaltete er die Klimaanlage ein, rief den Hausverwalter von Carmels Wohnung an und vereinbarte ein Treffen. »Wir werden in etwa dreißig Minuten da sein«, verkündete Daniel.

Sie fanden eines dieser typischen kalifornischen Gebäude vor, zwei Reihen eingeschossiger Apartments, deren Eingangstüren sich gegenüberlagen, mit einem Gehweg dazwischen und einer flachen, verputzten Mauer, die das Gelände umgab. In einem anderen Staat wäre die Miete sehr niedrig gewesen, aber hier, nur sechzig Kilometer von Los Angeles entfernt, lag sie vermutlich höher als das, was sich die meisten Alleinstehenden leisten konnten. Jeder brauchte irgendwelche Zusatzeinnahmen, um überhaupt zu überleben. Carmels Zusatzgeschäft hatte vielleicht aus einer Story über den Inland-Empire-Killer bestanden.

Der Hausverwalter empfing sie in seinem Büro an der Ecke des Komplexes. Es wirkte ein bisschen wie die Lobby eines alten Motels, und Reni überlegte, ob es sich vielleicht irgendwann tatsächlich um ein solches gehandelt hatte. Das Büro strahlte eine unbeabsichtigte Retro-Aura aus, und an einer Stecktafel an der Wand hingen Schlüssel.

Der Manager war ein kleiner, drahtiger Mann mit dunklem Schnurrbart und so viel Energie, dass möglicherweise ein wenig chemische Unterstützung dahintersteckte.

»Warum haben Sie sie nicht als vermisst gemeldet?«, fragte Daniel.

»Machen Sie Witze? Wenn ich jeden, der hier die Miete prellt, melden würde, wäre das die Hälfte der Bewohner. Sie war zwei Monate im Rückstand, und ich hatte schon einen Räumungsbefehl. Dann ist sie einfach abgehauen und nie zurückgekommen.« Er zuckte die Achseln. »So sind sie.«

»Haben Sie mitbekommen, dass sie mit jemandem Probleme hatte?«, fragte Reni. Es fiel ihr leicht, wieder in die Rolle der Ermittlerin zu verfallen. »Streitigkeiten? Hatte sie verdächtigen Umgang?«

»Ich achte nicht darauf, was die Mieter tun. Ich kümmere mich um meinen eigenen Kram. Aber ich kann Ihnen sagen, dass sie nie Schwierigkeiten machte. Niemand hat ihretwegen die Cops gerufen. Nichts dergleichen. Es tut mir leid, dass sie tot ist.« Er schüttelte den Kopf. »Ich bin seit zwanzig Jahren hier. Menschen sterben manchmal. Wir hatten mal einen Totschlag, aber nichts auf diesem Niveau. Und wie gesagt, sie war wirklich nett. Sie hatte es nicht leicht, wie die meisten von uns.«

»Können wir ihre Wohnung sehen?«, fragte Daniel.

»Sie ist inzwischen anderweitig vermietet. Der jetzige Mieter ist nicht zu Hause, und ich bräuchte seine Erlaubnis, um sie hineinzulassen. Außerdem gibt es nichts mehr zu sehen. Carmels ganzes Zeug ist weg, und die Wohnung war sowieso dran für einen frischen Anstrich und einen neuen Teppichboden, deshalb habe ich das erledigen lassen, bevor der nächste Mieter eingezogen ist. Ich weiß nicht, was Sie da noch finden wollen.«

»Was ist aus ihren Habseligkeiten geworden?«, erkundigte sich Daniel.

»Sie sind da, wo sie immer hinkommen – in einem Lager ein paar Ecken weiter. Ich hebe sie ein Jahr lang auf, und wenn sie bis dahin niemand beansprucht, verkaufe ich das Zeug. Ist erst einmal vorgekommen, dass einer wiederkam, und der Erlös aus dem Mist reicht nie, um meine Unkosten zu decken.«

»Das geht uns nichts an«, versicherte ihm Daniel. »Aber wir würden gern Carmels Sachen sehen.«

»Kein Problem.« Der Manager schnappte sich einen Schlüsselbund und gab ihnen die Adresse. »Sperren Sie wieder ab und bringen Sie den Schlüssel zurück, wenn Sie fertig sind.«

Reni bat ihn um die Nummer des Apartments. »Ich würde mich gern noch in der Anlage umsehen, bevor wir gehen«, sagte sie.

Sie lief mit Daniel den Gehweg in der Mitte entlang. Apartment 6 lag ganz am Ende des Komplexes. Irgendwelche Blumen rankten sich an einem Gitter empor. Eine verblasste, türkisfarbene Tür. Reni machte ein paar Aufnahmen und ging dann hinten herum zum Parkplatz. Sie schoss Fotos vom Hintereingang. Nichts, was auffällig gewesen wäre. Keine tiefen Kratzer im Holz der Türen oder Fenster.

»Das mit dem frischen Anstrich und dem Teppichboden wirkt verdächtig«, meinte Daniel.

»Zugegeben, aber bei Mietwohnungen durchaus üblich.«

Das Lager war leicht zu finden. Ein trauriger Anblick, Reihen um Reihen von niedrigen Metallcontainern, jeder mit einer eigenen, garagenartigen Tür. Eine Stadt aus Metall und Beton und zerbrochenem Glas, das in der Sonne glitzerte. Sie fanden die Lagereinheit, nach der sie suchten, und schoben die Tür hoch. Ein Hitzeschwall schlug ihnen entgegen.

Die üblichen Haushaltsgegenstände. Gestapelte Möbel, Lampen, gerahmte Bilder und Kartons, alle mit dem Namen des Besitzers und der Apartmentnummer versehen. Wegen der Hitze stellten sie sich ein paar Stühle in den Schatten am Eingang der Einheit und fingen an, die Kartons durchzusehen.

»Es gibt doch nichts Schöneres, als in den dunklen Geheimnissen eines Menschen herumzustöbern«, meinte Reni.

Sie öffnete bereits den vierten Karton. Diesmal sah es vielversprechend aus. Nach ein paar Minuten hatte sie gefunden, wonach sie suchten. Abgegriffene Aktenordner, datiert vor dreißig Jahren, mit der Aufschrift »Inland-Empire-Killer«. Sie reichte einen Ordner an Daniel weiter, und gemeinsam arbeiteten sie den Stapel durch. »Die können ihr nicht gehört haben«, sagte Reni. »Sie war zu jung.«

Daniel entdeckte einen Namen auf einer Akte und googelte ihn. »Ein Reporter, der bei der *Inland Empire Free Press* gearbeitet hat. Vor ein paar Jahren gestorben. Carmel muss die Akten mit seinen Nachforschungen gefunden haben.«

»Und hat sich entschieden, sie fortzusetzen?«

»So würde ich es sehen. Wenn ja, muss sie auf etwas gestoßen sein. Aber was?«

»Und was hatte es mit ihrem Tod zu tun?«

»Wir sollten die Akten als Beweismaterial registrieren«, sagte er. »Ich schlage vor, wir kehren zurück ins Hauptquartier und gehen den Rest dort durch.«

Sie luden die vier Kartons, von denen jeder etwa zehn Kilo wog, in den SUV, versehen mit einem von Daniel unterschriebenen Aufkleber zur Beweissicherung aus seinem Vorrat. Reni brachte das Vorhängeschloss wieder an der Lagereinheit an. Sie gaben dem Manager seinen Schlüssel zurück und hinterließen ihre Kontaktdaten.

»Mir ist noch etwas eingefallen, während Sie weg waren«, sagte der Manager. »Als ich ihr mitgeteilt habe, dass sie die Wohnung räumen müsse, meinte sie, ich solle mir keine Sorgen machen. Sie würde die Miete bezahlen und mir sogar einen Vorschuss für mehrere Monate geben.«

Reni und Daniel wechselten einen Blick. Geld war ein wichtiger Faktor. »Hat sie Ihnen irgendeinen Hinweis darauf gegeben, woher es kommen sollte?«, fragte Reni. Wenn sie im Zusammenhang mit Ben Fisher auf neue Beweise gestoßen war, hatte sie möglicherweise gehofft, einem großen Nachrichtenkanal einen Artikel über den Inland-Empire-Killer zu liefern oder sogar einen Buchvertrag an Land zu ziehen.

»Vielleicht eine Erbschaft.« Der Manager zuckte mit den Schultern. »Drogengeld. Keine Ahnung. Wie gesagt, ich stelle keine Fragen. Geht mich nichts an.« Er dachte einen Augenblick nach und schien zu schwanken, ob er etwas hinzufügen sollte. »Eine Sache noch. Sie sind nicht die Ersten, die sich für sie interessieren. Vor ein paar Wochen war ein Mann da. Sagte, er sei vom FBI. Er wollte die Wohnung sehen, genau wie Sie. Aber er konnte sich nicht ausweisen und wirkte zwielichtig, deshalb habe ich ihm nichts erzählt.«

Daniel schob sich die Sonnenbrille auf den Kopf, und Reni sah ihm an, dass er von dieser Information ebenso überrascht war wie sie. »Name?«

»Weiß ich nicht mehr. Ich bin nicht einmal sicher, ob er einen Namen genannt hat.«

»Beschreibung?«

»Ein Weißer, trug einen Anzug.« Er sah Daniel an. »So ähnlich wie Sie, aber älter.«

»Wie steht es mit Überwachungskameras?«, erkundigte sich Reni. »Speichern Sie in der Cloud oder auf SD-Karten?«

»Von dem Zeug verstehe ich nichts. Ich bin hier bloß der Manager. Das müssen Sie meinen Chef fragen.«

Daniel ließ sich die Telefonnummer geben. Wieder auf der Straße, rief er Jan im Archiv an und gab die Information durch. »Selbst wenn er noch Zugriff auf so alte Aufzeichnungen hat, rückt er sie vielleicht nicht freiwillig heraus«, sagte er. »Wir könnten einen richterlichen Beschluss brauchen.«

Das Hauptquartier wirkte seltsam still zu dieser späten Stunde. Reni und Daniel trugen die Kartons in ein Konferenzzimmer, setzten sich einander gegenüber und begannen, Carmels Akten durchzugehen. Als die Nacht voranschritt, verfielen sie in einen schweigsamen Rhythmus, nur gelegentlich unterbrochen vom Austausch von Theorien über ihre »archäologischen Ausgrabungen«.

Zeitungsausschnitte über vermisste Frauen. Artikel über eine Leiche, die in einem Park gefunden worden war. Und dann Geschichten über Reni selbst, alte Schulfotos und eine uralte Aufnahme, die sie auf dem Bürgersteig vor ihrem Haus zeigte, während sie an die Hand ihrer Mutter geklammert zum Auto eilte und versuchte, der Pressemeute zu entkommen. Merkwürdig, sich selbst so als Kind zu sehen, in dem ganzen Chaos, zu dem Ben Fisher sie verdammt hatte. Überrascht stellte sie fest, dass ihr Herz nicht heftiger schlug und sie nicht zitterte. In vieler Hinsicht war es so, als würde sie das Leben eines anderen Menschen betrachten. Das schien ein gutes Zeichen zu sein. Oder war es nur Verleugnung, wie bei Rosalind?

Irgendwann fragte Daniel: »Können Sie noch? Oder sollen wir Schluss machen?«

Sie sah auf die Uhr. Drei Uhr morgens. Zu spät, um nach Hause zu fahren. Vermutlich musste sie den Rest der Nacht wieder im Auto verbringen. Da konnte sie genauso gut hierbleiben.

»Ich würde lieber weitermachen«, sagte sie. »Wir haben nur noch einen Karton.« Aber er wirkte völlig erledigt. Seine Augen lagen tief in den Höhlen, und er brauchte eine Rasur. Sakko und Krawatte hatte er schon lange abgelegt. Es waren harte vierundzwanzig Stunden für ihn gewesen. »Gehen Sie nach Hause«, sagte sie mitfühlend. »Ich mache das fertig.«

»Ich brauche nur ein Nickerchen im Aufenthaltsraum.«

Wahrscheinlich wollte er sie mit dem Beweismaterial nicht allein lassen. Konnte sie ihm nicht verübeln.

Vielleicht lag es daran, dass sie jetzt für sich war oder den Punkt erreicht hatte, an dem die Nacht sich anzufühlen begann wie der nächste Tag, aber Reni hatte langsam selbst Probleme, sich wach zu halten. Sie setzte sich auf den Teppichboden, den Rücken an die Wand gelehnt, und schloss die Augen. Ein wenig später wachte sie ruckartig auf und wusste erst nicht, wo sie sich befand. Sie brauchte Koffein und trank den Rest ihres Kaffees aus, obwohl er kalt war, bevor sie sich den letzten Karton vornahm.

Die Aufzeichnungen in den Akten mit den weichen, abgegriffenen Kanten enthielten persönliche Notizen und Interviews des verstorbenen Journalisten. Außerdem befand sich in dem Karton eine kleine Schachtel mit Mini-Tonbandkassetten, wie sie früher von Reportern benutzt worden waren, alles säuberlich beschriftet und datiert. Die getippten Blätter waren Abschriften der Tonaufnahmen. Die Akribie der Recherche beeindruckte sie. Heute sah man nur noch selten solche gründlichen, umfassenden Nachforschungen. Nicht in diesem Zeitalter der kurzen Aufmerksamkeitsspanne.

Hatte Carmel die Interviews in der Hoffnung gestohlen, mit einer eigenen Story den Durchbruch zu schaffen? Vermutlich hatte sie eher geglaubt, sie zu retten, denn nach allem, was sie über das Blatt erfahren hatten, kümmerte sich bei der *Inland Empire Free Press* niemand um alte Recherchen.

Es waren Interviews mit den Familien von vermissten Personen und mit Leuten, die in den Nächten, als einige der Frauen verschwunden waren, etwas gesehen haben wollten. Als Reni den Boden des Kartons erreichte und einen Namen sah, der mit schwarzem Edding auf einer Registerkarte stand, erstarrte ihre Hand.

Gabby Sutton.

Der einzige Mensch, der eine Attacke durch Ben Fisher überlebt hatte. Und sie hatte nicht nur überlebt, sie war entkommen und hatte ihn identifiziert.

Reni saß einen Moment lang still, atmete tief durch und klappte den Ordner auf.

Sie fand eine Menge handschriftliche Notizen auf den Transkripten, von denen viele auf eine Theorie abzielten, die schon öfter zur Debatte gestanden hatte. Eine Theorie, die nach der Entdeckung von Carmel Cortez' Leiche einer näheren Betrachtung wert war.

Die Möglichkeit eines zweiten Killers.

In dem Interview mit Gabby Sutton wurde tatsächlich die Anwesenheit einer weiteren Person am Tatort erwähnt. Kein Kind, nicht Reni, sondern ein Erwachsener.

Warum hatte man diese Spur nicht verfolgt oder veröffentlicht?

Reni öffnete den Browser ihres Smartphones, suchte nach Gabbys Adresse und stellte fest, dass die Frau immer noch in Kalifornien lebte. Sie rief Daniel an und weckte ihn auf.

»Wir müssen mit Gabby Sutton sprechen«, erklärte sie.

Kapitel 30

Gabby zog den Vorhang einen Spalt weit auf, damit sie Reni Fishers Ankunft nicht verpasste. Sie fühlte sich unwohl bei dem Gedanken, endlich den Menschen zu treffen, der ihr in jener Nacht im Park das Leben gerettet hatte. So oft hatte sie den Überfall in Gedanken durchgespielt, wobei sich die Erinnerung veränderte, während die Jahre vergingen. Ihr Schrei des Entsetzens, die Hand des Killers an ihrer Kehle, der Augenblick, in dem sie in ihm einen ihrer ehemaligen Professoren zu erkennen glaubte, die Überraschung in seiner Miene zu sehen, als er sie ebenfalls erkannte. Das waren die Dinge, die sie nie vergessen würde. Er hatte lange genug gezögert, dass sie sich wehren und nach ihm treten konnte. Sie erinnerte sich, ohnmächtig geworden und wieder zu sich gekommen zu sein. Dann ein schreiendes Kind.

»Daddy, hör auf! Du tust ihr weh!«

Das Kind in seinem hübschen Schlafanzug sprang dem Vater auf den Rücken und kämpfte beharrlich darum, ihn von Gabby wegzuziehen. Es war wie eine Zecke, die sich nicht abschütteln ließ.

Noch heute konnte Gabby die Schreie des Kindes hören. Meistens in ihren Träumen, aber manchmal brachen sie auch mit voller Wucht in den Wachzustand ein, wobei sie von einem vertrauten Bild ausgingen. Etwa von einem Schwarm von Seevögeln, der sich von einem Supermarktparkplatz erhob und wieder landete, während ihr Ruf sich in ein schrilles Kreischen verwandelte. Solche nervenzerfetzenden Ereignisse waren normalerweise das Ende von Gabbys Plänen für den Tag. Sie musste dann nach Hause, eine Schlaftablette einnehmen und sich im Bett verkriechen.

In der Nacht des Überfalls auf sie hatte Ben Fisher versucht, das Kind abzuschütteln, aber das kleine Mädchen hatte sich an ihm festgeklammert und schluchzend die Arme um seine Kehle geschlungen, während es ihn anflehte, aufzuhören.

Gabby hatte Geschichten darüber gehört, dass Reni Fisher seine Komplizin gewesen wäre, dass ihr Vater ohne sie keinen seiner Überfälle hätte durchführen können. Gabby glaubte es nicht. Das Kind hatte ihr das Leben gerettet. Und sie hatte das Mädchen nie wiedergesehen. Jedenfalls nicht persönlich. Sie wusste, dass sie FBI-Agentin geworden war, eine ziemlich bekannte Profilerin. Und sogar, dass sie in jüngster Zeit von der Polizeiarbeit zur Kunst gewechselt hatte. Sie hätte fast eine Keramikschüssel von ihrer Website gekauft und hatte nur deshalb davon abgesehen, weil sie befürchtete, Reni würde den Namen ihrer Kundin erkennen.

Sie hatte sich nicht einmal dafür bedankt, dass sie ihr das Leben gerettet hatte.

Heute war ihre Chance.

Gabbys Erinnerung wurde trüber, was die Ereignisse anging, nachdem Ben Fisher von ihr abgelassen hatte. Vielleicht hatte es am Sauerstoffmangel gelegen. Nach der Nahtoderfahrung durch Ersticken kam eine Weile gar nichts, bis sie aufwachte, sein Gewicht nicht mehr auf ihr lastete und Vater und Tochter verschwunden waren. Dann tauchten Gesichter vor ihr auf, Leute fragten sie, ob sie Hilfe brauche. Das Geschrei des Kindes hatte Menschen angelockt. Jemand in einem Auto wollte wissen, ob er sie ins Krankenhaus fahren solle, aber Gabby war geflüchtet und blindlings den Joggingpfad entlang zu ihrem Studentenwohnheim gerannt, während sie zu schreien versuchte. Doch es kam kaum ein Quietschen heraus. Ihre Stimmbänder waren verletzt.

Schon damals hatte sie gewusst, dass sie gerade dem Inland-Empire-Killer entkommen war. Und sie kannte sein Gesicht und seinen Namen. Es war schwer gewesen, damit fertigzuwerden.

Jetzt sah sie vom Fenster aus, wie zwei Personen aus einem SUV stiegen. Ein großer Mann im schwarzen Anzug und eine Frau mit glatten, dunklen Haaren in Jeans und einer schwarzen Jacke. Der glänzende Schimmer ihrer Haare war Gabby schon damals im Park aufgefallen. Sie erinnerte sich, wie sie dem Mädchen ins Gesicht gefallen waren, während es an den Armen seines Vaters zerrte.

Heute kam ihr das wie die Erinnerungen eines anderen Menschen vor, was auch der Grund war, warum sie überhaupt zugestimmt hatte, mit den beiden zu sprechen. Sie hatte es jahrzehntelang vor sich hergeschoben. Langwierige Therapien hatten nichts gebracht. Sich der Sache zu stellen … nein. Das hatte für sie nicht funktioniert. Ihr Leben weiterzuleben hatte am ehesten geholfen. Diese Erinnerung gehörte nicht hierher, und die beiden gehörten sicher nicht in ihr Haus. Aber sie irgendwo in der Öffentlichkeit zu treffen, wäre noch schlimmer gewesen.

Die Türglocke klingelte.

Sie hatte niemandem von den beiden erzählt. Sie wollte nicht, dass ihr Mann oder die Kinder davon erfuhren. Nun, da es so weit war, kam ihr der Gedanke, nicht an die Tür zu gehen und auf den Knien unter dem Fenster hindurch zur Rückseite des Hauses zu kriechen. Und den ganzen Weg bis zum Meer zu rennen, das über vierzig Kilometer entfernt lag. Salzwasser war heilsam.

Stattdessen atmete sie tief durch und machte die Tür weit auf.

Im Licht der kalifornischen Sonne standen die zwei Besucher vor ihr. Der Duft nach Orangenblüten hing in der Luft, und die Blumen vor dem Haus auf der anderen Straßenseite schienen plötzlich extrem wichtig und erfüllten Gabbys ganzes Gesichtsfeld. Sie fühlte sich beruhigt, solange sie sie anstarrte.

Sie hätte die beiden anlächeln können, tat es aber nicht. Sie bat sie in die Küche, wo die Sonne durch ein Oberlicht fiel und von den weißen Fliesen und Schränken reflektiert wurde. So hell, so ganz anders als die Dunkelheit jener Nacht.

Sie brauchte einen Moment, bis sie merkte, dass der Mann etwas gesagt hatte. Sie wusste nicht, was es war. Er zog einen kleinen Digitalrekorder heraus und stellte ihn auf den Tisch.

Das Haar der Frau war so lang und dunkel und glänzend. Nicht schwarz, *so* dunkel nicht, aber es erinnerte Gabby an die Flügel einer Amsel. Sie war auf unerwartete und beinahe absichtslose Art hübsch. Gebräunt, echte Bräune, wie Menschen sie hatten, die sich viel im Freien aufhielten. Jogger und Wanderer und Surfer. Sie sah nicht aus wie eine Surferin. Gabby schwamm im Meer, aber sie wanderte und joggte nicht mehr. Keine einsamen Pfade oder Parks für sie.

Die Augen der Frau waren sehr blau. Überraschend. Bei ihrer Haarfarbe hätte Gabby braun erwartet. Vielleicht trug sie Kontaktlinsen. Nein, das war unwahrscheinlich. Sie strahlte eine Aura aus, als wüsste sie nicht, wie gut sie aussah. Gabby verstand, wie man an diesen Punkt gelangen konnte.

»Macht es Ihnen etwas aus, wenn ich unser Gespräch aufzeichne?«, fragte der Mann. Hatte er gesagt, dass sein Name Daniel war? Das passte irgendwie zu ihm.

»Das ist okay«, sagte sie mit gezwungenem Lächeln. »Darf ich Ihnen etwas zu trinken anbieten?« Ihre Stimme klang fest, aber ihr Herz hämmerte, und sie dachte immer noch ans Meer. Es rauschte in ihren Ohren. Sie stellte sich vor, hineinzurennen, bis das Wasser ihr bis über die Hüften hochspritzte. Dann würde sie einen flachen Kopfsprung machen und hinausschwimmen.

»Danke, wir möchten nichts«, antwortete der Mann.

Hatte die Frau überhaupt schon etwas gesagt? Reni Fisher. Gabby hatte das Gefühl, dass sie, wenn sie den Mund aufmachte, kreischen würde: *»Daddy, hör auf! Du tust ihr weh!«*

Stattdessen wandte sich die Frau ihrem Partner zu und fragte mit leiser und ganz normaler Stimme: »Würden Sie uns bitte einen Augenblick allein lassen?« Ihr Blick wanderte zur Patiotür – ein grüner Kolibri bediente sich gerade an einer Tränke draußen. »Könnten Sie Ihren Rekorder mitnehmen und eine Weile rausgehen?«

Der Vorschlag gefiel ihm nicht. Das sah Gabby. Aber die Frau nickte ihm zu, eine stumme Kommunikation, auf die er reagierte, indem er das Gerät nahm und zur Tür hinausschlüpfte. Erschrocken flitzte der Kolibri davon.

Gabby und die Frau sahen Daniel nach, wie er mit rollenden Schultern davonging und einen kleinen Spaziergang machte, als wollte er sich unübersehbar von der Situation distanzieren. Gabby wünschte fast, er wäre geblieben, denn nun war sie allein mit der Frau mit den Vogelflügelhaaren. Jetzt musste sie sie ansehen und mit ihr sprechen.

»Möchten Sie vielleicht eine Tasse Tee?«, fragte Gabby. Hatte sie das schon gefragt? »Oder Kaffee?«

»Wasser wäre nett.«

»Oh ja. Natürlich.« Wasser war leicht.

Die Frau half ihr dabei, die Gläser zu holen und aus einem Krug einzuschenken. Sie tranken beide in tiefen Zügen.

»Ich habe die Gläser aus einem Antiquitätenladen in Palm Springs«, sagte Gabby. Sie mochte helle Dinge, und sie waren mit leuchtenden, fröhlichen Blumen verziert.

»Sie sind sehr hübsch.«

Sie stellten die Gläser ab.

»Ich habe im Lauf der Zeit oft an Sie gedacht«, sagte Gabby schließlich. Sie standen beide unbeholfen neben der Spüle. Vielleicht wartete Reni darauf, dass sie ihr einen Stuhl anbot.

»Darf ich Sie in den Arm nehmen?«, fragte Gabby.

Das kam für sie selbst unerwartet, und sie schienen beide überrascht zu sein. Vor einem Augenblick hatte Gabby noch davonlaufen wollen. Und jetzt drangen diese seltsamen Worte aus ihrem Mund. Aber sie sah, dass Reni verstand. Sie waren auf eine Art verbunden, wie zwei Menschen es nie sein sollten.

Reni breitete die Arme weit aus und Gabby lief hinein. Sie fühlten sich stark und fest an, waren nicht mehr die eines kleinen Kindes. Sie schlang die eigenen Arme um diese Frau, ihre neue Freundin, und sie klammerten sich gewiss eine Minute lang aneinander, bevor sie sich voneinander lösten. Und als Gabby zum ersten Mal in Renis blaue Augen sah, standen diese voller Tränen.

Endlich sprach Gabby es aus. »Vielen Dank.« Sie sah, dass die Begegnung Reni genauso schwerfiel wie ihr. Vielleicht schwerer. Hätte sie sich nicht so von ihren eigenen Ängsten verzehren lassen, wäre es ihr möglicherweise gleich aufgefallen. Reni wollte auch nur wegrennen. Nicht zum Meer, aber an irgendeinen anderen Ort, wo die Sonne heiß brannte und ihre Haut in dunkles Braun verwandelte.

»Nicht dafür, dass Sie mir das Leben gerettet haben«, sagte Gabby. »Doch, dafür auch, aber danke, dass Sie so mutig und stark waren, danke, dass Sie das Richtige getan haben, obwohl Sie selbst Angst hatten.«

»Ich habe das Gefühl, Sie zu kennen.« Reni legte die Hand aufs Herz. »Hier drin. Als hätten Sie fast mein ganzes Leben hier drin gewohnt. Seit jener Nacht.«

»Ich glaube, das habe ich.«

Daniel, der Detective, hatte sich einen Liegestuhl gesucht und saß reglos da, so still, dass der Kolibri zurückkehrte und vor der Tränke eine Show ablieferte. Das waren gute Menschen.

Sie hasste es fast, den Bann zu brechen, denn ihr Mann würde in ein paar Stunden zu Hause sein, und sie mussten zur Sache kommen.

»Sie wollten mit mir sprechen«, sagte sie. Vor zehn Minuten war sie nicht bereit dazu gewesen, hatte gedacht, sie würde es nie sein, aber jetzt war sie es und konnte es kaum erwarten, anzufangen.

Daniel kam wieder herein, und sie setzten sich um den Tisch herum. Es war immer noch blendend hell in der Küche, aber jetzt fühlte sich die Helligkeit eher an wie ein Versprechen, nicht wie eine Warnung.

»Ich habe das von Ihrem Vater gehört«, sagte Gabby. »Was mit ihm passiert ist. Und es tut mir leid.« Nicht, dass er tot war. Oh nein, das nicht.

»Danke«, erwiderte Reni. Sie schien zu verstehen, was Gabby meinte.

Natürlich, sie hat ihn geliebt, dachte Gabby. Trotz allem. Und das Seltsame war, dass es Gabby ähnlich ging. Er war ihr Psychologieprofessor gewesen. Alle Mädchen hatten ihn gemocht, alle waren in ihn verknallt gewesen. So war das. So war das damals gewesen.

Nach dem Überfall, als sie ins Wohnheim zurückgerannt kam, hatte niemand ihr glauben wollen. Einige hatten ihr sogar vorgeworfen, den Vorfall provoziert zu haben. Ein Mädchen behauptete, sie würde lügen, um den Mann in Schwierigkeiten zu bringen. Aber dann hatte sie ihnen die blauen Flecken an ihrer Kehle gezeigt, und kreischende Furcht hatte sich im ganzen Haus ausgebreitet. Sie alle hatten vom Inland-Empire-Killer gehört.

Ein paar Stunden später war der Professor bei sich zu Hause festgenommen worden.

Gabby hatte sich immer gefragt, was nach ihrer Flucht aus Reni geworden war. Hatte sie Schwierigkeiten bekommen? Welche Art von Bestrafung ließ ein solcher Mann seinem Kind zuteilwerden? War sie zu Hause gewesen, als die Polizei kam, um ihn abzuholen?

Reni und Daniel stellten viele Fragen, die man ihr alle schon einmal gestellt hatte. Doch dann nahm das Gespräch eine Wendung, und sie brachten das Thema der Anwesenheit einer weiteren Person auf.

»Bei all meinen Nachforschungen«, sagte Daniel, »habe ich nie von dieser Theorie gehört. Aber wir sind auf alte Akten eines investigativen Reporters gestoßen. In seinen Notizen behauptet er, mit Ihnen gesprochen zu haben, und Sie hätten einen zweiten Erwachsenen erwähnt. Können Sie sich daran erinnern?«

Manche Dinge, die diese Nacht betrafen, standen ihr heute noch so deutlich vor Augen wie Stunden nach der Attacke. Aber andere waren verschwommen. Und einige Erinnerungen waren vollständig ausgelöscht. Nur Lücken. Zum Beispiel, wie sie aus dem Park ins Wohnheim zurückgekommen war. Keine Ahnung davon. Sie vermutete, dass ihr Gehirn um diese Nacht herum Narbengewebe gebildet hatte und ihr diese Erinnerungen nie mehr zugänglich sein würden. »Ich weiß es nicht mehr.«

»Es klingt ungewöhnlich«, sagte Reni. »Vor allem, weil niemand sonst es erwähnt hat. Es steht in keinem der Berichte, die wir gelesen haben.«

»Was ist mit Ihnen?«, fragte Gabby. »Erinnern Sie sich an jemanden?«

»Nein. Aber ich war nicht die ganze Zeit dabei.« Sie schien sich wieder unbehaglich zu fühlen. Gabby streckte den Arm aus und drückte Reni über den Tisch hinweg beruhigend die Hand.

Wie seltsam, sie zu berühren, wo sie sich doch vor einer Stunde noch davor gefürchtet hatte, mit ihr im selben Raum zu sein.

»Mein Job war es, die Frauen aufzuhalten und dann wegzulaufen«, sagte Reni gepresst. »Ich rannte immer zum Auto zurück, wo ich mich ducken und mir die Ohren zuhalten sollte. Aber ich hörte Sie schreien.«

»Und Sie sind aus dem Wagen gesprungen und mir zu Hilfe geeilt.«

»Ich bin nicht sicher, ob ich mich beeilt habe. Ich habe das noch nie zu jemandem gesagt, aber bei anderen Gelegenheiten habe ich ebenfalls Schreie gehört, jedoch nicht geholfen.«

Das arme Ding. Sie litt auch.

»Ist schon gut«, sagte Daniel. Gabby sah, dass er sich um Reni sorgte.

Sie sprachen noch eine Weile weiter, aber Gabby konnte nichts Neues hinzufügen. Sie wollte helfen, wünschte sich, helfen zu können. Das würde ihrem Leben einen Sinn geben. Jetzt verstand sie, warum Augenzeugen das Bedürfnis hatten, Dinge hinzuzuerfinden. Sie würde es nicht tun.

»Ich denke, wir haben Ihre Zeit lange genug beansprucht.« Daniel zog eine Visitenkarte hervor und legte sie auf den Tisch. »Rufen Sie an, wenn Ihnen noch etwas einfällt. Manchmal weckt ein solches Gespräch alte Erinnerungen.«

Genau davor hatte sie Angst. Sie erwähnte nicht, dass sie sich an Renis gelben Pyjama mit den Enten darauf erinnerte. Das würde sie nie vergessen, aber damit konnten sie nichts anfangen. Als sie damals überlegt hatte, eigene Kinder zu bekommen, hätte der Gedanke an diesen Pyjama sie beinahe davon abgehalten. Doch nun hatte sie Kinder, einen Jungen und ein Mädchen, sie waren inzwischen erwachsen, lebten woanders und waren weitgehend unberührt geblieben von dem, was ihre Mutter vor ihrer Geburt durchlitten hatte.

Reni suchte nach einem Stift, drehte die Karte um und schrieb eine Nummer darauf. »Mein Handy«, sagte sie. »Rufen Sie mich an, egal, worum es geht. Es muss nicht wegen dieser Geschichte sein. Vielleicht möchten Sie über einen Film sprechen, den Sie gesehen haben. Ein Buch, das Sie gelesen haben. Wir können uns gern auf einen Kaffee oder zum Lunch treffen.«

Sie waren Schwestern im Geiste. »Sie meinen wie Freundinnen?« Solche hatte Gabby nicht, nur Bekannte. Das war eines der Dinge, die sich seit der Attacke geändert hatten. Früher war sie beliebt und witzig gewesen, eines dieser Mädchen, mit denen jeder ausgehen wollte. Aber danach … nein.

»Ja.«

Daniel beobachtete sie schweigend, und Gabby hatte den Eindruck, dass er überrascht war von dem Austausch. Sie nahm die Karte. Sie wollte nicht, dass ihr Mann Reni begegnete. Sie wusste nicht, ob sie noch einmal mit den beiden sprechen sollte. Sie vermutete, wenn sie gegangen waren, würde sie nach einiger Zeit alles wieder in diesem flachen Grab zugeschüttet haben.

»Ich habe festgestellt, dass Kreativität mir sehr hilft«, sagte Reni. »Ich mache jetzt Keramiken.«

»Ich hätte fast einmal etwas in Ihrem Onlineshop gekauft«, gestand Gabby. »Aber dann habe ich mir vorgestellt, wie Sie den Adressaufkleber ausfüllen und meinen Namen sehen. Deshalb habe ich die Bestellung nicht abgeschickt.«

»Ich mache Ihnen etwas. Ein Design nur für Sie. Welche Farben mögen Sie?«

»Blau. Blaugrün. Wie das Meer und der Himmel. Das wäre wundervoll.« Sie konnte sich schon vorstellen, wie es in einem Regal im Wohnzimmer stand. Was sollte sie sagen, wenn ihr Mann danach fragte? Dass sie es in einer Galerie gekauft hatte. Kein Grund, Reni zu erwähnen. Nachdem er sich in der Nacht, als sie von Benjamin Fishers Tod erfahren hatte, so erbärmlich verhalten hatte, verdiente er es nicht, davon zu wissen.

Sie verabschiedeten sich und Gabby stand in der Haustür, während die beiden einstiegen und davonfuhren. Dreißig Minuten später kam ihr Mann von der Arbeit nach Hause. Er schenkte zwei Gläser Wein ein, und sie setzten sich in den Patio. Der Kolibri kam. Ihr Mann berichtete ihr von seinem Tag, aber sie erzählte ihm nichts von ihrem.

Kapitel 31

Während sie in Daniels Wagen nach San Bernardino zurückfuhren, ließ Reni den Besuch bei Gabby noch einmal Revue passieren. Sie war schockiert, ein wenig entsetzt über ihre eigene Reaktion auf die Frau, die ihr Vater beinahe getötet hätte. Sie hatte sich vor der Begegnung gefürchtet und erwartet, tiefe Scham zu empfinden. Stattdessen hatte sie sich unglaublich zu ihr hingezogen gefühlt. Das war erschreckend gewesen, denn im selben Augenblick hatte sie gespürt, wie ihr die zerbrechliche Selbstkontrolle zu entgleiten begann.

»Ich hatte nicht erwartet, eine Verbindung zu ihr herstellen zu können«, sagte Reni. Die Begegnung hatte ihre eigenen Erinnerungen an jene Nacht aufgefrischt.

Ihr Vater war nicht wütend geworden. Sie konnte sich tatsächlich an keine einzige Gelegenheit erinnern, bei der er ärgerlich auf sie gewesen wäre, richtig zornig. Da war die Sache mit der Felsenzeichnung, aber selbst damals hatte er zurückhaltend reagiert. Seine kühle Haltung lag möglicherweise daran, dass er zu starken Emotionen gar nicht fähig war. Als sie heimgekommen waren, hatte er sie ins Bett gebracht wie immer, ihr einen Gutenachtkuss gegeben und ihr gesagt, dass er sie lieb habe.

»Dass eine Verbindung zwischen Ihnen besteht, erscheint mir nur logisch«, antwortete Daniel. Der Verkehr war stockend, und ein langes Band roter Rücklichter erstreckte sich vor ihnen, doch das schien ihn nicht zu kümmern. Unter normalen Umständen hätte die Fahrt weniger als eine Stunde gedauert. Aber nicht heute Nacht.

»Sie haben beide unter der Tat derselben Person gelitten«, sagte er. »Nur eben auf unterschiedliche Art.«

»Ich habe immer gedacht, meine Unfähigkeit, mich an Ereignisse und Details zu erinnern, läge daran, dass ich noch ein Kind gewesen bin. Kinder bringen Dinge durcheinander und haben Schwierigkeiten mit dem Gedächtnis«, meinte sie. »Doch ich glaube, Gabby und ich haben beide einen Großteil unserer Vergangenheit einfach verdrängt.«

»Was halten Sie jetzt, da sie sich an niemanden erinnern kann, von dem Szenario mit einem zweiten Erwachsenen? Glauben Sie, eine weitere Person war in die Taten verwickelt?«

»Fakt ist, dass eine Journalistin ermordet wurde. Selbst wenn in jener Nacht keine zweite Person dabei war, könnte jemand versuchen, etwas zu vertuschen. Worauf ich hinauswill: Ich halte es für wichtig, Gabbys Namen aus den Medien herauszuhalten, selbst wenn die Angelegenheit dreißig Jahre her ist. Ich bezweifle, dass sie in Gefahr schwebt, aber jemand könnte anfangen, sich Sorgen zu machen, dass sie zu viel weiß.«

»Einverstanden.« Sein Telefon klingelte. Der Anrufton war eine vertraute Melodie, die sie nicht ganz unterbringen konnte. Irgendein alter Song. Leonard Cohen vielleicht.

Er ging ran. Obwohl sie nur seine Seite der Konversation hörte, ließ sich daraus schließen, dass der Anrufer wissen wollte, wann er zum Abendessen nach Hause kommen würde. Es hatte sie beeindruckt, wie Daniel die Entdeckung der Leiche seiner Mutter verkraftet hatte – auch wenn die Identität der Toten noch nicht mit Sicherheit feststand –, aber sie wusste auch, dass die Wirkung sich manchmal erst mit voller Wucht einstellte, wenn der Tag zu Ende ging. Sie war froh, dass er heute Nacht nicht allein sein würde.

»Pizza, okay?«, fragte er. Nach einer Pause sagte er, dass er so bald wie möglich zu Hause sein würde, und legte auf. »Wann haben Sie das letzte Mal etwas gegessen?«, erkundigte er sich bei Reni.

Sie brauchte eine Weile, bis es ihr wieder einfiel. War das gewesen, als Daniel einen Imbiss bestellt hatte, während sie Carmels Kartons durchsuchten?

»Kommen Sie doch zum Essen mit zu mir nach Hause.«

»Ich habe keinen Hunger.« Sie wollte nur noch zu ihrer Hütte.

»Es dauert eine halbe Stunde länger, wenn wir erst zum Department fahren, wo Ihr Wagen steht. Legen wir einfach bei mir einen Zwischenstopp ein. Dann ist auch nicht mehr so viel Verkehr. Klingt doch logisch, oder?«

Der Gedanke gefiel ihr nicht, unangemeldet bei jemandem hereinzuplatzen und beim Essen Small Talk machen zu müssen. Sie war durcheinander. Seine Partnerin hatte ihn jetzt zum zweiten Mal wegen des Abendessens angerufen. Sie stellte sich eine konventionelle Familie vor. Menschen, mit denen sie nichts gemeinsam hatte. Der Gedanke, eine solche Situation ertragen zu müssen, ohne auch nur ein Auto als Fluchtmöglichkeit zu haben, verursachte ihr Magenschmerzen.

»Setzen Sie mich einfach irgendwo ab. Ich rufe mir ein Taxi oder einen Uber.«

»Ach, kommen Sie. Wir probieren gerade eine neue Diät aus, die supergesund sein soll. Ich wette, Sie könnten ein gesundes Essen vertragen. Mögen Sie selbst gebackene Pizza?«

»Ja.«

»Dann garantiere ich Ihnen, die werden Sie lieben. Denn der Boden wird noch weich sein und der Belag aus, sagen wir, Rosenkohl und Tofu bestehen.«

»Das klingt ja fürchterlich.«

»Ist es auch.«

»Und Sie wollen, dass ich Ihnen helfe, dieses schreckliche Machwerk zu vertilgen?«

»Richtig. Geteiltes Leid.«

Jetzt stellte sie sich eine junge Frau vor, keine Kinder im Haus, aber vielleicht ein kläffender Hund.

Doch sie war hungrig. Selbst ein labbriger Boden und weicher Tofu klangen gut.

Das Haus entpuppte sich als einstöckiger Bungalow südlich der 210 in einer hübschen Straße nicht weit vom Flughafen. Davor standen ein paar Palmen, außerdem verschiedene Kakteen, wie sie im Scheinwerferlicht sah, während sie in einen überdachten Abstellplatz zwischen diesem und dem nächsten Haus einbogen. Sie traten durch eine Seitentür ein und landeten direkt in der Küche, nicht in einer Diele, wo ein Besucher Luft holen und sich vorbereiten konnte. Am Herd stand ein grauhaariger, älterer Gentleman in einer weißen Schürze mit einem Pfannenheber in der Hand. Keine junge Frau weit und breit, und der Tisch war nur für zwei gedeckt.

»Du hast nicht gesagt, dass du einen Gast mitbringst.« Der Mann hatte eine raue Stimme. Vielleicht war er Raucher, auch wenn er nicht nach Zigarettenqualm roch. Ein ehemaliger Raucher möglicherweise. Und angesichts des kühlen Empfangs gratulierte sie sich zu ihrer ersten Reaktion auf die Einladung zum Abendessen. Sie hatte hier nichts verloren, und es war nicht gut, Privatleben und Arbeit zu vermischen. Aber war das vielleicht nur eine Ausrede, nicht das eigentliche Problem? Der Raum fühlte sich gemütlich an, warm und angenehm, strahlte eine Aura von Sicherheit aus. Das traf sie härter als alles, was sie in den letzten Tagen hatte ertragen müssen. Sie konnte sich wappnen, sich auf vertraute Orte und Gerüche und Tatortfotos von den Opfern ihres Vaters vorbereiten, auch auf Schnappschüsse von sich selbst als das Kind, das die Auswirkungen der Verwüstungen aushalten musste, die er angerichtet hatte. Es war ihr überraschend leichtgefallen, sich damit zu konfrontieren. Aber es gab Augenblicke wie diesen, die entspannt und unbeschwert hätten sein sollen, Augenblicke, die ihr den Atem raubten und bei denen ihr die Knie weich wurden.

»Ich kann nicht bleiben«, versicherte Reni dem Mann. Sie war dabei, sich umzudrehen und geradewegs wieder zur Tür hinauszugehen. »Ich rufe mir einen Uber.«

»Bleiben Sie.« Daniel ließ seine Laptoptasche von der Schulter gleiten, stellte sie auf die Küchentheke und hängte seine Jacke über eine Stuhllehne. »Das ist Reni Fisher«, sagte er zu dem knurrigen Typen. Reni erklärte er: »Das ist mein Vater, Ex-Privatdetektiv Bo Ellis.«

Kapitel 32

Wie sich herausstellte, war Bo vielleicht ein alter Griesgram, hatte aber einen weichen Kern. Er überredete Reni zu bleiben, während Daniel ein zusätzliches Gedeck auflegte, Salat aus den zwei Schälchen in ein drittes schaufelte und ein weiteres Weinglas holte.

Die Pizza war nicht annähernd so ungenießbar, wie Daniel behauptet hatte. Möglicherweise aß sie so schlecht, dass alles Gesunde ihr wie Feinkost vorkam. Der Belag bestand aus frischen Tomaten, Ziegenkäse und Basilikum. Sie war beeindruckt. Und dankbar, dass die Konversation unverfänglich blieb, obwohl Bo sicher wusste, wer sie war. Keine Fragen nach ihrem Vater. Kein Wort über Daniels Mutter. Und so seltsam es war, nach ihrer anfänglichen Panik entspannte sie sich und ließ sich einlullen von der angenehmen Atmosphäre und Gesellschaft. Sie fragte sich, ob es so etwas je in ihrem eigenen Leben gegeben hatte, selbst vor Ben Fishers Verhaftung. War da nicht immer irgendeine merkwürdige Unterströmung gewesen, wenn sie zu dritt am Tisch saßen? Sie, die zu gefallen suchte, ihr Vater, der unterhaltsam sein wollte, ihre Mutter, die von beidem gelangweilt war?

Als sie fertig waren, entschuldigte sich Daniel. »Ich muss die Datenbank meines Departments auf Updates überprüfen.«

Sie hatte fast vergessen, dass er noch auf die Laborresultate wartete, die beweisen konnten, dass es sich bei der Leiche aus der Wüste um die seiner Mutter handelte.

Reni half Bo, den Tisch abzuräumen.

»Ich versuche schon lange, Daniel dazu zu bewegen, sich besser zu ernähren, damit er nicht so endet wie ich«, sagte er. »Die meisten Detectives leben von Fast Food.«

»Sie wirken ziemlich fit.«

»Jetzt schon, aber vor einer Weile hatte ich einen Herzinfarkt. Daniel bestand darauf, dass ich zu ihm ziehe. Hat mich und meine Sachen zusammengepackt und hergebracht. Er ist ein guter Junge. Ein bisschen seltsam, ein wenig zu passioniert. Ich war Privatdetektiv mit einem ziemlich gut gehenden Geschäft, als er eines Tages hereinplatzte und mich um Hilfe dabei bat, seine Mutter zu finden. Da war er elf.«

»Mutig.«

»Richtig. Ich nahm ihn unter meine Fittiche, und später habe ich ihn adoptiert. Ich, ein Junggeselle, der nie Kinder wollte. Es war die beste Entscheidung meines Lebens. Er ist mit den Jahren ein bisschen abgeklärter geworden, aber er ist zäh, loyal. Und wenn er sich einmal etwas in den Kopf gesetzt hat, lässt er nicht mehr locker. Was gut oder schlecht sein kann.«

»Seine Mutter?«

»Ja. Es gefällt mir gar nicht, dass die Suche nach ihr zur Besessenheit geworden ist. Ich glaube, daran ist seine Ehe zerbrochen. Er war nie mit ganzem Herzen dabei.«

Sie suchte in ihrem Gedächtnis nach irgendeinem Hinweis, dass ihr Vater Daniels Mutter vielleicht *nicht* getötet hatte. Sie war nicht sicher, ob sie so viel Realität aushalten konnte. »Glauben Sie, es war der Inland-Empire-Killer?« Obwohl Bo wusste, wer sie war, fiel es ihr leichter, über ihren Vater zu sprechen, als wäre er ein Mythos und nicht jemand, den sie persönlich gekannt hatte.

»Ich bin überhaupt nicht sicher, das ist ja eben das Dumme. Daniel hat sich so ausschließlich auf Ihren Vater konzentriert, dass es ihn, ehrlich gesagt, von wahrscheinlicheren Verdächtigen abgelenkt hat. Das habe ich damit gemeint, dass er nicht mehr lockerlassen kann, wenn er sich in etwas verbissen hat.«

Bo wusste offensichtlich noch nichts von dem neuesten Leichenfund. Es war nicht ihre Aufgabe, ihm davon zu erzählen.

»Dann hat er also Jahre mit der Suche nach ihr verbracht?«, fragte sie.

»Ihr Verschwinden hat sein ganzes Leben geprägt. Ihretwegen wurde er Detective. Damit er immer suchen und weitersuchen konnte.«

Als sie die Küche aufgeräumt hatten, verkündete Bo, dass er zu Bett gehen würde. »Nicht um zu schlafen«, erklärte er. »Ich habe es beim Fernsehen gern bequem.«

»Was sehen Sie am liebsten?«

»Kochshows.«

Entzückend.

Bo zog sich zurück, und Reni begann sich zu fragen, ob Daniel jemals wiederkommen würde. Er war schon eine ganze Weile verschwunden. Vielleicht war er eingeschlafen. Nach den letzten paar Tagen hätte sie es ihm nicht verübeln können. Sie wollte sich gerade einen Uber rufen, als er in der Küchentür auftauchte. Sein Gesicht war aschfahl, seine Haare waren nass geschwitzt. Wortlos bedeutete er ihr, ihm zu folgen.

In einem dunklen Büro, nur durch einen kurzen Gang von der Küche getrennt, wies er auf einen Stuhl, der vor einem Schreibtisch mit dem leuchtenden Monitor stand. Sie setzte sich und erkannte das Logo des Sheriff's Department in einer Ecke. Daniel hatte sich in die Datenbank eingeloggt, um sich den neuesten Autopsiebericht über ihre Jane Doe anzusehen. Er trat schräg hinter sie, stützte sich mit einer Hand auf die Stuhllehne und deutete auf einen bestimmten Bereich des Bildschirms.

Fingerabdruckübereinstimmung.

Anscheinend hatte Evangelines Technik, von einer mumifizierten Leiche Abdrücke zu nehmen, funktioniert. Die Datei enthielt mehrere Bilder von Fingerabdrücken, neu und alt. Ziemlich weit unten auf der zweiten Seite war das Porträtfoto einer Frau. Darunter stand ihr Name.

Und das erstaunliche Resultat? Jane Doe war nicht Daniels Mutter. Jane Doe hieß in Wirklichkeit Hanna Birch.

»Ich habe den Namen durch unsere Datenbank der vermissten Personen laufen lassen.« Seine Stimme klang gepresst. »Sie ist etwa sechs Monate nach meiner Mutter verschwunden. Im selben Großraum.«

»Das verstehe ich nicht.« Reni sah zu ihm hoch. »Was ist mit dem Kleid? Der Stoff war doch der richtige.« Sie war genauso verblüfft wie Daniel, aber dahinter verbarg sich die eigennützige Erleichterung, dass ihr ein Aufschub gewährt worden war. Zumindest fürs Erste schien es möglich, dass sie mit dem Tod seiner Mutter nichts zu tun gehabt hatte.

»Ich weiß nicht, aber eine Identifizierung durch Fingerabdrücke mit einer Übereinstimmung in zweiundzwanzig Punkten ist unangreifbar.«

»Stimmt.« Ihre Gedanken entwickelten sich in eine neue Richtung. Warum war das Opfer mit dem Kleid seiner Mutter begraben worden? Wenn es kein Einzelstück gewesen wäre, hätte sie sich einreden können, dass zwei Frauen das Gleiche gekauft hatten. Aber Handarbeit? Also war noch ein zweites Kleid aus demselben Stoff genäht worden, was denkbar war, oder es musste sich um dasselbe Kleidungsstück handeln.

»Vielleicht lässt sich DNA aus dem Stoff extrahieren«, sagte sie. »Evangeline hat eine neue Nass-Vakuum-Methode erwähnt.«

»Das war auch mein erster Gedanke. Es ist ein Schuss ins Blaue, und ich weiß nicht, ob wir die Mittel genehmigt bekommen, aber ich werde es versuchen.«

Ihr Herz flog Daniel zu. Er würde keinen Schlussstrich ziehen können, noch nicht. »Das tut mir leid.«

»Ich habe mich die letzten vierundzwanzig Stunden bemüht, mit dem Tod meiner Mutter ins Reine zu kommen, obwohl es keine Überraschung war. Ich bin Detective. Ich weiß, wie solche Fälle im Allgemeinen enden. Das Gute daran ist wohl, dass sie immer noch am Leben sein könnte.« Er klang nicht überzeugt. Reni ging es genauso, trotzdem gab sie ein zustimmendes Geräusch von sich.

»Bo weiß nichts davon, oder?«

»Von dem jüngsten Leichenfund in der Wüste schon, aber ich hatte noch keine Gelegenheit, ihm von dem Kleid zu erzählen. Im Rückblick war das wohl das Beste.«

»Es wäre trotzdem gut, wenn Sie mit jemandem darüber sprechen könnten.«

»Ich spreche mit Ihnen.«

Sie fühlte sich zugleich geehrt und unbehaglich. Sie wusste nicht, wie viel Trost sie spenden konnte. »Wie wir wissen, sehen Kinder die Dinge manchmal nicht allzu klar«, sagte sie sanft. »Meine Realität, die Realität meiner Kindheit, war zum größten Teil ein Trugbild. Meine Erinnerungen sind unzutreffend. Auch auf meine Erinnerungen als Erwachsene ist kein Verlass. Als Detectives wissen wir, wie sehr sich das tatsächliche Erlebnis verändert, bis es zu einer entfernten Erinnerung wird. Emotionales Gedächtnis und logisches Gedächtnis. Aber ich kann immer noch die Liebe spüren, die ich für meinen Vater empfunden habe, für den Mann, der er niemals war. Und die ist real, selbst wenn ich es nicht wahrhaben will.«

Es war sehr viel Zeit vergangen seit dem Verschwinden seiner Mutter. Es würde nicht leicht sein, aber sie hätte gern die

Aussagen von Charakterzeugen und Nachbarn in die Hände bekommen. Vielleicht Kontoauszüge. War sie verschuldet gewesen? Neue Verhaltensmuster.

»Ihre Liebe zu Ihrer Mutter und deren Liebe für Sie waren auch real«, sagte sie. »Sind real. Und wir waren damals so jung, da wird es richtig verwirrend, wenn wir die unschuldigen Gefühle für die Superhelden in unserem Leben miteinbeziehen, die zufällig unsere Eltern waren.«

Er holte tief Luft und nickte. »Ich weiß, aber ich kann nicht aufhören, nach Antworten zu suchen. Das Ergebnis kam so unerwartet.« Sein Gesicht war blass. »Ich denke immer wieder an das Kleid. Hat Benjamin Fisher es aufgehoben, um es mit einem anderen Opfer zusammen zu begraben?«

»Mein Vater war nicht dafür bekannt, dass er Trophäen sammelte.« Das wusste Daniel. Aber es war möglich, dass er ein Trophäenversteck angelegt hatte, das man nie gefunden hatte. Immer vorausgesetzt, Daniels Mutter wäre Benjamin Fisher tatsächlich begegnet. Sie beschloss, ihm von ihrer Mutter und dem Kleid zu erzählen. »Möglicherweise ist es nicht einmal eine echte Erinnerung«, warnte sie ihn, als sie geendet hatte.

»Genau genommen könnte das einiges erklären. Er hat das Kleid meiner Mutter aufgehoben, Ihre Mutter hat es angezogen, er geriet in Panik und hat es dann mit dem nächsten Opfer vergraben.«

»So könnte es gewesen sein. Tut mir leid.« Sie hätte trotzdem gern ein paar eigene Nachforschungen angestellt. Und sie würde es auch tun. Sobald sie dem Mord an Carmel Cortez auf den Grund gegangen waren.

»Mal angenommen, Ihre Erinnerung wäre falsch«, sagte er. »Wie sonst könnte das Kleid meiner Mutter dann bei einem anderen von Fishers Opfern gelandet sein?«

»Möglicherweise hat Ihre Mutter das Opfer gekannt. Vielleicht waren sie Freundinnen.«

»Das werde ich nachprüfen. Mal sehen, ob es eine Verbindung gibt. Ich spreche mit ihrer Familie, falls möglich. Jetzt, wo das FBI mit von der Partie ist, rechne ich damit, dass dessen Beamte den Erstkontakt herstellen.« Er wirkte zum Umfallen müde.

»Aber im Augenblick, so unmöglich Ihnen das im Moment auch erscheinen mag, brauchen Sie erst einmal Schlaf«, sagte sie. »Ich rufe mir ein Taxi.«

Er holte einen Schlüsselbund aus der Tasche und legte ihn klappernd vor ihr auf den Tisch. »Nehmen Sie meinen Wagen.«

»Sind Sie sicher?«

»Ich rufe mir morgen ein Taxi zum Hauptquartier. Wir treffen uns dort.«

»Ich komme vorbei und hole Sie ab.«

Sie ging.

Es war ein Tag voller willkommener und unwillkommener Überraschungen gewesen.

Sie hatte seine Schlüssel, stieg in seinen SUV und hatte vor, ihn morgen früh abzuholen. Es fing an, nach einer echten Partnerschaft zu klingen, und das war etwas, vor dem sie Angst hatte. Als Nächstes würde er sich in Ben Fisher verwandeln, und sie würde versuchen, ihn umzubringen.

Kapitel 33

Das Telefon weckte sie.

Reni hatte es zu ihrem Haus in der Wüste geschafft, geduscht und sich ins Bett fallen lassen. Jetzt war sie nur halb wach und nuschelte mit geschlossenen Augen ein »Hallo« in den Apparat.

»Ich hatte einen Traum«, klang es aus dem Hörer.

Reni brauchte eine Sekunde, um Gabby Suttons Stimme zu erkennen. Sie setzte sich ruckartig auf und schaltete das Licht ein.

»Es hat vielleicht nichts zu bedeuten, aber seit Ihrem Besuch drehen sich meine Gedanken im Kreis.«

Sie sprach im Flüsterton, und Reni stellte sich vor, dass sie sich irgendwo versteckt hatte, im Bad oder im Patio, damit sie reden konnte, ohne ihren Mann zu wecken.

»Ich habe von jener Nacht geträumt«, sagte Gabby. »Von der Nacht des Überfalls. Sie sind darin vorgekommen. Sie waren erwachsen, aber alles andere war wie immer. Ich erinnere mich, gedacht zu haben, dass es nicht wirklich passiert, weil Sie eine Erwachsene waren und kein Kind. Sie wissen ja, wie Träume so sind, halb real und halb Unsinn. Aber wie dem auch sei, es war noch jemand da. Eine zweite Person. Jemand, der nach Ihnen rief und sagte, Sie sollten zum Wagen zurückkommen.«

Träume waren keine Erinnerungen. Träume entsprangen oft einem unbewussten Bedürfnis, etwas zu verarbeiten, und Gabby hatte eine Menge zu bewältigen. Reni suchte nach einem Weg, ihr zu sagen, sie solle sich wieder hinlegen, als sie noch etwas hinzufügte, das ihr Herz zum Rasen brachte.

»Der Mann weinte. Er sagte, dass Sie ihm das Herz brechen würden. Und er hat Sie kleines Vögelchen genannt. Nein, kleines Rennvögelchen. Seltsam. Das war es. Im Traum dachte ich, ich hätte mich verhört und er meinte Ihren Namen. Renivögelchen.«

Da sie ein logisch denkendes Kind gewesen war, hatte der Spitzname Reni geärgert. Was hatte Reni mit Rennen zu tun?

»Ich weiß nicht, ob es etwas zu bedeuten hat«, sagte Gabby, ohne sich des Aufruhrs bewusst zu sein, den sie ausgelöst hatte.

Reni stieg aus dem Bett und zog sich ein Kapuzenshirt über das T-Shirt, in dem sie geschlafen hatte, während sie dabei unbeholfen das Telefon von einer Hand in die andere verlagerte.

»Außerdem habe ich mich, nachdem Sie weg waren, gefragt, ob ich in Gefahr sein könnte«, sagte Gabby. »Glauben Sie, ich muss mir Sorgen machen? Besteht ein Risiko für meine Familie? Ich habe meinem Mann nichts von Ihrem Besuch erzählt, aber eventuell sollte ich das tun.«

Das sprach Bände, was Gabbys Beziehung zu ihrem Ehemann anging, und Reni war betroffen, dass sie sich nach einem so traumatischen Tag niemandem hatte anvertrauen können. »Es wäre vielleicht klüger, mit ihm zu sprechen.« Sie verstand das Bedürfnis sehr gut, einen Schutzwall um sich herum aufzubauen.

»Ich habe mir immer große Mühe gegeben, nicht zuzulassen, dass meine Vergangenheit dieses Leben berührt.«

Das war natürlich eine geschönte Version. Missbrauch existierte unter allen möglichen Etiketten, und die Gleichgültigkeit gegenüber dem Schmerz des Partners gehörte dazu. »Es hat schon einfach dadurch Einfluss auf dieses Leben, weil es passiert ist«, meinte Reni sanft. »Und ich denke, jeder in Ihrer Familie sollte wachsam sein. Nur aufpassen, mehr sage ich nicht. Sie könnten nur dann in Gefahr geraten, wenn jemand glaubt, Sie wüssten zu viel. Und niemand hat in all den Jahren etwas gegen Sie zu unternehmen versucht. Wir werden die Sache vertraulich behandeln und Ihren Namen aus der Presse heraushalten«, versprach sie. »Natürlich sollten Sie die üblichen Vorsichtsmaßnahmen treffen. Schalten Sie die Alarmanlage ein. Warten Sie nicht in unbeleuchteten Bereichen. Gehen Sie nach Einbruch der Dunkelheit nicht allein vor die Tür.«

»Das tue ich nicht mehr seit jener Nacht.«

Das gestattete Reni einen Blick auf Gabbys schmerzerfüllte Welt seit der Attacke. Sie war nicht sicher, wie sie selbst mit den Folgen zurechtgekommen wäre. Allerdings war sie in letzter Zeit dazu übergegangen, sich der Angst zu stellen und nicht davor wegzulaufen.

»Tut mir leid, dass ich Sie geweckt habe.«

»Darum müssen Sie sich nie Gedanken machen.«

Reni legte auf und tappte barfuß durchs Haus. Der Betonboden fühlte sich unter ihren Füßen kühl an, was sie als tröstlich empfand. Kalter Beton. Sie kam an den Keramikregalen vorbei, den Schalen und Tassen, getrocknet und bereit für den Brennofen. Es schien ihr, als wäre es Monate her, dass sie sie angefertigt hatte. Aber so lange war es nicht. Sie kochte sich einen Becher Tee in der Küche und nahm ihn mit nach draußen, wo sie sich auf einen Metallfeder-Stuhl setzte, den sie auf einer Tauschbörse erstanden hatte. Es ließ sich angenehm darauf schaukeln, wenn man ihn kurz anstieß.

Sie schlug die Füße unter und zog sich das Sweatshirt über die bloßen Knie, während sie sich fragte, ob Gabby ihren damaligen Spitznamen irgendwo aufgeschnappt haben konnte. Sie hielt den Teebecher, ein eigenes Design, zwischen den Händen und versuchte, sich an Details jener Nacht zu erinnern, wobei sie diesmal die Informationen einfügte, die Gabby ihr geliefert hatte. Es funktionierte nicht. Aber da war die Milchstraße hoch über ihr, und ein Rudel Kojoten heulte in der Ferne. Trost bringend.

Allein durch die Tatsache, dass sie zu Hause war, fühlte sie sich gelassener. Sie nippte an ihrem Tee und überlegte, ob sie Daniel anrufen sollte, entschloss sich dann aber, ihm eine Textnachricht zu schicken, um ihn nicht zu wecken. Sie bat um Rückruf, wenn er wach war.

Er rief sofort zurück.

»Ist das Geräusch im Hintergrund eine Art Kojote-App?«, fragte er. »Mir gefällt die mit dem Regen, aber das hier wirkt ein wenig unheimlich.«

»Sie sollten ein bisschen mehr Zeit in der Wüste verbringen. Es sind echte Kojoten.«

»Ich bin sicher, ich würde es genießen, von etwas eingekreist zu werden, das wie Höllenhunde klingt.«

Sie lachte und erzählte ihm dann von Gabbys Anruf.

»Ich sage es ungern«, meinte er. »Aber Träume haben nicht viel zu bedeuten. Ich glaube, ihr greift beide nach Strohhalmen.«

An seiner Stelle hätte sie dasselbe gedacht.

»Es ist unmöglich festzustellen, woher die Informationen stammen, die in unsere Träume eindringen«, fuhr er fort. »Gabby könnte etwas im Fernsehen gesehen haben, bevor sie zu Bett ging, oder unser Besuch könnte ausgereicht haben, um die Geschichte umzuschreiben. Ich meinerseits denke, dass unsere Träume hauptsächlich der Versuch unseres Unterbewusstseins sind, Sinn in den vergangenen Tag zu bringen. Ich hatte nie einen Traum, der das reale Leben abgebildet hätte.«

Das war mehr oder weniger eine Paraphrase dessen, was Reni gerade gedacht hatte. »Normalerweise würde ich Ihnen da weitgehend zustimmen. Aber es gibt nur einen Menschen, der mich jemals kleines Rennvögelchen genannt hat.« Maurice, der immer für sie da gewesen war. An Geburtstagen, Feiertagen, immer. Vielleicht war er auch für Ben Fisher da gewesen.

Kapitel 34

Einige Medienleute und Anwohner hingen immer noch auf der Straße vor dem Haus herum, als Reni und Daniel am darauffolgenden Morgen Maurice besuchten. Es handelte sich nur um die Nachhut, denn insgesamt wirkte es so, als hätte der Jahrmarkt seine Zelte abgebrochen und wäre weitergezogen. Reporter hielten nicht mehr so lange durch wie früher, vor allem, wenn es keine Exklusivberichte für sie gab. Es gab meist nur noch ein hektisches Gerangel um schnelle Storys für Leute, die mit den Fingern über ihre Smartphones wischten.

Reni klingelte an der Tür.

Der Gedanke war ihr fast unerträglich, dass ihr geliebter Familienfreund und Nachbar irgendwie in die Ereignisse verwickelt sein könnte, die vor so langer Zeit stattgefunden hatten. Aber Gabbys Anruf und die Entdeckung, dass Maurice ihren Vater öfter heimlich im Gefängnis besucht hatte, ließen die Sache für ihn nicht gut aussehen. Nun lag ein noch größerer Schatten des Zweifels über allem, was mit ihrer Kindheit zu tun hatte.

Sie hatte mit Daniel vereinbart, dass *sie* Maurice den Grund ihres Besuchs mitteilen würde. Sie hofften, er würde dann positiver reagieren. Als sie wie beim letzten Mal in der Küche seines Hauses saßen, kam sie gleich zur Sache. »Wir wollen mit dir über den Tag sprechen, an dem mein Vater festgenommen wurde.« Sie hätte nie erwartet, dass sie diese Worte zu Maurice sagen würde, schon gar nicht jetzt. Welch seltsame, beunruhigende Wendung der Dinge.

Maurice – allzeit der gute Gastgeber – stellte Tassen mit Kaffee vor sie hin. Seine Hand zitterte. »Nach dreißig Jahren?«

»Wir haben neue Informationen bekommen, die für den Fall von Bedeutung sein könnten«, erklärte Daniel. »Wir wollen einfach die Ereignisse noch einmal rekapitulieren, ob alles zusammenpasst.«

»Ich kann mich nicht einmal daran erinnern, wo ich letzte Woche war, geschweige denn vor so langer Zeit.«

»Es war ganz und gar keine normale Nacht«, erinnerte Daniel ihn. »Ihr Nachbar wurde festgenommen. Ich denke, so etwas haftet im Gedächtnis. Genau wie bedeutende geschichtliche Ereignisse.«

Maurice ließ sich auf einen Stuhl sinken. Seine Haare waren verschwitzt. Er duschte häufig, und im Moment roch er nach Aftershave. Es war ein Duft, an den sie sich aus ihrer Kindheit erinnerte. Ihr Vater hatte ihn ebenfalls benutzt.

»Wir waren bei einer Vernissage«, antwortete er. »Alle drei. Du warst auch dabei«, sagte er zu Reni. »Irgendein Künstler aus San Francisco, der Skulpturen aus Filz machte. Wir dachten, es wäre okay, dich mitzunehmen, doch als wir ankamen, stellten wir fest, dass die meisten Plastiken Genitalien darstellten.«

»Ich erinnere mich an eine Kunstausstellung, aber nicht an die Filzskulpturen.«

»Na, Gott sei Dank. Deine Mutter war immer ihrer Zeit voraus und dachte als Boheme-Feministin, das wäre für dich schon in Ordnung. Dein Vater und ich hatten kein gutes Gefühl dabei. Ich glaube, wir beide, du und ich, haben uns hauptsächlich beim Büfett herumgedrückt, während deine Eltern sich die Ausstellung angesehen haben. Ich hatte ein bisschen zu viel getrunken, denke ich. Dann sind wir alle nach Hause gefahren. Es war noch früh am Abend. Ich habe mich immer gefragt, wie die Nacht geendet hätte, wenn die Ausstellung auch etwas für dich gewesen wäre.«

Er merkte es vielleicht nicht, aber er häufte gerade Asche auf ihr Haupt.

»Dann war es für deine Verhältnisse doch früh am Abend«, sagte sie. »Bist du noch einmal weggegangen?«

»Zu der Zeit war ich noch unternehmungslustiger als heute«, gab er zu. »Aber ich bin einfach nach Hause gegangen. Wie gesagt, ich hatte bei der Vernissage ein bisschen zu viel Alkohol erwischt. Ich habe damals überhaupt zu viel getrunken. Ich dachte, das wäre Teil meiner Persönlichkeit. Als meine Leber protestiert hat, musste ich umdenken.«

Reni erinnerte sich. »Am Morgen, nachdem sie meinen Vater weggebracht hatten, bist du zu uns rübergekommen«, sagte sie. Sie versuchte, ihm etwas zu entlocken, während sie gleichzeitig verzweifelt hoffte, es gäbe für alles eine logische Erklärung, an die sie nur noch nicht gedacht hatte. »Mutter war hysterisch, aber du warst so ruhig und hast uns geholfen. Du bist ans Telefon gegangen, hast dich um die Reporter gekümmert und um die Blumen und Sympathiebekundungen.« Seltsamerweise war das eine schöne Erinnerung.

Seine Augen füllten sich mit Tränen. »Wir haben schwierige Zeiten miteinander durchgemacht.«

»Die Tat hat also stattgefunden, nachdem Sie von der Vernissage zurück waren«, sagte Daniel, um aufs Thema zurückzukommen. »Erinnern Sie sich an irgendetwas Ungewöhnliches, als Sie nach Hause kamen? Sind Sie alle in einem Auto gefahren? Hat Ben sich merkwürdig verhalten?«

»Ben saß am Steuer. Und mir ist nichts Besonderes an ihm aufgefallen.«

»Hat er Sie zu Hause abgesetzt?«

»Ich glaube, er hat in der Einfahrt geparkt, und ich bin einfach über den Rasen zu mir rüber. Meine Erinnerung daran ist verschwommen. Rosalind hat mich wohl gefragt, ob ich noch auf einen Drink mit reinkommen möchte, aber das habe ich abgelehnt. Tut mir leid, wenn ich euch nicht mehr sagen kann.«

Um Gabby keinem Risiko auszusetzen, veränderte Daniel die Geschichte ein wenig. Es war nicht gelogen, aber auch nicht die ganze Wahrheit. »Ein Augenzeuge hat sich bei uns gemeldet. Er behauptet, Sie am Tatort gesehen zu haben.«

Jegliche Farbe wich aus Maurice' Gesicht. »Das ist lächerlich. Eine Lüge. Und Sie glauben dieser Person? Warum hat sie sich nicht schon vor Jahren gemeldet? Das ergibt doch keinen Sinn.« Er wandte sich mit einem so verletzten Blick zu Reni, dass sie fast in das alte Verhaltensmuster zurückverfallen wäre, ihn glücklich zu machen. Ihm ein Bild zu malen, etwas Komisches zu sagen.

»Wir verfolgen lediglich alle Spuren«, sagte sie. Sie fühlte sich verpflichtet, hinzuzufügen: »Aber wenn du in der Nacht dort gewesen bist, sollte es jetzt leichter für dich sein, es zuzugeben. Es würde uns in unserem Fall helfen. Ich glaube nicht, dass man dich unbedingt für einen Komplizen halten würde, natürlich abhängig vom Grad deiner Beteiligung.«

»Zeigst *du* etwa mit dem Finger auf *mich*?« Statt sich beschwichtigen zu lassen, ging er zum Angriff über. »Manchmal frage ich mich, ob du nicht einfach nur die Aufmerksamkeit gesucht und genossen hast. Ob du wirklich dabei warst. Mit der Geschichte, dass du deinem Vater geholfen hättest, bist du ja erst nach seiner Verhaftung herausgerückt. Deine Mutter hatte nicht die geringste Ahnung. Sonst hätte sie etwas dagegen unternommen.«

Reni schreckte zurück. Es sah Maurice gar nicht ähnlich, so auf sie loszugehen. Leider hatte er genau in die Kerbe ihrer eigenen Zweifel geschlagen und sie vertieft.

»Aber ich verstehe schon«, fügte er hinzu. »Die Sache mit deinem Vater hätte jedes Kind dazu gebracht, ein bisschen auszurasten.«

Erst kürzlich hatte sie zu Daniel gesagt, dass Kinder ständig etwas falsch interpretierten. Hatte sie so viele Geschichten über die Ereignisse gehört, dass sie sich selbst in den Mittelpunkt der Verbrechen gestellt hatte? Nein, Gabby hatte sie gesehen. Sie hatte Gabby das Leben gerettet. Wie einfach es doch war, in Selbstzweifel zu verfallen. Sie waren grausam und alles durchdringend. Jeder Mensch brauchte Antworten. Aber die Kluft zwischen dem, was er glauben wollte, und der Wahrheit konnte sehr tief sein. Sie wünschte sich, dass Maurice unschuldig war, weil sie den Gedanken nicht aushielt, noch ein Mensch, den sie liebte, könnte in etwas so Fürchterliches verwickelt sein. Logik und die Sehnsucht nach einem erträglichen Ausgang kämpften in ihr miteinander.

»Hier geht es nicht um Reni«, sagte Daniel.

Sie kannte ihn noch nicht lange, aber sie spürte, dass es ihm schwerfiel, seinen Zorn zu verbergen und die Stimme nicht zu erheben. Das Bewusstsein, dass er ihr gerade den Rücken gestärkt und sie in einem Augenblick des Selbstzweifels gestützt hatte, und das nicht zum ersten Mal, erfüllte sie mit Dankbarkeit für seinen Beistand in einem so dunklen Moment.

»Sie war dort«, sagte Daniel. »Und wenn Sie ihr Freund wären, würden Sie nicht versuchen, davon abzulenken und sie zu manipulieren.«

Maurice wurde ein bisschen weinerlich. »Tut mir leid.«

Reni war geneigt, Nachsicht zu üben, weil sie einfach glauben wollte, dass er nicht so tief in die Sache verwickelt war, doch seine nächsten Worte erinnerten sie mit einem Schauder daran, warum sie hier waren.

»Tut mir leid, kleiner Rennvogel.«

Es gab kein Videomaterial, keine handfesten Beweise, aber dass er mit dem Spiel zu tun gehabt hatte, ließ sich nicht mehr leugnen. Er war zumindest in der Nacht von Gabbys Entkommen im Park gewesen. Doch warum konnte Reni sich nicht an ihn erinnern? Sie hatte keine Ahnung, wie es nach Gabbys Flucht weitergegangen war. Die nächste drängende Frage lautete: Hatte Maurice etwas mit dem Tod von Carmel Cortez zu tun?

Als sie wieder auf der Straße standen, rief Daniel im Büro des Sheriffs an und arrangierte, dass Maurice unter Beobachtung gestellt wurde. Dann sah er Reni an und sagte: »Tut mir leid. Ich weiß, dass er Ihr Freund ist.«

»Danke.« Sie wusste sein Verständnis dafür zu schätzen, wie schwer das für sie war.

»Was, glauben Sie, macht er jetzt dadrinnen?«

»Er ruft meine Mutter an.«

Kapitel 35

Maurice sah ihnen nach, während sie davonfuhren. Als der Wagen verschwunden war, ließ er sich schwer in seinen Lieblingssessel fallen, ein zu dick aufgepolstertes Ding mit knalligem Bezug, das er in einem Antiquitätenladen in L.A. erstanden hatte.

Er hatte immer gewusst, dass dieser Tag kommen würde. Es hatte ihn tatsächlich überrascht, dass es nicht schon vor dreißig Jahren passiert war. Aber Ben Fisher hatte sich trotz aller Schwächen als loyaler Freund erwiesen. Er hatte Maurice' Namen nie gegenüber irgendjemandem erwähnt. Er war nicht sicher, ob er selbst so viel Großmut aufgebracht hätte, wenn *er* festgenommen worden wäre. Vielleicht schon, sofern er für die richtige Person den Kopf hinhielt. Er wusste, was Liebe hieß und wie sie einen quälen und zu Dingen treiben konnte, die man sich sonst nie hätte vorstellen können. Nur aus Liebe, ohne eine Gegenleistung zu erwarten.

Er hatte diese Situation im Kopf viele Male durchgespielt. Was er tun würde. Was er sagen würde. Aber in keinem dieser theoretischen Probeläufe war Reni vorgekommen. Sie hier in seinem Haus sitzen zu sehen, zu wissen, was sie durchgemacht hatte … Er hatte nicht vor ihren Augen gestehen können.

Vielleicht, wenn sie nicht dabei gewesen wäre, hätte er dem Typen alles gesagt, diesem Daniel. Aber nicht einmal da war er sicher.

In diesem kritischen Moment gestand er sich ein, dass sein ganzes Leben von einer einzigen Vermeidungsstrategie bestimmt gewesen war. Warum es nicht auf dieselbe Art abschließen? Niemals darüber sprechen, was er getan hatte, nie wieder den Menschen in die Augen sehen müssen, die ihm am meisten vertrauten und von denen Reni und Rosalind die wichtigsten waren. Doch da waren auch seine Brüder und andere Angehörige. Freunde in der Gemeinde.

Er hatte am Morgen geduscht, aber jetzt schwitzte er. Es war jene Art von urtümlichem Schweiß, der aus den Tiefen der Furcht gekrochen kam.

Er nahm eine weitere Dusche. Benutzte sogar ein frisches, trockenes Handtuch. Verschwendung, aber zum Teufel damit. Dann legte er seinen Lieblingsanzug an, maßgeschneidert in einem kleinen Laden in Palm Springs. Er hatte ihn eine Stange Geld gekostet, war jedoch jeden Cent wert gewesen. Er band sich eine Krawatte um und schlüpfte in seine besten Abendschuhe. Oben im Büro schloss er den Safe auf und brachte ein Kästchen und sein Testament zum Vorschein. Seinen Letzten Willen legte er in die Mitte des Schreibtisches. Er öffnete die Schatulle, nahm mehrere Gegenstände heraus und reihte sie nebeneinander auf der Tischplatte auf wie Museumsstücke. Ein schmerzlicher Anblick. Dann holte er einen letzten Gegenstand aus dem Safe, eine Pistole. Er wollte sich gerade hinsetzen, als ihm noch etwas einfiel.

Die Kolibris.

Er stellte sein Vorhaben zurück, legte die Waffe weg und ging nach unten zum Kühlschrank, wo er das Zuckerwasser aufbewahrte. Er füllte die roten Tränken, und während er draußen war, genoss er einen Moment lang die Sonne in seinem Gesicht.

Die kleinen Dinge.

In der Küche öffnete er eine Flasche eines exotischen Craft-Biers. Er trank nicht mehr oft. Er bekam Blähungen davon. Aber er hielt gern eine Auswahl an Getränken für Besucher bereit. Wieder im Obergeschoss, setzte er sich an den Schreibtisch und trank das kalte Bier. Dann lud er die Pistole.

Rosalind hatte genauso eine, gekauft zum selben Zeitpunkt, im gleichen Laden. Sie hatten sich verantwortungsbewusst verhalten und gemeinsam Schießunterricht genommen. Wie sich herausstellte, war Rosalind eine schreckliche Schützin. Er war nicht viel besser gewesen, und sie hatten beide Tränen gelacht, als ihre Pappschablonen keinerlei Löcher in Herz oder Kopf aufwiesen. Komischer Gedanke, dass sie die Pistolen ursprünglich zum Selbstschutz gekauft hatten. Vor wem, wusste er nicht mehr genau, aber die lauernde Presse konnte einen schon nervös machen. Jetzt würde die Waffe einem neuen und unerwarteten Zweck dienen. Es erschien ihm richtig.

Er musste zugeben, dass ihm der Gedanke näherlag, seinem Leben mit Tabletten ein Ende zu setzen. Einfach einzuschlafen und nicht mehr aufzuwachen. Aber er hatte nicht gut genug vorausgeplant und sich keinen Vorrat an starken verschreibungspflichtigen Medikamenten zugelegt.

Er blickte durch den Raum auf eines seiner Lieblingsgemälde. Es stammte von einem jungen örtlichen Künstler. Er liebte es, talentierte junge Menschen zu unterstützen, und sie liebten *ihn* dafür. Er hatte viel für die Gemeinschaft getan, und die Leute würden überrascht sein, wenn sie von seinem Tod erfuhren. Manche würden ihn vielleicht sogar vermissen.

Sein Handy klingelte. Überraschung. Er hatte gar nicht gemerkt, dass er es eingesteckt hatte. Lächerlich, es in diesem

Moment bei sich zu tragen, unter diesen Umständen. Aber er zog es heraus und sah, dass die Anruferin Rosalind war. Mein Gott, wie sehr er sie liebte! Er seufzte und stellte das Telefon stumm. Und dann, ein paar Sekunden später, brachte er sich selbst zum Schweigen.

Kapitel 36

Manchmal erreichte ein Mensch den Punkt, an dem sich das Bedürfnis nach Schlaf nicht länger ignorieren ließ. Es war so, als ob man gegen eine Wand lief. Das war Reni passiert. Mehrere Stunden nach dem Besuch bei Maurice war sie wieder in der Wüste und auf direktem Weg ins Schlafzimmer, als ihre Mutter anrief.

»Ich mache mir Sorgen wegen Maurice, sein Wagen steht in der Einfahrt, aber bei ihm brennt kein Licht.«

Offenbar wusste Rosalind nichts von ihrem Besuch bei ihm. Das an sich war schon seltsam, denn er erzählte ihr sonst alles.

»Ich habe versucht, ihn anzurufen«, fuhr sie fort, »aber er nimmt nicht ab. Er geht immer ran, wenn er sieht, dass ich es bin. Ich habe seinen Hausschlüssel. Meinst du, ich soll rübergehen?«

Vielleicht hatte es nichts zu bedeuten, vielleicht war er ausgegangen, vielleicht hatte er die Flucht ergriffen. *Sein Wagen steht in der Einfahrt.* »Nein. Ruf die 911.« Reni schnappte sich eine Jacke. »Ich bin unterwegs.« Während sie ihren Pick-up Richtung Palm Springs lenkte, wählte sie Daniels Nummer.

»Wir treffen uns dort«, sagte er.

Vor Maurice' Haus parkten ein Rettungsfahrzeug und zwei Streifenwagen. Sie erkannte Daniels SUV. Niemand drin. Rosalind stand in Maurice' Vorgarten, verstört, im Schlafanzug mit einem blassen Morgenmantel darüber, die Haare wirr, das Gesicht ohne Make-up. Die Sorge über ihr Erscheinungsbild trat vor der über ihren Freund in den Hintergrund.

»Das ist schlimm«, schluchzte sie. »Es ist schrecklich. Er ist tot. Tot!«

Reni stockte der Atem und die Knie wurden ihr weich. Sie erhielt eine Textnachricht von Daniel, die den Bericht ihrer Mutter bestätigte. *Komm nicht rein.*

Ein Nachbar tauchte auf und versuchte, Rosalind zu trösten. Reni kämpfte gegen den Schock an und ging rasch zum Haus, in Richtung der Stimmen. Durch das Wohnzimmer, die Treppe hinauf zum Hauptschlafzimmer und dem angrenzenden Büro. Daniel war da, außerdem die Ersthelfer. Ihre blauen Handschuhe waren blutig. Fotos wurden gemacht, und ein Detective skizzierte den Grundriss des Raums. Daniel erblickte sie, kam mit schnellen Schritten auf sie zu, legte ihr die Hände auf die Schultern und versuchte, sie umzudrehen und aus dem Zimmer zu bugsieren. Wortlos drängte sie sich an ihm vorbei. Und erstarrte.

Ach, Maurice.

Lieber, lieber Maurice.

Das war ihre Schuld.

Er saß in Anzug und Krawatte nach vorn gesunken in seinem Bürosessel. Zu seinen Füßen breitete sich eine Blutlache aus. Er trug seine Lieblingsschuhe.

Fühl mal das Leder! Es ist so weich!

In der Mitte der Schreibtischplatte lag ein blutbespritztes Testament. Interessanter waren allerdings die Gegenstände daneben, alle sorgfältig arrangiert. Halsketten, Schlüpfer, Ohrringe, Büstenhalter, abgeschnittene Haare, zusammengehalten von Gummiringen.

Hier waren die Trophäen.

Kapitel 37

Das Neuronencluster, das Renis innere Uhr steuerte, ging falsch. In einer Sekunde kam es ihr vor, als wären schon Monate vergangen, seit Maurice sich umgebracht hatte. In der nächsten fühlte es sich an wie Stunden. Schlafen und Nahrungsaufnahme waren keine Themen mehr. Ein paar gute Freunde brachten etwas zu essen zum Haus ihrer Mutter, kamen aber nicht herein. Vielleicht hatten sie Angst oder sie wollten ihnen Freiraum lassen. Daniel kam zu Besuch, saß manchmal nur still mit ihnen zusammen, und gelegentlich stellte er Fragen über Maurice.

Es tat ihr leid, dass sie Daniels Mutter nicht gefunden hatten, aber das FBI war noch immer auf der Suche, und die Teams gruben die Wüste um. Es bestand weiterhin eine Chance.

Sie hatte Daniel gesagt, dass sie aussteigen würde. Sie musste ihrer Mutter helfen, die gerade ihren besten Freund verloren hatte, und sie musste sich um sich selbst kümmern. In einem solchen Spannungsfeld war es besser für sie, sich zurückzuziehen. Sie war froh, dass ihr Job bei der Mordkommission, sollte es denn ein solcher gewesen sein, vorbei war. Nach Maurice' Tod hatte sie sich entschieden, erst einmal in der Stadt im Haus ihrer Mutter zu bleiben und in ihrem alten Kinderzimmer zu schlafen. Dort wachte sie mitten in der Nacht orientierungslos auf und wurde sich schmerzhaft bewusst, dass Maurice nicht mehr nebenan lebte. Aber Rosalind schien damit zurechtzukommen, und Reni hatte vor, noch am selben Tag abzureisen. Das hier war kein Ort, der ihr guttat.

Ihre Emotionen waren so widersprüchlich wie nach der Verhaftung ihres Vaters, und der Schmerz über Maurice' Verlust vermischte sich mit seiner Rolle bei den Morden. Er hatte keinen Abschiedsbrief hinterlassen, keine schriftliche Erklärung über das Ausmaß seiner Beteiligung, und sie bezweifelte, dass er ihrem Vater bei der Ermordung der Opfer geholfen hatte. Das hätte ihm so gar nicht ähnlichgesehen. Aber sie konnte sich vorstellen, dass er sich an der Beseitigung der Leichen beteiligt und auch Bens Trophäen versteckt hatte.

Wenn sie nur bei seiner Befragung ein wenig behutsamer vorgegangen wäre. Wäre sie nur dageblieben und hätte den Abend mit ihm verbracht, mit ihm gesprochen. Aber in ihrem Kopf war alles durcheinandergegangen, und sie hatte bloß ein paar Stunden lang Frieden haben wollen.

Die Tage unmittelbar nach seinem Tod hatten sie und ihre Mutter damit verbracht, sie einfach durchzustehen. Eine Minute nach der anderen, immer so weiter. Irgendwann in dieser Phase der verlorenen Zeit hatte sie wie betäubt bei Gabby Sutton angerufen, denn sie wusste, sie musste es in den Nachrichten gehört haben. Auch ein schmerzliches Gespräch konnte eine unerwartete Wendung nehmen, und das Thema kam auf Keramik und Töpferei. Reni versprach ihr erneut, etwas speziell für sie zu entwerfen.

Inzwischen waren laut Kalender nur ein paar Tage vergangen, seit man Maurice an seinem Schreibtisch aufgefunden hatte. Es kam ihr vor wie Wochen. Sie saß mit Rosalind in der Küche. Drei neu gekaufte Kolibri-Tränken lagen auf dem Tisch, per Post bestellt, weil keiner von ihnen sich der Welt da draußen und der Medienmeute stellen wollte, die die Straße verstopfte. Reni stand am Herd mit der ausgeschalteten Gasflamme und rührte mit einem Holzlöffel eine Pfanne mit Zuckerwasser um. Die Fliesen fühlten sich kühl an unter ihren bloßen Füßen, und eine Brise wehte mit einem Hauch von Orangenblüten und einem kleinen Unterton von Smog zu den Patiotüren herein. Als sie hier aufgewachsen war, war Reni die Glocke aus schlechter Luft nie aufgefallen, die über der Stadt hing. Erst, als sie in die Wüste gezogen war, hatte sie festgestellt, dass es sich bei dem Duft, der sie an zu Hause denken ließ, tatsächlich um Luftverschmutzung handelte.

Sie legte den Löffel beiseite. »Ich glaube, es ist kalt genug.«

Maurice' Haus war immer noch ein Tatort und mit gelbem Absperrband gesichert. Ermittler – darunter Daniel – kamen und gingen, während Rosalind sich in die Versorgung von Maurice' Kolibris hineinsteigerte. Sie hatte die leeren Tränken bemerkt und gesehen, wie die Kolibris auf der Suche nach Nektar herumschwirrten. Ihr Augenmerk hatte sich von der Tragödie ihres eigenen Lebens auf die Notwendigkeit verlagert, etwas zu tun, das zweifellos ein *gutes* Ende nehmen würde.

Statt Fertignektar zu verwenden, stellten sie ihn selbst mit weißem Zucker her. Sie waren bei Experten in die Schule gegangen. Maurice und ihr Vater hatten eisern darauf bestanden, ihn selbst zu kochen, und oft über die Gefahren von rotem Farbstoff und unsauberen Tränken diskutiert, während sie ein großes Aufheben um die Vögel machten, die von ihnen abhängig geworden waren.

Der Gegensatz blieb Reni nicht verborgen. Männer, die auf Menschen Jagd machten, sich aber gleichzeitig hingebungsvoll um die kleinsten aller Vögel kümmerten. Vielleicht hatte beides gar nichts miteinander zu tun. Oder sie hatten, indem sie diesen winzigen Geschöpfen halfen zu überleben, einen Ausgleich dafür zu schaffen versucht, dass sie menschliches Leben auslöschten.

Wie bei allem, was mit Vögeln zu tun hatte, war sie auch hier in den ornithologischen Dunstkreis ihres Vaters geraten.

Er hatte ihr alles über Kolibris beigebracht, lange bevor sie zur Schule ging. Dort hatte sie dann stolz und großspurig mit ihrem Wissen geprahlt, je nach Publikum zu dessen Erstaunen oder Langeweile. Sie wusste immer noch, dass die Flügel eines Kolibris zwölf bis achtzig Mal pro Sekunde schlugen und dabei das Summen erzeugten, das die Menschen wahrnahmen. Sie erinnerte sich, dass ihr Herz einen Puls von über zwölfhundert hatte. Und sie den höchsten Stoffwechselumsatz aller warmblütigen Tiere besaßen. Die meisten wurden nur drei bis fünf Jahre alt, also war keiner der Vögel, die sich jetzt um Maurice' Spender tummelten, noch von Ben Fisher gefüttert worden. Doch die Wahrscheinlichkeit war hoch, dass es sich um ihre Nachkommen handelte, denn Vögel kehrten gern an den Ort zurück, an dem sie geboren und flügge geworden waren.

Die roten Tränken zu befüllen, war keine Aufgabe, für die man zu zweit sein musste, aber sie machten es dazu. Vielleicht diente die gemeinsame Tätigkeit der Trostsuche. Rosalind hielt eine Tränke über die Spüle, während Reni sie langsam mit der klaren, süßen Flüssigkeit befüllte. Dabei dachte sie über die öffentliche Reaktion auf Maurice' Ableben nach. Die Stadt befand sich im Schockzustand und trauerte. Genau wie sie. Es würde eine Weile dauern, ihre Gedanken zu sortieren. Sie wollte ihn gern hassen, konnte dieses Gefühl jedoch nicht in sich finden. Was sagte das über sie aus? Dass sie verkorkst war?

Viele hatten Maurice geliebt und bewundert und würden ihn vermissen. Manche weigerten sich einfach zu glauben, dass er irgendetwas mit den Morden zu tun gehabt hatte – selbst nachdem die Waffe, mit der er sich getötet hatte, als dieselbe identifiziert wurde, mit der Carmel Cortez ermordet worden war. Anscheinend hatte sie seine Verbindungen zu den Verbrechen aufgedeckt, und er hatte sie umgebracht, um sie zum Schweigen zu bringen. Aber warum hatte Ben sie direkt zu Carmels Grab geführt? Er musste Bescheid gewusst haben.

Maurice hatte es ihm vermutlich erzählt. Als Racheakt wegen der Beziehung zwischen Maurice und Rosalind? Weil Maurice so gut wie in Bens Schuhe geschlüpft war?

Maurice' Bewunderer redeten sich ein, dass man ihm die Sache angehängt hätte. Reni entdeckte ähnliche Gedankengänge bei sich selbst und hatte sich sogar kurz gefragt, ob es sich bei seinem Tod tatsächlich um Selbstmord gehandelt hatte. Aber die Überwachungsvideos aus dem Apartmentkomplex, in dem Carmel gewohnt hatte, zeigten eindeutig Maurice, wie er zu ihrer Wohnung ging. Der Angestellte am Empfang hatte ihn auf einem Foto identifiziert. Und mithilfe der Schlagspritzspuren und der ballistischen Analyse konnten die Kriminologen beweisen, dass Maurice sich selbst getötet hatte.

Die Überwachungskameras im Haus zeigten keine anderen Besucher als Daniel und Reni. Nachdem diese Information durchgesickert war, wurde Reni abermals zur Zielscheibe des Verdachts. Obwohl sie Daniel als Alibi hatte, ließen sich die Leute nicht davon abbringen, sich Fantastereien zusammenzuspinnen, um den Ruf eines beliebten Mannes wie Maurice zu retten.

Sie war es gewohnt, als die Böse betrachtet zu werden. Dagegen war sie immun, aber sie hasste es, in der Stadt zu sein, in nächster Nähe zu den Gaffern, den Hatern und den krankhaft Neugierigen. Sie wollte nicht, dass das Elend der Fishers anderen zur Unterhaltung diente.

»Verdammte Vögel«, sagte Rosalind, stellte die gefüllte Tränke weg und griff nach einer leeren.

Rosalind meinte nicht wirklich die Kolibris, sondern eher das, was sie repräsentierten. Die Erinnerung an Menschen lebte in den banalsten und alltäglichsten Dingen weiter.

Als alle drei Tränken vorbereitet waren, trugen sie sie nach draußen in ihren eigenen hinteren Garten und hängten sie an die Haken, die ihr Vater vor langer Zeit angebracht hatte. Sie hatten vor, Maurice' Vögel zu sich zu locken und ihnen dort das Futter zur Verfügung zu stellen, auf das die kleinen Tiere sich inzwischen verließen.

»Was willst du wegen deines Töpferlogos unternehmen?«, erkundigte sich Rosalind, während sie die frisch aufgehängten Tränken betrachteten und sich fragten, wie lange die Vögel brauchen würden, um sie zu finden.

Das Logo war gut eingeführt. Wann immer Reni es ab jetzt auf den Boden einer Tasse oder Schale stempelte, würde es sie an den Tag erinnern, als ihr Vater sie auf seinen kleinen Ausflug mitgenommen hatte, um ein Opfer in der Wüste zu verscharren.

»Das habe ich noch nicht entschieden.«

»Ich habe nie an Maurice gezweifelt«, sagte ihre Mutter. Offenbar konnte sie nicht aufhören, an ihn zu denken. »Jetzt ist mir klar, wie dumm das war. Er und dein Vater waren so gute Freunde. Und doch habe ich Maurice geliebt. Das tue ich immer noch.«

»Ich auch.«

Für die meisten Leute gab es keinen Neuanfang. Das war eine abwegige Vorstellung. Ein frischer Start war unmöglich, es sei denn, man konnte das Gedächtnis eines Menschen auslöschen. Es blieb einem nur das Weiterziehen. Selbst wenn man ein Haus niederbrannte, in dem schlimme Dinge passiert waren, existierte es im eigenen Kopf weiter. Reni hatte sich in den vergangenen Tagen mehrmals vorgestellt, in die Wüste zu fahren und die Vogelzeichnung zu übermalen, die sie an jenem Tag in den Felsen geritzt hatte. Mit einer perfekt passenden Farbe, sodass niemand wusste, dass es sie je gegeben hatte.

Aber *sie* würde weiterhin wissen, dass der Vogel da war, unter der Farbe.

Das kam ihr noch schlimmer vor. Von seiner Existenz zu wissen, obwohl sie ihn nicht sehen konnte. Das wäre wie ein Echo ihres Lebens. Zwei Menschen, die sie geliebt hatte, ihr

Vater und Maurice, hatten so viel Dunkelheit und Lügen in sich getragen und sie hinter Augen und Haut und Kleidung und Lächeln und ihren Büchern über Vögel versteckt. Es hatte zu viele Geheimnisse gegeben. Wie sie zu Daniel gesagt hatte: Kinder schufen sich ihre eigene Realität. Auf diese Art durchquerten sie die Finsternis und umschifften Hindernisse, die ihnen den Weg versperren wollten.

»Was soll ich wegen der Preisverleihung unternehmen?« Das Thema nagte an ihrer Mutter.

Reni hatte die Feier zu Ehren ihrer Mutter ganz vergessen. Wie merkwürdig, sich jetzt damit zu befassen oder auch nur darüber nachzudenken. Reni wäre einfach nicht hingegangen. »Ruf den Veranstalter an und sag ihm, dass du nicht kommst. Er wird es verstehen.« Und würde wahrscheinlich erleichtert sein, die Ehrung nicht ausgerechnet jetzt durchführen zu müssen. Rosalinds bester Freund und ihr Ehemann hatten beide mit abscheulichen Verbrechen zu tun gehabt.

»Ich glaube, ich möchte hin. Ich habe nichts getan. Ich habe es verdient. Aber ich will, dass du mitkommst. Ich weiß nicht, ob ich es allein schaffe.«

Was für eine Folter. Für sie beide. »Also gut.« Sie konnte nicht zulassen, dass ihre Mutter sich dem ohne Verstärkung aussetzte.

»Gestern Nacht hatte ich eine Idee«, sagte Rosalind. »Was würdest du davon halten, für ein oder zwei Tage zu verreisen? Um wegzukommen von der Presse und der Nachbarschaft.«

Das war eine gute Idee. Einfach mal raus aus der Stadt, und sei es nur für eine Nacht. Aber Reni war fixiert darauf, in die Wüste zurückzukehren. »Vielleicht Großmutters Hütte.«

Rosalind verzog unwillig das Gesicht. »Ich bin nicht gern im Nirgendwo, ohne Handyempfang. Ich möchte erreichbar sein, falls eine junge Frau einen Ort braucht, an dem sie Unterschlupf findet.«

Das Haus ihrer Mutter würde nie wieder ein Zufluchtsort für missbrauchte Frauen werden, dessen war sich Reni ziemlich sicher. Aber sie ließ sie in dem Glauben, dass eine junge Frau anrufen könnte. Ließ ihr die Illusion, dass ihr Name nicht bereits von der Telefonliste der Organisation gestrichen worden war. Immer mehr Zeit würde verstreichen, niemand würde kommen, und ihre Mutter würde aufhören zu warten. Vielleicht würde sie das Gästezimmer für andere Zwecke umbauen. Ein Hobby? Oder sie würde endlich ganz weit wegziehen, fort von den Bergen und den Feldern voller Windturbinen, in eine fremde Stadt? Unwahrscheinlich.

»Ich war lange nicht mehr in der Hütte«, sagte Reni. »Wir sollten nachsehen, ob alles in Ordnung ist. Wann warst du das letzte Mal dort?«

»Das ist Jahre her. Aber ich muss Samstagabend für die Zeremonie zurück sein.«

Vielleicht empfanden sie den Ausflug ja beide als heilsam.

»Ich dachte eher an ein nettes Hotel«, sagte Rosalind. »Am Meer. Wir könnten am Strand sitzen und uns den Sonnenuntergang ansehen, so wie früher. Ich wette, dort hat man Handyempfang.«

»Lass uns in die Wüste fahren«, sagte Reni. Sie erwärmte sich für die Idee, fühlte einen Funken von Interesse erwachen. »Da gibt es viel schönere Sonnenuntergänge.« Ohne ihre Großmutter würde die Hütte ein Hort der Traurigkeit sein, aber vielleicht fanden sie dort ein wenig Frieden. Und Reni brauchte plötzlich eine Bestätigung dafür, dass das Leben mit ihrer Großmutter real gewesen war. Eine Erinnerung blitzte auf, ihre Mutter in der Hütte, eine Schere in der Hand. »Nimm eine Schere mit, dann darfst du mir die Haare schneiden«, sagte sie und verdrängte ein vages Gefühl der Unruhe. »In jedem Stil, den du möchtest.«

Der Haarschnitt schien den Ausschlag zu geben.

»Schau.« Reni deutete mit der Hand zu einem kleinen Kolibri, der seine neue Tränke bereits gefunden hatte. Sie erkannte die lilafarbene Zeichnung. Dank ihres Vaters wusste sie, dass es sich um eine Veilchenkopfelfe handelte, die man das ganze Jahr über in der Umgebung von Palm Springs antraf.

Kurz darauf verließ Reni das Haus und fuhr langsam durch die Menschenmenge. Die meisten zollten ihr Respekt und traten mit gesenkten Augen beiseite. Manche funkelten sie an, eine Frau fletschte sogar die Zähne und zeigte ihr den Stinkefinger.

Nichts davon berührte sie besonders. Alles nur Sozialverhalten.

Kapitel 38

Am nächsten Tag hievte Reni, in Jeans und einem verblichenen Sweatshirt mit hochgerollten Ärmeln, Wasserkanister in den Kofferraum des Wagens ihrer Mutter. Dann holte sie den Rucksack aus ihrer Hütte, wo sie zum ersten Mal seit Tagen die Nacht verbracht hatte. Sie verstaute ihn und überprüfte noch einmal die Vorräte. Proteinriegel, Jacke, Trockenfleisch, Hut, Ersatz-Sonnenbrille, Halstuch, Sonnencreme.

»Du bist wirklich gut vorbereitet.«

Hinter ihr stand Rosalind, die Hände in die Hüften gestemmt. Mit ihrem hellen Schal, der riesigen Sonnenbrille, in weißen Jeans und einem Chambray-Arbeitshemd sah sie aus wie ein Filmstar. Sie trug lederne Sandalen, aber Reni hatte ein paar Turnschuhe im Kofferraum entdeckt.

»Ich fahre nie ohne genügend Vorräte in die Wüste, um zumindest einige Tage überleben zu können«, sagte sie.

»Ein Urlaub soll Stress abbauen und nicht auslösen. Wir sollten uns um unser Überleben keine Sorgen machen müssen. Aber Rache ist süß. Ich werde dir einen tollen Haarschnitt verpassen.«

Reni warf die Haare über die Schulter und strich sie mit der Hand glatt. Sie stellte überrascht fest, dass es sie ein bisschen traurig machte, ihrer Mähne Lebewohl zu sagen. Sie hatte nicht erwartet, dass es ihr etwas ausmachen würde. Aber ihr Vater hatte lange Haare und Pferdeschwänze geliebt. Das war wohl der Grund für ihr Unbehagen. Es war eine gute Idee, sie abzuschneiden.

Sie knallte den Kofferraum zu und sagte in dem Bewusstsein, dass ihre Mutter ihr das Steuer nur ungern überlassen würde: »Ich fahre.«

Wie viele neuere Modelle verfügte Rosalinds Wagen über eine schlüssellose Zündung. Sobald sie den Sicherheitsgurt geschlossen hatte, warf Reni die Fernsteuerung in den Dosenhalter, drückte den Startknopf am Armaturenbrett, und schon waren sie unterwegs. Bei voll aufgedrehter Klimaanlage hörten sie Musik, die Joshuabäume huschten an den Fenstern vorbei, und die Landschaft wurde weiter und dann wieder enger. Beinahe zwei Stunden ging es so auf einer richtigen Straße dahin, gefolgt von weiteren vierzig Minuten auf unbefestigten Wegen, durch tiefen Sand, in dem sie stecken zu bleiben drohten. Das Terrain eignete sich eher für Fahrzeuge mit größerer Bodenfreiheit. Reni hielt die Räder auf beiden Seiten der tief ausgewaschenen Rinnen, während ihre Mutter sich am Handgriff über ihrer Tür festhielt und sagte, dass sie sich gar nicht erinnern könne, dass die Straße früher so schlecht gewesen sei. Richtig. Sie wurde nicht mehr benutzt und war wahrscheinlich seit Großmutter Beryls Tod nicht ausgebessert worden.

Als sie das Anwesen erreichten, wirkte die Hütte regelrecht verloren, und Reni bedauerte, nicht schon früher vorbeigeschaut zu haben. Sie stiegen aus, schlossen die Türen und gingen auf das Gebäude zu. Die Temperaturen lagen um die siebenundzwanzig Grad, und die Brise klimperte in einem Windspiel, das von einem Balken über der breiten Veranda baumelte.

»Keine zerbrochenen Fenster«, sagte Reni. Immer ein Problem in der Wüste. Es kam öfter vor, dass Diebe einbrachen und nach Antiquitäten suchten oder Hausbesetzer sich in abgelegenen Gebäuden einnisteten.

Ihre Mutter sperrte die Tür auf und drückte sie mit der Schulter auf. »Immerhin etwas.«

Innen war es heiß und stickig. Wie die meisten Siedlerhütten hatte auch diese einen Betonboden, Backsteinwände und einen offenen Kamin. Es war ein einziger Raum, nur mit einem kleinen, abgetrennten Schlafzimmer. Im Wohnbereich standen eine Couch und Lampen mit Glühbirnen.

Schwer zu glauben, dass Reni die ersten paar Monate ihres Lebens hier verbracht hatte. Natürlich konnte sie sich nicht daran erinnern, aber sie redete sich gern ein, dass diese rustikale Hütte der Grund war, warum sie die Wüste so liebte.

Sie gingen herum, schoben die Fenster hoch und klemmten sie mit Holzstäben fest, die zu diesem Zweck abgelängt waren. Während es in der Hütte kühler wurde, luden sie den Wagen aus und stapelten ihre Habseligkeiten auf der Veranda, einschließlich des Wassers und Renis Rucksacks. Rosalind schleifte einen kleinen Koffer heran, dessen Räder Spuren im Sand hinterließen. Sie stellte ihn neben der Tür ab.

Innen drehte Reni den Hahn in der Küche auf und war überrascht, als Wasser heraussprudelte. Viele abgelegene Häuser ohne Brunnen oder Leitungsanschluss hatten Außentanks, die ein paar Mal pro Jahr aufgefüllt wurden. Sie wusste nicht, wie lange das Wasser sich in einem Tank hielt, bevor es verdunstete. Für immer? Unwahrscheinlich in der Sommerhitze. Dann erblickte sie ein kostenloses Anzeigenblatt aus Palm Springs. »Wie ist das hierhergekommen?« Vielleicht waren *tatsächlich* Hausbesetzer hier gewesen.

Rosalinds Augen weiteten sich vor Überraschung, verengten sich dann verwirrt. »Ich weiß nicht.«

Reni griff nach dem Magazin und blätterte es durch. Ein paar Kunstveranstaltungen waren angestrichen, eine davon von Maurice gesponsort. »War Maurice hier?«

»Kann sein, dass er einen Schlüssel hatte«, antwortete Rosalind.

Reni sah nach dem Datum auf dem Blatt. Es stammte aus der Woche von Maurice' Besuch im Gefängnis.

»Wir sind hier, um Abstand von all dem zu gewinnen.« Rosalind schüttelte die Arme, als wollte sie Wassertropfen abstreifen. »Lass uns nicht an ihn denken. Ich schneide dir die Haare, und dann sehen wir uns den Sonnenuntergang an.«

Gute Idee, es hinter sich zu bringen, und ein Haarschnitt konnte auch ein Gefühl der Befreiung zur Folge haben. Reni holte ein Handtuch aus einem Schrank, während sie dachte, dass sie Daniel über Maurice' Besuch in der Hütte informieren musste. Sie beugte sich über die Spüle und machte sich die Haare nass, wickelte sich das Handtuch um den Kopf und trug einen Holzstuhl nach draußen, den sie so auf der Veranda platzierte, dass er dem Tal zugewandt stand. Sie entfernte das Handtuch, schüttelte ihre Haare zurück und setzte sich, während ihre Mutter eine Schere aus ihrer Handtasche zog.

Sie stellte sich hinter Reni in Position und kämmte die nassen Haare durch. »Ich habe dir hier oft die Haare geschnitten«, sagte sie. »Dir und deinem Vater.«

»Ich kann mich nicht daran erinnern.« Der Kamm schrappte über ihre Kopfhaut. In der Ferne erklang ein weiteres Windspiel.

Rosalind fasste Renis Haare zu einem Pferdeschwanz zusammen und sicherte sie mit einem Gummi. »Kein Grund, etwas zu vergeuden«, sagte sie. »Ich spende sie einer Organisation, die Perücken für Krebspatienten anfertigt. Haare für die Kinder.« Ohne zu zögern oder Reni zu fragen, ob sie bereit war, begann sie, erschreckend knapp über der Kopfhaut, mit dem Schnitt.

Die Schere hatte Mühe, sich durch die dicken Haare zu fressen und erzeugte dabei ein Geräusch, das wie kein anderes klang …

»Es ist immer interessant, wie mühsam es ist, einen Pferdeschwanz abzuschneiden«, sagte Rosalind mit einem letzten Klappern der Schere und reichte Reni die von dem Band zusammengehaltenen Haare.

Reni nahm sie in die Hand und starrte sie an, ein fernes Echo der Trophäen, die so sorgfältig auf Maurice' Schreibtisch ausgebreitet gelegen hatten.

Wie steht mir das Kleid?

Renis Herz hämmerte, und ihr Mund wurde trocken. »Wie viele Pferdeschwänze hast du denn in deinem Leben abgeschnitten?«, fragte sie. Sie schaffte es irgendwie, einen gleichgültigen Ton zu finden und war froh, dass ihre Mutter hinter ihr stand und ihren Gesichtsausdruck nicht sehen konnte.

»Zu viele, um mitzuzählen.«

Wie steht mir das Kleid?

Zu viele Pferdeschwänze, um mitzuzählen.

Reni hatte keine Ahnung, wie viel Zeit vergangen war, als ihre Mutter verkündete, dass sie fertig sei. Es konnte sich um Sekunden, Minuten oder Stunden gehandelt haben. Sie betastete ihre übrig gebliebenen Haare. Kinnlänge, stumpf abgeschnitten. Sie reichte den Pferdeschwanz ihrer Mutter, und Rosalind legte ihn oben auf ihren Koffer. Die Haare waren noch nicht trocken genug, um sie einzupacken. Es bestand eine große Ähnlichkeit mit denen, die auf Maurice' Schreibtisch gelegen hatten …

Reni durchforstete ihren Kopf nach Worten für die Art von Unterhaltung, die unter normalen Umständen stattgefunden hätte. »Ich bin froh, dass wir hergekommen sind.« Sie schien die Szene von außen zu betrachten, während sie den Text eines hölzernen Drehbuchs rezitierte.

»Ich auch«, sagte Rosalind.

Die Haare. Das Wasser. Das Magazin. Ihre Mutter konnte nichts damit zu tun haben, oder?

Die Windspiele klimperten.

»Wir könnten Scrabble spielen«, sagte Rosalind. »Im Schlafzimmerschrank ist ein Brett, glaube ich.«

Spielst du immer noch Scrabble?

Zu Zeiten, als sie eine Familie gewesen waren, hatten sie es hier gespielt. »Ich sehe mal nach«, sagte Reni. Es war eher eine Ausrede, um wegzukommen und die Fassung wiederzugewinnen.

Innen betrachtete sie sich in dem ovalen Spiegel neben der Tür. Sie trug denselben Haarschnitt, den ihre Mutter ihr als Kind verpasst hatte. Den Haarschnitt, den sie getragen hatte, als sie die arme Gabby Sutton in den Wald gelockt hatte. Kaum überraschend, oder? Der Pagenschnitt war das Markenzeichen ihrer Mutter. Aus irgendeinem Grund, vielleicht weil sie an Reni so oft geübt hatte, war sie dabei inzwischen sehr geschickt.

Auf einem hohen Bord im Schlafzimmerschrank entdeckte Reni das zurückgelassene Scrabblespiel. Der Deckel war nicht richtig geschlossen. Sie zog die Schachtel heraus, legte sie aufs Bett und öffnete sie.

Vögel der Wüste.

Ihr blieb das Herz stehen. Dann setzte es wieder ein und schlug weiter.

Ihre Hände waren jetzt größer, nicht mehr die eines Kindes, aber sie erkannte das Buch daran, wie es sich anfühlte. Die sanfte Biegung des Covers, nicht aus Papier, sondern aus schwerem Karton. Klein genug, dass ein Erwachsener es in eine Jackentasche oder sogar seine Jeans stecken konnte.

Es klappte praktisch von selbst auf, und ein bestimmter Duft stieg zu ihr hoch. Etwas so Typisches für die Wüste, dass ihr fast die Tränen kamen. Kreosotbüsche. Ein kleines Lesezeichen steckte nahe am Rücken zwischen den Seiten und brachte sie direkt zu einem Foto, das sie kannte.

Ein Falke. Das Wort, das sie an jenem Tag vor einer Ewigkeit buchstabiert hatte.

Das Buch hatte große Karten, die am Buchrücken befestigt waren und sich ausklappen ließen. Das Papier knisterte trocken vom langen Liegen in der unerbittlichen Wüste.

Vorsichtig faltete sie eine der Karten auf.

Darauf sollten eigentlich die jeweiligen Habitate der Vögel eingezeichnet sein, aber sie beschlich der Verdacht, dass sie einem ganz anderen Zweck gedient hatten. Nur um sicherzugehen, kontrollierte sie zwei weitere Karten. Auf allen entdeckte sie kleine Punkte in verschiedenen Farben. Blindlings tastete sie nach der Wand, um sich festzuhalten.

Spielst du noch Scrabble?

Auf diese Weise hatte ihr Vater den Überblick über die Gräber behalten. Das musste auch der Grund sein, warum Maurice hier gewesen war. Um das Buch zu verbergen. Vielleicht hatte Ben ihn bei seinem letzten Besuch im Gefängnis dazu instruiert. Und doch war es nicht wirklich versteckt gewesen. Nicht richtig *versteckt.*

Spielst du noch Scrabble?

Ben hatte gewollt, dass sie es fand, möglicherweise weil er sich einfach nicht an die Lage all der Gräber erinnern konnte. Aber warum hatte er ihr nicht an dem Tag, als er gesprungen war, gesagt, wo das Buch lag? Hatte es sich damals noch im Besitz von Maurice oder ihrer Mutter befunden? Oder war es seine Versicherungspolice gewesen? Vielleicht hatte er die Information zurückhalten wollen, falls die Dinge nicht so liefen wie geplant. Er hatte immer gern Spielchen gespielt, und es hätte ihm Spaß bereitet, sich diesen Moment auszumalen. Er hatte ihr alle Hinweise gegeben. Sie hatte nur nicht richtig zugehört.

»Reni?«, rief ihre Mutter von draußen. »Hast du das Spiel gefunden?«

Das Spiel. »J-ja!« Ohne die Augen von dem Buch zu wenden, blätterte sie es erneut durch und entdeckte die Handschrift ihrer Mutter auf dem Titelblatt.

Es war ein Geschenk gewesen.

Für meinen geliebten Benjamin als Andenken an unsere vielen Abenteuer.

Darunter befanden sich farbige Punkte neben einer Liste von weiblichen Namen. Einige davon erkannte Reni.

Sie war ziemlich sicher, den Farbcode für die Karten vor sich zu haben, auf denen das Grab jeder einzelnen Frau markiert war.

Für meinen geliebten Benjamin als Andenken an unsere vielen Abenteuer.

Auch die Namen der vermissten Frauen waren in der Handschrift ihrer Mutter verfasst.

Kapitel 39

Zweiunddreißig Jahre zuvor

Reni war besessen von Vögeln. Vögeln aller Art. Es hieß, das hätte sie von ihrem Vater, und das stimmte. Sie dachte viel an Vögel, mehr noch, sie träumte von ihnen. Sie liebte es, in dem Buch zu blättern, das er in die Wüste mitnahm, und sie malte sogar ihre eigenen Versionen der Vögel, die sie darin sah.

Sie schmierte niemals etwas an die Wand. Sie benutzte immer Zeichenhefte. Sie hatte jede Menge davon, und ihr Vater sagte, sie sei eine tolle Künstlerin, als wäre das etwas Gutes. Also malte sie noch mehr. Auf Papierfetzen, die ihre Eltern im Haus herumliegen ließen. Auf die Rückseite von Briefumschlägen. Es gefiel ihr, wie weiß und glatt das Umschlagpapier war. Sie malte auf Zeichenblöcken mit und ohne Linien. Großen Blöcken. Kleinen Blöcken. Wenn sie fertig war, riss sie die Seiten heraus und verstreute sie im Haus, damit ihre Eltern sie bewundern konnten. Sie brachte sogar Maurice ein paar Bilder für seine Kunstsammlung. Aus diesem Grund hatte er angefangen, sie kleines Rennvögelchen zu nennen.

Irgendwann fing sie an, Vögel mit zwei Köpfen zu malen. Sie wusste nicht, warum, aber eines Tages spürte sie den Drang, es zu tun. Die zweiköpfigen Vögel wurden im Haus zum

Gesprächsthema. Ihre Eltern lachten über die Zeichnungen, und ihre Mutter hängte sie mit Magneten an den Kühlschrank.

Den zweiköpfigen Vögeln folgten irgendwann Menschen mit zwei Köpfen.

»Sollten wir sie zu einem Kinderpsychologen bringen?«, fragte ihre Mutter eines Abends, als sie in ihrem holzgetäfelten Wohnzimmer saßen. Ihr Vater rauchte und benotete Seminararbeiten, während ihre Mutter einen Cocktail trank und in einem Hochglanzmagazin blätterte. Manchmal hielt sie es in die Höhe und fragte, wie ihnen das Bild gefalle. Meistens zeigte die Seite eine magere Dame in einem leuchtenden Kleid.

»Ich *bin* Psychologe«, hatte ihr Vater erwidert.

»Aber du bist nicht auf Kinder spezialisiert.«

»Das ist eine absurde Idee. Kannst du dir vorstellen, was sie erzählen würde?« Während der Rauch von seiner Zigarette sich über dem Lampenschirm kräuselte, fragte er Reni: »Warum haben deine Vögel und Menschen zwei Köpfe?«

»Ich weiß nicht.« Reni lag mit ihren Buntstiften auf dem Boden und schuf eine ganze Familie von zweiköpfigen Vögeln.

»Zwei Köpfe sind besser als einer«, sagte ihr Vater. Er und Rosalind brüllten vor Lachen. Reni verstand den Witz nicht.

Nach einer Weile drückte ihr Vater seine Zigarette aus und legte seinen Stapel Seminararbeiten beiseite. »Soll ich dir helfen, einen Vogel zu malen, der wirklich wie ein Vogel aussieht? Einen Vogel mit einem Kopf und Federn, die nicht aus allen Farben zugleich bestehen?«

Sie mochte zweiköpfige Vögel, doch es gefiel ihr auch, wenn sie zusammen malten, deshalb sagte sie Okay und kletterte auf seinen Schoß.

»Buntstifte wären nicht das Werkzeug meiner Wahl«, meinte er, »aber ich werde zurechtkommen.«

Er begann mit einem Kreis. Dann fügte er einen Schnabel und ein paar geschwungene Linien hinzu, gefolgt von Federn und Augen und Füßen. »Los, mal ihn aus und probier, ob du selber es auch kannst.«

Seine Vögel waren längst nicht so gut wie ihre, und sie mochte seine Zeichnung nicht kopieren. »Ich bin müde.«

»Versuch es wenigstens«, sagte ihr Vater. »Du hast es ja noch nicht einmal probiert.« Er war nicht zornig, aber sein liebevoller Tonfall war verschwunden. »Wenn du gut in etwas werden willst, musst du daran arbeiten.«

Rosalind seufzte.

Reni rutschte vom Schoß ihres Vaters herunter, legte sich auf den Boden und bemühte sich, ihn genau zu imitieren. Einen Vogel mit nur einem Kopf zu zeichnen.

»Schon besser«, erklärte er, als sie fertig war. »Und jetzt noch einmal.«

Rosalind stieß erneut einen Seufzer aus, diesmal lauter, bevor sie Reni heimlich zuzwinkerte. Manchmal behauptete ihr Vater, dass Rosalind Hummeln im Hintern habe. Reni war ziemlich sicher, wenn sie wirklich Hummeln im Hintern gehabt hätte, wäre sie wild im Raum herumgesprungen.

Sie zeichnete noch einen Vogel und gab sich diesmal mehr Mühe. Er wurde schlechter als der erste. »Ich mag keine Vögel mehr malen.« Sie schob die Buntstifte weg. »Ich mag *meine* Vögel.« Vögel in leuchtenden Farben, mit Flügeln an den falschen Stellen.

Vögel mit zwei Köpfen.

Ihre Mutter warf das Magazin beiseite. »Was für ein öder Abend. Wisst ihr beide eigentlich, wie langweilig ihr seid?«

»Vielleicht sollten wir etwas spielen«, schlug ihr Vater vor. »Wie wär's mit Scrabble?«

»Oh Gott. Das habe ich so satt«, sagte Rosalind.

Er sah Reni an. »Hast du irgendeine andere Idee?«

Sie mochte das andere Spiel nicht mehr, obwohl ihr Vater schwor, dass die Mädchen, die mitmachten, Schauspielerinnen waren. Wie das Kriegsdrama, das sie einmal gesehen hatten, und die Stücke, die sie am College spielten, an dem ihr Vater lehrte. Die Leute schrien und es kam eine Menge Kunstblut vor, aber sie standen alle wieder auf und lächelten, sobald es vorbei war. Sie wusste auch, dass es ein paar Sachen gab, für die sie zu jung war, um sie wirklich zu verstehen, zum Beispiel das mit den Hummeln. Aber es machte sie traurig, wenn die Liebe aus der Stimme ihres Daddys schwand. Sie wollte sie zurückholen, ganz zurückholen, also sagte sie etwas, das ein Lächeln auf die Gesichter ihrer Eltern zaubern würde. »Können wir das andere Spiel spielen?«

Kapitel 40

Gegenwart

Im Schlafzimmer der Hütte blätterte Reni weiter. Es gab so viele Punkte. Dreißig? Mehr?

Ihre Mutter war an den Morden beteiligt gewesen. Vielleicht sogar als Anführerin.

Sie schob das Buch in die Gesäßtasche ihrer Jeans und zog das T-Shirt darüber. Sie fühlte sich ausgehöhlt und benommen, und lange Zeit konnte sie keinen richtigen Gedanken fassen.

»Reni?«, rief ihre Mutter wieder von draußen.

Sie ließ das Scrabblespiel auf dem Bett liegen und ging durch die Hütte zurück. Es war dunkel, und die offene Tür rahmte einen Flecken grellen Sonnenlichts ein, während die Windspiele wie verrückt klimperten, als wären es Warnglocken. Sie versuchte, ihre Kindheitserinnerungen auszugraben, speziell die an ihre Mutter und die Rolle, die sie bei den Morden gespielt hatte, doch es gelang ihr nicht. Sie existierten, blieben aber gerade außerhalb ihrer Reichweite.

Die Windspiele klimperten.

Ihr Herz zerbrach.

Und ihr Verstand leugnete weiter, was direkt vor ihren Augen lag.

Auf der Veranda hatte ihre Mutter einen kleinen Holztisch zwischen zwei Stühle gestellt und zwei Flaschen Bier geöffnet.

»Ich will kein Scrabble spielen«, sagte Reni. Sie ließ sich auf einen Stuhl fallen, griff nach dem Bier und trank, während ihr Hirn sich immer noch weigerte, die entsetzliche Entdeckung im Schlafzimmer zu verarbeiten.

Die Sonne sank, es war ein schöner Anblick. In Palm Springs würden Kolibris mit lilafarbenen Federn am Kopf sanft an den Tränken saugen, die sie und ihre Mutter gemeinsam aufgehängt hatten. Ihr Mutter-Tochter-Projekt. Sie dachte daran, wie Rosalind sofort einen Flug zu ihr gebucht hatte, nachdem sie den Nervenzusammenbruch erlitt. Sie einfach mit nach Hause genommen und sich um sie gekümmert hatte. Letztlich *war* sie ein Rennvogel. Ein kleines, gebrochenes Rennvögelchen, das die Hilfe seiner Mutter brauchte.

Die Bierflasche war plötzlich leer. Ohne sich daran erinnern zu können, sie ausgetrunken zu haben, stellte sie sie weg. In ihrer Betäubung zwang sie ihren Verstand, sich auf die kleineren Schrecken der jüngeren Vergangenheit zu fokussieren, um sich nicht mit dem neuen und entsetzlicheren Horror der Verwicklung ihrer Mutter in das »Spiel« befassen zu müssen. Während die Windspiele klingelten, richtete sie den Blick zum Horizont und konzentrierte ihr ganzes Sein auf den rosafarbenen Himmel, der wuchs und sich ausbreitete und begann, sich rot zu färben.

»Lass uns einen Spaziergang machen«, sagte Rosalind plötzlich.

Ja. Der Gedanke gefiel Reni. Ein letzter gemeinsamer Spaziergang.

All diese farbigen Punkte.

So viele.

Sie gingen nebeneinanderher, und ihre Schuhe wirbelten kleine Staubwolken auf. Rosalinds Zehen mit dem roten

Nagellack färbten sich grau vom Staub. Mit jedem Schritt brach Renis Herz ein wenig mehr in Stücke. Sie konnte die Realität nicht länger verdrängen, und plötzlich verstand sie, dass manche Leute sich selbst Verletzungen zufügten, weil es ihnen so vorkam, als wäre ein körperlicher Schmerz das Einzige, was ihre Gefühle in Schach halten konnte.

Sie erreichten eine Stelle, wo der Boden steil abfiel, fast eine Art Klippe. An ihrem Fuß lagen große Felsbrocken, rund geschliffen durch Wind und Sand. Keine scharfen Kanten, nur glatter Fels. Die untergehende Sonne, die Rötung des Himmels, der Duft nach Kreosot und ihre Mutter neben ihr. Eine Erinnerung stürmte auf sie ein. Das hier hatten sie schon früher gemacht. Alle zusammen. Eine Familie.

Sie setzten sich nebeneinander auf eine große Felsplatte, die noch warm war vom Tag. Ja, das war ihr magischer Ort gewesen. Sogar ihre Mutter hatte ihn toleriert. Reni wollte diesen letzten Augenblick festhalten, bevor die Welt wieder auf den Kopf gestellt wurde.

»Es ist so schön«, sagte Reni. Ein Aufschluchzen blieb ihr in der Kehle stecken. Die Sonne erleuchtete ferne Gipfel, eingerahmt von dunklen und geisterhaften Bergen und einer Gebirgskette, die auftauchte und wieder verschwand, fast wie aus einer anderen Zeit und einer anderen Welt. Sie veränderten sich eigenwillig von einer Sekunde zur nächsten, bis sie schließlich verblassten und sich auflösten, als hätte es sie nie gegeben.

Während sie den Horizont betrachtete, begann ihr Geist, seine Schlösser zu öffnen, und zwang sie, den Realitäten ihres Lebens und der Geschehnisse ins Gesicht zu sehen. Sie war eine verdammt gute Profilerin gewesen. Hatte sie es schon immer gewusst? Tief im Innersten? War es etwas, dem sich selbst ihr erwachsener Verstand nicht hatte stellen können? Oder hatte ihr kindlicher Geist die Ereignisse so bemerkenswert gut umgeschrieben, dass sie nicht einmal einen Verdacht gehegt hatte?

Gute Arbeit, Reni!

Ihre Mutter streckte die Hand aus und strich ihr über den Kopf. Die liebevolle Geste bekam jetzt eine ganz neue, unheimliche Bedeutung. Ein solcher physischer Kontakt schien Rosalind stets schwergefallen zu sein. Ben war derjenige gewesen, der sie geküsst und mit unbefangenem Enthusiasmus in den Arm genommen hatte. »Du und dein Vater, ihr wart immer sehr gern hier.«

»Aber du nicht.«

»Eigentlich nicht. Ich habe es toleriert.«

Doch es war eine gute Gegend, um Leichen zu verscharren.

Wie sollte ihr nächster Schritt aussehen? Ihrer Mutter sagen, dass sie nach Hause mussten? Nach Palm Springs fahren? Oder die Nacht über hierbleiben und mehr Informationen aus ihr herausholen? Reni war nicht sicher, ob sie das fertigbrachte. Selbst jetzt wunderte sie sich, dass ihre Mutter nicht sehen konnte, dass sie Bescheid wusste, dass sich für sie binnen Sekunden die Welt auf den Kopf gestellt hatte. *Ein* Mensch war ins Schlafzimmer der Hütte gegangen, und ein *ganz anderer* war wieder herausgekommen. Sie stieß stumme Schreie des Nichtwahrhaben-Wollens aus, die ihre Mutter doch sehen und fühlen musste.

Und dennoch saßen sie hier zusammen, die Arme um die Knie geschlungen, und betrachteten das Schauspiel am Himmel. Ein Mutter-Tochter-Abenteuer.

»Vielleicht sollten wir lieber nicht über Nacht bleiben«, sagte Reni plötzlich. »Ich glaube, du hast recht. Es ist nicht mehr dasselbe wie früher.«

Rosalind lachte. »Da wirst du von mir keinen Widerspruch hören.«

Am besten ließ sie sich von Rosalind zu Hause absetzen. Sobald ihre Mutter auf dem Weg nach Palm Springs war, konnte sie Daniel anrufen, und er würde Rosalind unter dem

Vorwand, mehr Informationen über Maurice zu benötigen, zur Vernehmung vorladen.

Nichts von allem ergab einen Sinn, aber den hatte das Töten eigentlich nie.

»Und doch liebe ich diesen Ort«, gestand Reni.

Rosalind streckte wieder die Hand aus und berührte Renis Haar. Diesmal schob sie ihr eine Strähne hinters Ohr. Sie wirkte zufrieden mit dem Schnitt.

Eine weitere Erinnerung schlug zu. Rosalind, die in der Küche stand, das rote Kleid trug und einen Pferdeschwanz in den Händen hielt.

Die Sonne war untergegangen. »Gehen wir«, sagte ihre Mutter und erhob sich. »Fahren wir nach Hause.«

In einem Zustand der Benommenheit rappelte Reni sich hoch … und spürte die Hände ihrer Mutter an den Schultern.

Es gab nichts, woran sie sich festhalten konnte, nichts, was sie packen konnte. Mit einem eigenartigen Gefühl der Erleichterung über diese Wendung, die nicht völlig unerwartet kam, segelte Reni durch die Luft. So musste ihr Vater sich gefühlt haben, als er sprang. Graziös, fast poetisch. Teiche von kalter Luft schlugen ihr entgegen. Der Sturz selbst dauerte nur ein oder zwei Sekunden. Als sie unten aufschlug, hörte sie ein Knacken, und dann löschte der Schmerz alles andere aus.

Kapitel 41

Erst existierte nur der Schmerz, und dann folgte das Stöhnen, das ihn begleitete. Jene Art von Schmerz, der die Persönlichkeit auslöschte und sich dem Körper mit kaum auszuhaltender Qual aufnötigte. Doch nach und nach wurde Reni sich wieder ihrer selbst bewusst, jedenfalls genug, um zu wissen, dass sie mit verdrehten Gliedmaßen auf dem Rücken lag. *Genau wie mein Vater.*

Sie waren beide geflogen, doch nur ihm war es gelungen zu entfliehen. Ihr nicht. Anders als bei ihm schien nicht viel Blut zu fließen. Das konnte bedeuten, dass sie innere Blutungen hatte. Eine verborgene Wunde, die ihr das Leben aussaugte.

Während ihr Gehirn versuchte, die Verletzungen zu klassifizieren, wuchs das Bewusstsein für sich selbst und ihre Lage von Stecknadelkopfgröße bis zu einem Punkt, an dem sie den Klang des Windes hörte, die Hitze spürte, die von den nahe gelegenen Felsen ausstrahlte, den Boden unter sich fühlte und das Blut in ihrem Mund schmeckte. Hatte sie sich beim Aufprall in die Zunge gebissen, oder war das der Vorbote von etwas Tödlicherem?

Sie versuchte, sich zu bewegen, keuchte auf und erstarrte wieder, atmete flach.

Ein Schatten legte sich über sie.

Das war es. Der Vorhang schloss sich. Doch dann hörte sie die leise Stimme ihrer Mutter und empfand einen Moment lang Erleichterung. Sie war nicht allein. Jemand, der sie liebte, war bei ihr.

Dann fiel ihr alles wieder ein.

Der gefüllte Wassertank und das Magazin, die darauf hindeuteten, dass die Hütte kürzlich benutzt worden war.

Das Vogelbuch.

Der Stoß.

Ihre Mutter zog an Renis verdrehtem Bein und versuchte, es gerade zu richten. Reni schrie auf, und ihre Mutter hielt inne.

»Ich glaube, du hast dir etwas gebrochen, meine Süße.«

Reni blinzelte durch einen roten Nebel. Mit zusammengebissenen Zähnen flüsterte sie: »War das nicht der Plan?«

»Wie kannst du nur so etwas sagen?« Rosalind schaute besorgt drein. Vielleicht hatte sie es sich anders überlegt.

»Hol Hilfe«, krächzte Reni.

»Das werde ich, meine Süße. Das werde ich. Versuch nicht, dich zu bewegen.«

Doch statt loszulaufen und Hilfe zu holen, begann sie, langsam im Kreis herumzugehen. Irgendwann bückte sie sich und hob etwas auf. Reni drehte leicht den Kopf. Es reichte aus, um ihr Handy in der Hand ihrer Mutter zu erkennen.

»Ich möchte die Gelegenheit nutzen, um ein paar Dinge aufzuklären«, sagte Rosalind und stach dabei mit dem Finger auf das Telefon ein. »Das war alles das Werk deines Vaters. Ich machte den Fehler, ihm zu erzählen, dass ich manchmal darüber fantasierte, jemanden zu töten. Irgendjemanden. Nur um zu sehen, wie es sich anfühlte. Ich meine, haben wir uns nicht alle schon gefragt, wie das ist, auch wenn die meisten es nicht zugeben würden? Er sagte mir, dass er deiner Großmutter dabei geholfen hätte, deinen Großvater zu töten. Ich weiß nicht, ob das die Wahrheit war. Ich habe den Verdacht, er wollte nur Eindruck schinden. Das war vor unserer Heirat, und du weißt ja, wie Männer sind. Sie spielen dir etwas vor, bis sie dich gekriegt haben. Dann verfallen sie in ihre lästigen alten Angewohnheiten zurück.«

Sie setzte sich neben Reni auf den Boden, die Knie zusammengedrückt, als würde sie für ein Foto posieren. Der affektierte helle Schal auf ihrem Kopf blähte sich, als hätte er ein Eigenleben, ein Aal im Blau des Ozeans.

»Du weißt ja, wie er war. Mehr Schein als Sein.« Sie nahm Renis Hand und drückte einen ihrer Finger auf das Erkennungsfeld des Smartphones. Als es nicht funktionierte, versuchte sie es mit Renis Daumen, und diesmal schien sie mit dem Ergebnis zufrieden zu sein. Sie gab Reni ihre schlaffe Hand zurück, während sie scrollte.

»Nachdem wir eine Weile verheiratet waren, nahm ich ihn beim Wort und forderte ihn auf, tatsächlich jemanden zu töten. Aber immer wieder kam etwas dazwischen, zum Beispiel du, und ich vergaß das Gespräch wieder. Doch ich erinnere mich ganz deutlich an die Nacht, als es passiert ist. Ich besuchte mit Maurice eine Gala, und dein Vater blieb als Babysitter für dich zu Hause. Ich kam spät heim, du warst schon im Bett, und er hatte ein Grinsen an sich, das ich noch nie bei ihm gesehen hatte. Seine Augen leuchteten so lebendig, er war wie elektrisiert. Ich dachte ehrlich, er hätte etwas eingeworfen, doch wie sich herausstellte, war er high von der Tötung eines Menschen. Er sagte mir erst, was los war, nachdem wir den besten Sex unseres Lebens gehabt hatten. Tut mir leid, ich weiß, Kinder mögen nichts vom Sexleben ihrer Eltern wissen, aber die Morde hatten eine sexuelle Komponente. Während wir miteinander im Bett waren, staunte ich über seine Ausdauer, und da erzählte er mir, was er getan hatte. Er sagte, ihm sei die Idee gekommen, dich als Köder zu benutzen. Darüber war ich nicht glücklich, aber er versicherte mir, du hättest nichts gesehen, dich jedoch glänzend amüsiert und es für ein tolles Spiel gehalten.«

Reni hatte es *tatsächlich* geliebt. Es war etwas Besonderes, das sie und ihren Vater verband. Und sie verstand, was ihre Mutter sagte. Er hatte anschließend so lebendig gewirkt. Es war aufregend gewesen, ihn so zu erleben.

Rosalind starrte immer noch auf das Display und hörte auf zu scrollen. »Ach, ich hasse das. So ein Pech, dass du mit Gabby Sutton Kontakt aufgenommen hast. Ich wollte einen Schlussstrich ziehen, aber es ging einfach nicht. Ich hatte wirklich vor, mit meinem Leben weiterzumachen, ohne dass diese Geschichte wie ein Damoklesschwert über meinem Kopf schwebt.«

Die Angst um Gabby zwang Reni zu einer Erwiderung. »Zieh sie da nicht mit rein. Sie hat keine Ahnung.«

»Vielleicht schon. Ich war in der Nacht dort. Nach dem Überfall habe ich versucht, sie dazu zu bringen, in mein Auto zu steigen. Wie die gute Samariterin.«

Ihre Mutter im Wagen. Und Maurice. Reni war es gelungen, das alles auszublenden.

Rosalind verstummte, während sie las, riss sich dann vom Telefon los und nahm den Faden ihrer Geschichte wieder auf. Sie schien zu wollen, dass Reni alles erfuhr, als wäre sie stolz darauf. Seit Maurice' Tod gab es niemanden mehr, mit dem sie darüber reden konnte.

»Er sagte mir, dass das tote Mädchen im Kofferraum liege, und er wollte, dass ich sie mir ansah. Wir gingen in die Garage, und da war sie, in Plastikfolie eingewickelt. Als ich ihn fragte, was er mit der Leiche vorhabe, antwortete er: ›Ich bringe sie in die Wüste.‹ Er meinte, da gebe es abgelegene Stellen, wo niemand außer den Kojoten sie finden würde.«

Sie stieß einen tiefen Seufzer aus. »Ich dachte daran, zur Polizei zu gehen. Wirklich. Sie war schließlich die Tochter von irgendjemandem gewesen. Aber ich fühlte mich auch verantwortlich für das, was er getan hatte. Und ich hatte einen Ruf zu wahren. Ich konnte nicht als Komplizin bei einem Mord dastehen, und ich wollte nicht, dass die Welt erfuhr, dass ich die Frau eines Mörders war. Also standen wir am nächsten Morgen ganz früh auf und fuhren alle drei raus zu Großmutters Hütte. Du bist bei ihr geblieben, während dein Vater und ich die Leiche entsorgt haben. Seine Mutter wusste natürlich nichts davon. Sie dachte, wir wollten uns nur die Gegend ansehen.«

Sie warf wieder einen Blick auf das Telefon. »Ich hätte sie einfach irgendwo abgelegt, aber er machte den Vorschlag mit den wiedererkennbaren Landmarken. Ich weiß ehrlich nicht, warum. Vielleicht fand er es respektvoller. Oder er dachte, wir müssten sie eines Tages wiederfinden können. Möglicherweise wollte er mich damit notfalls erpressen können. Keine Ahnung. Jedenfalls suchten wir ihr einen schönen Platz aus. Und lass dir gesagt sein, es ist nicht leicht, in der Wüste ein tiefes Loch zu buddeln. Ich fand, wir sollten das Plastik wieder mitnehmen. Nur die Leiche zurücklassen. Das war irgendwie natürlicher.«

Sie steckte das Handy in die Hemdtasche. »Es hat Spaß gemacht. Tut mir leid, aber es war so aufregend. Tage verstrichen, dann Wochen. Wir lasen in der Zeitung von dem vermissten Mädchen und sahen die Berichte im Lokalfernsehen. Wir blickten uns gegenseitig an und kicherten. Doch die Zeit verging, die Aufregung legte sich, und die Leute sprachen nicht mehr darüber. Wir fingen an, uns zu langweilen und uns nach diesem Rausch zu sehnen. Also beschlossen wir, es wieder zu tun. Aber niemand von uns wollte, dass du verletzt wirst, Süße. Ich war sogar diejenige, die deinen Vater gebeten hat, dich nicht mehr mitzunehmen.«

Die Schmerzen hemmten Renis Fähigkeit, angemessen zu reagieren, doch sie schaffte es zu fragen: »Hast *du* je getötet?«

Aus irgendeinem Grund wollte sie immer noch, dass Ben weniger schuld war, obwohl sie es besser wusste.

»Nein.«

Gut möglich, dass das gelogen war. »Maurice?«

»Er glaubte, uns zu beschützen, und das tat er auch. Carmel Cortez könnte Informationen ausgegraben haben, die uns schuldig wirken ließen.« Sie zeigte auf sich selbst und anschließend auf Reni. »Er hat uns jahrelang geholfen. Dir. Ben. Mir. Er kannte nie das ganze Ausmaß unserer Besessenheit. Er liebte dich, und er liebte uns. Er wusste, dass du manchmal darum gebettelt hast, das Spiel zu spielen, und dass wir es taten, um dich glücklich zu machen.«

Zumindest zum Teil war das gelogen. Reni presste die Augenlider zusammen, als eine neue Welle von Schmerz über sie hinwegrollte, und zwang sich dann, sie wieder zu öffnen. Die Nacht brach an.

»Ich habe ihm gesagt, dass er uns helfen muss, dich zu beschützen.«

»Hast du ihn getötet?«

»Natürlich nicht. Er war mein Freund. Maurice war das, was dein Vater einen ›Helfervogel‹ nannte.«

Damit waren Vögel gemeint, die sich nicht selbst vermehrten, aber anderen halfen, ihre Jungen aufzuziehen. »Das ist grausam.«

»Du kennst ja deinen Vater. Er musste zu allem eine Vogelanalogie finden. Im Großen und Ganzen war Ben ein guter Vater.«

»Wie kannst du das nur sagen?«

»Er hat sich um dich gekümmert, als ich es nicht konnte. Hat er dich je geschlagen? Verprügelt? Sexuell missbraucht? Nein.«

»Er hat mich als Köder benutzt.«

»Es hat dir Spaß gemacht.«

Sie war zu schwach, um den angemessenen Zorn aufzubringen, doch sie flüsterte: »Ich war zu jung, um zu wissen, was vorging.«

»Eben. Nach der Verhaftung deines Vaters habe ich das alles vermisst, aber es gibt einen Grund dafür, warum mehr Männer als Frauen töten. Wir sind nicht kräftig genug, um die Leichen zu entsorgen.«

»Du hattest Maurice.«

»Er konnte manchmal widerspenstig sein.«

War es möglich, dass ihre Mutter diejenige mit der Besessenheit war? Und Renis Vater mit hineingezogen hatte? Zwei Killer mit derselben Obsession waren selten. Aber ein Mann wie ihr Vater, nett, gefällig, hätte sich in etwas hineinsaugen lassen, das praktisch ein Kult war. Ein Kult für zwei. Drei, wenn man Maurice mitzählte.

»Ich werde hier draußen sterben«, sagte Reni wie zu sich selbst. Sie fühlte nichts als Resignation und Erleichterung.

»Aber Liebling, ich würde doch nie zulassen, dass dir etwas zustößt.«

Wollte sie Reni wirklich einreden, sie würde Hilfe holen und zurückkommen, oder reichte die Verleugnung ihrer eigenen Taten so tief?

Rosalind sah zum Himmel auf. »Es wird dunkel. Brauchst du noch etwas, bevor ich gehe?«

Renis Überlebensinstinkt schaltete sich ein, und sie stellte eine praktische Bitte. »Wasser.«

»Ich bringe dir etwas. Und wenn ich zurück in der Stadt bin, rufe ich Hilfe. Ich sage ihnen, wo du bist.«

Noch eine Lüge. »Was du da vorhast – tu es nicht.«

»Pst. Alles wird gut. Mach einfach die Augen zu und halte ein kleines Nickerchen, und wenn du wieder aufwachst, wird schon jemand da sein, der dir hilft.«

Reni erinnerte sich jetzt, ähnliche Worte bereits gehört zu haben, damals im Auto, im Park, und nun wusste sie auch, dass ihre Mutter sie ausgesprochen hatte.

»Und wenn ich wieder in der Stadt bin, rufe ich deine Freundin Gabby an und sehe mal, ob sie sich mit mir treffen möchte, also mit dir, um ihr das Geschenk zu geben, das du für sie anfertigen wolltest.«

Reni zwang sich zurück in die Gegenwart. Wie konnte sie ihre Mutter stoppen, so zerschlagen, wie sie war?

»Vielleicht können wir uns sogar im Park treffen. Das Gedächtnis hat seine Tücken. Ich mache mir Sorgen, dass du neulich mit deinem Besuch etwas aufgewühlt haben könntest. Sie hat sich an Maurice erinnert, und am Ende erinnert sie sich auch noch an mich.«

»Tu das nicht«, bat Reni und suchte Gründe, um ihre Mutter davon zu überzeugen, dass das unklug war. »Das kannst du nicht machen, ohne erwischt zu werden.«

Rosalind begann ihren Aufstieg aus dem Canyon. Über die Schulter sagte sie: »Es ist steil. Die Rettungsmannschaft muss sich vorsehen. Ich sage ihnen Bescheid.« Sie blieb stehen und drehte sich um. Einen Augenblick lang dachte Reni, sie hätte es sich anders überlegt.

Aber nein.

Sie hatte kein Herz. Und seltsamerweise war Reni erleichtert, sich das endlich eingestehen zu können. So viele Dinge hatten nie einen Sinn ergeben. Die Bindung zwischen ihnen, die immer bemüht gewirkt hatte. Dass ihre Mutter ihren Vater nie des Mordes verdächtigt hatte, wo sie doch das Bett miteinander teilten. Man musste sich die Frage stellen, warum Reni als Polizistin das niemals erkannt hatte. Aber alle Verhaltensforscher wussten: Gedanken, Ideen, Liebe, Hass, die in der Kindheit geprägt worden waren, ließen sich nur schwer in eine andere

Richtung lenken, weil sie zu tief verwurzelt waren und als gegeben hingenommen wurden.

»Du wurdest geliebt«, sagte Rosalind mit traurigem Lächeln. »Dein Vater hat dich vergöttert. Ich habe dich auch angebetet, aber *sein* Herz gehörte dir wie keiner anderen. Ich möchte, dass du das weißt.«

Ich habe dich angebetet. Vergangenheitsform. Es waren ihre letzten Worte, bevor sie davonging und hinter einem hoch aufragenden Felsen verschwand.

Wen wollte sie hier zum Narren halten? Sie wussten beide, dass sie nicht wiederkommen oder Hilfe schicken würde. Und Gabby Sutton schwebte in Lebensgefahr.

Kapitel 42

Rosalind hatte gespürt, dass etwas nicht stimmte, sobald Reni zu ihr auf die Veranda herausgekommen war. Das arme Mädchen hatte versucht, sich zu verstellen, aber einer Mutter konnte man nichts vormachen. Es hatte keine andere Wahl gegeben, doch wenigstens hatte sie ihre Tochter in der Wüste zurückgelassen, die sie so sehr mochte. Das vermittelte ihr ein gutes Gefühl.

Sie hatte in vieler Hinsicht die Wahrheit gesagt. Sie liebte Reni. Sie konnte nur nicht zulassen, dass die Welt erfuhr, was sie hinter verschlossenen Türen getrieben hatte. Es gab zwei Rosalinds. Die eine, die für ihr soziales Engagement bewundert wurde, und die andere, die sich ein kleines bisschen zu sehr zum Töten hingezogen fühlte.

Es hätte die Leute vielleicht überrascht, dass sie nie einem der Mädchen ein Haar gekrümmt hatte, die sie bei sich zu Hause unterbrachte. Das wäre undenkbar gewesen. Sie brauchten sie und würden sie immer brauchen. Es war befriedigend, Menschen zu helfen, sie zu beschützen, sie zu retten. Sie kümmerte sich gern um die Schwachen und Hilflosen. Das fühlte sich gut an. Nur für die Mutterschaft war sie nicht geschaffen gewesen. Sie versprach ein erfülltes Leben, ein gesegnetes Ereignis, das einen erst vollständig machte. Doch so war es nicht. In Wirklichkeit riss sie ein Loch in einen hinein, durch das alles herausrann, bis nichts mehr da war.

Was die Leute für Quatsch von sich gaben. *Ich wusste nicht, was Liebe ist, bis ich ein Kind bekommen habe. Ich habe nicht verstanden, was wahre Selbstlosigkeit bedeutet, bis ich ein Baby hatte. Ich wusste nicht, dass ich einen anderen Menschen so sehr lieben kann, wie ich meine kleine Janet oder Fanny oder Margaret liebe.*

Lügen, nichts als Lügen.

Niemand hatte sie gezwungen, ein Baby zu bekommen. Ja, Benjamin hatte Kinder gewollt. Das hatte sie vor der Ehe gewusst. Und ein Kind zu haben, schien dem natürlichen Lauf des Lebens zu entsprechen. Erst kam die Liebe, dann die Ehe und dann Rosalind, wie sie einen Kinderwagen vor sich herschob. Man hatte sie einer Gehirnwäsche unterzogen, mit falschen Bildern von den Freuden der Mutterschaft überflutet. All die Magazine und Fernsehserien zeigten Frauen mit Babys.

Ein Baby kroch aus einem heraus, und plötzlich sollte man eine Heilige sein. Mütter durften nicht fluchen oder sich betrinken oder Sex haben. Mütter konnten nicht kreativ oder unverschämt oder attraktiv sein.

Eine Wochenbettdepression hatte sie nicht auf dem Radarschirm gehabt. Natürlich las man davon, so, wie man über angeborene Missbildungen hörte. Aber das passierte nur anderen Leuten, und niemandem war geholfen, wenn man sich während der Schwangerschaft über solche unwahrscheinlichen Möglichkeiten Gedanken machte. Sie war nicht sicher, ob es überhaupt einen Unterschied gemacht hätte. Sie wusste nicht einmal, ob das ihr Problem gewesen war. Sie glaubte an Depressionen und Hormonstörungen. Doch die Wurzel von allem, die gottverdammte Wurzel allen Übels war – und das sprach niemand aus –, dass ein Kleinkind einem, sobald es auf der Welt war, die Seele raubte. *Darüber* wollte keiner reden. Aber es war so. Ihre Tatkraft und Lebenslust hatten sie auf direktem

Weg durch den Geburtskanal verlassen. Sie vermutete, dass manche Leute aus diesem Grund die Nachgeburt aßen. Das hätte sie auch tun sollen, und sie hatte Wiederholungsträume davon. Sie roh zu verzehren und zu spüren, wie sie dabei wieder auferstand. Manchmal träumte sie, im Krankenhaus zu sein und danach zu suchen, durch die Gänge zu irren und in düsteren Räumen etikettierte Gläser auf Regalen zu durchforsten. Sie musste ein Glas finden, auf dem ihr Name stand. Aber am Ende, wie immer, wenn man im Traum etwas suchte, konnte sie ihre Mission nicht vollenden. Sobald sie den Deckel geöffnet hatte, traf sie ein Hauch von Formaldehyd, und sie schreckte angeekelt zurück.

Zwei Tage nach Renis Geburt brachten sie sie nach Hause. Dieses kleine, rote, fremde Ding, das strampelte und schrie und pisste.

Rosalind brachte es nicht fertig, es anzusehen.

Zunächst versuchte Benjamin, sie zu überreden, das Baby zu stillen. Doch sie befürchtete, das Kind würde sie bis zum letzten Tropfen leer saugen. Sie versteckte sich im Bett, starrte die Wand an und prägte sich jede Unregelmäßigkeit der Farbe ein. Zusammenhängende Gedanken hatte sie nur, wenn sie darüber fantasierte, das Baby loszuwerden. Es vielleicht auf dem Rücksitz zu vergessen. Oder den Wagen ins Meer zu fahren, im letzten Augenblick herauszuspringen und an Land zu schwimmen. Sie stellte sich das öffentliche Mitgefühl vor, das sie danach genießen würde.

Sie erwähnte Benjamin gegenüber nie etwas davon, aber er musste Bescheid gewusst haben, denn eines Tages tauchte seine Mutter auf. Sie packten eine Tasche, und eine Stunde später war das Kind verschwunden. Während der nächsten paar Tage räumte Benjamin alles weg, was an die Kleine erinnerte, und sie sprachen nicht mehr von ihr.

Rosalind verließ das Bett und kümmerte sich wieder um sich selbst. Putzte sich die Zähne. Wusch sich die Haare. Sie und Benjamin nahmen ihre Spaziergänge wieder auf. Eines Tages fragte jemand nach ihrem Kind, und sie brüllte: »Ich habe kein Baby! Sehe ich so aus wie jemand, der ein Baby hat? Ich bin eine starke, unabhängige Frau! Keine Babysklavin!«

Benjamin hatte sie nach Hause gebracht.

Sie weinte viel.

Er war Psychologe und glaubte, er könne ihre Probleme lösen, aber er kapierte nicht, dass sie gar keine hatte. Das *Baby* war das Problem.

Er überredete sie dazu, zu einem befreundeten Psychiater zu gehen. Der verschrieb ihr Medikamente. Langsam wurde sie wieder sie selbst. Nicht mehr die echte Rosalind, aber zumindest ein Schatten ihres alten Ichs.

Monate später tauchte seine Mutter mit einem Baby auf, das sich ohne große Hilfe aufsetzen konnte. Und es war nicht mehr so rosa oder rot wie früher, sah nicht mehr ganz so aus wie ein Alien, den man ersticken musste. Sie konnte das Kind ansehen, ohne das Gefühl zu haben, eine blassrosa Verkörperung ihrer armseligen Seele zu sehen. Und mit Benjamins Hilfe begann sie, das Kind als Person zu betrachten.

»Kinder sind für uns da«, sagte er ihr. »Sie ergänzen unser Leben. Wir schulden ihnen nichts. Sie sind für *uns* da, nicht umgekehrt.«

»Könnten wir es aufessen?«, hatte sie gegrübelt. Vielleicht im Spaß, oder auch nicht. »Falls wir mal nicht wissen, was wir zum Abendessen kochen sollen?«

Er lachte. »Ich würde davon abraten. Eines Tages wirst du froh sein, sie zu haben. So lautet meine Prognose. Und im Augenblick? Mach dir keine Gedanken, wenn du sie nicht magst.«

An diese Vorstellung hatte sie sich geklammert.

Sobald sie sich nicht mehr für jeden Atemzug verantwortlich fühlte, den das Kind machte, wurde es leichter. Und als Benjamin mit dem Spiel anfing, begann sie, die Mutterschaft zu genießen. Sie wurde von einem Minus zum Plus und brachte sie zurück aus der Vergessenheit. Sie wurde nicht mehr zu der alten Rosalind. Die Mutterschaft hatte ihr diese Person für immer genommen. Sie war stattdessen besser geworden. Clever und mutwillig, aber auch künstlerisch und freundlich und respektiert von den Menschen in der Gemeinschaft.

Kapitel 43

Eigentlich war es fast komisch. Es wurde einem dazu geraten, bei einem Ausflug in die Wüste irgendwo die geplante Route zu hinterlegen. Wenn Reni vorgehabt hatte, in entlegenen Gegenden zu wandern, hatte sie immer ihrer Mutter eine Textnachricht geschickt und ihr mitgeteilt, wohin sie unterwegs war und wann sie zurück sein wollte.

Im Lauf der Jahre hatte Reni sich durchaus Fragen über Rosalind gestellt. Wie hatte sie Bens Verhalten übersehen können? Die Euphorie nach der Tötung, die Kleidung, das Blut, dieser einzigartige Schweißgeruch, der häufig eine Mordtat begleitete. Wie konnten einem solche Anzeichen entgehen? Die Ermittlerin in Reni war verblüfft gewesen. Sie hatte das Verhalten von Menschen studiert, die sich im Dunstkreis von Killern bewegten. Angehörige und Personen, die das Bett mit einem Mörder teilten, schützten gern Unwissenheit vor, während es Hinweise gegeben haben sollte. Gegeben haben musste.

Bislang hatte sie gedacht, dass man ihrem Vater einfach nichts hatte anmerken können. Irgendwie. Das klang zwar unwahrscheinlich, aber etwas Besseres war ihr nicht eingefallen. Jetzt wusste sie natürlich, dass sie falschgelegen hatte.

Ihre Mutter hatte Bescheid gewusst.

Ihre Mutter war sogar eine Komplizin. Sie hatte möglicherweise selbst Blut an der Kleidung gehabt, diesen einzigartigen Geruch verströmt und war high von der Euphorie des Tötens gewesen. Das Ausmaß der Perversion war schwer zu verdauen. Ein Kind mit hineinzuziehen. Es zu einem Teil davon zu machen. Andere Familien gingen zum Camping. Ihre hatte getötet. Eine Familie, die zusammen mordete, hielt zusammen.

Der letzte Gedanke deutete darauf hin, dass Renis Gehirn nicht mehr richtig arbeitete, nicht mehr das Wesentliche vom Unwesentlichen unterscheiden konnte. Es ging erst einmal darum zu überleben. In die Zivilisation zurückzukommen. Der Welt mitzuteilen, was sie wusste. Das Monster – im Moment half es ihr, Rosalind nicht mehr als ihre Mutter zu betrachten, sondern als Bestie – musste entlarvt und aufgehalten werden.

Sie zwang sich aus dem Wirbel der Gedanken in ihrem Kopf weit genug in die Wirklichkeit hinaus, um ihre Umgebung wahrzunehmen. Die leuchtende Decke der Sterne über ihr, ein schöner und magischer Anblick. Der Halbmond am Horizont.

Es gelang ihr, sich sitzend aufzurichten und an einen Felsen zu lehnen. In dieser Haltung war der Schmerz schlimmer, aber sie durfte nicht liegen bleiben. Das hier war die Wüste. Die Temperatur sank rasch und würde sich bald im Bereich von fünfzehn Grad bewegen. Später, wenn die Sonne aufging und es wieder heiß wurde, konnte sie ohne Wasser nicht lange durchhalten. Es war gefährlich, an Ort und Stelle zu verharren, und unklug, auf eine Hilfe zu warten, die vermutlich nie kommen würde.

Sie verlagerte ihr Gewicht und stellte sich vor, wie ihre gebrochenen Knochen sich in der Hülle aus Haut bewegten. Aber es ging ihr nicht schlechter als vor einer Stunde, und das hieß, dass sie ihre ursprüngliche Sorge wegen innerer Blutungen ad acta legen konnte. Falls sie blutete, dann zumindest nur tröpfchenweise.

Sie hatte eine durchschnittliche Schmerzschwelle, und die sagte ihr, sie solle sich nicht von der Stelle rühren. Dieses Hemmnis musste sie überwinden. Sie hatte beim Sturz ein Knacken gehört. Etwas war gebrochen. Sie wusste nur nicht genau, was es war. Rippen? Ein Knöchel war geschwollen, vielleicht verstaucht. Möglicherweise Schlimmeres. Ihre Atmung schien okay zu sein, abgesehen von dem Keuchen und Stöhnen, das wohl von den Schmerzen kam.

Sie musste sich den steilen Abhang hinaufziehen – einen Miniaturberg – und zur Hütte zurückkriechen. Hoffentlich hatte ihre Mutter nicht daran gedacht, die Vorräte mitzunehmen, die sie auf der Veranda hatte liegen lassen.

Sich auf die Knie zu rollen, tat höllisch weh. Sie blieb ganz still und wartete, bis das Stechen sich gelegt hatte. Jeder Herzschlag hämmerte den Schmerz tiefer in sie hinein.

Jede Bewegung konnte und würde vermutlich ihre Verletzungen verschlimmern, aber sie hatte keine Wahl. Die Alternative hieß, hier zu sterben. Absolut akzeptabel, wenn sie nicht wichtige Dinge zu tun gehabt hätte, zum Beispiel sicherzustellen, dass ihre Mutter nicht noch einmal töten konnte. Dafür zu sorgen, dass sie keinen Kontakt zu Gabby aufnahm.

Ihr Zeitgefühl war in Schieflage geraten, und sie hatte kein Telefon mehr, von dem sie die Uhrzeit ablesen konnte, aber sie schätzte, dass es sie mindestens zwanzig Minuten kostete, sich den steilen Abhang hinaufzustemmen. Als sie oben war, blickte sie in Richtung der Hütte und konnte ihre dunkle Silhouette erkennen. Auf Händen und Knien kroch sie darauf zu.

Die Wasserkanister und ihr Rucksack lagen noch auf der Veranda, wie sie sie zurückgelassen hatte. Der Koffer ihrer Mutter war verschwunden. Sie kramte eine kleine Taschenlampe hervor, schaltete sie ein und hielt sie zwischen den Zähnen, während sie ihre Wasserflasche aus einem der Kanister auffüllte. Sie sah im Rucksack nach der Ausrüstung. Sonnencreme,

Sonnenbrille, Hut, Energieriegel und Trockenfleisch. Das alles würde sie brauchen. Sie musste überlegen, wie viel Gewicht sie so viele Kilometer weit tragen konnte. Ein ganzer Wasserkanister kam nicht infrage. Am Ende nahm sie nur ihre eigene Flasche mit und einen Kanister, den sie zur Hälfte ausgegossen hatte. Sie würde sich sofort auf den Weg machen, in der Dunkelheit, während der Mond und die Sterne ihr leuchteten.

Bis jetzt hatte sie sich auf Händen und Knien fortbewegt. Es wurde Zeit, auszuprobieren, ob sie stehen konnte.

Sie zog sich zu einem der Holzstühle. Ein Schluchzen entrang sich ihrer Kehle. Nur eines. Mehr ließ sie nicht zu. Mit einer Hand stemmte sie sich hoch, während sie sich schwer gegen die Wand der Hütte lehnte und flach atmete. Wellen aus Schmerz schlugen über ihr zusammen. Aber sie kam auf die Füße, humpelte in die Hütte, zog eine Decke vom Bett und wickelte sich hinein. Der Spazierstock ihrer Großmutter stand neben der Tür, der Griff glatt poliert vom häufigen Gebrauch. Darauf würde sie sich stützen.

Ihrer Schätzung nach war es gegen zehn Uhr, als sie mit dem Rucksack über den Schultern aufbrach. Sie packte den Spazierstock fest, und jeder Schritt ließ eine Schmerzlanze durch ihren Körper schießen.

Es waren fast fünfzehn Kilometer bis zum Highway. Sollte sie etwa siebenhundert Meter pro Stunde schaffen, würde sie bis morgen Abend brauchen, um ihn zu erreichen. Wenn sie dort ankam – *falls* sie ankam –, hoffte sie, ein Fahrzeug anhalten zu können.

Sie konzentrierte sich ausschließlich darauf, einen Fuß vor den anderen zu setzen. Eine Art Selbsthypnose, eine Meditation ähnlich der, die sie an der Töpferscheibe kennengelernt hatte. Manchmal ließ sie sich auf die Knie sinken und wickelte sich in die Decke. Manchmal döste sie für kurze Zeit ein.

Je länger die Nacht dauerte, desto schwerer fiel es ihr, danach wieder auf die Beine zu kommen. In der offenen Wüste gab es nichts, an dem sie sich festhalten konnte, außer dem Spazierstock. Wenn sie stürzte, lag sie auf dem Boden und wollte kein Glied mehr rühren, denn alles, jeder Atemzug, war ein Messerstich, zerbrochene Stücke von sich selbst, brennend wie Feuer. Irgendwann jedoch stand sie wieder auf und folgte der kaum erkennbaren Straße, die niemand mehr benutzte. Der erste Anflug von Morgendämmerung erfüllte sie vorübergehend mit trügerischer Hoffnung und Hochstimmung, bis sie sich sagte, dass mit dem Tageslicht eine noch größere Herausforderung kommen würde: die Hitze. Schließlich wurde es Tag, und die Vögel sangen. Sie fühlte sich nicht mehr so allein.

Zurückgelegte Entfernung? Keine Ahnung.

Korrekte Richtung? Ziemlich sicher.

Als die Sonne höher stieg, hielt Reni lange genug an, um sich Gesicht und Arme mit Sonnencreme einzuschmieren. Die Decke spendete ihr Schatten, wenn sie sich dazu aufraffte, sie sich über den Kopf zu ziehen. Irgendwann in ihrer halben Bewusstlosigkeit glaubte sie, in der Ferne etwas zu sehen, mitten auf der Straße, hinter ihr, in der Richtung, aus der sie gekommen war. Sie blinzelte und versuchte, es schärfer in den Blick zu bekommen. Ein Tier. Es machte ein paar Schritte und setzte sich dann. Tat noch ein paar Schritte auf sie zu.

Ein Kojote?

Es bewegte sich nicht wie einer.

Ein Hase?

Das schien es auch nicht zu sein.

Ein Hund? Ja. Konnte sein.

Als er sich näher heranwagte, sah sie, dass es sich tatsächlich um einen kleinen Hund handelte, vielleicht zehn Kilo schwer, verfilztes Fell. Ein Wildhund? Unwahrscheinlich, wenn man bedachte, wie nah er herangekommen war, aber der Hunger zähmte die meisten wilden Tiere.

Sie wühlte in ihrem Rucksack, fand das letzte Stück Trockenfleisch und warf es dem Hund zu.

Mit einem Happs war es verschwunden, und das Tier schnüffelte nach mehr.

Obwohl der Kanister beinahe leer war, goss sie Wasser in den kleinen Deckel, legte ihn auf den Boden und trat zurück. Der Hund schlich sich näher, trank. Sie gab ihm den Rest, der noch im Kanister war. Jedes Mal, wenn sie sich bückte, brachen Wellen von Schmerz und Schwindelgefühl über ihr zusammen. »Wo kommst du denn her?« Sein Fell war so verfilzt, dass man kaum sagen konnte, um was für eine Rasse es sich handelte. Ein Pudelmischling?

Sie nahm ihre Reise wieder auf, und bald gelangte sie an den Punkt, an dem sie die Füße nicht mehr heben konnte. Sie zog sie nach, schlurfte dahin und wirbelte dabei so viel Staub und Sand auf, dass er ihre Lippen bedeckte und zwischen den Zähnen knirschte. Benommen tastete sie nach ihrem Rucksack, um die Tube mit Lippenbalsam herauszuziehen. Doch er war verschwunden, irgendwo auf dem Weg zurückgeblieben.

Sie blickte über die Schulter. Die Wüste erstreckte sich kilometerweit. Keine Spur von ihren Habseligkeiten, aber der Hund folgte ihr immer noch. Sie drehte sich um. Überall dasselbe.

Keine andere Wahl, als weiterzugehen.

Oder sich fallen zu lassen.

Reni erwachte auf dem Boden unter der Last der Schmerzen. Von irgendwoher, aus dem echten Leben oder aus einem Traum, hörte sie ein fernes Rauschen. Ein Schatten glitt über sie hinweg, und sie erkannte einen kreisenden Vogel. Das Geräusch kam von seinen Flügeln.

Der Vogel war real. Vielleicht.

Kapitel 44

Nach Maurice' Selbstmord hatte Daniel Reni bewusst Freiraum gelassen, aber jetzt, als er an seinem ersten freien Samstag seit Wochen zu Hause saß, wollte er wissen, wie es ihr ging. Er fühlte sich ein wenig dafür verantwortlich, sie in einen Albtraum hineingezogen zu haben. Andererseits hätten sie ohne ihre Beziehung zu Maurice vielleicht nie von dessen Verstrickung in die Inland-Empire-Morde erfahren.

Sein Anruf bei Reni ging sofort auf Voicemail, daher versuchte er es bei Rosalind. Sie nahm ab und teilte ihm mit, dass ihre Tochter in die Wüste zurückgekehrt sei. Kaum überraschend, und es war genau das, was ihm Sorgen bereitete.

»Ich hoffe, Sie werden in einem solchen Augenblick ihre Privatsphäre respektieren«, sagte Rosalind.

Das würde er. Nachdem er mit ihr gesprochen und sich vergewissert hatte, dass alles in Ordnung war. Soweit das bei einem Menschen in ihrer verzwickten Situation möglich war.

Es waren fünfundvierzig Minuten bis zu Reni, wenn der Verkehr nicht allzu dicht und der Highway 62 nicht, wie es gelegentlich vorkam, wegen Überflutung, Erdbeben oder eines Haboobs gesperrt war. Das waren diese üblen Winde aus Sand und Staub, die wie eine undurchdringliche Walze über alles in ihrem Weg hinwegrollten und das Fahren und sogar das Atmen nahezu unmöglich machten.

Er tankte seinen SUV an einer kleinen Wüstenstation auf. Sukkulenten und Kakteen standen zum Verkauf, und er suchte einen für Reni aus. An der Kasse kaufte er noch ein paar Snacks und machte sich dann wieder auf den Weg, vorbei an Landstrichen voller weißer Windturbinen, die eine surreale Mixtur aus Technologie und Natur schufen. Zwanzig Minuten später fuhr er den holprigen Weg zu Renis Haus hinauf.

Ihr Pick-up stand da.

Er klopfte. Keine Antwort.

Er rüttelte an der Tür und sah durchs Fenster.

Alles abgeschlossen.

Sie konnte natürlich mit jemandem fortgefahren sein, aber in der kurzen Zeit, in der er sie kannte, hatte sie nie irgendwelche Freunde oder Geschäftspartner erwähnt. Seit dem Tag, als er erstmals aufgetaucht war und sie gedrängt hatte, sich an seinem Kreuzzug zu beteiligen, hatte sie eine Menge durchgemacht. Wie viel konnte ein Verstand aushalten, bevor er zerbrach? Seine große Sorge war, dass sie eine Gefahr für sich selbst darstellen könnte. Das beunruhigte ihn am meisten. Ihr geistiger Zustand. Allein in der Wüste zu sein, erschien ihm im Augenblick als die schlimmstmögliche Wahl.

Er fasste einen Entschluss, holte Einbruchswerkzeug aus seinem Wagen, knackte das Schloss an der Tür und trat ein. Aus Gewohnheit wappnete er sich gegen den Geruch einer Leiche. Er roch nichts als Töpferton.

Er sah sich um, bemerkte das Zelt neben der Tür, das säuberlich gemachte Bett, das kleine Bad, in dem alles an seinem Platz zu sein schien. In der Küche genauso. Keine Essensreste, kein Handy, keine Geldbörse oder Handtasche auf dem Tisch. Keine Anzeichen für ein unerwartetes Ereignis oder Fremdeinwirkung. Und doch schlug ihm das Herz bis zum Hals. Nach einer Weile wurde ihm bewusst, dass er sich wieder in den Morgen hineinsaugen ließ, an dem er festgestellt hatte, dass seine Mutter verschwunden war. Sie war da, und dann war sie nicht mehr da. Er merkte, dass Reni ihm inzwischen etwas bedeutete. Den Grund für seine Überreaktion zu erkennen, reichte aus, um sich wieder unter Kontrolle zu bringen, zumindest ein wenig.

Er ging hinaus und umrundete die Hütte. Sie war klein, errichtet aus grauen Schlackesteinen auf einer Bodenplatte aus Beton. Das Wohnzimmerfenster überblickte die Wüstenebene tief unten. Nachdem er alles untersucht hatte – was nicht lange dauerte, denn es gab nicht viel zu sehen –, versperrte er die Tür wieder und fragte sich, ob er Gabby Sutton anrufen sollte. Hatte Reni sich mit ihr in Verbindung gesetzt? Während er noch überlegte, ob das ratsam war, bekam er einen Anruf von Gus Waters, dem stellvertretenden Gerichtsmediziner.

»Erinnern Sie sich an die alte Forschungsstudie, von der wir gesprochen haben?«, fragte er. »Es war nicht ganz einfach, aber ich habe die Erlaubnis bekommen, ein paar Highlights der ursprünglichen Akten mit Ihnen durchzugehen. Und es war gut, dass ich drangeblieben bin, denn wie sich herausgestellt hat, war ein Teil der Informationen falsch, die ich Ihnen gegeben habe. Das kann passieren, wenn die Identität der Teilnehmer geschützt ist. Wie dem auch sei, ich habe das Material gerade in Ihre Datenbank hochgeladen.«

Daniel bedankte sich, holte seinen Laptop aus dem Auto und setzte sich auf einen Metallstuhl vor Renis Haus. Mit seinem Telefon als Hotspot konnte er sich über VPN einloggen und Zugang zu der hochgeladenen Datei erhalten, die Gus gemeint hatte.

Er klickte auf das Icon auf dem Bildschirm und war überrascht, zwei verschiedene Sätze von Gehirnscans zu sehen, von zwei Personen. Er glaubte, den einen wiederzuerkennen, den er in der Leichenhalle gesehen hatte. Dieselben weißen Flecken im präfrontalen Kortex, dem Bereich, der moralisches Verhalten steuerte. Für seinen laienhaften Blick sah das andere Gehirn auch nicht normal aus, aber die Lücken waren nicht so groß wie auf den Bildern aus dem Obduktionssaal.

Einer der Fotosätze gehörte zu Benjamin Fisher. Unter dem anderen stand ein Name, den er nicht gleich erkannte. Dann traf es ihn wie ein Schlag.

Es war Rosalind Fishers Mädchenname.

Sowohl sie als auch Benjamin hatten an der Studie teilgenommen. Vielleicht hatten sie sich sogar dort kennengelernt. Und das höchst ungewöhnliche Gehirnmuster gehörte nicht zu Benjamin. Sondern zu Renis Mutter.

Kapitel 45

Gabby erhielt eine Textnachricht von Reni. Ihre spezielle Keramik war fertig, und sie wollte wissen, ob sie sich in einem Park in Riverside treffen könnten, dem Ort, wo Gabby aufs College gegangen war und Ben Fisher Psychologie unterrichtet hatte. Nicht *der* Park, aber sie hatte mit allen Parks Probleme. Sie mied sie. Als sie sich sträubte, sagte Reni ihr dasselbe, was ihr Therapeut immer gesagt hatte. Manchmal konnte man der Angst ihren Stachel nehmen, wenn man sich ihr stellte. Es waren nur Bäume und Joggingpfade. Bloß ein schöner Park.

Und sie vertraute Reni.

Noch vor Tagen hatte sie eine Todesangst davor gehabt, Reni zu begegnen, und hätte fast Nein gesagt. Aber seit sie miteinander geredet hatten, kam es ihr so vor, als würden sie sich schon ewig kennen. Und irgendwie stimmte das ja auch. Sie hatten dasselbe Trauma hinter sich. Gabby mochte nach dem Überfall ein Schattendasein geführt haben, aber sie waren beide Überlebende. Also konnte die Rückkehr in die Stadt, in der der Angriff stattgefunden hatte, den nächsten Schritt bedeuten. Wenn Reni glaubte, es könne helfen, war Gabby bereit, sich aus ihrer Wohlfühlzone zu entfernen.

Aber sie war noch nicht so weit, ihrem Mann mitzuteilen, was vorging. Stattdessen zog sie ein rotes Kleid und eine schwarze Strumpfhose an und sagte ihm, dass sie sich am Nachmittag mit einer Freundin treffen würde. Ihr Mann stellte nie viele Fragen, wodurch sie auch nicht viele Lügen erzählen musste. Heute wirkte er einfach nur erleichtert, dass sie sich animiert genug fühlte, aus dem Haus zu gehen.

Aber mit dem Mut war das so eine Sache. Er konnte schwanken und einen verlassen, wenn man zu lange wegsah. Auf dem Weg nach Riverside musste sie mehrfach am Straßenrand anhalten. Bei jeder Raststätte fuhr sie raus. Sobald sie ein Schild für eine Tankstelle oder einen Starbucks sah, nahm sie die Ausfahrt. Ein paar Mal während der Fahrt dachte sie daran, Reni anzurufen und sich von ihr Mut zusprechen zu lassen, entschied sich dann aber dagegen. Sie wollte tapfer sein. Sie wollte niemanden als Krücke benutzen. Sie wollte mehr wie Reni sein.

In der Stadt folgte sie den GPS-Anweisungen zu dem Park mit den Joggingpfaden. Sie hatte sich ein wenig Luft gelassen und kam zu früh. Es standen keine anderen Autos da. Ihr Herz hämmerte, was sie auf den vielen Kaffee schob. Sie stellte den Motor ab, vergewisserte sich, dass die Türen abgeschlossen waren, und versuchte, ihre Atmung unter Kontrolle zu bringen. Mehrfach sah sie auf die Uhr auf ihrem Handy, stellte jedoch jedes Mal fest, dass seit dem letzten Mal kaum Zeit vergangen war.

Endlich hörte sie ein Geräusch.

Im Rückspiegel sah sie einen großen weißen Wagen. Er hielt neben ihr an. Am Steuer saß eine Frau. Sie fuhr das Beifahrerfenster herunter und beugte sich über den Sitz. Gabby war in Versuchung, ihr Fenster oben zu lassen, und verlor den Kampf. Sie drückte die Taste – und hatte das Gefühl, kopfüber in eine Art Déjà-vu zu taumeln. Sie schüttelte den Eindruck ab.

»Ich bin Renis Mutter«, sagte die Frau. »Rosalind Fisher.«

Natürlich. Rosalind Fisher. Benjamin Fishers Frau. Konnte es noch surrealer werden? Gabby hätte sie auf der Stelle erkannt, wenn sie nicht so nervös gewesen wäre. Rosalind war dafür berühmt, dass sie sich um missbrauchte Frauen kümmerte und sie bei sich aufnahm. Gabby hatte angenommen, dass sie damit wohl eine Art Ausgleich für die Verbrechen ihres Mannes schaffen wollte.

»Es tut mir leid, meine Liebe«, sagte Rosalind, »aber es gab einen Notfall bei Reni, und sie hat es nicht geschafft. Sie wollte nicht, dass Sie umsonst hier warten.«

Gabby runzelte die Stirn angesichts der fehlenden Logik. Warum hatte sie sich nur wieder mit diesen Leuten eingelassen? »Sie hätte mir eine Textnachricht schicken können.«

»Das wollte sie auch. Aber da sie wusste, dass Sie schon unterwegs waren und ich sowieso in der Gegend war, habe ich ihr angeboten, Ihr Geschenk mitzunehmen.« Sie stieg aus und kam zu Gabbys Tür. Sie war mit beiläufigem Schick gekleidet, wie Gabby es ausgedrückt hätte, ein Stil, der bei Frauen ihres Alters in Palm Springs und Umgebung beliebt war. Weiße Jeans und Sandalen und großformatiger Schmuck, der klimperte, wenn sie sich bewegte.

»Reni hat bemerkenswerte Fortschritte mit ihrer Kunsttherapie gemacht«, sagte Rosalind. »Ich weiß nicht, was sonst aus ihr geworden wäre. Aber wie dem auch sei, sie hat mir alles über das Geschenk erzählt, das sie speziell für Sie angefertigt hat.«

Gabby wusste, dass Keramik lange Zeit bis zur endgültigen Fertigstellung brauchte, und sie hatte Reni erst vor ein paar Tagen getroffen. Das reichte sicher nicht für eine Sonderanfertigung. Aber wenn sie so tun wollte, als wäre das Geschenk eigens für sie gemacht, wollte sie nicht undankbar wirken.

»Es ist im Kofferraum und ziemlich schwer.« Rosalind verzog entschuldigend das Gesicht.

»Okay.« Gabby stieg aus. Gemeinsam gingen die Frauen zur Rückseite des weißen Wagens, und Rosalind ließ den Kofferraum aufspringen.

»Oh, die Schachtel muss ganz nach vorn gerutscht sein«, sagte Rosalind. »Kommen Sie vielleicht ran?«

Eine neue Welle des Unbehagens schwappte über Gabby hinweg, aber sie beugte sich in den Kofferraum und sah zu ihrer Beruhigung, dass sich darin tatsächlich ein Karton befand. Da sie nicht ganz heranreichte, bückte sie sich tiefer hinein und hob ein Knie auf den Kofferraumrand, während sie mit dem anderen Fuß noch am Boden stand.

Fassungslos registrierte sie, wie ihr das Standbein weggetreten wurde. Sie wurde vorwärtsgestoßen und rollte in den Kofferraum. Bevor sie reagieren oder begreifen konnte, fühlte sie einen heißen, brennenden Stich im Rücken, genau zwischen den Schulterblättern. Dem Schmerz folgte ein saugendes Geräusch. Sie verdrehte sich nach hinten und sah ein blutiges Messer hoch erhoben über sich, dahinter Rosalind Fishers verzerrtes Gesicht. Gabby schrie auf, als die Klinge herabsauste und sie abermals traf, diesmal in den Hals.

Ein Geräusch. Vielleicht ein anderes Auto.

Der Kofferraumdeckel knallte zu.

Schritte, das Klappen der Autotür. Das Fahrzeug erwachte grollend zum Leben und vibrierte unter Gabby. Es setzte zurück und schoss dann vorwärts. Gabby presste die Hand auf den Hals und versuchte, die Blutung zu stoppen, während sie in vollen Überlebensmodus ging.

Kofferräume hatten Notfallsicherungen.

Sie erblickte einen erleuchteten Hebel über ihrem Kopf. Mit klebrigen, glitschigen Fingern zog sie daran. Nichts geschah. Sie zog noch einmal. Nach mehreren schwachen Versuchen fiel ihr das Handy wieder ein, und sie suchte in den Taschen ihres Kleides danach. Sie hatte es im Auto liegen lassen.

Rosalind fuhr mit Gabby im Kofferraum nach Hause. Sie hatte vor, den Wagen in der Garage abzustellen und nachzusehen, ob die Frau noch lebte. Wenn ja, würde sie ihr den Mund zukleben, die Hände mit Klebeband fesseln und hoffen, dass sie so lange am Leben blieb, bis sie sie in der Wüste abladen konnte. Unmöglich für Rosalind, eine Leiche ohne Hilfe aus dem Kofferraum zu hieven. Gabby Sutton musste schon selbst aussteigen. Dann würde Rosalind sie töten. Aber erst einmal galt ihre ganze Konzentration der abendlichen Preisverleihung und dem Festessen.

Kapitel 46

Daniel klingelte an der Tür. Es war Samstagabend, und er war von Reni aus direkt zu Rosalind gefahren. Er bemühte sich, das, was er gerade über sie erfahren hatte, nicht allzu schwer zu nehmen, um keine bösen Absichten zu wittern, wo es keine gab. Sogar wenn die Scans zutrafen, hatten sie nichts zu bedeuten, sofern sie nicht durch entsprechende bösartige Verhaltensweisen bestätigt wurden. Laut den Ergebnissen der Forschung konnte eine positive Kindheit selbst die alarmierendste Vorprogrammierung überschreiben. Und er wusste nichts über Rosalind. Er hatte sich ausschließlich auf Benjamin und ein bisschen auf Reni konzentriert. Außerdem war das Gehirn noch immer eine geheimnisvolle Landschaft. Die Theorien von gestern konnten morgen bereits auf dem Müllhaufen der Geschichte gelandet sein. Er wollte Rosalind nur finden, ihr in die Augen sehen, ihre Version hören und etwas über Renis möglichen Aufenthaltsort erfahren.

»Sie ist nicht zu Hause.«

Er drehte sich um und sah Josh Perkins, den Journalisten, im Garten der Fishers stehen. Einige Fernsehteams belagerten immer noch das Haus, und sein Bekannter war einer von denen, die weiter auf Schlagzeilen hofften.

»Hast du Rosalind gesehen?«, fragte Daniel.

»Sie war mal fort«, antwortete Josh. »Ist dann für ein paar Stunden zurückgekommen und wieder weggefahren. Laut dem Veranstaltungskalender der Palm Springs Gazette wird sie heute Abend mit einem Preis für herausragende Arbeit für die Gemeinde geehrt. Im Konferenzzentrum von Palm Springs, wo auch das Kunstinstitut ist.«

»Danke.« Daniel setzte sich zu seinem SUV in Bewegung.

Josh ging neben ihm her. »Hast du was für mich?«

»Noch nicht, aber vielleicht bald.«

Dreißig Minuten später traf Daniel am Konferenzzentrum ein. Es lag an einer breiten Straße, die als Sackgasse endete. Daneben befand sich ein freies Gelände mit einer Menge Kakteen und den allgegenwärtigen Kreosotbüschen. Die grelle Hitze des Tages verblasste, und an ihre Stelle würde bald eine wunderschöne Wüstennacht treten. Auf dem Parkplatz versuchte er erneut, Reni zu erreichen. Wie zuvor landete er direkt beim Anrufbeantworter. »Rufen Sie mich an, wenn Sie das hören.« In seiner Stimme klang ein wenig von der Dringlichkeit durch, die er sich zu unterdrücken bemühte.

Er war nicht richtig angezogen für ein solches Ereignis, aber er hatte fast immer formelle Kleidung für den Notfall dabei.

Weil er nicht bis zum Ende der Veranstaltung warten wollte, schlüpfte er neben seinem Wagen in ein schwarzes Jackett und band sich eine Krawatte um. Am Eingang wurde er nach seinem Namen gefragt. Er zückte stattdessen seine Marke aus dem ledernen Aktenkoffer. »Ich bin auf der Suche nach dem Ehrengast. Rosalind Fisher.«

Man teilte ihm die Tischnummer mit. Daniel klappte den Koffer wieder zu.

Das Dinner hatte längst begonnen, und aus dem Raum, der mit modernen Lüstern hell erleuchtet war, schlug ihm eine dröhnende Mauer aus Lärm entgegen. Er erspähte die genannte Nummer in einem Metallhalter auf einem Tisch in der Nähe der Bühne. Ein Arm reckte sich in die Höhe, eine Hand winkte. Er hoffte, dass es Reni war, die an dem Dinner teilnahm. Nein, es handelte sich um ihre Mutter, die ihren Stuhl zurückschob und sich erhob. Sie wirkte erfreut, ihn zu sehen.

Kapitel 47

Der Schmerz war Renis Freund. Nur er sorgte dafür, dass sie bei Bewusstsein und in Bewegung blieb, während jeder genau bemessene Schritt eine feurige Lanze von der Ferse bis zu ihrer Schädeldecke schießen ließ.

Nach einer konfusen Zeit, die ihr zugleich endlos und kurz vorgekommen war, neigte sich der Tag dem Ende entgegen. Und wenn die Dunkelheit vollständig eingesetzt hatte, bevor sie die Straße erreichte – was dann? Sie hatte ihr Bestes gegeben. Als sie schon daran dachte, sich hinzulegen, sah sie in der Ferne Lichtblitze und blinzelte ein paar Mal, um besser sehen zu können. Es war die tief stehende Sonne, die von fahrenden Autos reflektiert wurde.

Ihre Entschlossenheit kehrte zurück.

Geh zum Highway.

Es war weiter, als es ausgesehen hatte, und als sie die asphaltierte Straße erreichte, war es schon fast völlig finster. Inzwischen war kein einziges Auto mehr in Sicht. Sie richtete ihren Spazierstock an dem gelben Mittelstreifen aus und begann, nach Westen zu schlurfen, wo der Himmel noch einen rosafarbenen Hauch hatte. Die Straße erstreckte sich endlos vor ihr, wand sich hierhin und dorthin, folgte der Landschaft aus nahen und fernen Bergen, deren schimmernde Schönheit sie daran erinnerte, dass die Wüste sie alle überleben würde, auch wenn sie die Toten und Ermordeten und Vergrabenen in sich aufnahm.

Die unterbrochenen Linien unter ihren dahinschlurfenden Füßen waren unglaublich lang. So lang wie ein Sattelschlepper. Wie war das möglich? So lang. Furchtbar lang. Sie war so versunken in die Länge der Linien, dass sie den herannahenden Wagen gar nicht bemerkte. Eine Hupe ertönte hinter ihr, und ihre Konzentration zersplitterte.

Sie schwankte und stolperte an den Straßenrand. Der Spazierstock traf auf ein weiches Stück Erde. Sie flog nach vorn und brach direkt neben einer durchgehenden weißen Linie zusammen. Der anhaltende Schmerz war ihr so vertraut, dass ihr seine Steigerung kaum auffiel. Sie rollte sich auf den Rücken und hob schwach beide Arme in die Höhe, als hätte sie gerade das Zielband eines Marathons durchbrochen.

Der Wagen donnerte vorbei.

Ein Luftzug traf sie, erst in der einen, dann in der anderen Richtung, ließ ihre Haare flattern und klatschte sie ihr anschließend so fest ins Gesicht, dass es wehtat. Reifen quietschten, das Fahrzeug bremste und kam zum Stehen. Sie hob den Kopf.

Türen gingen auf und Leute kamen auf sie zu. Aus ihrer Position konnte sie Schuhe und nackte Beine und Cowboystiefel und ein Kleid mit Blumenmuster sehen. Trendige Klamotten. Kids. Als sie näher kamen, schätzte sie sie auf Anfang zwanzig. Zwei Männer, eine Frau, alle mit langen braunen Haaren. Sie redeten miteinander, als könnte sie sie nicht hören.

»Was sollen wir tun?«

»Ich glaube, sie ist verletzt.«

Eine Taschenlampen-App leuchtete auf und blendete sie brutal. Sie blinzelte und hob abwehrend eine Hand.

»Sie hat Blut im Gesicht.«

»Sollten wir nicht die Polizei rufen?«

»Ich habe kein Netz.«

»Wir können sie nicht einfach hierlassen.«

»Ich will sie nicht in meinem Auto haben. Sie könnte eine Mörderin sein.«

Volle Punktzahl. Angebrachte Vorsicht.

»Geben wir ihr etwas zu essen und Wasser und fahren wir weiter.«

»Nein.«

Das war das Mädchen.

»Wir verpassen die Show.«

»Erinnerst du dich, wie wir über Dinge gesprochen haben, die wir bereuen, weil wir sie unterlassen haben? Über den Augenblick, in dem wir nicht gehandelt haben, obwohl wir es hätten tun sollen?«, fragte das Mädchen. »Das ist so einer. Ich möchte das hier unbedingt richtig machen, ohne in zwanzig Jahren voll Reue zurückzublicken. Ich lasse sie nicht hier liegen.«

»Es ist mein Auto«, sagte einer von den Jungs.

»Dann fahrt ohne mich weiter. Wir halten jemanden an. Vielleicht komme ich nach, vielleicht auch nicht.«

»Du bist die Sängerin.«

»Und ich gehe hier nicht weg ohne sie.«

Einer der Jungs sprach Reni endlich direkt an. »Brauchen Sie Hilfe? Oder liegen Sie absichtlich da? Wir können Sie hierlassen, wenn Sie das möchten.«

»Sie liegt da nicht mit Absicht«, sagte das Mädchen, und ihr Ärger war hörbar. »Seht sie euch doch an.«

»Glaubst du, sie ist obdachlos?«

»Oder eine von den Verrückten, die in der Wüste leben und ein paar Mal im Jahr in die Stadt laufen, um Vorräte zu holen«, schlug der andere Typ vor.

»Nehmt mir das Licht aus den Augen«, krächzte Reni. Ihr Mund war so trocken, dass sie kaum sprechen konnte.

Was für ein seltsames Aufeinandertreffen von Welten. Hipster und sie, was immer sie war. Eine Schildkröte, die aus der Wüste gekrochen kam. Sie hatte das Gefühl, ein ganzes Leben lang gelaufen zu sein. »Welcher Tag ist heute?«, fragte sie.

»Samstag.«

Etwas mehr als vierundzwanzig Stunden waren vergangen, seit ihre Mutter sie zum Sterben zurückgelassen hatte.

»Wir sind auf dem Weg von Las Vegas nach Pioneertown.« Der Junge ergänzte das mit der Bemerkung, dass sie als Vorgruppe für eine Band spielten, von der sie noch nie gehört hatte. Seiner Stimme entnahm sie, dass sie beeindruckt sein sollte.

»Helft mir hoch.«

Keiner rührte sich.

»Macht schon«, sagte das Mädchen.

Die zwei Jungs fassten sie unter den Armen.

»Ich glaube, sie hat sich angepinkelt.«

Sehr gut möglich.

»Sie muss in die Notaufnahme«, sagte das Mädchen.

Da wollte Reni nicht widersprechen.

Sie hoben sie vorsichtig auf den Rücksitz. Der Schmerz war inzwischen eine solche Konstante, dass Reni nicht einmal aufstöhnte, als sie beim Hinsetzen spürte, dass etwas in ihrem Körper sich verschob. Das Mädchen ging um das Auto herum und nahm auf der anderen Seite neben Reni Platz, während die beiden Jungs vorn einstiegen. Einer von ihnen fragte: »Ist das Ihr Hund?«

Sie sah aus dem Fenster. In der Nähe saß der verwahrloste Hund und starrte sie an. Sie war zu erschöpft für eine Erklärung, also nickte sie einfach.

Der Hund sprang vorn hinein. Der Fahrer stöhnte. »Der riecht noch schlimmer als sie.«

Türen klappten, Reifen drehten durch auf Sand und Kies, und sie zogen hinaus auf die zweispurige Straße. Aufgeblendete Scheinwerfer, Richtung Westen. Laute Musik.

Das Mädchen knackte eine Getränkedose und reichte sie ihr. Reni konnte im schwachen Licht nicht lesen, was es war.

»Energydrink«, erklärte das Mädchen. Und dann zu den Jungs: »Gebt dem Hund Wasser.«

Jede Art von Flüssigkeit war gut. Reni trank die ganze Dose aus. Von vorn hörte sie Schlabbern.

»Ich bin mal mit ihm gegangen.« Das Mädchen wies auf den Fahrer. »Aber jetzt nicht mehr. Nehmen Sie ein Brownie.« Sie hielt ihr eine Dose hin. Mit blut- und schmutzverkrusteten Fingern fummelte Reni ein Brownie heraus.

»Sie sind mit Pot gebacken. Vielleicht hilft das ein bisschen.«

Sehr kalifornisch.

Reni biss ein Stück ab. Und noch eines. Als sie fertig war, legte sie den Kopf zurück. Sie hatte ihre Mission nicht vergessen. Mit geschlossenen Augen sagte sie mit der vollen Autorität ihrer alten FBI-Persönlichkeit: »Wenn ihr ein Netz habt, sucht Gabby Sutton aus Yorba Linda heraus, ruft sie an und gebt mir das Telefon.«

»Hier ist ein Jerome Sutton.« Der Typ auf dem Beifahrersitz las die Adresse vor.

Gabbys Ehemann. »Rufen Sie ihn an.«

Augenblicke später wurde ihr das Telefon nach hinten gereicht. Sie hielt es ans Ohr und hoffte, am anderen Ende der Leitung Gabbys Stimme zu hören. Ein Mann meldete sich.

»Ich muss Gabby sprechen«, sagte Reni mit geschlossenen Augen.

»Sie ist nicht da.«

»Wann kommt sie zurück?«

»Sie ist mit jemandem zum Kaffeetrinken.« Er klang besorgt. »Sie hätte schon vor Stunden zurück sein sollen.«

»Mit wem hat sie sich getroffen?«

»Mit wem spreche ich?« Verständliche Vorsicht.

»Reni Fisher.«

Er gab ein seltsames Geräusch von sich. »Ich habe in ihrem Terminkalender nachgesehen. Sie ist nach Riverside, um sich mit Ihnen zu treffen.«

Kapitel 48

Zwei Minuten nach seiner Ankunft saß Daniel als Gast an Rosalinds Tisch. Er hatte gehofft, sie unter vier Augen sprechen zu können. Stattdessen betrat der Bürgermeister die Bühne, und die Zeremonie begann. Die Liste der Auszeichnungen war lang, und irgendwann fingen die Leute an, unruhig auf ihren Plätzen herumzurutschen. Rosalind bekam endlich ihren Preis, ein graviertes Stück Kristall. Sie trug einen weißen Hosenanzug und rote Stöckelschuhe, lächelte in die Kameras und hielt ihre Trophäe in die Höhe.

Sie nahm seit dreißig Jahren junge Frauen bei sich auf. Wurden irgendwelche von ihnen seitdem vermisst? Oder folgte er einer falschen Spur, ausgehend von den Scans eines verrückten Wissenschaftlers, der nicht einmal mehr am Leben war? Bei Daniels eigenen Ermittlungen in der Mordserie hatte nie etwas auf eine Beteiligung von Rosalind hingedeutet. Und wenn doch, warum hatte Ben nicht geredet?

Sein Gedankengang wurde unterbrochen, als die Stimmung der Veranstaltung umschlug und hinten im Saal Unruhe ausbrach.

Das Servicepersonal versuchte, jemanden am Eintreten zu hindern. Erst als die Person sich losriss und den Mittelgang entlangkam, erkannte Daniel Reni. Seine erste Reaktion war

Erleichterung darüber, dass sie nicht verschwunden war. Oder schlimmer noch, tot. Doch schnell wurde sie von Sorge abgelöst. Sie war verletzt. Vielleicht schwer.

Und ihre Haare waren kurz geschnitten. Warum trug sie sie kurz? Die Frage nahm in seinem Kopf einen zu großen Raum ein, wenn man bedachte, was sich gerade ereignete. Aber selbst mit langen Haaren hätte er sie nicht sofort erkannt. Sie sah aus wie jemand, der aus dem Grab gekrochen war. Ihr Gesicht und ihre Kleidung waren verkrustet mit Schmutz, anscheinend auch mit getrocknetem Blut. Und sie bewegte sich nicht mit ihrem typischen, elastischen Gang. Ihre Schritte waren kurz und angestrengt. Ihre volle Aufmerksamkeit galt der Bühne.

Rosalind erstarrte und ihre Miene fror ein, als hätte jemand an der falschen Stelle die Pausentaste gedrückt. Daniel wurde sich der plötzlichen Stille bewusst. Das ohrenbetäubende Stimmengewirr in der schlechten Akustik der Halle war verstummt. Man hörte nur noch das Klirren von Besteck, während die Angestellten weiter ihre Arbeit taten, weil sie mit gesenkten Köpfen nichts bemerkt hatten. Irgendwann fiel auch ihnen auf, dass etwas nicht stimmte, und sie hielten inne.

Einen Augenblick lang schien es so, als gäbe es nur zwei lebende, atmende Menschen im Saal. Reni und Rosalind. Alle anderen wirkten wie ausgeschnittene Pappschablonen, nur unscharf zu sehen, während Energie und Emotion von Mutter und Tochter kollidierten.

Reni stieg die Stufen zur Bühne hinauf. Jeder Schritt war ein Kampf.

Daniel zog sein Telefon heraus und rief einen Krankenwagen.

»Ich bin froh … dass ich zu diesem Anlass hier sein kann«, sagte Reni mit einem Flüstern, das bei jedem Atemzug stockte. Sie war größer als ihre Mutter und musste sich zum Mikrofon herunterbeugen. »Ich hatte schon befürchtet … es nicht zu schaffen.« Sie griff nach dem Stück Kristall und las: »Rosalind Fisher, Auszeichnung für soziales Engagement.«

Sobald Daniel aufgelegt hatte, setzte er sich in Richtung Bühne in Bewegung.

»Die Sache ist nur die …« Reni schloss zu lange die Augen, und ein paarmal schwankte sie am Rand eines Sturzes. Zugleich wirkte sie unglaublich stark und kraftvoll. »Meine Mutter ist so viel mehr, als Ihnen allen klar ist … und ich … ich möchte das hier und heute öffentlich anerkennen.« Sie verstummte, holte Luft, um sich wieder zu fangen, und fuhr fort: »Was auf dieser Auszeichnung eigentlich stehen sollte, ist … Inland-Empire-Killer.«

Das Publikum stöhnte auf wie aus einer Kehle, und jede Unsicherheit, die Daniel noch bezüglich Rosalinds Beteiligung an den Taten geplagt haben mochte, löste sich mit Renis öffentlicher Anklage auf. Nach diesen vernichtenden Worten warf Reni den Preis von der Bühne. Er zerschellte, und Splitter flogen in alle Richtungen davon. Leute schrien.

Kein Zögern bei Rosalind. »Mein armer Liebling«, sagte sie. »Mein armer, armer Liebling.« Ihre Ruhe im Angesicht eines solch unmöglichen Benehmens vermittelte eindringlich, wie sehr sie für ihre Tochter da war. Sogar bei dieser Veranstaltung zu ihren Ehren gab sie auf sie acht und dachte mehr an sie als an sich selbst. Jedenfalls wollte sie diesen Eindruck vermitteln. Daniel war ziemlich sicher, dass kein einziger Mensch im Saal daran zweifelte, dass Reni den Verstand verloren hatte.

Erneut gab es Bewegung hinten im Raum, und dann wurden erleichterte Stimmen laut, als drei uniformierte Polizisten hereinkamen.

Als wäre ihr gerade erst aufgefallen, dass noch andere Menschen existierten, sah Reni sich auf der Suche nach einem festen Punkt um. Ihr Blick fiel auf Daniel, der bis zum Fuß der Bühne vorgedrungen war. Die Stärke, die er vorher an ihr bemerkt hatte, ließ nach. Zweifel sickerte ein. Er las Verwirrung in ihrem Gesicht.

Habe ich mich in meiner Einschätzung getäuscht? Liege ich mit allem falsch?

Ruhig sprach er Renis Namen aus, Auge in Auge, als wären sie ganz allein. »Das machst du gut«, sagte er. »Zweifle nicht an dir.«

Sie hörte ihn und nickte.

Wo war sie gewesen, was hatte sie durchgemacht? Und war Rosalind dafür verantwortlich? Daniel wollte sie danach fragen, aber im Saal drohte weiterhin Chaos auszubrechen. Einige Leute, die bisher fasziniert zugesehen hatten, ergriffen die Flucht. Andere glotzten weiter. Draußen heulte die Sirene einer Ambulanz, verstummte dann. Türen wurden wieder aufgerissen, und die Rettungssanitäter stürmten mit schweren Koffern herein.

Daniel half Reni die Treppe herunter. Sie zitterte, und ihr Atem ging schnell und flach, als würde jedes Luftholen sie schmerzen.

Trotz des Durcheinanders wurde Reni professionell auf eine Bahre verfrachtet. Daniel blieb bei ihr, während die Sanitäter sie aus dem Gebäude rollten. Auf dem Parkplatz bat sie, kurz innezuhalten, damit sie mit einer jungen Frau sprechen konnte, die neben einem Wagen voller Aufkleber stand. Ein verwahrloster Hund beobachtete sie vom Beifahrersitz aus. Daniel versuchte zu begreifen, wer diese Leute waren und was sie mit Reni zu tun hatten. Da erblickte er Rosalind, die davonhastete.

Reni hatte ihre Mutter soeben öffentlich beschuldigt, der Inland-Empire-Killer zu sein. Eine Anschuldigung allein reichte nicht aus, um die Frau festzunehmen, aber er wollte sie nicht aus den Augen verlieren.

»Ich komme nach ins Krankenhaus«, sagte er zu Reni, bevor er davonsprintete.

»Ich fahre hinter dem Krankenwagen her«, erklärte Rosalind, als Daniel sie eingeholt hatte.

Die verschiedenen Schichten der Rosalind Fisher schälten sich nach und nach ab wie die einer Zwiebel. Da er nun zumindest Teile der Wahrheit kannte, konnte er sehen, was ihm vorher entgangen war. Ob sie selbst getötet hatte oder nicht, er hatte eine schwer soziopathische Persönlichkeit vor sich. Und sie hatte nicht die geringste Absicht, zum Krankenhaus zu fahren.

Er streckte die Hand nach den Schlüsseln aus. »Ich fahre.«

Der Trick, den er versuchte, lag darin, sie seine persönliche Agenda nicht erraten zu lassen. Er beschloss, eine Art von Überredung anzuwenden, auf die jemand wie sie vielleicht ansprechen würde, weil er sie zur Märtyrerin ihrer eigenen Geschichte machte. Was sie in ihrer Fantasie schon immer gewesen war. Selbst die soziale Arbeit deutete in diese Richtung. »Sie hatten heute schon mehr als genug zu ertragen.«

»Sie sollten mal daran denken, sich einen Bart stehen zu lassen.« Mit einer gewissen Verdrießlichkeit reichte sie ihm die schlüssellose Fernbedienung. Er steckte sie in die Tasche.

Am Samstagabend herrschte dichter Verkehr. Daniel fuhr eine verschlungene Route durch Wohngebiete. Es gab mehr Stoppschilder, aber weniger Ampeln. Er wollte keinen Druck ausüben und sie verschrecken, doch er stellte die Frage, die jeder vernünftige Mensch gestellt hätte. »Was sollte das vorhin sein?«

»Bei Reni weiß man nie.« Rosalind seufzte, und selbst dieser Laut mütterlicher Resignation und Besorgnis klang jetzt unheimlich. »Ihr Weltbild hängt schief. Es tut mir leid, dass ich ihr keine größere Hilfe sein konnte.«

»Manchmal kann man machen, was man will«, sagte Daniel mit genau dem richtigen Maß an Mitgefühl. »Manchen Menschen ist nicht zu helfen.«

Ein leises Geräusch, das er nicht identifizieren konnte, drang in ihre Unterhaltung ein. War es weit entfernt? In der Nähe?

Ganz in der Nähe.

Ein Klopfen.

Aus dem Kofferraum.

Es traf ihn wie ein Schlag in den Magen. Er hatte nicht erwartet, dass die Beweise, die er brauchte, so nahe liegen könnten. Gleichzeitig schaltete Rosalind das Radio ein und drehte die Lautstärke auf, um das Geräusch zu übertönen.

Er hielt mitten auf der Straße mit kreischenden Reifen an und stieß seine Tür auf. Die Musik aus den Lautsprechern, irgendeine Rockballade aus den 90ern, ließ die Szene besonders unwirklich erscheinen. »Raus!«, befahl er Rosalind. »Sofort!« Er wollte sie so weit wie möglich weg vom Wagen haben, damit sie nicht davonfahren konnte.

Sie stieg aus.

Er drückte auf den Knopf für den Kofferraum. Die Klappe hob sich, während er nach hinten rannte. Im Kofferraum lag zusammengerollt auf der Seite eine Frau, den Mund zugeklebt, die Hände mit Isolierband gefesselt, neben ihr eine Schaufel. Sie sah leblos aus, war jedoch immerhin so weit zu sich gekommen, dass sie versucht hatte, ihn zu warnen. Aber nichts davon traf ihn mit solcher Wucht wie der Anblick des Kleids, das sie trug.

Ein rotes Kleid mit Blumenmuster.

Er schwankte. Die Knie wurden ihm weich, und eine Welle von Schwindel überfiel ihn. Geschüttelt von Emotionen, die kreischend über ihm zusammenschlugen, griff er mit zitternder Hand nach dem Stoff.

Die Kante des Kofferraumdeckels knallte ihm gegen den Hinterkopf und warf ihn nach vorn. Etwas glitt vor seinem Gesicht vorbei. Er richtete sich taumelnd auf, gerade noch rechtzeitig, um zu sehen, wie Rosalind die Schaufel schwang und ihm gegen den Kopf schlug. Seine Ohren klingelten. Halb betäubt stolperte er, hätte sich fast gefangen, stürzte dann und prallte mit dem Schädel auf den Asphalt. Er blinzelte und versuchte, den Blick scharf zu stellen. Es gelang ihm, das Holster an seiner Hüfte aufzuknöpfen. Während die Musik weiterdröhnte und bevor er die Waffe ziehen konnte, war sie über ihm, packte ihn bei den Aufschlägen und knallte ihn mit dem Hinterkopf auf die Straße.

Kapitel 49

Wie ein Boxer, der sich für die nächste Runde wieder erholt hatte, öffnete Reni die Wagentür, bevor das Fahrzeug ganz zum Stehen gekommen war. Einen halben Block weiter hatte die Limousine ihrer Mutter mitten auf der Straße angehalten. Der Kofferraum und beide Vordertüren standen offen.

Sobald sie gesehen hatte, wie Daniel mit Rosalind wegfuhr, wusste sie, dass er sich in Gefahr befand. Sie hatte den Transport mit der Ambulanz abgelehnt und war zurück in den Wagen der Kids von der Band gestiegen, um Daniel zu folgen. Jetzt stellte sie den Fuß auf die Straße und hievte sich aus dem Auto. »Ruft die 911 und verschwindet hier.« Sie wollte nicht, dass ihre neuen Freunde irgendein Risiko eingingen.

Der junge Mann am Steuer zögerte, dann legte er den Rückwärtsgang ein, während Reni sich auf die grausige Szene zubewegte, in der ihre Mutter Daniels Kopf gegen den Boden schmetterte. Renis eigene Schmerzen wurden betäubt von einem frischen Adrenalinschub, der durch ihre Adern rauschte, und ihrer Angst um Daniel. Musik dröhnte aus dem Wagen und ließ die Szene wirken wie einen gestellten Social Media Event oder inszenierte Flash Art.

»Stopp!«, schrie sie. »Du tust ihm weh!« Die vertrauten Worte, die Worte aus einer tiefen und verstörenden und schrecklichen Erinnerung kamen ihr ungewollt aus dem Mund.

Rosalind blickte überrascht auf und rappelte sich hoch.

Daniels Gesicht war blutüberströmt. So viel Blut. Regungslos. Als Reni näher kam, sah sie einen Körper im Kofferraum liegen und stieß ein Schluchzen aus. Gabby Sutton. Tot? Sie sah tot aus. Und Daniel, nur ein oder zwei Schritte entfernt. Auch tot?

»Es ist vorbei«, brachte Reni heraus. »Das kannst du nicht mehr vertuschen.«

Rosalind nickte. »Es wird Zeit, nicht mehr so zu tun, als wäre alles in Ordnung. Eltern wollen ihre Kinder beschützen, aber du gehörst eingesperrt, damit du nicht länger eine Gefahr für andere darstellst. Es tut mir leid, Süße, doch ich werde ihnen erzählen müssen, wie du Gabby in den Park gelockt und deinen Partner getötet hast. Das darf nicht mehr so weitergehen.«

Sie wirkte überzeugend. Sehr überzeugend. Reni spürte, wie eine vertraute, dunkle Wolke sich über sie senkte, und merkte, dass Rosalinds Psychospielchen funktionierten.

»Ich habe nichts dergleichen getan«, sagte sie schwach. Mit der schwarzen Wolke über ihrem Verstand kehrten auch die Schmerzen zurück. Vielleicht war es leichter zu akzeptieren, was ihre Mutter erzählte. Sie war erschöpft, völlig durcheinander. Und vielleicht stimmte es ja. Vielleicht war alles wahr.

»Ich weiß, es ist schwer, und es ist verwirrend, aber du kannst mir vertrauen«, sagte Rosalind. »Wie du mir immer vertraut hast. Ich bin deine Mutter. Erlaube mir, mich um dich zu kümmern. Komm her. Steig in den Wagen. Ich fahre dich ins Krankenhaus.«

In der Ferne ertönte der Klang von Sirenen.

Erschrocken drückte Rosalind Reni die Schaufel in die Hand, ging um den Wagen herum und setzte sich ans Steuer.

Aber das Fahrzeug sprang nicht an, und ihre Mutter fuhr nicht weg.

Daniel musste die Fernbedienung noch bei sich haben, und er lag nicht nahe genug, um die Zündung zu aktivieren.

Reni blickte zwischen Gabby und Daniel und der Schaufel in ihrer Hand hin und her. Das Bild, wenn die Cops ankamen, hätte klarer nicht sein können. Reni, schuldig.

Zweifle nicht an dir.

Die Zeit schien einen Sprung zu machen, und Rosalind war wieder aus dem Auto heraus, jetzt mit einer Waffe in der Hand, und in ihren Augen stand die Panik, als ihr die Situation klar wurde. Diesmal konnte sie sich vielleicht nicht mehr charmant aus der Sache herauslügen.

Reni kannte die Waffe in der Hand ihrer Mutter. Rosalind und Maurice hatten zwei identische gekauft. Sie hatten sogar Schießunterricht genommen.

Mit zitternden Händen richtete Rosalind die Waffe auf Daniel. Sie wollte vermutlich alle Zeugen töten. Das schien seit dem Tod von Carmel Cortez ihre Strategie und das Motiv ihres Verhaltens zu sein.

Reni spielte mit und bediente den Wunsch ihrer Mutter, unschuldig zu wirken. »Jede Waffe hat ihre eigene, individuelle Signatur«, sagte sie schnell. »Er ist schon tot. Lass keine Beweismittel zurück. Lass uns gehen. Wir müssen uns beeilen. Du und ich. In die Wüste.« Sie legte die Schaufel neben dem Körper von Gabby Sutton in den Kofferraum und knallte den Deckel zu. »Ich weiß, du denkst, dass du jetzt auf dich allein gestellt bist, aber das stimmt nicht«, sagte sie. Sie suchte nach den richtigen Worten, um Rosalinds Furcht und Hektik auszunutzen. Vielleicht konnte sie sie dazu bewegen zu glauben, dass sie Reni genauso brauchte wie früher Ben und Maurice. »Ich helfe dir, die Leiche zu vergraben. Genau wie Daddy es immer getan hat. Genau wie Maurice. Lass uns in die Wüste fahren.«

»Ach, meine Süße.« Rosalind wirkte erleichtert und breitete die Arme aus. »Lass dich drücken.«

Reni schauderte innerlich, während sie ohne Zögern um Daniel herumging, ihn so gut wie möglich mit ihrem Körper abschirmte und in die diabolischen Arme ihrer Mutter lief. Jetzt war der richtige Zeitpunkt, die Waffe zu packen und sie Rosalind zu entwinden. Aber vor Renis Augen verschwamm alles. Dunkelheit kroch an sie heran. Sie fühlte, wie ihre Mutter sich bewegte, plötzlich war ihr Arm nicht mehr da und sie spürte die Waffe zwischen ihnen, als Rosalind sie ihr in den Bauch rammte.

Reni blinzelte, und ihr Blick klärte sich so weit, dass sie sehen konnte, wie ihre Mutter sich zurücklehnte, ihr in die Augen sah und endlich die Wahrheit aussprach: »Du hast mir das Leben ausgesaugt, kleiner Vogel.«

Ein Schuss knallte, ohrenbetäubend, weil er so nah war. Reni wartete darauf, dass ihr das heiße Blut über den Bauch lief, wartete auf das Brennen des Bleis in ihren Eingeweiden. Sie fühlte nichts dergleichen. Dem Tod zu nah, um noch Sinnesreize zu verarbeiten?

Rosalind runzelte die Stirn. Die Pistole in ihrer Hand fiel klappernd zu Boden. Ihre Lippen teilten sich, und ein dunkler, runder Punkt stand auf ihrer Stirn.

Reni versuchte, sie aufrecht zu halten, schaffte es jedoch nicht. Der Körper ihrer Mutter wurde schlaff und sackte zu Boden. Sie landete mit knackenden Knochen auf den Knien und kippte dann nach hinten um. Reni richtete den Blick auf Daniel. Er lag auf dem Rücken, die Augen geschlossen, die

Waffe in der Hand, eine ausgeworfene Patronenhülse neben ihm.

»Nicht tot«, flüsterte er schwach.

Aus den Lautsprechern des Wagens erhob sich ein Chorgesang.

Kapitel 50

Dreißig Minuten später war die Straße abgesperrt. Generatoren versorgten kräftige Flutlichter mit Strom, die Techniker von der Spurensicherung stellten Nummernkärtchen aus Plastik auf, und Rettungswagen warteten darauf, die Verletzten abzutransportieren. Die Leiche von Rosalind Fisher steckte in einem Sack im Van der Gerichtsmedizin.

Daniel hatte seine Pistole abgegeben und saß in eine Decke gewickelt auf der Stoßstange eines Ambulanzfahrzeugs. Um den Kopf trug er eine Bandage, und Sanitäter passten auf ihn auf. Unabhängig von den Umständen war es Standardprozedur, dass ein Beamter, der in eine Schießerei verwickelt worden war, seine Waffe als Beweisstück abgab und vorübergehend vom Dienst freigestellt wurde, während die Abteilung für interne Ermittlungen eine Untersuchung durchführte.

Gabby und Reni lagen beide auf Tragbahren, und Sanitäter schlossen sie an einen Tropf an, bevor sie abtransportiert werden konnten. Gabbys Vitalwerte waren schwach, aber die Tatsache, dass sie noch am Leben und zumindest so weit bei Bewusstsein gewesen war, um nach Hilfe klopfen zu können, machte Daniel Hoffnung, dass sie sich von ihren Verletzungen erholen würde. Sie hatte schon so lange durchgehalten. Nicht weit entfernt nahmen zwei Polizisten die Aussagen der jungen Leute mit dem

Hund auf, die wieder aufgetaucht waren, nachdem alles vorüber war.

Als die Rettungssanitäter Reni an Daniel vorbeirollten, hob sie die Hand und bedeutete ihnen, anzuhalten.

»Tut mir leid«, sagte Daniel. Er meinte ihre Mutter. »Ich hatte keine andere Wahl.« Nicht nötig, Rosalind Fishers Namen auszusprechen. Er sah, dass Reni verstand.

»Sieh nach … hintere Tasche.« Sie wälzte sich leicht zur Seite, sodass er ein kleines Taschenbuch sehen konnte, das aus ihren Jeans ragte. Er zog es heraus.

Ein Buch über Vögel. Delirierte sie?

»Landkarten«, murmelte sie mit geschlossenen Augen. »Schau … die Karten.«

Er blätterte schnell durch die Seiten, fand die Karten, entfaltete eine – und ihm stockte der Atem. Überall Punkte, eine Menge mehr als auf der ungenauen Zeichnung, die Ben Fisher angefertigt hatte.

»Titelblatt«, sagte Reni.

Er blätterte wieder zurück – und sah, dass es einen Index von Namen und Daten enthielt, alle säuberlich in schräg verlaufender Handschrift notiert. Viele der Namen erkannte er als die von vermissten Frauen, von denen man angenommen hatte, sie wären Opfer des Inland-Empire-Killers geworden.

»Rosalinds Handschrift«, sagte Reni schwach. »Sie gehörte dazu.«

Mit hämmerndem Herzen überflog er die Liste nach dem Namen seiner Mutter, fand ihn nicht, schaute noch einmal nach. Nicht da. Er blätterte weiter, hastig zuerst, dann langsamer, immer hoffend, hoffend …

Aber da war nichts.

Bedeutete das Buch, dass Renis Eltern beide gemordet hatten? War Rosalind der führende Kopf gewesen und Ben Fisher hatte nur ihre Anweisungen ausgeführt? Oder hatten sie gleichberechtigt gehandelt? Er wusste nicht recht, wie Maurice ins Bild passte. Vielleicht war er unglücklich verliebt in einen der Fishers gewesen oder in beide. Egal, Ben und Rosalind würden als ein weiteres berüchtigtes Mörderpärchen in die Geschichte eingehen. Hartgesottene Crime-Fans würden sie unter die Top Ten einreihen, neben Killern wie Gerald und Charlene Gallego, Ray und Faye Copeland, Fred und Rosemary West.

Die große Frage: Würde Reni es schaffen? Bis jetzt hatte sie von der Dunkelheit ihrer Vergangenheit zehren und sich damit antreiben können. Möglicherweise war ihr das weiterhin möglich. Dass sie endlich die Wahrheit über ihre Mutter erfahren hatte, würde eventuell jene seltsamen und nagenden Gefühle zur Ruhe bringen, die einen immer wieder unverhofft treffen konnten. Diesen unbestimmten Eindruck, dass etwas nicht zusammenpasste. Daniel kannte diese Emotionen gut genug, um ihr flüchtiges Gespinst zu erkennen. Vielleicht hatte das für sie jetzt ein Ende. Vielleicht würde die Unruhe sie nicht mehr mitten in der Nacht überkommen, sie weniger oft oder gar nicht mehr heimsuchen.

Aber sein eigener Kreuzzug war noch nicht vorbei. Seine Mutter wurde weiterhin vermisst.

Kapitel 51

Ein angebrochenes Becken, eine gebrochene Rippe, ein verstauchter Knöchel.

Das mit der Rippe und dem Knöchel hatte Reni schon vermutet, aber das angebrochene Becken hatte sie überrascht. Was ihre Überlebensinstinkte anging, ließen die Ärzte Worte wie verblüffend und sehr belastbar fallen. Sie hatte einfach getan, was nötig war.

Nach einer Gruppenkonsultation wurde beschlossen, dass eine Operation nicht nötig sei. Aufgrund von Lage und Größe wurde erwartet, dass der Haarriss von selbst ohne Komplikationen verheilen würde. Sie musste mehrere Tage im Bett verbringen, und bis zur vollständigen Wiederherstellung wurden zwölf Wochen veranschlagt. Ärzte waren berüchtigt dafür, ihren Patienten, wenn es um den Zeitrahmen ging, zu optimistische Einschätzungen zu geben. Sie addierte insgeheim noch ein paar Wochen dazu. Entscheidend waren die Worte »vollständige Wiederherstellung«.

Auch Daniel und Gabby würden sich wohl wieder komplett erholen. Daniel hatte sie schon ein paar Mal in ihrem Zimmer besucht, während er an einem Tropf hing, den er an einem Ständer vor sich herschob. Er war blass und zerschlagen, hatte eine geschwollene Lippe, Stiche über einem Auge und einen bandagierten Kopf. Bei seinem vierten Besuch erschien er im Straßenanzug und ohne Tropf.

»Ich werde entlassen«, verkündete er, ging durch das Zimmer und betrachtete die Genesungskarten und Blumen von Fremden. Er fand eine Schachtel mit Pralinen und fragte sie, ob sie eine wolle.

Sie schüttelte den Kopf. »Bedien dich. Sie sind von Gabbys Mann. Er hat sie im Rollstuhl zu einem Kurzbesuch hergebracht.« Während ihr Ehemann besorgt um sie herumflatterte, hatte Gabby berichtet, wie Rosalind sie in den Park gelockt hatte. Trotz der Vorgeschichte schien der Mordversuch das Paar einander nähergebracht zu haben. Reni war froh, dass Gabby jetzt zu Hause die nötige Unterstützung finden würde.

Daniel ließ sich auf einen Stuhl sinken. Die Behutsamkeit, mit der er das tat, erinnerte sie daran, dass er sicher selbst noch Schmerzen hatte. »Es tut mir leid wegen deiner Mutter«, sagte er erneut. Das belastete ihn anscheinend sehr. »Ich habe es vermasselt.«

»Du hast mir das Leben gerettet.«

»Ich hätte sie schon vorher stoppen können. Ich habe den Kofferraum aufgemacht und nur noch dieses rote Kleid gesehen, das mich an meine Mutter erinnert hat. Es hat mich abgelenkt, sodass ich nichts mehr mitbekommen habe. Wo Rosalind war. Was sie tat. Es hätte anders laufen können.«

Dass er Reue darüber empfinden konnte, jemanden wie Rosalind Fisher das Leben genommen zu haben, sagte eine Menge über ihn aus. »Wir sind keine Übermenschen«, meinte Reni.

Er musterte sie mit schiefem Blick. »Bist du sicher? Hier geht nämlich das Gerücht, dass du so etwas Ähnliches bist.«

»Ich bin bloß eine Wüstenratte.« Für sie würde es nicht leicht werden. Sie würde um den Verlust von Dingen trauern, die sie nie wirklich besessen hatte, und um das falsche Leben, das Rosalind ihr vorgegaukelt hatte. Aber sie empfand auch einen Anflug von Hoffnung.

Es klopfte an der offenen Tür.

Es war das Mädchen von der »Highwayrettung«, die Sängerin der Band. Wie sich herausgestellt hatte, hörte sie auf den Namen Indio. Sie lächelte verschmitzt, trat ein und zog ihren Pulli hoch, unter dem sie den kleinen Hund versteckt hielt, der Reni auf dem Treck begleitet hatte.

Er war nicht so hässlich, wie Reni zuerst gedacht hatte. Tatsächlich wirkte er jetzt, wo sein braun-schwarzes Fell geschnitten und gewaschen war, ziemlich hübsch, wenn auch sehr mager.

»Ich habe ihn zum Tierarzt gebracht, und der hat ihn aufgepäppelt. Wir waren überrascht, dass er einen Chip hat. Er ist drei Jahre alt und heißt Edward.«

Edward war ein angemessen königlicher Name.

»Er hat einem Typen gehört, der vor sechs Monaten gestorben ist.« Sie machte ein trauriges Gesicht.

»Wahrscheinlich ist er seitdem herumgestreunt«, sagte Reni.

»Das hat der Tierarzt auch gedacht. Armes Kerlchen.« Indio streichelte ihn. »Ich kann im Moment keinen Hund aufnehmen, weil ich im Herbst wieder aufs College gehe, aber ich wollte bei Ihnen nachfragen, bevor ich ihn in ein Tierheim gebe oder in den sozialen Medien poste, ob jemand Interesse an ihm hat.«

»Bringen Sie ihn her.« Reni klopfte auf das Bett. Sie wusste nicht genau, wie sie sich um einen Hund kümmern sollte, während ihr nicht einmal richtig klar war, was sie mit sich selbst anfangen wollte. Aber ihr würde etwas einfallen. »Er kommt zu mir nach Hause.«

Kapitel 52

Reni und Daniel gingen durch einen abgeschiedenen Teil der Wüste, der für seinen besonders dunklen Nachthimmel bekannt war. Daniel trug Klappstühle und einen Rucksack, Reni, die sich immer noch nicht ganz erholt hatte, hielt Decken an die Brust gedrückt. Edward folgte ihr auf den Fersen. Erst vor ein paar Stunden war sie damit fertig geworden, eine Schüssel für Gabby zu töpfern und ihren neuen Geschäftsnamen in den Boden zu stempeln: Desert Dog Pottery, Wüstenhund-Keramik, zu dem die Skizze eines Hunds gehörte, der Edward ziemlich ähnlich sah.

Daniel hatte die letzten Wochen damit verbracht, die Suche nach den Opfern und ihre Bergung mit dem FBI zu koordinieren. Abgesehen von diesem Projekt konzentrierte sich ein Großteil seiner Energie darauf, mit den Familien der vermissten Opfer Kontakt aufzunehmen, während die Leichen lokalisiert wurden. Mithilfe der Karten in dem Vogelbuch hatten sie bis jetzt zwanzig Gräber entdeckt.

Reni wusste, dass er damit kämpfte, persönlich keinen Abschluss gefunden zu haben. Sie wünschte sich, sie hätte ihm helfen können. Vielleicht ging es heute Nacht gerade darum. Er war nicht sonderlich interessiert daran gewesen, in die Wüste zu kommen, aber der machtvollen Anziehungskraft natürlicher

Dunkelheit und eines riesigen Himmels, der sich von Horizont zu Horizont erstreckte, war schwer zu widerstehen. Sie hoffte, es würde ihm wenigstens für ein oder zwei Stunden ein wenig Frieden bringen.

Sie stellten die Stühle nebeneinander und setzten sich, wobei sie ihre Telefone tief in den Taschen versenkten, damit kein Licht entkommen konnte. Richtige Nachtsicht erforderte vollständige Dunkelheit, und es konnte bis zu dreißig Minuten dauern, bis die Pupillen eines Menschen sich angepasst hatten, selbst nachdem man in eine sehr schwache Lichtquelle geblickt hatte.

Man konnte leicht vergessen, dass die Erde tatsächlich Teil der Galaxie der Milchstraße war, die sich über ihnen erstreckte. Was für ein verrückter Gedanke. »Siehst du diese gleichmäßige Struktur mitten im Sternengewirr?« Reni deutete in den Himmel, obwohl er ihre Hand nicht sehen konnte. »Es heißt das Sommerdreieck. Und die hellen Sterne an den Ecken sind Wega, Atair und Deneb im Schwan.« Das waren für viele Menschen langweilige Informationen, und ihr war klar, dass sie ihm ihre Leidenschaft aufdrängte. Aber sie sagte sich, dass das in Ordnung war, weil sie ein gutes Motiv hatte.

Draußen in der Welt passierten weiterhin schlimme Dinge, und sie hatten üble Erlebnisse hinter sich. Aber die Natur spendete Trost. Das bedeutete nicht, dass die schlimmen Dinge ausgelöscht und vergessen werden konnten. Das war unmöglich. Die Morde. Das Böse. Doch sie und Daniel waren nur Staubkörnchen im Universum. Sternenstaub. Für manche Menschen war dieser Gedanke überwältigend, aber ihr war er Balsam für die Seele. Zu wissen, dass all das noch genauso da sein würde, wenn die bösen Menschen hinter Gittern saßen, die Opfer begraben, die Leichen gefunden, alle Tränen geweint waren. Machtvoll, dauerhaft. Sollte sie sich dazu entschließen, in ihren alten Job zurückzukehren, wie Daniel es ihr angeboten hatte, würde das hier trotzdem immer auf sie warten. Und falls sie sich dagegen entschied, so hatte er klargestellt, dass er sie gern im Einzelfall hinzuziehen würde.

Sie wickelten sich in ihre Decken. Edward sprang auf Renis Schoß, und sie saßen lange schweigend da. Es fiel ihnen leicht, ohne dass sie sich unbehaglich fühlten. Endlich sprach sie das Thema seiner Mutter an. »Es tut mir leid, dass du sie nicht gefunden hast.« Es war besonders anrührend, dass er vielen anderen einen Abschluss ermöglichte, aber unfähig war, ihn selbst zu finden.

»Es ist ein Kampf, das kann ich nicht leugnen.« Die Dunkelheit schien es ihm zu erleichtern, darüber zu sprechen. »Ich habe mein Leben damit verbracht, nach ihr zu suchen«, fügte er hinzu. »Es hat meine Ehe zerstört. Diese Besessenheit. Hört das irgendwann auf? Ich glaube, es muss sein, ich weiß nur nicht, wie. Und so seltsam es klingen mag, ich befürchte, ich würde mich verlieren, wenn ich mit der Suche aufhöre. Sie ist meine Identität. Ihretwegen bin ich Detective geworden.«

»Kannst du dir vorstellen, etwas anderes zu sein als ein Detective bei der Mordkommission?«

»Nein.« Eine ehrliche Antwort, doch sie hörte Schmerz heraus über den Mangel an Optionen und unbeschrittenen Wegen.

»Ich verstehe. Es ist das, was dich heute ausmacht.« Ihre Stimme zitterte, als sie an ihre unterschiedlichen und doch so ähnlichen Reisen dachte. Wie er, war auch sie nur ein Schatten gewesen, ein Fußsoldat im Kielwasser des Lebens anderer Menschen. Sie versuchte, für deren Sünden Buße zu tun und etwas wiedergutzumachen, während sie sich zugleich bemühte, sich neu zu definieren und aus der Fessel dieser Menschen zu befreien.

Eines war ihr in letzter Zeit klar geworden. Etwas, das ihr seit dem Tag entgangen war, an dem man ihren Vater verhaftet hatte und ihre Welt zersprang. Es war Bens und Rosalinds Reise gewesen, nicht ihre. Nie. Sie war nur von der Strömung mitgerissen worden.

Sie hatte die Gehirnscans ihrer Eltern gesehen und sich natürlich gefragt, wie ihre eigenen aussehen würden. Im Augenblick hatte sie nicht vor, das überprüfen zu lassen. Sie lernte nach und nach, sich selbst mehr zuzutrauen, und hatte kürzlich gehört, dass ihr ehemaliger Partner beim FBI verhaftet worden war, weil er Bestechungsgelder von Kriminellen angenommen hatte. Dass sein Gesicht sich in das ihres Vaters verwandelt hatte, mochte ihrem Unterbewusstsein entsprungen sein, das seine mangelnde Vertrauenswürdigkeit gespürt hatte. Bauchgefühl, nicht Logik. Was die Asche ihres Vaters betraf, die war in einem Schließfach eingesperrt, bis sie entschied, was damit geschehen sollte. Sie wollte sie nicht bei sich zu Hause haben, aber sie einfach in den Müll zu werfen, brachte sie auch nicht fertig. Das Grundstück ihrer Großmutter war als Spende an den Mojave Desert Land Trust gegangen, eine gemeinnützige Organisation, die Land erwarb, um es zu schützen, und Rosalinds Haus würde bald zum Verkauf stehen.

»Ich weiß wirklich nicht, wie du das schaffst«, sagte Daniel. »Wie du die Tage überstehst.«

»Es gelingt mir, indem ich nach oben und nach draußen schaue. Dort finde ich Hilfe. Die Natur lässt mich nie im Stich.«

Im Unterschied zu Daniel fand Reni jetzt, da sie die Wahrheit über ihre Mutter erkannt hatte, so etwas wie Bestätigung. Denn ganz tief drinnen hatte sie immer gewusst, dass die Welt sich für sie und ihre Familie nicht in derselben Weise drehte wie für andere. Irgendein falscher Ton war stets da gewesen, selbst nachdem Benjamin im Gefängnis gelandet war.

»Hast du das gespürt?«, fragte Daniel.

»Yep.« Ein Erdstoß. Nur ein kleiner. Eine Vorahnung von dem, was kommen würde. Nicht heute, aber vielleicht morgen oder nächste Woche oder nächstes Jahr.

»Hast du Angst vor dem großen Beben?«, fragte er.

»Die Bösartigkeit der Menschen macht mir mehr Sorgen als ein Erdbeben.«

»Mir auch. Oh Mann. Schau.« Er keuchte auf. »Bei zwei Uhr.«

»Der Perseidenschwarm.« Neugier und die Fähigkeit zu staunen, waren für sie beide jetzt lebenswichtig. Wenn man die verlor, steckte man in Schwierigkeiten. Ehrfurcht war ein Teil der menschlichen Natur, das durfte und sollte man nicht unterschätzen.

»Das ist mit das Schönste, was ich je im Leben gesehen habe«, sagte er.

Reni lächelte im Dunkeln in sich hinein. Vielleicht lernte er die Wüste doch noch lieben.

Printed in Poland
by Amazon Fulfillment
Poland Sp. z o.o., Wrocław

17271649R00207